Einaudi Tascabili. Letteratura
1156

W0415207

Dello stesso autore nel catalogo Einaudi

I fannulloni
Crampi
Grande Circo Invalido
I principianti
Cani e lupi
Diario di un millennio che fugge
Fuori dal cinema
I professori e altri professori

Marco Lodoli

I pretendenti

La notte. Il vento. I fiori

Einaudi

© 2003 Giulio Einaudi editore s.p.a., Torino
www.einaudi.it

ISBN 88-06-16723-5

I pretendenti

A Silvia,
metà luce e metà buio

La notte

Sei stato colpito nell'elemento, dove hanno sede le forze piú oscure, dove principia per la creatura umana la notte.

SCIPIONE

– Bevi, Costantino.

– Ho già bevuto troppo.

– Bevi ancora, senti come scende giú allegro.

– Mi gira la testa.

– E tu lasciala girare.

L'uomo che versa il vino ha la mano grossa e pelosa come una pietra di carne e muschio, il polso che pare una caviglia chiuso dall'oro d'una catenella da cui pendono i profili dell'aquila e della lupa. Ha le maniche della giacca rossa arrotolate e la faccia triste di chi finge un sorriso, si fa chiamare Fedele.

– Butta giú, – ripete.

Costantino beve con gli occhi chiusi, i tonfi del fiume contro la chiglia del barcone-ristorante gli battono nella testa come se qualcosa pretendesse a calci di entrare. Nel locale sono rimasti solo loro tre: Costantino, Fedele e il compare suo, un tipo magro come un femore che non parla e dal tavolo fissa il buio che c'è fuori, quella strada d'acqua nera. Pazientemente si liscia sotto il mento una lunga barbetta da capra. Ottavio è il nome che gli è stato assegnato.

Fedele fuma senza averne voglia, solamente perché fuma da una vita tre pacchetti al giorno. Butta via il fumo dal naso e la cenere nel piatto, tra i gusci bagnati delle vongole e delle cozze, spezza gli stuzzicadenti sulla tovaglia, guarda l'ora: mezzanotte meno venti, è ancora presto.

– Costantino, tu hai sempre quella faccia da ragazzino, – dice. – Sei uguale da quando ti conosco, anche se sei ubriaco.

Costantino posa il bicchiere, gli sembra che il ristorante sia una nave che beccheggia nella burrasca, sale e scende e s'inclina tra i flutti del vino e forse affonderà, tra poco porterà giú i piatti sporchi e quelli puliti, i tovaglioli e le macchie, gli assassini e la vittima. – È che sono innamorato, – risponde cercando di pronunciare quelle parole senza balbettare.

Fedele spegne la sigaretta nel sugo piccante, ne accende un'altra, controlla nuovamente l'ora e con la voce bassa fa il suo discorso: – Non ci crederai, caro Costantino, ma a volte sul terrazzino di casa fumo e penso a quanto è grande l'universo. È una chiazza smisurata, senza bordi, una cosa che non si può neanche immaginare. Un vomito che non termina mai, galassie, firmamenti, pianeti pianeti e tutta quell'oscurità spaventosa nel mezzo. E penso se conosco qualcosa di altrettanto infinito. L'unica cosa che mi viene in mente è il male che hanno provato gli esseri che sono passati su questa terra da quando esiste. La somma del dolore di tutti gli animali che sono stati sbranati vivi, morso a morso, di tutti gli uomini corrosi dai morbi piú crudeli, di tutte le zanzare e i ragni schizzati contro il muro, il dolore dei topi affogati, dei corpi sfondati dalle spade e dalle bombe, dei pesci che si torcono ad asfissiare nei secchi, ecco, mi dico, questo è un altro infinito. Oppure è lo stesso?

Ottavio si alza in piedi, curvo e sottile come un lampione, poggia la fronte lunga contro la vetrata, si stringe la barbetta tra le dita: – Non si vede piú la luna, il cielo è pieno di nuvole, vedrete che tra poco comincia a piovere, – e le parole appannano il cristallo. La giacca elegante gli fa un difetto strano, gli pende da un lato come se in tasca tenesse un sampietrino o una pistola.

– Anche l'amore è infinito, – balbetta Costantino, e solleva il bicchiere per brindare a tutti gli amanti dall'inizio del tempo, alle carezze, ai tradimenti.

– Contalo pure nel male, l'amore fa solo male.
– Non può essere cosí, io non ci credo.
Fedele allarga le braccia, quasi per dire: contento tu, ragazzino ubriaco. Ha un torace cosí vasto, i peli ormai quasi tutti bianchi, che tra le braccia può accogliere ogni pena. Del resto nella sua vita ha sopportato senza un lamento tutto il male che ha dovuto fare agli altri, tutti i gemiti delle sue vittime. – È stata una bella giornata, oggi, – dice. – Adesso bevi un altro bicchiere, Costantino. Ti faccio compagnia, e bevi anche tu, Ottavio.
– Se serve, – fa Ottavio abbandonando la vetrata.
– Io non ne ho piú voglia, – dice Costantino, e dice di no anche con il ciuffo biondo che gli dondola davanti agli occhi. Il fiume gli riprende a sbattere dentro la testa.
– Bevi, credimi, ti conviene.
Costantino stende le mani davanti a sé: un tremore le agita, quasi avessero capito da sole cosa le attende, due foglie d'albero che nel vento per prime sentono l'arrivo delle accette. – Che ore sono? – domanda.
– Mezzanotte meno un quarto.
E Costantino, con le mani protese e ora piú ferme, mentre le pareti dell'anima s'allontanano e crollano per ospitare tutto l'amore perduto del mondo, pensa: che peccato, tra un quarto d'ora mi ammazzeranno come un cane.

Fedele e Ottavio sono venuti a prenderlo stamattina di buonora, Costantino era ancora a letto quando ha sentito chiamare. Il suo nome è entrato dentro a un sogno, come la spada nel fodero. Era vestito bene, nel sogno, con un abito da cerimonia che non ha mai posseduto, le maniche della camicia bianca chiuse da due polsini di brillanti, due vele piene di luce, e la cravatta nera gli stringeva il respiro. Stava inginocchiato su un cuscino di velluto azzurro, davanti al mare grosso dell'inverno. Le onde scaricavano sulla spiaggia alghe, rottami, teste di bambole, ma anche fiori rossi e bianchi che si sdraiavano ai lati del cuscino. Con i piedi nella schiuma, addobbato come un cardinale o un mago, c'era un nano a braccia conserte, «Stiamo aspettando», diceva, la voce leggermente stizzita, e poi pronunciava altre parole che il vento trascinava via. Costantino allora domandava: «Tu sei il Pazzo, non è vero?», ma il nano non rispondeva, con le mani piccole si teneva la veste ricamata d'arabeschi e d'animali ignoti e a calci sollevava schizzi dal mare. Costantino si guardava intorno: sulla spiaggia, suddivisa in due schiere come tra i banchi di una navata, c'era la gente del suo quartiere, tutti vestiti a festa, alcuni sorridevano, altri sbadigliavano stirando fili di saliva tra le labbra. Sulle bocche dipinte di rossetto delle donne Costantino leggeva: «Stiamo aspettando», ma che cosa? Lui non lo sapeva. «Io non lo so, davvero, mi dispiace». Accanto alle sue ginocchia ora c'era un altro cuscino, candido. «Vogliamo vedere la sposa, dov'è?» gridavano spazientiti gli invitati, e invece avanzavano solo le onde, la marea lambiva i due cuscini, li ricopriva, il vento gettava manciate di sabbia negli occhi. «Dov'è la mia sposa, dov'è il mio amore?» domandava anche Costantino e si toccava ansiosamente la cravatta, ma ora attorno al collo c'era il cappio d'una corda. «Dov'è l'amore che mi spetta?» La gente della festa era sparita, solo il nano stava ancora lí, sorrideva come un cardinale o un mago, teneva l'altro capo della corda tra le mani piccole, la tirava e ripeteva: «Costantino mio, che mi hai fatto Costantino, Costantino...»

Di colpo Costantino ha aperto gli occhi e nel buio non capiva piú dov'era, cosa gli stava accadendo, chi lo chiamava. Aveva le braccia ripiegate sotto il petto, completamente addormentate: metà del suo corpo gli rimaneva sconosciuta, immersa in un luogo buio, irraggiungibile. Sono le mie braccia, sono loro che sognano l'amore e gli abbracci, ha pensato, e a poco a poco le sentiva dolorosamente riempirsi del suo sangue, risalire trascinate dalle formiche fino a lui.

– Apri Costantino, morto di sonno!

Costantino s'è alzato dalla branda, ha fatto scorrere il paletto della porta e s'è trovato davanti Fedele e Ottavio, ostruivano la luce chiara della mattina.

– Che c'è?

– Stai contento, oggi ti portiamo a spasso, – ha detto Fedele buttando fuori le parole insieme al fumo della sigaretta.

– Io devo lavorare, ho tanto da fare. Arriva il freddo e devo riportare i vasi nella serra, avvolgere col cellophane la buganvillea... – ha balbettato Costantino, anche se quelle incombenze ora gli sembravano un peso inutile solo a ricordarle.

– Oggi è vacanza. E non ti mettere la solita tuta, vestiti da domenica.

Mentre Costantino s'infilava in fretta un paio di pantaloni e un maglione, calze di lana e scarpe nere, Fedele e Ottavio guardavano in giro, con la punta delle dita toccavano i denti dei rastrelli, il tagliaerba a motore, i sacchi di terra grassa ancora sigillati.

– Come fai a vivere in questa baracca di legno?

– Finora ci sono stato bene, è tanto che sto qui e mi sembra un buon posto.

Ottavio ha afferrato la grande cesoia, tagliava l'aria profumata, poi ha finto di tagliarsi tra le gambe lunghe e secche. – Zac, – ha detto, e ha intonato *Volare* con una vocetta da castrato.

– Con quella pareggio le siepi di bosso del labirinto, – ha detto Costantino.

– Anche l'uccello è un labirinto, sembra dritto, ma chi lo segue si perde, – ridacchiava Ottavio, mostrando i denti lunghi e gialli.

Con il pettine inumidito sotto al rubinetto del grande lavabo, invaso per metà dalle piantine degli odori, Costantino s'è ravviato il ciuffo biondo. Nella penombra argentata dello specchio, il suo viso pareva la fotografia di uno studentello di molti anni fa: gli occhi sono ingenui e rispettosi, eppure a osservarli bene s'indovina che un giorno dopo l'altro dieci rughe sottili li hanno circondati; la bocca è morbida, appena dischiusa, quasi fosse pronta a intonare piccole parole di speranza, ma le labbra sono screpolate e dietro, sui lati, qualche spazio nero racconta di denti perduti; la fronte è grande come un cielo aperto che lentamente le nuvole hanno occupato.

– Andiamo, – ha ordinato Fedele.

– Ma abbiamo il permesso? Ho tanto lavoro da fare, i fiori, le piante, gli animali… – ha ripetuto onestamente Costantino.

– Certo che ce l'abbiamo, il Pazzo vuole che il nostro giardiniere si svaghi, oggi. Mica si può sempre lavorare come negri. E stai sicuro che il prato non si secca se per un giorno non lo guardi.

Fuori della baracca c'è il giardino, ma dire giardino è dire niente: è una valle dipinta e appesa al mondo. L'erba è un tappeto smagliante che sale e scende per i pendii, e stamattina conservava qua e là pozze di buio, come se la luce ancora non volesse prosciugare i segreti della notte. Cespugli d'oleandri e di lavanda, roseti multicolori e ciuffi di biancospini, e ortensie e mimose ingioiellavano il manto dei prati; da un lato un piccolo bosco d'ulivi s'avvitava argentato nella terra, da un altro i fusti dritti dei pini romani obbligavano l'occhio ad arrampicarsi verso l'azzurro, e tra gli ulivi e i pini, tra la fatica e la nobiltà, indifferenti volavano e fischiavano gli uccelli del mattino. Piú in là s'accendeva il rosso delle stalle e accanto il giallo del fieno, ordinato in balle come in un gioco di costruzioni. In fondo alla vallata il labirinto, fatto di siepi perfettamente sagomate e alte piú di un uomo molto alto, girava su se stesso come un pensiero ostinato.

La villa padronale sta riparata tra le due querce centenarie, oltre una curva del prato. Dalla baracca si vedevano solo i vetri della torretta piú alta accesi dai raggi radenti del sole e assaliti dall'edera: giorno dopo giorno s'è arrampicata fin lassú, ficcando i suoi teneri uncini nel cemento grezzo. Varie volte a Costantino è giunto l'ordine di estirpare quell'edera, metterla nei bidoni e bruciarla in mezzo al prato, ma un contrordine scritto del Pazzo l'ha sempre fermato: «Ho cambiato idea, l'edera non si tocca perché dà riparo alle lucertole e ai gechi».

Fedele, Ottavio e Costantino sono passati a testa bassa accanto ai venticinque metri della piscina: poche notti fa d'improvviso è stata svuotata e ora è una fossa asciutta, sulle piastrelle del fondo ogni notte si abbandonano un po' di foglie secche. In un angolo un rigagnolo residuo pullulava d'insetti, rasomuro il corpicino d'un pipistrello era avvolto dalle formiche, e a Costantino sembrava d'avercelo dentro quel buco, ne sentiva il freddo. È bello e curato il giardino, sono anni di dedizione e di piccoli pensieri, è un regno creato fiore a fiore, ci sono rose impossibili e gladioli alti quanto una brava bambina, ma ora era come se tutto fosse azzannato e quasi inghiottito dal buco, scolato via.

– Dov'è finita Serena? – ha domandato Costantino con la voce cosí tenue che nessuno poteva comprenderlo e dargli una brutta risposta.

– Adesso devi venire con noi, – ha ripetuto Fedele, alla cieca. – L'ha stabilito il Pazzo.

– Che le avete fatto, dove l'avete gettata?

– Povero giardiniere nostro, non è che nella vita ognuno può fare come gli pare, – ha precisato Ottavio, e a Costantino i primi raggi della mattina lucidavano le scarpe che lo portavano via, e l'ombra d'una fronda gli incupiva la testa.

Metà d'una storia sta nel suo inizio, metà nella fine: nel mezzo tutto vaga incerto, si cerca, si smarrisce, e intanto avanza.

All'inizio Costantino era un adolescente con la testa agitata dalla fretta di vivere, e per nessuna ragione sarebbe rimasto seduto su un banco di scuola come un pappagallino sulla barra dondolante della gabbietta. Girava per Centocelle, il suo quartiere, senza darsi pace: anche quel nome, Centocelle, gli suonava come una minaccia alla libertà ripetuta cento volte, e a nulla valevano i nomi delle vie, tutte battezzate dai fiori piú belli, via delle Dalie, dei Papaveri, delle Azalee, gli pareva anzi un'offesa, fiori costretti a seccare nella miseria. A diciassette anni ogni angolo di strada deve somigliare a una promessa, ogni marciapiede alla banchina dove le cose sono pronte a salpare con te verso l'ignoto. Essere vivi in questo mondo a Costantino pareva una fortuna, ma una fortuna facile da sprecare, e non capiva chi si legava mani e piedi a un luogo e a un dovere, chi invece di farsi vela al vento preferiva divenire àncora gettata in rada, incastrata nella sabbia a fermare l'ansia della vita. L'amore era la partenza piú bella, a ogni appuntamento con una ragazza nuova Costantino caricava il suo baule di sogni su una immaginaria scialuppa e con il batticuore salutava il mondo, si stringeva alla sua bella e lanciava baci: ma era appena uno scostarsi dalla riva, una gita davanti al porto, e subito si tornava delusi indietro, nella fatica anonima del quartiere. Quelle fidanzatine non volevano dimenticare la casa, i compagni, le abitudini, non volevano l'amore che cancella tutto: a loro piaceva passeggiare la domenica per le squallide vie dei fiori stringendo forte il braccio a un maschio, per l'invidia di chi forse le spiava da dietro le finestre.

Mentre Donata, la ragazza piú grassa e paziente del quartiere, lo masturbava dentro un furgone abbandonato accanto al Forte Prenestino, Costantino ansimando ragionava: – Donata, c'è qualcosa che mi aspetta, lo so. Noi ripetiamo lo stesso giorno all'infinito, uguale e sempre piú piccolo, come negli specchi di Mario il barbiere: ma la nostra origine è da un'altra parte e dobbiamo ritrovarla, anche se fa male. Siamo le gocce del rubinetto, tiepide, fredde, tac tac, ma la fonte, quella pura, quella nascosta in fondo allo scuro dei tubi, dov'è?

– Chi se ne importa, sono discorsi inutili, da bambino scontento, – diceva la ragazza Donata.

– Anche se la felicità è in un luogo pericoloso, io la voglio raggiungere.

– Forse è al cimitero, – diceva la ragazza allargando la mano bagnata.

– Tu non vuoi venire con me?

– No Costantino, qui non mi manca niente. Per essere felice a me basta stare in compagnia delle persone che mi vogliono bene.

– Donata...

– Trovati un lavoro che ti stanchi il cervello e non mi cercare piú, te lo chiedo per favore.

Costantino cominciò a bere di mattina e anche a rubare un poco, e a fare a botte fuori dai bar, senza motivo, solo perché la gente capisse che lui non s'arrendeva. Quando si annodava le scarpe, i lacci gli si imbrogliavano sempre. Scassinava le cassette delle offerte nella chiesa di San Felice, e molte monete le riusava per accendere file di candele elettriche davanti alle cappelle laterali, dove l'ombra ristagnava come un silenzio che forse di colpo può sbriciolarsi nelle parole della provvidenza. S'inginocchiava e pregava dio e il diavolo, le mani giunte, le unghie mangiate fino alla radice: – Datemi un segno, fatemi capire oppure fatemi morire presto.

Le donne del quartiere dicevano: – Costantino, quello col ciuffo biondo, il figlio della signora Bianca, non è cattivo, ma ha le spine nell'anima –. E altre aggiungevano: – Ce l'ha anche nei piedi le spine, si lamenta e sta sempre qui, se ne andrà solo quando verrà la polizia a prenderlo.

Soltanto per inquietudine Costantino rubava le automobili: le metteva in moto con una scossa e puntava verso il centro della città. Parcheggiava in qualche stradina, scendeva e camminava ore per luoghi sconosciuti, dentro quel gomitolo di chiese, marmi e palazzi, tra gente che sembrava girare a caso come lui, alla ricerca di chissà cosa. Costantino fingeva di guardare la merce esposta nelle vetrine eleganti, ma in realtà l'occhio fissava la sagoma di quel ragazzo solitario riflesso nei cristalli, che galleggiava tra gli oggetti di lusso come un clandestino affogato nel naufragio d'un transatlantico.

Tutto gli pareva insensato, una schiuma contro la roccia, bolle colorate che si gonfiavano e scoppiavano sulla punta dello sguardo. Allora il desiderio atroce dell'amore gli penetrava l'anima, era una mancanza che s'allargava e divorava ogni pensiero, fino a diventare un gorgo sempre piú frenetico e violento, una voragine che scendeva dal petto fino al centro della terra e risaliva verso il cielo come un'invocazione. Come un cane senza padrone Costantino seguiva una ragazza a caso, gonna corta e passo lesto, la smarriva nella folla e nella folla la ritrovava: ora aveva i pantaloni e un passo indolente, poi un vestitino giallo e tante buste, e poi era una matta coi piedi sporchi che rideva, correva, che si voltava per un saluto e non c'era piú. Gli lasciava nel cuore una nostalgia tremenda, un ricordo che somigliava a una premonizione, lo struggimento che prende chi ha perduto la memoria e nel presente estraneo intravede i brandelli d'un tempo in cui la vita era pure qualcosa, e allora li tiene cari e spera.

Devo tornare a casa, adesso però devo tornare a casa, pensava Costantino, e cercava di ricordarsi dove avesse parcheggiato la macchina. Già aveva camminato tanto, le gambe erano dure come le pietre del selciato, e ancora doveva camminare prima di riposarsi sul sedile di quella macchina nascosta in qualche vicolo: andava di qua, di là, forse vicino alla macchina c'era una chiesa, ma a Roma ci sono piú chiese che preghiere, forse c'era una fontanella d'acqua fresca, non lo sapeva piú, e le serrande dei negozi calavano con un brutto rumore, la gente dileguava, era buio, era un bosco la città, e Costantino non era piú certo nemmeno del colore della macchina, forse era verde bottiglia, o stavolta era grigio fumo? Aveva due porte o quattro? Costantino girava girava fino a ritrovarsi nel punto da dove s'era mosso, o in un punto che era niente, uno slargo informe dove destra e sinistra non significavano niente, da lí scappavano come gatti dieci strade e ognuna miagolava: Costantino, che fai, dov'è la tua macchina?

Non era sua, ci aveva fatto solo pochi chilometri, però gli dava dolore dimenticarla contro il muro scalcinato d'un vicolo, la immaginava con le ruote sgonfie, gli aghi di pino e tanti fogli ingialliti di pubblicità sotto i tergicristalli, bastardi che le pisciavano sui cerchioni arrugginiti e ne provava pena. Voglio tornare indietro con lei, mormorava, lavarla e rimetterla dove l'ho presa. A Costantino tornava l'ansia di quand'era piccolo e sua madre lo portava a passeggiare, mano nella mano: andiamo al parco, prometteva, e intorno c'erano case e strade, all'inizio parevano bellissime, ma presto sembravano ripetersi, erano infinite e cattive, e la pace verde del giardino non arrivava mai, la mano piccola sudava nella mano grande, e piú Costantino chiedeva dov'è il parco, quand'è che viene, piú la madre lo tirava e taceva tra forme ignote, e la paura cresceva insieme alla città. Il nostro giardino non esiste ancora, vero mamma? Certo che esiste, figlio mio, e se non esiste lo faremo noi.

Ormai era notte, Costantino non vedeva e non capiva piú nulla. Rubare un'altra macchina gli sembrava impossibile ed era troppo stanco per scegliere l'autobus giusto, l'unica era continuare a piedi verso casa: la stazione, San Lorenzo che non dorme mai, il vento a piazza di Porta Maggiore, la Casilina che non finisce mai. A volte arrivava a Centocelle alle prime luci dell'alba, mentre aprivano le edicole con le notizie del mondo.

Una notte di primavera a Costantino s'accostò una grossa berlina, marciava accanto a lui, piano piano, con i fari spenti e i vetri chiusi. Poi dal finestrino spuntò una mano che gli fece cenno di fermarsi, una mano lunga e sottile accompagnata dalle note languide di una tromba un poco stonata che a Costantino ricordò il circo che ogni Natale veniva montato nel prato sudicio davanti al mattatoio nuovo, un tendone giallo e nero che quand'era bambino lo attirava piú di quanto gli mettesse paura. Dall'automobile scesero due tizi mai visti prima: sorridevano e coi palmi delle mani si stiravano i polsini sotto le maniche delle giacche.

– È tardissimo, sto andando a casa a dormire, – disse Costantino, cosí esausto che anche spingere il fiato fuori dai polmoni per quelle due scemenze gli costò fatica.

Presero subito a picchiarlo, colpi precisi, pesanti, che facevano scricchiolare e sanguinare. Costantino cadde per terra e si chiuse a riccio, la testa tra le mani, le ginocchia piegate contro il petto, e mentre i due continuavano il lavoro a calci, mentre dall'autoradio la tromba malinconicamente continuava a inseguire le note giuste, Costantino pensava: non devo lasciarmi sfuggire neppure un lamento. Forse questa è una prova, e io devo superarla nel migliore dei modi.

– Sei un ragazzino troppo agitato, – disse uno dei due.

E l'altro, quello dalle mani sottili, che calciava con maggiore cattiveria, con la punta ferrata delle scarpe, aggiunse: – Nella vita non è che ognuno può fare come vuole.

Quando i due risalirono in macchina, Costantino s'era rialzato, sbandando e ostinandosi a stare dritto come un puledrino appena partorito, affinché lo vedessero bene dallo specchietto retrovisore, e lo raccontassero a chi dovevano che lui non s'era mai lamentato e che alla fine, gonfio di botte e sporco di sangue, s'era rimesso in piedi.

La mattina seguente Costantino portò il caffè a letto alla madre, una donnina che per quattro soldi faceva i risvolti ai pantaloni e allargava le gonne alla gente del quartiere. Era cosí attenta e laboriosa, sempre muta con l'ago tra le dita, paziente anche con i piú noiosi, quasi rimpicciolita dall'umiltà, che un giorno, pensava Costantino, confuso sulle storie della religione, avrebbe attraversato la cruna del suo ago e sarebbe scomparsa tra le braccia di Dio. Altre volte, però, gli occhi di sua madre diventavano talmente aguzzi e neri che sembravano cattivi, e mentre lei prendeva le misure sui corpi dei clienti, Costantino pensava alle casse da morto.

– Perché ti sei scomodato? – domandò la donna perfettamente sveglia, proprio come se non avesse mai dormito in tutte le sue notti.

– Per farti cominciare bene la giornata, mamma.

– Chi ti ha conciato la faccia in quel modo?

– Nessuno.

La donna bevve il caffè lentamente, si capiva che ogni sorso era un pensiero, e zucchero non ne volle.

– È arrivato il momento, – sentenziò posando la tazzina.

Costantino si sedette sul letto: anche lui era convinto che fosse arrivato il momento, ma per che cosa?

– Da giovane tuo padre era come te, una testa senza pace. Il mondo gli metteva addosso un'irrequietezza infinita, aveva dentro la guerra e il dopoguerra. Lui diceva che era l'amore per ciò che non esiste, che ogni tanto nasce un uomo che ama cosí, senza contentarsi. Era come se guardasse la vita da un belvedere, l'ammirava tutta, anche quella che ancora non c'era, ma non poteva toccarla. Era una testa senza pace e senza mani, un'anima monca.

– Quasi non me lo ricordo, mamma. Conservo solo un'immagine: io sulle sue spalle, con il suo cappello in testa e la sua sigaretta in bocca. E lui che diceva: ecco, siamo una persona sola, e cantavamo insieme una canzonetta, ballavamo, lui muoveva i piedi e io le mani.

– Aveva il ciuffo che gli cascava sugli occhi uguale al tuo e ha vissuto quanto poteva vivere.

Appoggiata contro la testiera del letto, con tanti cuscini dietro la schiena e i capelli grigi aperti sulle lenzuola bianche, la mamma di Costantino sembrava una bambola vecchia. Aveva la voce fredda di chi ha in sé già tutte le parole da dire.

– Negli ultimi anni, però, tuo padre divenne piú tranquillo, da quando cominciò a lavorare per il Pazzo.

– Chi è il Pazzo, mamma?

La donna prese un respiro profondo e lo buttò fuori con un soffio che arrivò come tramontana fino al viso di Costantino.

– Il Pazzo aiuta le persone complicate, prova a mettere ordine nel disordine, perché lui il disordine lo conosce bene. Ogni tanto mi manda ancora del denaro, tuo padre gli era caro e gli è dispiaciuto che sia morto, e io per ringraziarlo gli faccio avere dei fazzoletti di lino ricamati.

– Ma come è morto mio padre?

– Come ogni uomo. E non chiedere mai altro.

Costantino teneva la mano sulla coperta, carezzava i piedini della madre che lí sotto gli sembravano sempre piú piccoli, due ghiaccioli che si sciolgono. – Io farò quello che decidi tu, mamma. Da solo m'imbroglio, penso, parlo e cresco nell'aria come un fumo che non fa respirare. Mi affido completamente a te, tu sai chi sono, tu mi hai fatto e vuoi la mia felicità.

Allora la madre, che tutti nel quartiere chiamavano Bianca, ma il cui vero nome era Nerina, disse: – Da domani anche tu, povero figlio mio, lavorerai per il Pazzo.

– Mi troverò bene, vero mamma?

– Dipenderà solo da te.

– E cosa dovrò fare?

– Io non lo so, nessuno lo sa, ma tu presto lo saprai.

Costantino trovava la busta, verdina o celeste, la sera tardi nella cassetta della posta. A matita ben temperata, su un foglio di quaderno a righe larghe e con l'anonima calligrafia delle scuole elementari, c'era scritto dove recarsi, che cosa prendere e dove recapitarlo. L'ordine era posto con discrezione e gentilezza, tanto che non pareva neanche un ordine, ma una cortesia che Costantino, se gli rimaneva un po' di tempo e se davvero ne aveva voglia, era pregato di fare. La lettera iniziava ogni volta con la formula «A me sempre caro C.» e Costantino, che da poco era entrato nella maggiore età con l'impressione che in quel deserto nulla fosse caro a nessuno e lui fosse meno di un'impronta sulla sabbia, leggendo quelle prime parole subito si sentiva apprezzato, anzi di piú: incredibilmente benvoluto, e subito era pronto a scaraventarsi per le centomila strade di Roma, ad attraversare il fuoco e la tempesta pur di non deludere quell'affettuosa considerazione. Leggeva le istruzioni e le imparava a memoria, perché l'ultima frase era sempre: «Ancora tanti saluti a lei e a sua madre, e le raccomando di bruciare questo pezzetto di carta».

Firme o timbri non ce n'erano, ma era chiaro che quei messaggi venivano dal Pazzo. Gli stessi due uomini che avevano picchiato Costantino, senza dire una parola gli consegnarono un motorino nuovo, con i documenti regolari, catena e lucchetto e soldi per un mese di miscela al tre. Costantino ci montò sopra cosí felice che gli sembrò d'essere Marco Aurelio al Campidoglio. Traboccante di quell'euforia che rende amici anche dei dolori, domandò: – Adesso che lavoriamo insieme, almeno ditemi come vi chiamate, se non è un segreto.

Allora quello con le mani sottili e le scarpe a punta, piegando la bocca in una smorfia di disprezzo, rispose: – Io sono Ottavio, e lui è Fedele.

– E voi lo conoscete il Pazzo?

– Non so neppure di cosa stai parlando.

Da quel giorno Costantino ne ha conosciuti tanti di Fedele e di Ottavio, muscolosi e filiformi, alti e tracagni, prudenti e nervosi, duri come travertino e sfuggenti come le serpi in mezzo alle stoppie: in piú di quindici anni ne ha salutati a dozzine, a qualcuno ha stretto la mano, a qualcuno ha chiuso pietosamente gli occhi e ne ha persino sepolti un paio, e si chiamavano tutti Fedele o Ottavio, sempre, fino a questi ultimi due che sono venuti a prenderlo stamattina alla baracca e ora gli stanno di fronte nel barcone-ristorante, e neanche lo guardano piú in faccia, uno fuma e gioca con gli stuzzicadenti e l'altro fissa il fiume nero che tonfa contro la chiglia e nella testa di Costantino.

– Adesso che ore sono?

– Poco a mezzanotte, – risponde Fedele.

– Tra poco mi ammazzerete.

– Non dire idiozie e bevi, – taglia corto Ottavio, che non vuole emozioni.

E adesso Costantino beve, un bicchiere e subito un altro, il vino rosso gli cola sul mento, e sarà l'ebbrezza o la rassegnazione di fronte all'inevitabile, ma non ha paura, sente di poter dire quello che vuole. – Prima di morire voglio sapere dov'è Serena. Era cosí bella. Assassini, che le avete fatto?

– Lascia stare.

– E allora raccontatemi, il Pazzo chi è, l'avete mai conosciuto, l'avete incontrato almeno una volta?

– Buono il vino, eh?

– Parlate, cazzo, – e sono anni che, giardiniere tra gli alberi e i fiori, Costantino non pronunciava una brutta parola. – Parlate, per favore.

Fedele prende dal piatto una vongola rimasta chiusa, prova a forzarla con le unghie e per un attimo nella giacca rossa gli si gonfiano i muscoli, al polso ballano la lupa e l'aquila d'oro, ma la piccola vongola non cede. Ottavio si appoggia con i pugni al tavolo, lungo lungo si curva in avanti e dondola la testa cercando le parole, sotto il mento la barbetta da capra sembra un pennello che esita prima di tracciare un segno.

– Tu hai fatto qualcosa che non potevi fare, Costantino.

– Ma cosa, che cosa?

– Questo noi lo ignoriamo, tu che sembri una testa vuota invece lo sai, eccome se lo sai, anche se hai la faccia da ragazzino io ti conto le rughe e i capelli bianchi, – dice a bassa voce Ottavio.

Nei primi mesi di lavoro – sembra passato un secolo, è un'epoca abitata da un'altra persona, uno sventato che non sapeva nulla della vita – Costantino leggeva in fretta, con le mani che gli tremavano, quelle letterine delicate scritte rotonde sul foglio di quaderno, mandava a mente le istruzioni e poi masticava la carta e la inghiottiva. Cosí il comando ce l'ho dentro, pensava, non mi posso piú sbagliare.

– Io vado, – diceva a sua madre con il piglio del giovane soldato.

– Torna solo quando hai finito il lavoro, – rispondeva la donna continuando a infilare l'ago e le pupille nella stoffa.

Costantino saliva sul motorino cromato che ogni mattina lavava e lustrava, e si dirigeva dove preciso l'ordine lo inviava, a volte di giorno, piú spesso la notte. Sul foglio ad esempio c'era scritto: «A via Ruggantino, accanto a una lavanderia, c'è un bar: a un tavolino sarà seduto un signore con la cravatta e al guinzaglio avrà un cane maremmano che si chiama Valanga. Il signore le darà un pacchetto avvolto nella carta del giornale di ieri, e dopo due ore recapiterà quel pacchetto a piazza dell'Enciclopedia numero sei. È un palazzo antico e sporco. Il nome sul citofono è Bravi, l'interno è il quattordici. Consegnerà il pacchetto al signor Bravi in persona: lui la aspetta, ha un tic all'occhio sinistro».

Era facile, un viaggio su rotaie, però bisognava mantenersi attenti, entrare bene nel ferro degli scambi.

Quando il viaggio era piú complesso, Costantino doveva concentrarsi in un modo che a lui, svagato per amore, risultava quasi doloroso. Le mille immagini del mondo lo tentavano, ma piú imperioso di loro c'era il dovere. «A via Adigrat c'è un negozio di piccoli animali, cani, gatti, topolini d'India e soprattutto uccelli. C'è un chiasso tremendo in quel posto. Deve chiedere quanto costa il merlo indiano, un uccello parlante che sa molte frasi, ad esempio: Arlecchino, oggi è domenica o lunedí? È tutta colpa del petrolio, petrolio arabo. Quando comincia questa festicciola, patatine, gelato, cocacola? Il proprietario è un uomo seduto a controllare i conti e le dirà che il merlo è un figlio e i figli non si vendono. Poi le consegnerà una busta bianca. Quella busta la dovrebbe portare all'aeroporto di Ciampino, sull'Appia. Sotto il tabellone delle partenze incontrerà una ragazza con quattro valigie: lei ha una treccia molto lunga e due scarpe diverse. Le dirà: stiamo viaggiando, e lei risponderà: forse ci spostiamo solamente. Le consegnerà la busta bianca e lei le darà una scatolina di latta con il coperchio saldato. Quella scatolina la porterà stasera alle undici sulla Camilluccia, al numero centotrenta, in una villa dove ci sarà un grande ricevimento, fiaccole lungo i viali, servi in livrea...»

Era come muoversi dentro ai sogni dell'alba, quando il sonno, di fronte al risveglio che già s'annuncia, resiste aggrappandosi agli ultimi segreti, alle immagini piú sfuggenti e irreali ma anche piú marcate: cosí in quei tragitti situazioni e volti mutavano senza ragione eppure sembravano inevitabili, i posti erano distanti, ma presto s'incollavano uno accanto all'altro come fotografie su un album di ricordi, e tutto si susseguiva con la logica aerea e inarrestabile delle porte che sbattono in una casa immensa, invisibilmente spinte dal vento.

Intoppi non ce ne furono quasi mai: si potrebbe anzi dire mai in assoluto, se con il temperino si raschiasse via un episodio.

Quella notte Costantino era corso a ricevere «un plico di plastica nera, stretto con una cordicella e un elastico» dal cameriere zoppo di un ristorante per turisti, vicino a Fontana di Trevi. Era la fine di luglio, e il caldo solido di tutta la giornata s'era appena allentato, appena un poco, per lasciar passare qualche soffio che rinfrescava il sudore e smuoveva i capelli. Costantino s'era seduto a un tavolino del ristorante, ancora affollato nonostante fosse passata l'una di notte. Levati i sandali, aveva provato piacere nel sentire le piastrelle sotto le piante dei piedi. Intorno a sé, stordito e rallegrato, Costantino vedeva e udiva parlare gente di tanti paesi del mondo, americani, giapponesi, spagnoli, e forse c'erano anche finlandesi, slovacchi, cileni, e altri magari arrivavano da luoghi che Costantino neppure sapeva dove fossero, se realmente esistessero. Dalla Fenicia, da Cartagine, dall'Attica, pensava ricordando il libro delle elementari.

– Una birra e una pizza, – aveva chiesto sorridendo al cameriere che gli si era avvicinato, e con la coda dell'occhio intanto aveva individuato lo zoppo, serviva un altro tavolo. Non era prevista una pausa per bere e mangiare, ma c'era tempo per la consegna – ai giardini di piazza Verbano, dopo due ore, a un vecchio con la giacca del pigiama – e allora tanto valeva perdere quel tempo in mezzo a un bel mondo di gente piuttosto che da solo, piú tardi, chissà dove.

– È una meraviglia Roma, vero? – aveva detto a una coppia di russi corpulenti che si dividevano una pizza.

– Roma, Venezia, Ancona, Napoli, – gli aveva risposto il russo maschio, mostrando gli incisivi d'oro.

– Sí, ma Roma è piú bella, dia retta a me. Io non sono mai stato a Venezia e a Napoli, ma sono sicuro che non ci arrivano neanche alla spalla.

– Mamma mia, male, madonna maiala, merda, morte, – continuava il russo, cantilenando tutte le parole italiane che conosceva.

– Parli bene, ci si capisce.

– Vaffanculo, – aveva concluso la donna, nell'ultimo boccone.

Costantino aveva scolato un'altra birra, sudava felice adesso, e volentieri s'era prestato a scattare una foto a quattro giapponesi in posa di fronte a quattro pizze giganti, quindi a indicare a gesti il percorso per piazza del Popolo a un gruppo di tedeschi. Poi, a un mendicante magrissimo che girava tra i tavoli suonando una chitarrina senza corde e mostrando delle brutte macchie nere sul viso e sulle braccia, solo Costantino aveva fatto una elemosina, e s'era sentito buono davanti al cielo delle nazioni lí riunite, buono oltre che contento, buono oltre che sazio e romano, e l'aria ora arrivava proprio fresca, un premio.

Infine Costantino, a ristorante ormai semideserto, aveva fatto un cenno al cameriere zoppo.

– La fontana chiama la gente assetata, – gli aveva detto, ripetendo le parole stabilite sulla letterina.

– Vuole un'altra birra?

– La fontana chiama la gente assetata.

– Che significa?

– È la nostra frase.

– Io non la capisco, mi dispiace.

Costantino guardò l'orologio sul muro: per la consegna gli restava solo mezz'ora, bisognava sbrigarsi. – Il pacchetto nella plastica nera, chiuso dalla cordicella e l'elastico.

– Non so di cosa stia parlando, – rispose il cameriere, un viso da faina acquattata, due spallucce sfuggenti.

– Il pacchetto, – riprovò Costantino, che ora aveva la voce rosicchiata dalla disperazione e dalla fronte gocciolava sudore sulla tovaglia di carta. – La prego, non mi metta nei guai.

– Le cose non funzionano cosí, – fece l'uomo, vago, e zoppicando sparí oltre la porta della cucina.

Senza neanche pagare Costantino uscí dal locale, slegò il suo motorino dal palo e a tutta velocità puntò verso piazza Verbano, con il cuore che gridava e scalciava come un matto. A viale Regina Margherita la ruota davanti slittò sui binari del tram e in un attimo Costantino si ritrovò con la faccia sull'asfalto, mentre il motorino derapando si incastrava sotto una macchina parcheggiata. Ora Costantino sudava e sanguinava, ma non poteva fermarsi a piangere. Riuscí a strappare il motorino da quella morsa, e poi cercò in ogni modo di accenderlo, a pedate, a spinte, a preghiere: e il tempo passava, se lo sentiva battere nelle tempie come un martello, e poi scorreva tra le gambe con il sudore, con l'urina, e poi ancora piú rapido, come il sangue che pulsava dalle ferite. Accenditi, ti scongiuro, fallo per me, accenditi! Sarò sempre puntuale, sempre ubbidiente, farò quello che devo fare e nient'altro. Una scintilla, un botto, e il motore resuscitò. E via di nuovo, contromano, contro tutto, per arrivare in tempo a dire mi dispiace, io il pacchetto non ce l'ho, non ce l'ho, è stata colpa mia, mi perdoni.

Arrivò con un minuto appena di ritardo. Il vecchio che l'aspettava stava riverso a pancia sotto nell'erba ingiallita del giardinetto, un po' di vento gli muoveva la giacca azzurra del pigiama e un cane gli annusava le gambe secche. Costantino provò a smuoverlo, all'orecchio gli diceva alzati, sono qui, sono arrivato, alzati per favore – ma i morti non si rialzano, e allora Costantino si diede un pugno in testa, si fece il segno della croce e poi scappò.

– Hai fatto qualcosa che non dovevi fare, Costantino. Tu sembri una testolina vuota ma lo sai, eccome se lo sai...

Lo sa Costantino, lo sa che non per quella colpa lontana ora dovrà pagare. Per quella tremenda distrazione fu perdonato, già la mattina seguente trovò nella cassetta la solita busta, violetta o forse avorio, e nella busta il solito foglio di quaderno a righe larghe. «A me ancora caro C., per una sua disattenzione stanotte un filo s'è spezzato, e invece era un filo che doveva annodarsi. Un'occasione è andata perduta, e ricordiamoci che nessuna occasione ritorna uguale a prima, come nessun giorno può da capo essere vissuto. Peccato, a volte sarebbe bello poter ricominciare dall'inizio, potersi ritrovare di nuovo proprio a quel bivio, e stavolta imboccare la strada giusta. Però, anche se si prende la strada sbagliata, finché è possibile bisogna andare avanti e dimenticare. Proviamo a dimenticare, finché è possibile, e forse le strade del bivio si ricongiungeranno. Oggi a mezzogiorno dovrebbe recarsi al mercato di piazza Vittorio, sul lato corto c'è un banco di spezie e un arabo con la radio accesa, ascolta musica classica...»

Costantino mandò tutto a mente e poi masticò e deglutí in un colpo quel foglio, quasi fosse una medicina amarissima ma capace di curare il male.

La madre, misurando una stoffa con il palmo della mano, gli disse: – Figlio mio, tu sei l'ago che cuce, non il dito che spinge.

– Mamma, io penso all'amore, lo penso cosí grande e diverso da me che mi prende la paura di non riconoscerlo, e mi sento solo.

– Aspetta, abbi pazienza, e l'amore ti verrà incontro. E intanto fa' come se non ci fosse, esegui gli ordini puntualmente. Tu sei l'ago, ma sei anche la lancetta dei secondi, devi girare veloce dentro un tempo che scorre piú lento.

– Farò come dici, mamma.

– Non ti lasciare andare.

– No, mai.

Per un lungo anno, sotto la pioggia gelata o il sole rovente, nell'intrico soffocante dei pomeriggi o nel vuoto splendido della notte, Costantino batté preciso il suo tempo, cucí lembi e attimi lontanissimi, cercando di non pensare troppo e di tenere sempre lucido il motorino.

Ogni istante avrebbe potuto chiedersi: perché? ma evitò in ogni modo che la mente si paralizzasse su un dubbio. Solo nel sonno, e raramente, la lancetta girava all'incontrario, verso la terra delle domande. Sognò che un pilota d'aereo, con la sciarpa piena di immagini e di vento, gli metteva nelle mani una pietra preziosa incastonata in un anello: è un piccolo pianeta di un universo lontano, è il dono che hai scelto per la tua futura moglie, diceva il pilota. E ora Costantino doveva assolutamente portarlo sottoterra, metterlo al suo posto, infilarlo al dito della sposa, cosí si calava nel tombino davanti casa e cominciava a scendere per un cunicolo buio. Procedere in quell'imbuto di roccia e argilla era sempre piú arduo, ma intorno Costantino intravedeva eliche, carlinghe, ali, e pensava: forse tra poco si aprirà il cielo, forse. E nel sogno, mentre il fiato impolverato iniziava a mancare, si domandava: se il cielo è sottoterra, se l'amore è sottoterra, riuscirò a trovarlo prima di morire o lo troverò solo nella morte?

Quando ritirava o consegnava un pacchetto, senza darlo troppo a vedere Costantino osservava bene i volti delle persone, i loro luoghi, le luci e le ombre. Non facevano piú parte indistinta del paesaggio, erano punti eletti, angoli scelti d'una trama, eppure – zingari o parlamentari, militari o benzinai – in quel momento tutti rimanevano impassibili come anonimi funzionari, davano o prendevano e non c'era altro. Questo metteva nel cuore tenero di Costantino una sottile angoscia, quegli invisibili fili tracciati da una roulotte a una villa, da un negozio a un giardino, da chissà dove a chissà quando, tesi come in una ragnatela, a volte se li sentiva in faccia, attorno al corpo, e non esisteva gesto o pensiero buono per liberarsene.

Chissà se sono solo io a girare e a congiungere quei punti lontani, o se siamo dieci, o mille, e se un giorno persino a me arriverà un pacchetto portato da un ragazzino sconosciuto – e cosí pensando i fili attorno alla mente aumentavano. A volte il giovane Costantino si tirava fuori dal grande viavai della città, si sedeva su un muretto in collina e, come se fosse sul bordo di un piatto smisurato, immaginava con un mezzo sorriso i tragitti delle persone uguali ai fili degli spaghetti, intrecciati dentro a un sugo rosso come il sangue, cucinati a puntino o scotti, pronti per essere mangiati.

Ma no, che sciocchezze, diceva scrollando la testa per far volare via le mosche dei pensieri, ci sono solo io a fare il galoppino per il Pazzo, a portare per lui quattro buste in giro per Roma.

Dopo un anno di viaggi obbedienti, una sera Costantino suonò al citofono del residence che gli era stato indicato nella lettera. Una voce di donna disse: – Sali, ultimo piano.

La porta dell'appartamento era aperta. – Entra, – gli disse la donna, e non stava accadendo niente di particolare, e neanche la casa aveva nulla di strano: un monolocale arredato come una stanza d'albergo, due poltrone e un tavolo basso coperto da riviste di moda, tende bianche davanti alla finestra, un grande letto sfatto. Sparse sul pavimento brillavano tante monete, come gocce di pioggia.

La donna stava seduta davanti allo specchio del minuscolo bagno, incorniciato da tante piccole lampadine. Poggiata sul lavandino, una radiolina mal sintonizzata, le pile attaccate con il nastro adesivo, liberava suoni sconnessi, frulli, pigolii. Era come un nido scuro. La donna aveva un vestito corto e nero, grandi cerchi d'oro alle orecchie, i capelli biondissimi legati con un nastro di velluto, scarpe eleganti e occhiali da sole. Sembrava pronta per scendere in strada, montare su una bella macchina e farsi portare a una festa di quelle che finiscono all'alba, tra i bicchieri rotti, le sedie rovesciate, gli ubriachi e coppie di sconosciuti che si sorreggono e si baciano. Da sotto le lenti nere le colavano sulle guance le lacrime, i rumori della radio sembravano i loro rumori.

– Sei puntuale, – disse a Costantino che rimaneva in piedi, le chiavi del motorino a tintinnare in mano.

– Per forza.

La donna aprí un cassetto, frugò tra spazzole e rossetti e finalmente da sotto un foulard prese una busta quadrata. Una lacrima appesa al mento come un uccellino a una grondaia oscillò e gracchiando cadde sopra la busta.

– Ecco.

– Grazie.

Ora la radio afferrava e perdeva una vecchia canzone, e nello specchio la donna continuava a piangere, e Costantino rimaneva lí, in piedi dietro a lei, come se ci fosse ancora qualcosa da dire. Le mise una mano sulla spalla, e lei la strinse forte.

– Tutto va avanti senza che noi capiamo niente, – mormorò la donna. – È da quando sono bambina che mentre mi pettino mi chiedo che senso ha questa faccia nello specchio e provo un dolore qui, nel petto, e per farlo passare mi faccio piú male.

– Cosa c'è da capire?

– Io mi vesto, mangio, esco con gli uomini, a volte li desidero tra le cosce, e non so perché. Non so neppure perché piango. A volte mi sembra che se al posto mio ci fosse un'altra donna, anche migliore di me, tutto continuerebbe identico, e se al posto di tutti quanti ci fosse altra gente non ci sarebbe differenza. Si pettinerebbero e andrebbero avanti, perché non si può fare diversamente.

– Io vado senza chiedere, ma quando troverò l'amore mi fermerò e lí sarò proprio io, non un altro.

– E come farai a riconoscere l'amore?

– Mi sembrerà di morire.

La donna si voltò e abbracciò i fianchi stretti di Costantino. – Buona fortuna tesoro, sei giovane, te la meriti, – gli disse. – Però ho paura che l'amore sia come queste buste, qualcosa che va e viene solo per tenere unito il niente.

Costantino le passò una mano tra i capelli.

– Perché ci sono tante monete sul pavimento?

– Le lasciano cadere gli uomini, come fanno i turisti nelle fontane. Ha cominciato uno e gli altri hanno continuato. Sono piccole promesse, e io non le tocco, aspetto. Qualche uomo torna, ma lo sai, tornare indietro non è mai una gioia.

– Bisogna andare avanti.

– Sí.

– Allora vado.

– Vai e porta la busta là dove l'aspettano.

Costantino scese in strada, accese il motorino e partí lungo viali alberati, ma tutto questo avvenne senza che lui se ne accorgesse, perché la testa stava dentro le parole di quella donna malinconica. Il vento in faccia sembrava piú pesante, come se l'aria facesse maggiore resistenza, una tenda scura da spostare con il viso, e poi un'altra tenda, e un'altra ancora. Con la mano destra Costantino teneva la manopola dell'acceleratore, e con la sinistra palpava nella tasca la busta da consegnare. Per conto loro, le dita cercavano di decifrare il contenuto, toccavano per leggere, per imparare, la curiosità le rendeva sensibili e intelligenti. C'era qualcosa di morbido dentro la busta, un corpo che cedeva e si divideva nei quattro angoli. La mano destra tirò il freno e il motorino si fermò proprio sotto un lampione. Le foglie agitate degli alberi facevano fremere la luce e la smorzavano, ma forse poteva bastare. Costantino prese il temperino che sempre teneva nel cassetto e con calma e con impazienza scollò la busta. Si ricordò della sua prima comunione, quando con le unghie sudicie s'era staccato l'ostia attaccata sul palato, un peccato mortale ma inevitabile. Fece attenzione a non rovesciare nulla, anche un grammo poteva essere preziosissimo, e di sicuro nella busta erano tutti contati quei grani che sentiva ardere sotto i polpastrelli. Cos'era? Pensò alla droga, all'oro, a qualche segreta sostanza che valeva cento volte piú della droga e dell'oro. Pensò a una polvere capace di resuscitare i morti, di far volare le pietre, pensò a tutto ciò che gli uomini colpevolmente desiderano e che non ha neppure un nome.

Era solo sabbia, una mezza manciata. Quella che rimane avvinta alle caviglie, quando già ci si rinfila le scarpe, che scricchiola sotto i denti, quella che il vento o un bambino ci tirano negli occhi. L'infinita sabbia davanti all'infinito mare.

Una macchina passò veloce accanto a Costantino con gli abbaglianti accesi e la musica stridula, e forse un uomo lo guardò. Un po' di sabbia cadde dalla busta sulle scarpe.

Da quella sera Costantino cominciò regolarmente a indagare, disfacendo e rifacendo i pacchetti con la precisione e la cautela di un commesso d'oreficeria. Trovò tanta sabbia, nera e bionda, asciutta e umida, ma anche altro: piccoli ritagli di quotidiano dov'erano stampati i nati e i morti dei giorni precedenti, e il tempo previsto per l'indomani, e gli oroscopi e le fasi della luna; trovò nelle buste coriandoli di tanti colori, e anche fogli di quaderno assolutamente bianchi, minimi brandelli di carte geografiche, e pezzi di spago, stringhe di scarpe e sassolini, bottoni e penne d'uccello, e anche niente, e di nuovo tanta sabbia.

Ma non per questo mi ammazzeranno, pensa Costantino, con il bicchiere vuoto in mano, alto davanti agli occhi, e i visi di Fedele e Ottavio deformati oltre quel vetro bagnato.

– Quante volte si può sbagliare? – balbetta Costantino.

– Non c'è una regola, – risponde secco Fedele. – Mille sbagli possono essere meno di uno sbaglio solo.

– Decide il Pazzo, non è vero?

– Parli e non sai cosa dici.

– E come mi ammazzerete? Una botta di coltello alla gola, il sangue che vi schizza sui vestiti, oppure un laccio silenzioso e io che agito le gambe come una marionetta, e poi sempre piú piano, o un colpo di pistola in testa mentre sono girato, che farete?

– Tu sei giovane… Hai le prime rughe e i capelli un po' grigi sulle tempie, ma devi ancora campare tanto, – dice Ottavio lisciandosi la barbetta da capra di città.

Un cameriere, dopo aver rovesciato le sedie sui tavoli già sparecchiati e puliti e aver spento alcune luci laterali, s'avvicina a piccoli passi discreti: – Tra cinque minuti chiuderemmo, – dice.

– Tra cinque minuti ce ne andiamo, – lo rassicura Fedele allargando le mani enormi.

Cinque minuti, pensa Costantino, e poi sarò ucciso: qui fuori, nel parcheggio sul fiume, dietro una macchina. In fondo, se la vita fosse lunga solo cinque minuti, sarei appena all'inizio, avrei tutto il tempo per capire.

Una mattina nella cassetta della posta trovò la lettera che da parecchio temeva. «A me sempre caro C., la curiosità rischia di accecarla. Chi vuole vedere troppo può ritrovarsi senza occhi a chiedere l'elemosina davanti alla chiesa di San Felice. Chi vuole comprendere ciò che non può comprendere finisce con il cervello bruciato, come i dementi nelle piazze dei paesi o alle fermate delle corriere, o come certi ridicoli poeti. Cosí, poiché nonostante le offese che mi ha rivolto ancora la apprezzo e la proteggo sotto il mantello della mia benevolenza, ho stabilito che da domani cambierà lavoro. Si occuperà del giardino della villa, delle piante e degli animali. Taglierà il prato, lo voglio perfetto. Rasare l'erba è un nobile esercizio di pazienza. Il mondo non deve riguardarla piú, lei non è pronto per abitarlo e conoscerlo. Questa non è una punizione, badi bene, è solo la scoperta, mia e sua, di quale sia il vero ruolo per lei. Ricordi però che ci si può perdere in mezzo alla confusione della vita ma anche nel verde di un giardino. La prego, caro C., non mi deluda piú, e mi saluti di cuore sua madre».

Seguivano, sul retro del foglio di quaderno, frecce e indicazioni per arrivare alla villa, situata subito all'interno del Raccordo, in una stradina che si dipartiva tra gli alberi alla fine di via della Pisana. C'erano anche dei numeri, codici da imparare a memoria e battere su certe colonnine che dovevano trovarsi di fianco a un primo cancello e a un secondo.

– Cambio lavoro, – disse Costantino alla madre, mentre delicatamente le poggiava sul letto il vassoio con il caffè.

La donna fece un respiro profondo, come se sollevasse un macigno con il petto. Aveva gli occhi stretti e severi, sulle dita stese sopra le coperte mostrava anelli che di giorno non portava mai, un leggero tremore le agitava il mento. – Hai perduto il vecchio lavoro, dunque.

– Sí, ma ne ho trovato uno migliore, farò il giardiniere, via dal disordine, via da questo quartiere senza capo né coda.

– Via da tutto.

– Vedrai, sarò bravo, il mio prato sarà il piú verde, e ci saranno anche animali da curare.

– Gli animali sono deboli, fanno soffrire.

– Io li farò star bene.

– Stai attento, il Pazzo è buono e cattivo allo stesso modo.

– Sí.

– Allo stesso modo.

Quel pomeriggio Costantino si recò alla villa. L'ultimo chilometro lo fece a piedi, spingendo il motorino lungo una leggera salita, perché temeva che il rumore della marmitta potesse disturbare. Aveva l'impressione che dentro le gambe le ossa gli si sciogliessero, che fosse solo la piega dei pantaloni buoni a tenerlo in piedi, il cuore gli batteva dappertutto. Trovò i cancelli, batté i numeri sulle colonnine, per l'emozione si confuse, li batté altre tre volte e finalmente i cancelli dalle sbarre strette e dalle punte aguzze si aprirono. Si avviò lungo un viale che ondeggiava tra due file di pioppi magrolini, vide il recinto di un maneggio, una stalla che traboccava fieno, grandi prati un po' gialli e spelati, una piscina azzurra come l'occhio di un bambino. Nell'aria si rincorrevano le note spezzate d'una tromba, come un uccello che sbatacchia e non prende cielo. Prima che Costantino arrivasse alla casa padronale, due uomini vestiti di nero gli vennero incontro.

– Mi chiamo Fedele, – disse quello che per stazza ed età pareva comandare.

– Io sono Ottavio, – fece l'altro, un bassetto con la testa rasata e due baffetti da topo.

Non aggiunsero nessuna parola di benvenuto. Un cenno e Costantino li seguí fino alla baracca che da quel giorno sarebbe stata casa sua. Gli indicarono un rastrello, la pala e la carriola, una tuta di cotone blu e degli scarponcini, poi alcuni bocchettoni per l'acqua sparsi nella tenuta.

– La mattina ti alzerai alle sei, mangerai a mezzogiorno e alle sette di sera, durante il giorno cercherai di rendere tutto piú verde. Non ti accostare alla villa e non provare a uscire.

– Quello cos'è, – domandò Costantino.

– È un labirinto, ma la siepe cresce male, è mezza secca.

– Chi è che suona la tromba?

– Nessuno.

– La tromba che si sente.

– Io non sento nulla.

Costantino iniziò subito a pulire il giardino, come se fosse la sua stanza. In un sacco di plastica nera preso nella baracca infilò tutto ciò che non aveva a che fare con gli alberi e gli animali. Mozziconi di sigarette, accendini, un paio di occhiali rotti, fogli di una rivista pornografica, rondelle di ferro, una scarpa, un disco spezzato, un fazzoletto sporco di sangue, un coltello: passo passo setacciava i prati, frugava nei cespugli e imbottiva il sacco di schifezze. Quanti ettari saranno? – si domandava – tre, cinque, nove? e non era in grado di rispondersi, anche perché non avrebbe saputo definire con sicurezza un ettaro, e poi il terreno saliva e scendeva, s'allargava e di colpo si bloccava contro il muro di recinzione.

Riempí cinque sacchi, e il lavoro non era certo finito, però il sole calava e Costantino capiva che quella era l'ora in cui in tutta Europa si innaffiano i giardini. Attaccò la manichetta a uno dei bocchettoni e si sentí importante, l'uomo dell'acqua.

A mezzanotte, sotto la luna piena, Costantino ancora innaffiava. L'acqua che a poco a poco intrideva la terra gli regalava una calma nuova. Tirandosi dietro il tubo di gomma, Costantino si spostava da un cespuglio a un albero, oppure si fermava al centro di un prato lasciando che l'acqua gli colasse a lungo dalla mano sull'erba inaridita: stringeva con il pollice l'orifizio del tubo e oscillando il polso guardava spalancarsi davanti a lui un largo ventaglio trasparente. Costantino si sentiva simile a una fonte, una fessura che butta placidamente senza svuotarsi mai, e anche i pensieri uscivano dalla mente cosí chiari che dopo poco non erano piú nulla, piccole onde che crescevano e scomparivano senza fatica. Mi piace bagnare il prato, pensava, mi piace la pioggia, la primavera che fa le donne innamorate, il fresco. A volte s'incantava in un punto e attorno agli scarponcini di cuoio si creava una fanghiglia buia che sembrava volerlo inghiottire.

Arrivò una macchina con i fari spenti, fu la frenata brusca a risvegliare Costantino, una voce che gridò: – Corri, veloce, corri.

E Costantino, mollato il tubo nell'erba, corse piú veloce che poté: fuori dalla macchina c'era il piccoletto con la testa rasata e i baffi da topo, si batteva le mani contro le gambette magre, girava in tondo bestemmiando.

– Cosa è successo? – domandò Costantino.

– Aiutami a tirarlo fuori, presto.

Sui sedili di dietro gemeva quello che la mattina s'era presentato come Fedele, ora pareva enorme e gemeva, ma sempre piú piano, e pesava come piombo mentre in due lo afferravano per le braccia e le gambe, sei braccia, sei gambe, tre teste, e quel corpo scivolava da ogni lato, urtava contro gli spigoli interni della carrozzeria, soffiava come un canotto bucato, soffiava dio madonna, resisteva, fino a quando sono riusciti a strapparlo da lí e scaricarlo sulla ghiaia. Sembrava estratto da un pozzo di sangue, era rosso dalla testa ai piedi.

– Che dobbiamo fare? Bisogna chiamare un medico, l'ambulanza?

– Non serve, – disse Ottavio mordendosi i baffetti e piangendo senza piangere.

– Perché?

– È morto, idiota, non lo vedi che Fedele è morto, tu non capisci proprio niente di niente, – e tirò un calcio disperato a quel corpo immobile che non gemeva piú.

– Devi raccontarlo al Pazzo?

– Ma che dici, idiota, lui lo sa da prima. Forza, adesso, muoviti. Vai a prendere la pala e la carriola nella baracca.

Costantino è andato silenzioso ed è tornato cigolando, di nuovo ha aiutato Ottavio a sollevare ciò che quella mattina si chiamava Fedele e aveva una vita e adesso era una massa di carne inutile. L'hanno adagiato sulla carriola, ci stava come il mar morto in un bicchiere, gambe e braccia gocciolavano da ogni lato, la testa dondolava senza pace, sembrava dicesse no, no, no. Spingendo la carriola, Costantino e Ottavio si sono inoltrati nel labirinto di bosso. La siepe non superava le spalle, in piú punti era rada e assetata. Dopo una serie di giravolte ingannevoli e un paio di corridoi ciechi, sono arrivati a una minima radura, l'occhio del vortice.

– Scava, – ha detto Ottavio. – Quando sei stanco ti do il cambio.

Dopo mezz'ora la fossa era pronta.

Mentre lo calavano giú nella terra, il corpo di Fedele ha avuto un sussulto da coda mozzata, ha mormorato qualcosa come: – Paura, – e poi è tornato fermo e muto. Fino all'alba Costantino e Ottavio gli sono stati accanto per capire se davvero era eternamente cadavere. Il cuore rimaneva immobile, fiato non c'era, a poco a poco il corpo irrigidiva e cosí, mentre il sole spuntava sulla città e su quella radura segreta, senza piú esitare l'hanno coperto con trenta palate di terra.

Due giorni dopo il bandito piccoletto era di nuovo in coppia, stavolta con un uomo dai capelli a spazzola e gli occhi mongoli. A Costantino lo sconosciuto s'è presentato con una brusca stretta di mano, ha detto: – Il mio nome è Fedele.

«A me sempre molto caro C., vorrei farle una raccomandazione: si prenda cura con tutto il cuore del cavallo, Diamante dev'essere il piú bel cavallo di questa terra. Gli porti sempre rispetto, perché Diamante ha piú di cento anni, e lo lasci pure pascolare sui prati: vorrei che quell'animale si sentisse libero, almeno per il senso che questa parola può avere all'interno del nostro giardino, e forse anche del mondo. Sarà libero come una figura dipinta dentro un quadro perfetto. E attenzione agli zoccoli, vorrei che splendessero come i lampi dei temporali».

Diamante era legato a catena nella stalla, gli si contavano le costole e aveva una brutta piaga su un fianco, gli occhi parevano vetro smerigliato. Frustando la coda nell'aria cercava di cacciare le mosche che s'abbeveravano alla piaga e agli occhi. Uno zoccolo batteva sul cemento.

Costantino gettò del fieno nella mangiatoia di Diamante, poi si sedette per guardarlo mangiare. Lo osservava mentre tremando allungava il collo, e intanto ripensava alle parole astratte che aveva ascoltato nella sala corse del suo quartiere, un camerone dove la gente fissava i cavalli che galoppavano nelle televisioni e sputava sul pavimento. A dire il vero mentre i cavalli correvano la gente restava zitta con il biglietto della puntata a soffrire tra le mani, ma prima della gara le voci si scontravano in un chiasso di parole, baio, mezzo milione, finimenti, strigliare, due anni, un buon finale, garretto, brocco, è sicuro, è un cavallo sicuro, scoppia, basta osservarlo, e Costantino non capiva niente di quella lingua. Gli sembrava solo che quegli animali fossero nervosi e infelici, e anche la gente che gridava era cosí. Ogni cavallo era un numero, ogni uomo una scommessa.

Uscí dalla stalla che sapeva molto di Diamante, eppure non ricordava nemmeno se fosse bianco o nero. Rientrò per un momento: era bianco, e rientrò un'altra volta ancora per salutarlo.

Per tre mesi Costantino curò quel cavallo come un amico caduto nella disgrazia. Gli dava la biada, lo portava nel prato e gli parlava di ogni cosa. Il tono della voce, quasi regolare e calmo, era piú importante delle parole. – Devi riprenderti per bene, Diamante, mettere su muscoli e un pelo lucente, tu sei un cavallo tartaro, cosí mi ha scritto il Pazzo in un biglietto. A me tartaro sembra una parola maligna, una morchia scura che si attacca alle cose per farle marcire, invece tu devi essere bianco come lo smalto. Comunque questo giardino, a paragone del posto immenso dove sei nato, è appena un francobollo, ma ci sono francobolli che valgono una fortuna, che valgono piú di qualsiasi lettera, anche se lunga piú di cento fogli. Non essere triste Diamante, riposati, mangia, io faccio crescere l'erba apposta per te.

A volte Diamante gli posava la testa sulla spalla, Costantino sentiva il caldo del suo fiato nelle orecchie, e la criniera bianca del cavallo si mescolava al ciuffo biondo del giardiniere. La piaga sulla schiena di Diamante s'era seccata, sotto la pelle la forza cominciava a guizzare.

Una sera un nuovo biglietto ordinò con garbo a Costantino di pitturare d'oro gli zoccoli del cavallo, «perché sulla terra l'oro corre piú veloce del pensiero». Con la faccia severa Fedele e Ottavio gli consegnarono un piccolo barattolo e un pennello dalla punta fina.

– È oro zecchino, non ne sprecare neanche una goccia.

– Non so se sono capace.

– Devi farlo e basta.

Costantino prese una panchetta, la piazzò nella stalla accanto a Diamante e cominciò quel lavoro da calzolaio matto. Sulla superficie rugosa degli zoccoli l'oro attecchiva bene, il grigio spariva pennellata dopo pennellata come il giorno sparisce nei sogni. – Io ti voglio bene, cavallino mio, ti voglio fare piú bello, non ti arrabbiare, porta pazienza, ti prego.

Diamante nitriva nervoso, ma accettava.

Dopo che gli zoccoli delle zampe anteriori furono verniciati, Costantino ci soffiò sopra tutta l'aria che aveva nei polmoni per asciugare in fretta l'oro, poi spostò la panchetta e passò agli zoccoli posteriori. Dipinse il primo e poi il secondo, pure i ferri dipinse e poi, per amicizia, si colorò le unghie della mano sinistra.

– Vedi Diamante, adesso anche io sono come te, siamo ospiti preziosi di questo giardino che grazie a noi è sempre piú bello, e io lo farò ancora piú bello e silenzioso...

Pensò che quando le cose stanno in silenzio, si somigliano.

Il cavallo sbuffò e d'improvviso gli tirò un calcio nel petto. Costantino cadde all'indietro sentendo la vita che si spezzava come un vetro. Intravide l'oro stampato in mezzo all'azzurro della casacca, rigato di sangue, per un attimo immaginò che il cuore gli fosse uscito dal petto e svenne.

Si risvegliò sulla branda nella baracca, attorno aveva i visi cupi di Fedele e Ottavio, le loro giacche nere. Prese un respiro profondo e fu come ingoiare schegge e chiodi.

– Stai buono, – gli disse Ottavio. – Non t'agitare.

– Chi bada a Diamante e al prato?

– Tu pensa a guarire, il cavallo campa anche da solo e l'erba cresce.

Per una settimana Costantino rimase disteso con le costole spezzate e il cuore gonfio di ansia. Sognò un dromedario che tremando crepava in mezzo al deserto, un beduino che piangeva e gridava in una lingua incomprensibile, era come il suono acuto di una tromba, e lui che non riusciva a scendere da una palma alta e liscia quanto l'obelisco di piazza del Popolo, aveva caldo, sudava, guardava da lassú il dromedario disteso sulla sabbia, pareva un grosso insetto che muoveva piano le zampe. Poi nel sogno cominciò a piovere a dirotto e Costantino si svegliò: il dolore s'era calmato.

Riprese subito a lavorare, anche se a volte una spina gli trapassava il torace. A Fedele e Ottavio chiese piantine di rose e di gerani delle tinte piú accese, per colorare certi angoli del parco, nuove sementi per rinfoltire il prato. Come un barbiere pignolo rifiní con le cesoie la siepe del labirinto che buttava fuori ciuffi disordinati, e ogni sera la innaffiava. Tutto il giardino innaffiava, nel rosso del tramonto e poi nel buio della notte, nel silenzio ondulato dal rumore delle macchine che scorrevano sul Raccordo, appena oltre la recinzione. A Fedele e Ottavio, ai loro ghigni beffardi, chiese anche un libro sul giardinaggio, perché desiderava imparare le cose giuste. E naturalmente tornò subito nella stalla da Diamante. Dentro la tasca dei pantaloni buoni che indossava il giorno in cui era arrivato alla villa, Costantino ritrovò cinque confetti avvolti in una garza di tulle celeste, ricordo di un battesimo a Centocelle. Il primo confetto, succhiato appena e riavvolto nella garza, lo offrí a Diamante quando gli fu accanto, in segno di pace. Il cavallo leccò il confetto nella mano aperta e lo inghiottí in un amen, come un ragazzo timido scosse la criniera e poi poggiò il muso sulla spalla di Costantino.

– Non mi è successo niente di grave, stai tranquillo Diamante, sono ancora vivo.

Prese la spugna e una coperta e lo asciugò per bene, quindi con il pennello sottile e l'oro ritoccò gli zoccoli. Diamante era docile e curioso, come un infelice che viene truccato da principe per l'ultimo giorno di carnevale.

La pista per la grande corsa partiva da sotto Bel Poggio e arrivava tre chilometri piú avanti, poco prima dei palazzi nuovi di Val Melaina. Sembrava il sogno di un autotreno: uno stradone largo e sgombro anche di giorno, e di notte qualche puttana slava ad aspettare il freddo e i soldi lungo i bordi.

«A me sempre caro C., mio giovane apprendista, il nostro Diamante brillerà primo al traguardo e gli altri saranno dietro, sconfitti e dimenticati, perché è giusto che le cose migliori trionfino. Tu accompagnerai Diamante e lo manterrai calmo fino al momento della partenza, poi lo inciterai, e alla fine lo abbraccerai forte anche da parte mia. Non provare pena per chi perde, gioisci per chi vince. Nel mondo ognuno ha il suo ruolo e ogni ruolo ha una dignità».

Quella notte Fedele e Ottavio avevano caricato Diamante su uno stretto rimorchio: il cavallo puntava le zampe dorate, non voleva entrare dentro quella scatola buia, piegava il collo e guardava di sbieco Costantino sperando in un aiuto.

– Perché lo portate via dal giardino?

– Deve correre come quando stava nel suo paese tartaro, far mangiare la polvere ai somari, e tu vieni con noi.

Fu l'ultima volta che Costantino uscí dal giardino, l'ultima prima di questa mattina. Il rimorchio venne agganciato a una Mercedes nera, i cancelli si aprirono uno dopo l'altro, e fuori tutto era pronto per accogliere la paura.

Quando lo fecero scendere dal rimorchio, lí all'inizio dello stradone di Bel Poggio, Diamante tremava come la corda che lo tirava fuori, batteva gli zoccoli sull'asfalto. Dopo poco arrivarono dal buio due furgoni con i rimorchi, scesero uomini che ridevano e si davano manate sulle spalle.

– Io sono Diango, – disse a Costantino lo zingaro piú vecchio. Aveva i denti davanti di metallo e i piedi nudi, si grattava i gomiti rugosi.

– Piacere.

– Vi facciamo piangere la merda, stai sicuro biondino. Ve la facciamo uscire dagli occhi, a voi e a chi vi paga.

Quelli dell'altro furgone parlavano un dialetto campano e ridendo si passavano una bottiglia di vino e una pistola. Poi dai rimorchi uscirono due cavalli che avevano la bava alla bocca, le froge palpitanti e il fuoco nelle zampe, due bestie del diavolo.

– Vediamo chi galoppa piú veloce, – disse un uomo grasso come un maiale, bottiglia e pistola nelle mani, il collo stracarico di gioielli.

– Il mio cavallo si chiama Gesú Cristo, non corre, vola, – gridò lo zingaro vecchio, e sputò in aria.

– Colera è invincibile, si beve l'acqua delle fogne e sta sempre meglio, – fece l'uomo grasso.

Costantino carezzava Diamante sul muso, gli mormorava parole tranquille, forse piú per placare la propria agitazione che per tenere buono il cavallo, che pareva stordito, mezzo addormentato. Costantino diceva: va tutto bene, fratello, adesso corri e poi torniamo al nostro giardino, non badare a queste persone e ai loro animali pazzi, noi siamo diversi, qui tutto è sporco e disordinato, ma che importa, tra un'ora saremo di nuovo sulla nostra erba verdissima.

Arrivarono un paio di macchine e furono bloccate. Ai guidatori qualcuno mostrò la pistola e urlò: – Adesso non si passa, ma se volete potete scommettere su Colera.

Erano le tre di notte ormai, i palazzi di Bel Poggio erano giganti vestiti di nero: solo una finestra rimaneva accesa, e da lassú un vecchio insonne guardava quei punti umani ed equini, con la voce acuta gridava: – Partite, forza! Correte, fatemi vedere lo spettacolo! – ma forse non era un vecchio, forse era una donna, o un bambino, era cosí lontano.

Fedele e Ottavio parevano due valletti discreti e malinconici, se ne stavano insieme da una parte a braccia conserte.

– Adesso basta parlare, cominciamo e finiamo, – ha detto Ottavio con la voce asciutta come un sasso.

Allora Costantino ha offerto a Diamante l'ultimo confetto che gli era rimasto ed è salito sulla Mercedes insieme a Ottavio, e pure due zingari e due napoletani sono rimontati sui loro furgoni scassati. I cavalli, trattenuti a fatica, scalpitavano davanti alla schiera dei fari accesi, ma Diamante si voltava spesso indietro cercando Costantino oltre il muro di luce abbagliante e poi, in preda al terrore, ha defecato sciolto sull'asfalto.

Sono qui, fratello, sono con te, pensava Costantino aggrappato con entrambe le mani al cruscotto della Mercedes, mentre Ottavio pigiava sul gas, pronto a far scattare la macchina.

– Tre chilometri, giú fino ai primi lampioni di Val Melaina, – ha ribadito lo zingaro secco, e il suo sputo nell'aria ha preso il fragore della rivoltellata tirata da un napoletano, lo sparo che ha dato inizio alla corsa.

– Via, via! Corri bestiaccia schifosa! – ha gridato Ottavio e con il palmo schiacciava il clacson quasi avesse a bordo un moribondo, e c'era solo Costantino lí accanto, con gli occhi chiusi e la fronte gelata.

I tre cavalli galoppavano incalzati a un metro dalle macchine, fuggivano a perdifiato per lo stradone, spalla contro spalla, le code e le criniere al vento freddo della corsa, e come pietre focaie gli zoccoli schizzavano scintille dall'asfalto, incendiavano la notte, e ora era un po' piú avanti un cavallo, ora l'altro, e Diamante sempre dietro: le piccole puttane slave in piedi sui margini alzavano le braccia nude o le gonnelle al passaggio di quelle groppe, mostravano le loro rose nere, parevano ragazze venute apposta a incitare e temere, colorate e accese come contradaiole di un borgo sconosciuto.

– Vai, bestiaccia, vai!

Era ultimo, Diamante, sempre ultimo e già con parecchi metri di distacco, i suoi zoccoli d'oro battevano la strada senza la violenza che ci mettevano gli altri, e piú Ottavio lo incitava con il clacson spiegato e gli insulti, piú Diamante perdeva la scia di quei demoni bavosi. La sua corsa compassata ed elegante sembrava dicesse: ho piú di cento anni, ho traversato l'erba delle praterie e la siccità, l'impero e le macerie, so che vincere non significa niente. Ottavio, il braccio teso fuori dal finestrino, gli ha sparato tra le zampe: – Corri, porco maledetto! Corri piú veloce o ti ammazzo!

Nei furgoni a fianco della Mercedes, in quelle teche di luce gialla, Costantino vedeva rutilare mani e teste, bocche che si aprivano come pozzi neri e spurgavano incitamenti.

D'improvviso il cavallo che era in testa si è azzoppato in una buca nascosta nell'asfalto: la Mercedes è sobbalzata sulla stessa buca, e sul sedile Ottavio è saltato dalla gioia di vedere un avversario finito. – Crepa, crepa! – gridava. Ora Diamante era secondo, e un attimo dopo era davanti, perché l'altro cavallo ha scartato di lato, s'impennava come se avesse deciso di non correre piú, mai piú, anche se il furgone degli zingari lo urtava per farlo ripartire.

– È primo, il nostro animale è primo, vinciamo, il Pazzo sarà contento, – esultava Ottavio e si strattonava la cravatta quasi fosse la fune di una campana a festa, mentre Diamante a passo lento e maestoso completava il percorso, come si completa per educazione la risposta a una domanda inutile.

Allora Costantino è sceso al volo dalla Mercedes per inseguire Diamante che, superata l'immaginaria linea del traguardo, si era messo al passo e s'allontanava per i campi brulli distesi di lato allo stradone. – Fermati, fratellino, sono io, sono qui, – gli diceva Costantino, ma Diamante rimaneva sempre a qualche metro e non si lasciava prendere: i suoi zoccoli d'oro erano sporchi di fango e nel muso chino aveva un'espressione offesa.

– Sei stato un vero campione, ora torniamo con calma al nostro giardino, compro tanti confetti, ecco, bravo, vieni qui…

Una salva di spari lontani ha frantumato il vetro limpido dei loro sguardi fiduciosi, quattro, cinque, sei rivoltellate e tutto è esploso in schegge di grida e nitriti. Diamante è fuggito spaventato, in un baleno è scomparso oltre una collinetta coperta di spazzatura e carcasse di lavatrici.

Costantino l'ha rincorso ancora, è caduto sui rifiuti e di nuovo ha provato a raggiungerlo: – Diamante, Diamante! Dove vai senza di me, che farai fuori dal giardino? Diamante…

Quando a testa bassa è tornato da solo sullo stradone, Costantino ha trovato i due cavalli neri morti ammazzati sull'asfalto e in ginocchio tra loro il napoletano grasso che si teneva la pancia con le mani contratte e bestemmiava piano e rantolava, e piú in là il corpo immobile di Ottavio che scolava rosso, macchine e furgoni abbandonati di traverso come vecchi giocattoli.

Gettato dalla finestra piú alta di qualche palazzo, un pallone bianco rimbalzava sulla strada, rimbalzava meno, rotolava, si strisciava di sangue.

Aveva perduto il cavallo, Costantino, ma non è per quella colpa che tra pochi minuti forse sarà ucciso. Sono passati anni da quella notte, quando si disperò per Diamante piú di chiunque altro e poi, con l'aiuto di Fedele, seppellí quell'Ottavio nel labirinto, prima dell'alba. No, Costantino non ha nulla di cui scusarsi. Forse lui solo, mentre le sere innaffiava l'erba del prato, sempre piú verde e rasato come un tappeto orientale, ha ripensato con nostalgia a Diamante. Chissà se si era salvato, se era tornato nella sua terra traversando l'Europa e l'Asia o se, nonostante gli zoccoli d'oro, era finito nella stalla di qualche pecoraio, o sotto un camion.

Tonfa il fiume contro la fiancata del barcone e l'ultimo Ottavio, l'ultimo Fedele, sorridono senza allegria.

– Tu lo sai cos'è successo, – dice Fedele agitando l'aquila e la lupa, quei ninnoli legati al polso grosso come una caviglia.

– Neanche noi torneremo piú al giardino, – mormora Ottavio, lungo e inclinato come un bambú.

– Perché?

– Fai troppe domande e invece dovresti rispondere.

– Perché non tornerete piú al giardino?

– Deve rimanere vuoto e basta.

Quel giardino bellissimo, che non era ancora niente prima di Costantino e s'è coperto di rose e cespugli di menta odorosa, dove il rumore delle macchine che ruotavano sul Raccordo arrivava smorzato, anche se premeva da vicino, come se i fiori e gli alberi respingessero con i colori e i profumi quasi tutto il disordine e la cattiveria del mondo, quel giardino cosí prezioso...

Costantino s'impratichí un poco ogni giorno, gli piaceva tentare innesti e sperare. Studiava il libro di giardinaggio che Fedele e Ottavio gli avevano rimediato, un libro vecchio come un testo sacro, e con la matita ne sottolineava certi passaggi che gli sembravano importanti perché difficili da comprendere. Le parole delle malattie erano piú complesse di quelle della salute. C'erano parassiti che sembravano crescere proprio nelle parole, muffe latine, acari altisonanti e invisibili che si attaccavano alle semplici foglie e le accartocciavano. Bisognava avere molta pazienza per debellare quelle sillabe maligne.

Costantino lavorava sodo cercando di non farsi distrarre dalle note di tromba che s'infilzavano come chiodi storti nell'aria ferma del pomeriggio. Rinforzava le piante con un concime liquido che conteneva sangue di bue: il migliore dei concimi, secondo il libro. Lo versava nell'acqua con dolore, gli ricordava gli animali sgozzati sugli altari, un sacrificio feroce eseguito per proteggere l'ordine del giardino. Quel succo penetrava la terra, la nutriva, si mescolava al sangue dei morti sepolti sotto al labirinto, che notte dopo notte cresceva sempre piú intricato.

Parlava ai fiori, Costantino, perché cosí il libro consigliava e perché gli veniva naturale confidarsi con quelle forme colorate, col chiuso dei cespugli e dei boccioli: le giornate erano lunghe e dopo che Diamante era fuggito non c'erano altre figure care alle quali svelare i pensieri.

A un'ortensia gialla raccontò un dubbio acceso in sogno: – Nel sogno ero piccolo, i calzettoni traforati mi calavano sulle caviglie e ogni momento dovevo ritirarli su, avevo la tosse ma cercavo di trattenerla per non disturbare. Entravo nella villa traversando un salone grande come una piazza romana e tra le nuvole sopra di me vedevo la luna, ma forse era un lampadario immenso. Dicevo: sono io, Costantino. Domandavo: posso entrare, posso venire, e avrei voluto tanto che una voce mi rispondesse di no, per tornare fuori in giardino a lavorare: ma il silenzio mi costringeva ad avanzare. Appeso a un muro c'era un pesce, brillava come un coltello. Mia madre mi diceva coraggio, vai, non ti fermare, vai, anche se mia madre non c'era. Le scale scendevano curve nel buio, non se ne vedeva la fine, e io scendevo seguendo con la mano il muro bagnato. Giú in fondo c'era sabbia umida e un uomo seduto su una piccola seggiola infossata. Parlagli, mi diceva mia madre, chiedigli. Quell'uomo si teneva le mani sulla faccia, ma io sapevo che era il Pazzo. Strappagli le mani dal viso, guardalo, riconoscilo, ordinava mia madre, anche se mia madre chissà dov'era, e io mi avvicinavo, ma poi mi sono fermato perché dietro le mani da fanciulla quell'uomo rideva male, o piangeva, e mi è venuta la paura che dietro le mani nascondesse una cosa tremenda, una voragine, e io le cadevo incontro, mi aggrappavo ai miei vestiti e precipitavo, e mi sono svegliato...

Non rispondevano, le ortensie gialle, ma vibravano nella brezza.

– Siete proprio belle, e un po' è anche merito mio. Presto vi racconterò sogni piú sereni, perché grazie a voi anch'io sarò piú sereno.

Quando arrivava la domenica pomeriggio con la sua luce dolce e calante, a Costantino prendeva nostalgia della città, del rumore e delle ragazze vestite per piacere ai ragazzi, delle canzoni nelle radio; ma era un momento, subito ricordava che per lui il cancello era chiuso, che i fiori e gli alberi rimanevano sempre lí, che soltanto i pensieri infelici escono dal corpo, come ubriachi che non sanno restare a casa.

C'era quel suono sghembo di tromba, suono d'ape regina, polline e pungiglione, e Costantino raccontava: cari fiori, chissà chi è quell'uomo, forse è mio padre.

Dopo Diamante, nel giardino piombò Sasso. Ottavio e Fedele lo portarono dentro un sacco di tela grezza, la sera in cui trasferirono nella baracca di Costantino anche una cassetta di munizioni e pistole cosí argentate che sembravano finte. Il sacco, poggiato sul pavimento di terra, continuava a scuotersi dall'interno.

– Guarda che bel pollo che ti abbiamo rimediato, – ha detto Ottavio battendo le mani.

– O è una gallina? Cocococò, facci l'ovetto, su, esci fuori. O vuoi che ti tiriamo il collo? – domandava Fedele.

Dal sacco sbucò un pennuto traballante, e per un attimo Costantino pensò che davvero fosse una gallina da brodo. Ma aveva gli occhi scintillanti e il becco adunco, zampe feroci: con un volo corto si afferrò alla sbarra dell'asciugamano. Teneva la testa incassata tra le spalle, gli artigli stretti sul ferro, stava chiuso e immobile come una cosa che non si deve capire. Eppure si lasciò avvolgere nell'asciugamano bianco; Costantino lo teneva piano, lo guardava: le piume sul petto, piú chiare, erano sporche di sangue.

– È un falco, – disse Ottavio.

– Ha un pallino da caccia nel petto. Mangia solo carne, tra un mese deve volare e tornare indietro con la preda.

– Come un cane con le ali.

Risero, Ottavio e Fedele, e lasciarono Costantino con il falco ferito che gli tremava tra le mani.

«A me sempre caro C., le sono assai riconoscente per come il mio giardino prospera. È di sicuro piú bello e armonioso di ciò che gli rimane fuori. Io cerco di tendere fili tra le cose, tra i gesti e i pensieri, ma gli uomini preferiscono spezzarli per restare liberi e infelici nella sporcizia. Ho visto in che modo sono fiorite le ortensie: meravigliosamente. E il mio prato è perfetto, un panno verde su cui rotola lo sguardo. Ora nel giardino è arrivato un nuovo ospite, è un falco che viene dalla Germania del Nord, si chiama Sasso e, come avrà di certo notato, adesso non sta bene. Ma grazie alle sue amorevoli cure, caro C., presto Sasso volerà, volerà e caccerà meglio di ogni altro falco. Gli metta questi orecchini di brillanti attorno alle zampe. In cielo dovrà essere rapido e folgorante come un raggio di luce».

E cosí Costantino cominciò a occuparsi del falco. Con un ago e le pinzette disinfettate nel fuoco si mise alla ricerca del pallino d'acciaio che Sasso teneva confitto nel petto. L'uccello sbatteva le ali, lanciava grida da cristiano mentre Costantino, tenendolo fermo con la mano guantata, gli scavava dentro. L'operazione riuscí, quella cattiveria fu estratta e la ferita pulita con l'alcol. Steso sul tavolo, il falchetto pareva il copricapo di una vecchia matta. Ma dopo poco si sollevò sulle zampe, mostrò il becco ritorto e fiero, e il giorno seguente già provava a svolazzare nello spazio minimo della baracca. Costantino gli agganciò gli orecchini di brillanti alle zampe e lo portò nel prato. In mezzo a tanta immensità, Sasso stava fermo come un tacchino. Poi si mosse a piccoli passi in direzione della baracca, della sicurezza. Costantino batteva le mani, balbettando gridava: – Vola, vola! – ma il falchetto continuava a procedere rasoterra dondolando le spalle.

– Forza, coraggio, vola, provaci!

Si tolse il berretto e lo lanciò per aria. – Fai cosí, vola almeno un poco, fallo per me, – e raccoglieva in terra il berretto e lo rilanciava. – Evviva Sasso! – e di nuovo tirava alto il berretto, agitava le braccia quasi fossero ali.

Nel giardino le note della tromba crescevano di tono come scalini di una casa in costruzione.

– Ti prego, Sassolino, vola... – e ancora Costantino lanciò il berretto.

Di colpo il bruno del falco schizzò dal verde, s'aprí in ali immense e si gettò su quel cappello volante, lo abbrancò tra gli artigli e lo lasciò cadere poco lontano dagli scarponcini di Costantino. Due ruote nel cielo libero e subito ridiscese sulla spalla del suo padrone. Costantino lo tenne lí, gli diceva bravo, bravo falchetto mio, sei stato bravissimo, e al dolore degli artigli stretti nella carne non badava, era felice e non badava alle gocce di sangue che scivolavano sotto la camicia.

Pensava: qui faccio tutto bene, e se resisto farò ancora di piú e meglio. L'amore arriverà, sarà il premio che avrò meritato.

Giorno dopo giorno, accanendosi contro il berretto o contro uno straccio di pelle che Costantino aveva trovato nella baracca, Sasso si fece forte e affidabile. Non mancava un colpo: scattava, ghermiva, girava sempre piú largo e piú alto nel cielo del giardino, e da lassú calava a posarsi sul braccio teso di Costantino, protetto da spugne e bende. La ricompensa era un pezzo di carne fresca su un piattino di ferro.

Era obbediente, Sasso, e presto il cielo fu suo. S'involava e in pochi attimi svaniva nell'azzurro. Appoggiato al rastrello, Costantino scrutava tra le cose che vanno e vengono sopra al mondo, le scie degli aerei, le nuvole informi, le frange di fumo. S'incantava ad ammirare quei gruppi immensi di storni che nel cielo di Roma di continuo sbandano e si trasformano, ed era come guardare le onde del mare o il fuoco, un teatro che non stanca mai. Pareva che quell'intreccio di voli fosse uno scherzo poetico dell'aria, le linee si aprivano e si chiudevano su piani diversi, disegnando figure che esistono solo nei sogni e non hanno un nome. A migliaia gli uccelli, come regolati da una legge segreta, s'avvallavano da una parte e dall'altra risalivano, e poi erano crolli e impennate, velature, correnti e controcorrenti: nulla in quei quadri astratti restava uguale per piú di un secondo, nulla era disarmonico. Guardando quei movimenti celesti, Costantino si ricordava di quando si perdeva come un lupo per le strade dietro una donna e la città stringeva in vicoli e spalancava in piazze e tutto era confuso e però necessario, come se la città intera nascesse dalla sua fame d'amore.

Costantino oscuramente intuiva che la bellezza cresce attorno alla pena, e che ogni gioco e ogni arte, anche lieve come un colpo d'ala, è una risposta alla morte. Aguzzando gli occhi cercava accanto a quelle perfette composizioni aeree il volo solitario del suo falco, lo scintillio delle fedine. Lui stava lassú, a caccia, e l'esercito degli storni si raggrumava e si spandeva al ritmo dei suoi attacchi feroci. Era la paura della morte a fare bello il cielo. Quasi sempre Sasso rientrava con un uccelletto stretto tra gli artigli, lo lasciava cadere davanti al padrone e poi si fermava sul suo braccio.

Costantino raccoglieva sul prato quel grumo di penne mosso solo dal vento e lo portava al centro del labirinto. Bastavano pochi colpi di pala per scavare una fossa sufficiente. I vari Ottavio e Fedele erano sepolti molto piú in fondo e forse, immaginava Costantino, forse alzando gli occhi potevano vedere sopra di loro un cielo di uccelli fermi.

Una sera Costantino ha visto il Pazzo. O almeno questa è stata la sua impressione, all'inizio talmente vaga da non arrivare neppure a tradursi in un pensiero, ma con il trascorrere degli anni s'è fatta sempre piú nitida, tanto da diventare un ricordo preciso e una frase da ripetere a bassa voce: «Il Pazzo esiste».

Sasso era appena volato per la caccia e Costantino camminava nel giardino controllando le piante. Aveva tentato alcuni innesti, timidamente, e ora li incoraggiava con gli occhi. Ma di tanto in tanto cercava in cielo il falco, perché d'ogni futuro si sentiva responsabile. E d'improvviso ha visto una macchia rossa accesa che si muoveva sul ciglio di fronte alla villa, tra le due querce. Si muoveva avanti e indietro come un'insoddisfazione, a scatti e lentezze, girando su di sé. Costantino aveva lo sguardo velato dallo sgomento, come quando da bambino, superata una porta di vetro, gli si presentavano i regali sotto l'abete, e c'erano le luci, le ombre, la gente intorno, forse gli angeli, e lo sguardo si fissava su una palla dell'albero che raccoglieva e deformava tutte quelle immagini nella sua curva dorata. Era un punto ed era troppo.

– Sono Costantino, – ha balbettato, le parole gli sono cadute davanti minuscole.

Quella macchia assomigliava a un uomo con una vestaglia rossa, ma era troppo piú corta di un uomo, troppo piú mobile.

– Forse non bisognava far correre Diamante contro gli altri cavalli, sullo stradone di Bel Poggio, per questo l'abbiamo perduto. Però il falco vola bene, va e torna puntuale. Io gli sono affezionato, lo seguo meglio che posso, e lui si trova bene qui nel giardino, dà un po' di vita a questo silenzio...

Cosí aveva detto Costantino, da lontano, rispettosamente, mentre la macchia rossa tra le due querce retrocedeva e svaniva.

Il falco galleggiava nell'aria con le ali spalancate: gli orecchini sulle zampe, incrociando gli ultimi raggi del sole, sprizzavano luce. Sembrava non volesse scendere piú. Costantino si tolse dalla tasca la carne macinata che teneva sempre avvolta nella carta stagnola. Aveva l'impressione di levarsi un po' di carne di dosso: Sasso calò a mangiarla dalla sua mano aperta, fiduciosamente.

La mattina dopo Ottavio e Fedele vennero a prendere il falco, lí nella baracca dove dormiva appollaiato sulla sbarra dell'asciugamano. Lo coprirono con uno straccio e ciò nonostante Sasso beccò a sangue le dita di Ottavio.

– Maledetto uccellaccio, – gridò l'uomo.

– Dove lo portate?

– Lontano, e vediamo se torna.

– Ma perché, che significa?

– È una prova d'amore, – disse Fedele ridacchiando dietro la mano ferita.

– Lo portiamo lontano, al nord, su qualche montagna piena di neve.

– E vediamo se si ricorda del giardino, dei tuoi bei fiori colorati, se l'hai convinto davvero che questo è il suo posto.

– Ma chi vi ha dato l'ordine?

– Chi può darli a te e a tutti.

Costantino guardò quella partenza che teneva le ali soffocate sotto lo straccio, per un attimo ne incontrò un occhio tra le pieghe dello straccio. Era lucido e tondo come un bottone caduto, e Costantino si sentí il cuore sfilacciato e colpevole per non averlo saputo trattenere nella quiete del giardino. Quell'occhio diceva: qui non resterà nessuno, neanche tu, Costantino, questo è un prato in discesa, da qui tutto ruzzola via. E diceva altre cose, stavano in quel bagliore di metallo e non si potevano capire.

Nei giorni seguenti Costantino continuò come sempre a faticare dietro ai fiori e agli alberi, ma la sera, mentre dava l'acqua al giardino, fissava le nuvole intrecciate dagli storni, si alzava sulla punta dei piedi.

Ma Sasso non tornò piú, era del mondo ormai, e il mondo era troppo lontano.

Era arrivata tanta gente quella notte, superati i cancelli le macchine si fermavano lungo il viale d'ingresso, i paraurti contro i tronchi ancora teneri dei pioppi, le ruote a slittare manovrando sul prato. Una processione di moccolotti accesi indicava il cammino verso la zona della piscina, là dov'erano stati sistemati divani e dondoli di bambú, lunghi tavoli con le tovaglie ricamate e lo champagne e le tartine rosse e nere. Illuminata dall'interno, la piscina era azzurra come il cielo d'estate, mentre il cielo sopra era buio e profondo come una grande buca. Uomini e donne in abito da sera stavano nel prato e lungo i bordi della piscina con il bicchiere in mano, accennando discorsi e sorrisi. Le donne erano tutte belle, e gli uomini mostravano quella naturalezza che viene dall'abitudine al benessere. Alcuni fumavano lentamente sigarette sottilissime, senza guardarsi intorno, altri, seduti, oscillavano un poco le gambe accavallate, o si passavano negligentemente il palmo sulla coscia, quasi a saggiare la forza dei muscoli, la morbidezza dei panni. Eppure una leggera inquietudine ogni tanto traversava l'aria come il battito d'un pipistrello, e di colpo gli uomini schiacciavano la sigaretta nell'erba, o si alzavano di scatto, e le donne prendevano ancora una tartina.

«A me sempre caro C., stanotte nel nostro riservato giardino verranno ospiti, qualcuno lo riconoscerà perché gli recapitò per mio conto una busta, al tempo in cui come una spola ricuciva la città. Sarà una festa d'addio, purtroppo. Queste persone mi hanno deluso, speravo fossero amiche della bellezza e dell'armonia, ma la natura umana va dove la porta il desiderio e il desiderio non pensa, spinge con le corna basse, raschia con le unghie, vuole il bene, vuole il male, scompiglia. Ho sperato in un mondo senza individui, senza nomi e misere abitudini, perfetto come una canzone nuova che passa di bocca in bocca e non è piú di nessuno e non ha piú parole. La coltiveremo qui la perfezione, caro C., cominceremo da qui, sarà una rosa ferma che non appassisce nel suo sconcio profumo».

La festa era accompagnata dalla musica di Miles Davis, nitide linee di tromba che mettevano brividi di freddo sulle spalle e sulle braccia nude delle donne. Con le mani dietro la schiena, attenti come cani pastori, Fedele e Ottavio controllavano che tutto andasse bene. Camerieri non ce n'erano, da soli gli invitati si versavano da bere e piluccavano nelle concoline delle arachidi e delle olive, aspettando portate piú sostanziose.

Qualcuno ripeteva stancamente la voce che ci sarebbe stato pesce per tutti, piú tardi, un pesce eccezionale. Costantino non aveva niente da fare, stava appoggiato al tronco di una magnolia e osservava la gente che senza riguardo pestava il prato, e tra gli ospiti ritrovò sagome e profili già visti: un ambasciatore del Gianicolo, ad esempio, e un parlamentare di via Margutta, e un signore che abitava all'Olgiata: quelli se li ricordava bene. Ma individuò anche una tabaccaia della Piramide e un vecchio benzinaio di Prima Porta, e una bella ragazza commessa in un negozio di biancheria intima al Corso. Tutti avevano consegnato o ritirato una busta, avevano la stessa aria di famiglia, sicuri e tesi, disinvolti e annoiati e ora piú nervosi, come cugini cosí lontani che forse non si sono mai conosciuti, ma che conservano in qualche cassetto di casa le fotografie screpolate di un paese comune, dimenticato tra i monti.

– Ciao, come stai? – ha domandato una ragazza.

– Bene, – ha risposto Costantino, e intanto cercava nella memoria quei capelli biondi, quegli occhiali neri come la notte dietro alla magnolia, quel viso un po' allentato sui margini.

– Adesso lavori qui?

– Tengo in ordine il giardino.

– È un giardino magnifico, sembra finto.

– Può ancora migliorare, credo.

– E questo che albero è? – ha detto la donna carezzando il tronco.

– Una magnolia.

– Perché vuole mangiarci, am, in un boccone solo, eh?

– È un albero buonissimo.

– E l'amore, l'amore grande, l'hai trovato? – e alle parole ha aggiunto un sorrisetto di scherno, e poi un rapido gesto con la mano che reggeva il bicchiere, un gesto che voleva dire lascia perdere, ho bevuto.

Ecco chi era: era la ragazza che si pettinava e piangeva davanti allo specchio, quella con il pavimento pieno di monetine, una per ogni promessa mancata.

Costantino ha abbassato gli occhi sulle sue mani da giardiniere, cicatrici e gonfiori, un tremito: le teneva una sull'altra con imbarazzo, come un ragazzino che non sa rispondere neanche alla domanda piú facile. La donna ha messo tra quelle mani la sua, unghie rosse, dita affusolate come candele accese. – Portami nel labirinto, – ha preteso.

Ora nell'aria c'era una leggera bruma, un vapore che rendeva le cose e le persone, la piscina e gli alberi e anche la musica, tutto piú incerto e lontano, come una lunga attesa. Costantino portava la donna per mano verso il labirinto, o era lei a portarcelo, o il vialetto sotto i loro passi, e dopo un attimo giravano tra le spirali concentriche delle siepi, lei rideva: adesso ci perdiamo, troveranno solo i nostri scheletri, e lui taceva sentendo la paura crescere accanto al desiderio, rovo e cipresso. I tacchi della donna affondavano nell'erba, cosí lei si è tolta le scarpe e le ha gettate via: ora a Costantino quei piedi nudi parevano animaletti in disperata fuga verso una tana. Costantino e la donna sono arrivati correndo nella minima radura al centro del labirinto, il cimitero dei servi e degli uccelli.

– Qui non ci vede nessuno, – ha ansimato la donna.

– Non è detto.

La donna si è sollevata fino all'inguine il vestito nero, aveva gambe lunghe e in quella nebbiolina dondolava i fianchi morbidamente, la testa piegata di lato. – Vieni da me, tesoro, tu mi piaci, – ha sussurrato.

E Costantino è andato, come una scheggia di ferro va alla calamita, ciecamente, le si è attaccato addosso, la abbracciava ovunque, le baciava il collo, le guance, gli occhiali neri, sentiva il calore che si mescolava ai brividi senza riuscire a sciogliérli. Sentiva nella testa le orbite del labirinto e attorno alle caviglie il freddo delle vite sepolte. Nell'orecchio la donna spingeva con la lingua parole calde: – Vieni via con me, lascia questo lavoro e vieni con me, ricominciamo, siamo ancora giovani, avrai la mia casa in città, io ti farò da mangiare e ti farò godere, vieni…

Stava per dire sí, Costantino, stava per dire vengo, comincio un'altra vita, forse la mia vita vera, vengo insieme a te ovunque sia, fuori, lontano, e le stringeva i seni e i fianchi quasi fossero cose alle quali sostenersi nella corrente che da dentro va e porta via. Stava per dire: ma sí, monetina, se davvero lo puoi liberami, aprimi il cancello.

– Il Pazzo non esiste, esistiamo solo noi, – ha detto la donna.

– E cosa dobbiamo fare?

– Cercare la nostra felicità.

E in quel momento Costantino s'è accorto che nel buio non c'era piú musica, neanche le voci e gli scalpiccii degli invitati arrivavano piú, c'era un silenzio compatto come un marmo, appena venato dai motori degli autotreni sul Raccordo, strisce che svanivano. Era un marmo su cui stava per essere gettato qualcosa, lastra inclinata, ripiano di pescheria.

– Devo andare, – ha detto Costantino.

– Aspetta.

– Lasciami, devo andare, sta per succedere qualcosa.

– Aspetta un momento.

– Non posso, io non ti amo.

La tromba aveva ripreso a suonare, ma non era piú quella fluida di Miles Davis, erano le note secche, una serie di punti piantati come chiodi e di virgole storte come chiodi: e tra quei segni anche le parole degli ospiti sono riprese, piú forti di prima, voci spaventate. Costantino è sbucato dal labirinto con il cuore in gola e da lontano ha visto gli ospiti sbandarsi nella penombra del prato e poi stringersi in un gregge. La nebbia pareva uscire dai loro corpi come un fiato.

Ottavio e Fedele portavano a fatica una cassapanca di legno verso il bordo della piscina, gridavano largo, largo! anche se nessuno li ostacolava. Uno spigolo della cassa ha urtato un tavolo del buffet e il tavolo s'è rovesciato: sputando champagne alcune bottiglie sono ruzzolate nell'azzurro, galleggiavano sul pelo dell'acqua.

– Largo, largo!

La tromba ha annodato nell'aria quattro note, un fiocco languido, calante. Gli ospiti sono di nuovo avanzati a piccoli passi verso la piscina, mormorando mezze frasi.

– Ma adesso chi suona?

– Zitta.

– Cosa c'è in quella cassa?

– Andiamo via, torniamo a casa, ho paura.

– Il Pazzo.

– Non lo so, non lo so.

Un minuscolo cane tenuto in grembo da una donna ha preso ad abbaiare come indemoniato, non la finiva piú, mostrava i denti e sbraitava contro la cassa depositata sul lato lungo della piscina. Con un'attenzione dolorosa Costantino osservava i gesti di Ottavio e Fedele, il coperchio borchiato d'ottone che scintillando si sollevava, il sacco di plastica bianca estratto dal buio della cassa: era come se il suo pensiero piú informe e costante gli venisse strappato dalla mente con il forcipe, lasciando un vuoto tremendo. E intanto il cagnetto abbaiava furioso, la tromba piantava ancora note nell'aria, la gente faceva cerchio attorno all'acqua e la donna del labirinto ora era accanto a Costantino, gli si stringeva addosso.

Fedele mostrò un coltello, come un'onda gli invitati si tirarono indietro e di nuovo si fecero avanti quando videro che con la lama Fedele squarciava il sacco.

– C'è una cosa viva là dentro, – disse la donna. – Si muove.

– È mia, – disse Costantino, e l'attesa gli faceva tremare i muscoli nel petto, gli scioglieva le gambe come se la vita stesse per finire. Non devo svenire, pensò nel nero della testa, non devo mancare questo momento, le cose grandi cominciano sempre dentro la fine.

Subito quella cosa viva fu rovesciata da Ottavio e Fedele nella piscina: fece un gran tonfo e l'acqua schizzò larga bagnando le giacche dei piú curiosi, le gambe belle delle signore, il viso pallido di Costantino.

Un urlo scappò di bocca in bocca, spezzato da poche risate nervose, dal guaito del cagnetto che scivolò dalle braccia molli della padrona giú nell'acqua, proprio vicino al bordo: quella cosa viva gli si avventò contro schiumando, bastò un attimo perché nell'azzurro della piscina s'aprisse una chiazza rossa.

Qualcuno gridò è un pesce, un pesce enorme, schifoso, e qualcun altro disse no, è una bambina poliomielitica.

Da quella notte Costantino si dedicò anima e corpo a Serena. Nella lettera del giorno dopo il Pazzo le aveva dato un altro nome, ma dentro di sé Costantino decise che l'avrebbe chiamata Serena. Scritta sul solito foglio di quaderno con i soliti caratteri rotondi, anche se leggermente tremolanti, quasi la mano fosse invecchiata, la lettera raccontava che quella cosa viva era stata pescata davanti all'isola di Santorini, nel mar Egeo, da una barca a caccia di pesce spada. L'avevano ferita con un arpione, e poi curata e venduta a un mercante del Pireo affascinato da quella creatura bizzarra. Il mercante l'aveva tenuta per qualche tempo dentro il suo acquario privato, insieme a tartarughe che parevano scogli e a pesciolini fosforescenti che di notte volavano come lucciole sul filo dell'acqua: ma poi aveva provato fastidio per quello scherzo della natura, gli faceva venire pensieri che la testa non riusciva a contenere, e cosí se n'era liberato.

«Adesso lei vivrà con noi, caro C., renderà ancora piú speciale il nostro giardino, che già verdeggia e fiorisce contro il deserto infuocato del mondo. Sempre piú sarà un insegnamento silenzioso, un monito invisibile. Sarà perfetto come una minaccia».

E ora, mentre Fedele controlla la mezzanotte sull'orologio d'oro e scrocchiandosi le dita grosse si alza da tavola, mentre Ottavio apre con una pedata la porta del barcone-ristorante e fuori il Tevere sembra il fiume di vernice nera con cui è stata dipinta la notte, ora Costantino pensa che comunque vada il tempo passato con Serena non potrà piú toglierglielo nessuno. Ma questo pensiero non lo consola.

– Che le avete fatto? – domanda ancora, senza temere la mano pesante che lo spinge lungo la passerella tesa tra il barcone e la riva.

– Ma a chi?

– A Serena.

– E chi era, quella spigola deforme?

– Io la tenevo bene, era contenta con me, nel giardino.

– E noi ce la siamo mangiata con la maionese, – dice Ottavio e libera una risata secca come lui, poi si liscia la barbetta caprina.

– Forse eravate troppo contenti, – dice Fedele gettando nel fiume il mozzicone della sigaretta. – Troppo, nel giardino non bisogna esagerare.

– Ora è vuoto, è triste.

– Ci sono gli alberi, i fiori, il labirinto.

– Finiranno.

– Quella roba non finisce, ce l'abbiamo qui, – e Fedele si punta un dito sulla tempia, batte.

– E ora che succederà, mi dovete ammazzare?

– Hai bevuto troppo.

– Mi dovete ammazzare?

– Cammina.

La teneva bene, Costantino, la sua Serena. L'acqua della piscina era sempre pulita, trasparente come quella di un laghetto dolomitico. Con la retina Costantino ripescava tutte le foglie e i ramoscelli che il vento trascinava nella piscina, cambiava i filtri di depurazione molto prima di quanto fosse necessario, perché nulla di sudicio sfiorasse Serena. I primi tempi lei nuotava avanti e indietro senza posa, urtava contro le pareti, quasi cercasse un buco, un canale impossibile che unisse quella scatola al Mediterraneo.

Ogni mattina Costantino le portava il cibo che aveva ordinato a Fedele e Ottavio: arrivava sul bordo con la busta di plastica piena e lasciava cadere in acqua carne fresca, macinato ma anche petti di tacchino, e anche ossi di macelleria, con il muscolo e i tendini attorno. Serena si fermava sotto di lui, alzava il musetto rotondo mostrando i denti forti e bianchi. Divorava tutto in pochi secondi e subito ricominciava la sua ronda, avanti e indietro sul fondo della piscina, un urto dopo l'altro. Le piccole mani scavavano l'acqua e i capelli lunghi parevano un groviglio d'alghe che, pur agitato continuamente, non si scrolla.

Costantino tornava alle rose e alle ortensie, passava diligentemente il tosaerba sul prato, strappava le edere che provavano ad avvinghiare i tronchi degli alberi e intanto pensava a Serena. Non era proprio un pensiero, era un'inclinazione, come se tutte le cellule del suo corpo pendessero verso quella creatura. Dentro di sé Costantino non trovava piú l'equilibrio e la quiete di prima, e la fatica del lavoro era maggiore, i gesti uscivano storti dalle mani e ogni momento andavano raddrizzati con la volontà, i piedi incespicavano, quasi il terreno piegasse sotto di loro, quasi franasse. Sentiva che il suo punto d'arrivo era lei, come quando nei sogni si precipita, risucchiati da un vuoto, da una chiamata, e il mondo creato diventa obliquo, fuggente, e le dita vanno affannosamente alla ricerca d'una mano da stringere, sempre piú in basso, piú in basso ancora. Forse amare è battere nel proprio fondo piú scuro, incontrare ciò di cui ci si vergogna per quanto è semplice e inferiore a tutte le belle illusioni, nascosto come la polvere sotto gli arabeschi del tappeto. È come toccare il proprio risveglio, uno schianto e una salvezza: questo si diceva Costantino, ma senza le parole, continuando a lavorare per il bene del giardino.

E quando cominciava a innaffiare, verso sera, cominciava anche il canto. Era una melodia sepolta, bolle d'aria che salivano alla superficie insieme alle note d'una canzone sommessa, e mentre Costantino la ascoltava gli tremava il tubo tra le mani, aveva l'impressione che l'acqua per il giardino gli uscisse da dentro, scura scura, che tutto in lui si sciogliesse in una commozione senza fine. Quel canto gli ricordava luoghi e persone che non aveva mai visto, promontori rocciosi schizzati dalle onde, porti accesi di locande, uomini e donne in cerca d'amore, paesi confusamente affacciati sul mare del cominciamento, navi in partenza e saluti disperati, balli struscianti sotto le lampadine, palme scosse dal vento caldo, camere d'albergo. La musica gli riportava alla mente scene impossibili: un ragazzo e una ragazza bellissimi in giro per i bar della città, le mani sui corpi eccitati e le lingue umide nelle bocche, il chiasso del desiderio su di loro e lui lí, seduto in un angolo a guardarli, a invidiarli. Li seguiva per vicoli incassati tra case basse, si fermava a ogni loro bacio, ripartiva dietro quegli occhi lustri, fino a un portoncino di legno graffiato, e poi su per scale sudicie, qualche gradino dopo quella gonnella e quei pantaloni un po' corti alle caviglie, verso una camera che era una topaia. Si sedeva sul bordo del letto sfatto ad aspettare che finisse, che cominciasse. Sapeva che quei giovani amanti erano suo padre e sua madre. E il canto si distendeva, usciva dall'acqua stretta e volava nell'imbrunire del giardino, insinuava nell'anima una nostalgia di cose imperfette, perdute. Costantino restava aggrappato al tubo di gomma come a una ringhiera, per non farsi portare via. Gli veniva da piangere, lacrime sporche, dolci.

Senza nemmeno accorgersene, tirandosi dietro le curve del tubo, Costantino si avvicinava alla piscina. Inginocchiato sul bordo, con l'acqua che gli sgorgava tra le mani, guardava e ascoltava rapito: Serena aveva il muso fuori, i capelli aperti a ruota sulla superficie, e tra i denti dischiusi le cresceva quella malinconia, ora piú piano, era appena un lamento. Lei galleggiava nell'azzurro come un pesce morto nella boccia: ma poi ha girato la testa verso Costantino, e gli occhi che lo fissavano erano enormi e profondi, domandavano qualcosa di talmente grande che non si può comprendere, solo sperare e temere.

Domandavano qualcosa che nel giardino non c'era mai stato.

Per Costantino ritirarsi a dormire divenne una sofferenza, il sonno gli sembrava una lama crudele che lo tagliava via dalla parte piú bella di sé. Ogni riposo era un'anestesia e un'amputazione. Cosí cercava di rimanere sveglio piú che poteva, a notte fonda ancora trascinava i piedi attorno alla piscina, poi la stanchezza gli indicava la via per la baracca, ma i passi svagavano verso il prato e dal prato di nuovo alla piscina. Si sedeva su una panca e la guardava: Serena non dormiva mai. La coda batte come batte il cuore: sempre, finché dura, pensava Costantino, e sarebbe rimasto lí ad ammirarla tutta la notte, ma sapeva che il giorno dopo c'erano tante cose da fare nel giardino e a quegli impegni non poteva rubare troppo tempo, il Pazzo non avrebbe gradito. E forse non gradiva neanche la nuova felicità che, immersa in un oscuro senso di colpa, invadeva l'anima del suo giardiniere, quel brivido spaventoso al quale Costantino non aveva il coraggio di dare un nome. Io non ho fatto niente di male, le rose crescono meravigliose e l'erba è sempre verde, si ripeteva Costantino prima di arrendersi alla branda e chiudere gli occhi, io non tolgo niente alla bellezza, non merito rimproveri. Io adesso dormo perché lo so che domani devo lavorare.

Quando all'alba si svegliava, ritrovava intatte la felicità e la colpa, anzi, erano ancora piú forti, avvinghiate in un solo sgomento. Costantino si sbarbava con attenzione e si pettinava il ciuffo con il pettine bagnato, poi in fretta e furia indossava la tuta e infilava sui piedi nudi gli scarponcini. Desiderava avere una faccia piacevole per qualsiasi tipo di sguardo, ma doveva anche sbrigarsi, là fuori il giardino lo aspettava. Spalancata la porta della baracca, rivedeva quella distesa verde umida di rugiada, gli alberi conficcati nella terra, il chiuso dei cespugli e gli sbuffi di nebbia, e d'improvviso tutto gli pareva tanto triste. Era solo una distanza da colmare di corsa per arrivare da Serena e vedere se era sempre viva, se lo riconosceva ancora dopo una notte cosí lunga. Il cuore gridava alle gambe via, andate, presto, presto – ma una forza piú grande ammoniva la mente: rispetta l'ordine, non offendere la chiarezza del giardino. E allora afferrava il rastrello e iniziava a ripulire il prato dall'indecenza delle foglie cadute, cercando di trattenere la smania nella ripetizione d'un gesto senza pensieri, come un moscone nei fili d'una ragnatela senza piú ragno. La superficie dell'anima diventava calma, liscia come il prato, pareva quasi che il rastrello insieme alle foglie portasse via anche i sussulti del cuore; ma sotto la quiete il desiderio scodava ancora, era una cosa nera buttata nel profondo, priva di occhi, di intelligenza, era solitudine e fame d'amore. Costantino si sentiva trasparente, sentiva che il Pazzo conosceva e giudicava ogni sua intenzione, anche quelle piú nascoste, che erano solo febbre e vergogna.

L'ultima lettera, scritta in modo sempre piú incerto, con le parole pallide d'inchiostro che traballavano fuori dalle righe, diceva: «A me sempre caro C., so che a volte provi l'amarezza della solitudine. Avrei voluto che questo giardino fosse una calamita di bellezza capace di attrarre altre vite, ma anche le intelligenze migliori sono bilie di vetro che fuggono in ogni direzione, vogliono battere tra loro, aver ragione, rompersi.

«Nulla rimane nel posto che gli è assegnato, l'insoddisfazione fa rotolare il mondo verso la rovina e il nulla.

«Sarei felice se tu ti occupassi del giardino per tutta la vita. E per il tempo che si conserverà qui, fai stare bene la creatura della piscina, tagliale i capelli e tingili d'oro. Stringile al polso questo braccialetto d'argento carico di sonagli. Lei è bella, ma sappi che può essere piú crudele della morte.

«E dimentica ogni pena e ogni speranza vana. Qui hai tutto ciò che serve per capire e ringraziare. Questo è il giardino».

Branchi di cani randagi si radunavano oltre le alte siepi della recinzione e abbaiavano fitto. Forse erano dieci, o venti, aumentavano giorno dopo giorno. Costantino lanciava loro qualche pezzo di carne avanzato dal pasto di Serena, ma questo non li placava: potevano ringhiare per ore contro il nemico invisibile che era ospite del giardino.

– Zitti, zitti! – intimava Costantino, e quelli abbaiavano piú forte. – Andatevene via! – e come ammattiti i cani si gettavano contro la siepe fino a infilare le fauci rabbiose tra le maglie della rete di ferro.

Un giorno tra quei latrati si inserí una voce di donna.

– Costantino, Costantino, – chiamava, ma piano.

– Chi sei?

– Sei venuto a casa mia, sono venuta con te nel labirinto, ti ricordi?

Per ascoltare meglio, Costantino avvicinò il viso alla siepe, come fosse la grata d'un confessionale. I rametti gli pungevano la fronte.

– Che cosa vuoi?

– Esci da questa scatola verde, torna in città. Sento che per te finirà male se rimani chiuso lí dentro. Sei in pericolo, io lo so e soffro piú di questi cani. Scavalca la rete, vieni da me, ci proteggeremo. Andremo al mare, a ballare, avremo amici nuovi, faremo tante cose prima di morire.

Costantino pensò alla città, all'intrico di piazze e strade del centro e della periferia, e per un momento le immaginò popolate solo da migliaia di cani disperati, sospinti dalla fame e dalla sete a scavare nelle plastiche dei cassonetti e ad affogarsi nelle fontane barocche. Cani abbandonati, zoppicanti, che entravano con la bava alla bocca nelle chiese e nei palazzi di dieci piani, nelle vetrine dei negozi di via Condotti e della Casilina, cani che scendevano nel buio della metropolitana e salivano per tutte le scalinate, perennemente alla ricerca di qualcosa, pronti a raggrupparsi e a separarsi, ad azzannarsi per una femmina o una chiazza di sole, e anche per niente.

– Per favore, – disse, – non parlare piú, lasciami in pace.

– Stai attento al mostro della piscina, stai attento.
– Non venire mai piú, io qui sto bene.
– Non è vero.
– Io qui sto bene.

Oltre la siepe i cani abbaiavano a gola spiegata, mostrando i denti alla loro paura. Ma quando Serena cominciava a cantare, verso sera, mugolavano un poco e poi si sedevano, ascoltavano.

Costantino cercava di resistere a quella voce che si schiudeva sul ciglio del crepuscolo, ma resistere dava troppo dolore. Si ricordò di quanto gli aveva raccontato un vecchio commesso viaggiatore in un bar di Centocelle: «Io guido giorno e notte, l'autostrada è sempre dritta, sempre uguale, il paesaggio neanche lo vedo piú, sono solo chilometri da sopportare come un dovere. Io non ho fantasie, lavoro per la mia famiglia e basta. Ma d'improvviso il sonno mi chiama, e allora scuoto la testa, mi prendo a schiaffi, devo guidare, raggiungere un casello e poi un altro ancora, mi aspettano. Ma il sonno chiama sempre piú dolce, e io lo so che se chiudo gli occhi e dormo, anche solo per un momento, rischio di crepare. Allora parlo con la strada, prego a voce alta, ma non ci sono santi né madonne: le palpebre si abbassano voluttuosamente e in pochi attimi, io che nel mio letto non sogno mai, rubo alla morte immagini meravigliose, incontro le storie piú belle, le possibilità: non ci si può credere quanti mondi possono entrare in un secondo, che colori crescono sopra al crepaccio. Sognare contro la morte è un piacere che non ha uguali. Fino ad oggi mi sono sempre svegliato in tempo, ma domani devo viaggiare tutto il giorno, devo arrivare fino al confine e so che gli occhi vorranno chiudersi».

Mentre s'occupava della salute del parco, Costantino teneva d'occhio la piscina, da lontano. Gli uccelli lambivano l'acqua, per bere o per sfida: simile a una dimostrazione algebrica la curva del volo toccava la superficie in un punto e si rialzava. Ma a volte l'ira di Serena sfondava l'azzurro, in un lampo usciva dall'acqua come un delfino indemoniato, s'inarcava a mezz'aria e addentava la rondine, la masticava. Nella piscina rimanevano a galleggiare poche penne nere che Costantino ripescava una a una con il retino. Serena guardava il suo custode con gli occhi lunghi e neri, sembrava dicesse: sono stata cattiva, vero?

– No, sei stata brava.

Gli uccelli mi danno fastidio, tante cose qui mi infastidiscono: queste pareti, i cani che mi abbaiano contro, la noia delle giornate tutte uguali.

– Ti capisco.

Però tu mi piaci, anche se sei triste come il giardino.

– Anche tu mi piaci.

Sei cosí solo, cosí fermo e ordinato... E la tua vita non inizia perché temi che il tempo rovini tutto.

– Tu pure sei sola.

Io non sono sola, sono unica.

– Ma tu sai chi è il Pazzo, tu lo sai se esiste veramente?

No, non lo so. Ma forse questo giardino è il suo volto.

Una sera che pioveva e non serviva innaffiare il prato e le piante, Costantino si inginocchiò sul bordo della piscina per ascoltare il canto di Serena. Come sempre la sua voce lo portava lontano, nel tempo delle cose che stanno per cominciare e ancora non hanno una forma, un nome. L'epoca dei baci e delle carezze, delle promesse né tradite né mantenute. Nella mente le onde battevano forti e pure come intenzioni e lungo la schiena saliva il calore tremendo che precede i gesti irrimediabili, le decisioni, le città nuove: Costantino sentiva la potenza del seme che sta per spaccarsi ed è ancora intero e in sé contiene la furia d'ogni futuro. Il giardino non c'era piú, e neanche Roma esisteva ancora, c'era solo il canto, e nel canto il vortice delle speranze, come un ballo di giovinezza che risucchia e stordisce, un batticuore che è sul punto di diventare una scelta. Quella musica diceva che al principio nulla è impossibile e che fino all'ultimo istante la vita è sempre al principio. A Costantino sembrava finalmente di capire nella carne la natura dell'amore.

Dalla tasca estrasse il braccialetto d'argento con i sonagli: – Serena, ho un regalo per te.

Agitò le campanelle e il mostro gli venne velocemente incontro: l'acqua schiumava come in una pentola sul fuoco.

– È un bel bracciale, ti starà bene, – balbettò Costantino.

Serena si slanciò fuori dalla piscina e ricadde con il busto sulle piastrelle del bordo, i capelli grondavano accanto alle ginocchia di Costantino, mentre la coda batteva scura nell'acqua.

In tasca Costantino aveva anche le cesoie per accorciarle la chioma, come aveva ordinato il Pazzo, e la porporina per colorarla d'oro, ma era cosí bello il viso sotto quella gran zuffa bagnata, cosí tremendo, che Costantino non ci pensò nemmeno a cambiarlo. Serena respirava a stento, prendeva l'aria tra i denti come prendeva gli uccelli, e le spalle le vibravano: era il freddo della pioggia o anche lei era impaurita? Strizzava gli occhi splendidi mentre Costantino diceva: – Stai tranquilla Serena, va tutto bene, ora ti metto il bracciale.

Come un cane lei gli ha leccato la mano tremante, strofinava il muso contro il palmo. I suoi capelli avvolgevano i piedi di Costantino, li bagnavano d'un'acqua tiepida.

– Sei il mio tesoro. Vedrai, staremo sempre insieme, nessuno ci dividerà.

Soffiava roca, Serena, quasi provasse a parlare, a rispondere.

– Nessuno, – e lei lo fissava e soffiava.

Ma quando Costantino le ha preso il polso, piano, delicatamente, per agganciare i sonagli d'argento, in un attimo Serena gli si è rivoltata contro con un ruggito che pareva partire dalla coda impazzita, ha affondato i denti nella mano, lo scatto tagliente, d'una tagliola, uno strappo e subito si è rituffata nella sua pozza.

Per fermare il sangue che usciva a fiotti, Costantino s'è tolto la camicia e l'ha avvolta attorno alla mano. Avrebbe voluto che esistesse uno straccio capace di avvolgere anche il cuore, tanto se lo sentiva sanguinare.

Serena riprese la sua ronda avanti e indietro per la vasca, e ogni volta che arrivava in fondo picchiava contro il muro con rabbia, quasi a farsi male, come accade agli innocenti imprigionati. Costantino provava piú dolore per lei che per se stesso, e una vergogna immensa per quei sonagli con cui voleva chiuderle il polso.

– Scusami Serena, perdonami, ti prego.

Ma lei continuava a nuotare e a cozzare rabbiosamente, e nell'aria adesso si sentiva solo qualche nota gelida di tromba.

Costantino alzò gli occhi al cielo: sopra al giardino c'era il buio cesellato da mille stelle, una luna gigantesca, e a Costantino sembrò di vedere il coperchio dello scrigno in cui lui e Serena stavano rinchiusi.

Quella notte Costantino seppellí nella radura al centro del labirinto i penultimi Ottavio e Fedele. La loro macchina arrivò nel giardino a fari spenti e senza piú benzina, per l'inerzia del falsopiano finale. Fedele stava con la testa sopra al volante, le mani abbandonate sui piedi, mentre il cadavere d'Ottavio era ripiegato nel bagagliaio, sotto una coperta a fiori gialli e rossi.

Dentro a Fedele c'era ancora una briciola di vita, qualche parola grattata dai rantoli. – Lui mi ha sparato e io gli ho sparato, – ha sospirato mentre Costantino se lo caricava sulle spalle. I capelli di Fedele diventavano grigi a vista d'occhio. – Gli ordini sono ordini, gli ordini sono belli.

– Domani starai già un po' meglio, vedrai.

– Io volevo fare il ladro, entrare nelle case piú felici, portarle via.

– Non ti stancare.
– Volevo fare le capriole, correre, sudare.
– Sí.
– Mia madre era buona ma era troppo giovane, rideva senza motivo.
– Non parlare, Fedele.
– Ho freddo alla testa e alle scarpe. Te la ricordi qualche canzone dell'estate?
– Domani ci raccontiamo ogni cosa, cantiamo insieme.
– Una volta sono stato in cima alla cupola di San Pietro, si vedeva tutto quanto, tutta Roma, però il giardino no.
– Da nessuna parte si vede il giardino.
– Mamma.
Per la ferita al palmo, Costantino non riusciva a tenere stretto il manico della pala, il sangue rendeva il legno scivoloso e ogni affondo nella terra era una fitta che risaliva dal braccio fino al cervello. Ci mise la notte intera a scavare le due fosse, e poi a calarci i corpi di Fedele e Ottavio, che erano diventati piú pesanti del piombo, poi a ricoprire tutto come se niente mai fosse stato. Alla fine Costantino era cosí debole e stanco che non riusciva piú a ritrovare il tragitto per venire fuori di là, si trascinava a torso nudo tra le siepi ambigue e da capo ritornava alla radura: la testa gli girava lenta come una trottola che sta per cadere, la punta rovente ficcata nella mano.

Si addormentò all'alba con la pala tra le braccia e la testa sulla terra ancora smossa, lí nella piccola radura. Sognò che la mano fosse forata da parte a parte: ci poggiava l'occhio come sul buco d'una serratura, sapeva che era male, ma doveva assolutamente vedere: e vedeva una stanza mezza allagata, e nella stanza c'era un falco che batteva le ali sopra la groppa di un cavallo bianco con l'acqua alle ginocchia. Come una zattera passava sulla corrente un letto matrimoniale in fiamme.

I penultimi Ottavio e Fedele furono quelli: gli ultimi spuntarono con il cappello in testa la mattina seguente e ora, mentre Costantino avanza lungo un sentiero che costeggia il Tevere, gli camminano alle spalle, hanno passi decisi.

– Dove andiamo? – domanda Costantino senza voltarsi e senza sperare nulla.

– Laggiú, – dice Ottavio.

– Laggiú dove?

– Non ti devi piú preoccupare.

In lontananza si scorge il dorso di un ponte di ferro, la sua testa eretta, le zampe metalliche affondate nel buio del fiume. E oltre, sopra, appare l'immenso cilindro dell'ex gazometro, rete e notte, un monumento al cielo degli insonni.

Costantino oggi ha rivisto piazze e fontane di Roma, il Quarticciolo, l'Alessandrino, la sua Centocelle, il mare antico di Ostia. Fedele e Ottavio l'hanno portato in giro quasi fosse un parente che manca da una vita, gli indicavano le novità e i problemi irrisolti, nominavano strade e ristoranti, sale corse e rosticcerie. A Fontana di Trevi, confuso tra i turisti, Costantino ha lanciato di spalle una moneta nell'acqua, la promessa di un ritorno: Fedele lo ha guardato mordendosi le labbra. Sono stati persino al luna-park dell'Eur, a sparare al tiro a segno e a scuotersi sull'autoscontro, poi a scapicollo giú per le montagne russe, e Fedele e Ottavio tenevano Costantino stretto per le braccia, caso mai cadesse, caso mai gli volasse via.

– Ti stai divertendo, vero? – gli gridava Fedele nelle orecchie e Ottavio, con le sue dita sottili, gli scompigliava il ciuffo.

Dall'Eur a Ostia è stato un lampo. Dalla macchina Costantino ha guardato a lungo il mare che accartocciava le onde sulla riva, ha chiesto di passeggiare un poco sulla spiaggia e Fedele gli ha risposto: – Nessun problema, oggi si fa tutto quello che ti piace, fa conto che il mondo è tuo.

Al largo il vento inclinava le vele di alcune barche, ma Costantino frugava con gli occhi piú vicino, in ogni rigurgito di schiuma, là dove qualcosa affiorava. Gli sembrava che quell'acqua infinita che reggeva le vele e la petroliera sulla riga dell'orizzonte come le buste di plastica e le alghe che s'arenavano, provenisse dalla piscina, scolata in questa pianura dalla grata sul fondo, e allora forse là in mezzo poteva esserci anche Serena. Ma forse era già lontana, di nuovo tra le isole dell'Egeo, dentro la scia di qualche nave da crociera che scaricava a mare i resti delle cene, oppure nuotava davanti al porto del Pireo, o tra i palazzi sommersi di Atlantide. O forse l'elica d'un traghetto l'aveva già fatta a pezzi, la coda da un lato e braccia e spalle da ragazza da un altro, i capelli attorcigliati sulle pale. Il mondo è atroce perché non si può mai arrestare, l'elica gira, strazia.

Pensava alla piscina vuota, Costantino, alle foglie gialle sulle piastrelle azzurre, a quell'ultima pozzanghera dove si contorceva una biscia. In questi giorni a volte si è calato nella piscina dalla scaletta di ferro cromato e si è seduto dove batteva il sole, la schiena contro il muro e le gambe distese, una molletta a sostenere il ciuffo cadente. Là sotto voleva meditare sulle cose importanti che stavano accadendo, comprenderle, aspettava che arrivassero i pensieri e le parole, e il sole diventava ombra e l'ombra buio e nella testa non c'era nient'altro che qualcosa d'arrotolato e nero come la biscia nella pozzanghera. Il Pazzo ha buttato via Serena e presto butterà via anche me, questo Costantino riusciva a indovinare. Qui non ci possono stare i sentimenti perché i sentimenti sparpagliano la vita, fanno il mondo. Ma esiste per noi un luogo che non sia questo giardino e non sia il mondo? Qualcosa che sia né immobile né disperato, una terra dove la vita inizi ogni momento e non finisca in un caos, che suoni come il canto di Serena, come l'amore?

– Perché piangi? – ha domandato Fedele, posando il braccio pesante sulle spalle di Costantino. – Questo per te deve essere un giorno felice.

– C'è il mare, poi ci sarà il pomeriggio, perché fai cosí? – ha detto Ottavio.

– Portatemi da mia madre, vi prego.

Via delle Robinie, via dei Glicini, via delle Gardenie, delle Acacie, delle Mandragore, delle Genziane, dei Licheni e delle Giunchiglie: tanto cemento e alluminio anodizzato, asfalto e clacson e qualche alberetto esile come una preghiera piantato sul marciapiede e bagnato dai cani. Costantino, con la guancia schiacciata sul finestrino, guardava il suo vecchio quartiere, i negozi, la gente che passeggiava, che correva, scrutava le persone una a una e in molte contraccambiavano girando uno sguardo indispettito verso quella sfrontatezza, e subito tiravano dritte. Chissà se qualcuno mi riconosce, sono passati tanti anni, pensava Costantino, sono quasi un altro, uno straniero. Eppure io me li ricordo tutti: quello con le mani sui fianchi è il barista che mi faceva bere, quell'uomo grasso è il fornaio che mi ha tagliato ettari di pizza rossa, e quello è il benzinaio, m'ha riempito cento volte il serbatoio e non aveva mai il resto.

Ma gli sembrava tutto ancora piú confuso d'un tempo, quasi che le persone e le cose fossero agitate da una grande febbre, e si accostassero per non patire da sole e si separassero per paura di stare peggio: gli sembrava che tutte le cose spingessero ossessivamente, ognuna nella propria direzione, e il quartiere alzava una polvere fina, di intonaco che si sgretola. Provò a ritrovare nella mente la quiete del giardino, con le siepi ben rasate, i fiori freschi e i vialetti educati, ma pensare a quel silenzio attorno alla piscina vuota adesso era come pensare a un camposanto.

– Mia madre abita qui.

– Lo sappiamo.

– E come fate a saperlo, chi ve l'ha detto?

– Avanti, saliamo.

La porta di casa era aperta: Costantino si è fermato sulla soglia, indeciso se bussare, chiedere permesso, farsi anticipare da qualche rumore, oppure entrare normalmente, come un figlio che torna a cena. Si è pulito le scarpe sullo zerbino ed è entrato con Fedele e Ottavio alle spalle. L'appartamento gli è parso molto piú piccolo, le pareti piú vicine, il soffitto cosí basso da far chinare istintivamente la testa: e anche la poltrona, il tavolo, la credenza, i quadri parevano essersi ridotti per poter rimanere in quel guscio.

La madre di Costantino stava infilando un filo nero nell'ago. Anche lei sembrava piú piccola, una bambola vecchia, pelle e ossa, una vestaglietta e tanti capelli bianchi. Però, quando ha sollevato lo sguardo verso il figlio, Costantino ha ritrovato intatto quel lampo scuro che a volte illuminava e a volte faceva cenere.

– Costantino.

– Sono qua.

– E loro?

Nella stanzetta degli aghi e degli orli, Fedele e Ottavio parevano due giganti in punizione. Facendo con il capo cenni di riverenza alla signora, sono retrocessi verso l'uscita: – Ci fumiamo una sigaretta qui fuori, Costantino, – ha detto Fedele. – Fai pure con calma, parla con tua madre quanto vuoi, questo è il tuo giorno.

– Chi sono? – ha domandato Nerina stendendosi sul letto.

– Due amici, li porto a visitare la città, – ha balbettato Costantino.

– Non è vero.

Costantino è rimasto in silenzio, stirava con le unghie una fettuccia di stoffa rossa, dondolava il piede e intanto gli sembrava che pure dentro di lui, in quella stanza, tutto tornasse piccolo. Avrebbe voluto fare discorsi da uomo, dire le frasi chiare di chi è diventato adulto e se la cava, sa mentire, rassicurare, ma nella testa c'erano solo le prime parole apprese.

– Ho paura.

– Oggi ti uccideranno.

– Non lo so, forse.

La donna ha preso da un cassetto alcuni fogli ripiegati: Costantino ha subito riconosciuto le righe larghe su cui scriveva il Pazzo e poi la sua calligrafia rotonda. A memoria Nerina ha ripetuto le parole della prima tra le lettere che teneva strette in mano.

– «Madre gentile dell'a me sempre caro C., sono lieto di farle avere queste begonie che suo figlio ha cresciuto con tanto affetto. Le metta in un vaso e pensi a C. orgogliosamente. Non era cosí bello il mio giardino prima che C. vi ponesse le sue mani ferme e pazienti. Ho dato a suo figlio la compagnia di animali meravigliosi, e lui li ha trattati come fratelli. L'inferno assedia quest'angolo di paradiso, vorrebbe distruggerlo, ma anche noi segretamente premiamo sulla città, le insegneremo l'umiltà e poi la rifaremo nuova. E anche se non sarà cosí, il giardino resterà, e credo che un giorno sarà di suo figlio».

– Ho obbedito quanto ho potuto.

– E poi?

– Poi mi sono sentito troppo solo.

La madre di Costantino ha aperto la seconda lettera, l'ha guardata, l'ha richiusa. Ora i suoi occhi non lampeggiavano piú, sembravano sul punto di sciogliersi in due lacrime nere.

– «Madre stabilissima d'un figlio vacillante, questi anemoni sono per lei, ma a loro non posso purtroppo aggiungere notizie felici. C. è stato ferito dall'inquietudine e l'infezione lo divora. Gira per il giardino come un alito di scirocco, l'anima perduta dietro alla tentazione. È attirato da qualcosa di basso e fangoso: lui crede sia l'amore, ma questo nome si deve dare solo a ciò che rende la mente lucida come lo smalto. Ciò che è caduto in basso e s'è frantumato in mille pezzi deve ricomporsi, come in un mosaico. Solo le superfici sono vere e belle. Osservo suo figlio e mi chiedo fino a quando potrò accettare di vederlo chinato sull'abisso. Se non si rialza da solo, dovrò lasciarlo cadere».

La madre di Costantino aveva un ago tra le dita, s'è punta di proposito un polpastrello e con gli occhi sottili ha osservato attentamente la goccia di sangue che le scivolava sul palmo della mano.

– Povero figlio mio, – ha sentenziato, girandosi contro le macchie umide della parete.

– Deve proprio finire cosí?

La madre di Costantino era piccola e chiusa come un sasso su cui è inciso il destino.

– È come se fosse già accaduto, – ha detto.

– Ma io ho solo amato, non ho altre colpe.

Una nuvola s'è messa davanti al sole togliendo luce alla finestra, e la stanza ha fatto un passo indietro, verso l'ombra. La voce di Nerina era appena un sussurro, pareva uscire dal muro.

– Dovevi stare buono al tuo posto, lo sai, il Pazzo vuole che ogni cosa mantenga il posto che le è stato assegnato.

– Solo l'amore mi ha mosso, credimi.

E allora, pianissimo, con la voce umida di sua madre la parete della grotta gli ha domandato: – Ma chi hai amato, figlio mio perduto, chi?

La piscina stava incastonata nel buio come una gemma liquida, piú azzurra di qualsiasi pupilla. Costantino teneva nell'acqua la mano che Serena gli aveva ferito, per dimostrarle che non provava rancore e non aveva paura. E avrebbe voluto dirle: puoi mordermi ancora, se lo desideri, io sono qui e non vado mica via, ti aspetto.

Nel giardino era cresciuta qualche erbaccia, proprio nel prato accanto alla piscina, Costantino l'aveva lasciata venir su senza intervenire. Non aveva piú la testa per stare dietro a ogni filo d'erba: innaffiava, rasava, ma non era come prima, non li ricordava piú i nomi dei fiori, le loro abitudini. Mentre la voce di Serena si avvolgeva e si svolgeva nell'aria, Costantino fissava incantato una grande rosa bianca, e dopo un poco non era piú una rosa, non era niente. L'occhio si perdeva come un'ape tra i petali già troppo aperti, in una spirale di veli candidi, e come sempre il canto lo spingeva piú dentro, oltre il ricordo di lenzuoli stesi al vento delle terrazze, dove c'era solo silenzio, in un punto dove gli avvenimenti e i pensieri non avevano ancora un destino, fusi nel desiderio che ancora non si scioglie.

Costantino ascoltava quel canto d'amore, penetrava nella rosa sfocata e quasi si dimenticava di esistere: e d'improvviso gli sembrava che la rosa gli si chiudesse attorno come una pianta carnivora.

Teneva la mano nella piscina, Costantino, e in superficie l'acqua era freddissima, ma sotto sembrava intiepidirsi. Serena non cantava piú, andava e veniva, andava e veniva, e a ogni giravolta lui le regalava un sorriso e le rubava uno sguardo brillante come una moneta d'oro. Costantino si era tolto gli scarponcini e i calzettoni arrotolati e grossi, poi la camicia di tela grigia. L'emozione lo faceva sudare come una bestia, le tempie gli colavano negli angoli della bocca due rivoli salati, i battiti del cuore gli sollevavano il petto lucido. Lo sapeva che il Pazzo lo stava osservando, da una finestra invisibile o da una foglia, che leggeva i suoi pensieri uno a uno, ma non poteva piú fermarsi.

– Serena, io vengo da te, – ha gridato, cavandosi i calzoni e tutto.

Di colpo le luci della piscina si sono spente e l'acqua è precipitata nel buio. Costantino sentiva la coda indiavolata schiaffeggiare la superficie e le note della tromba che risuonavano nel giardino acute come un allarme. Si teneva i vestiti raggrumati stretti contro il torace e anche dall'altra parte, dietro le sbarre del costato, le emozioni erano un groppo che spingeva.

Si è allontanato di qualche metro dal bordo della piscina, ha insaccato nei polmoni il respiro piú grande che avesse mai preso, l'ha buttato fuori e ne ha preso un altro: via, fuori – e ne ha incassato un altro, ancora piú profondo, da soffiare via come il vento, e giú, un altro respiro a bocca spalancata: l'ossigeno gli faceva ruotare la testa come una giostra cigolante, il cuore picchiava fin nei polpastrelli, e allora via, Costantino ha svuotato i polmoni e li ha gonfiati di nuovo con tutto il cielo scuro e profumato del giardino.

Una breve rincorsa e s'è tuffato ad angelo nella piscina del mostro. Come gli aveva raccontato la mano, l'acqua era gelata nel primo strato, ma sotto era piú calda, e in fondo quasi scottava sulla pelle. Nel buio Costantino non riusciva piú a vedere i limiti della vasca, batteva freneticamente i piedi e allungava le mani, le dita, per arrivare a toccare la parete, ma trovava solo acqua, acqua, acqua nera. Serena, chiamava, Serena, dove sei, vieni da me, non ho paura: le parole erano fiori d'ossigeno, era una lingua sommersa, da affogati, bolle che s'intricavano fuggendo verso l'alto. Sospeso dentro quell'inchiostro, Costantino si rigirava su se stesso come un pensiero notturno che non sa a cosa poggiarsi, e si espande, e si confonde. Agitava le braccia sperando di imbattersi finalmente in qualcosa, in qualcuno, avanzava di qua e di là, tornava indietro, perdeva fiato e la piscina pareva il mare vuoto dei naufraghi.

Le bolle fruscianti ora dicevano: io ho bisogno dell'amore che fa ricominciare il mondo, ho bisogno di te, Serena, dove sei, non mi lasciare qui da solo.

D'improvviso Costantino ha sentito una mano senza peso che gli sfiorava il viso, e poi con la punta delle dita gli leggeva la fronte e le sopracciglia, gli zigomi, le labbra. Costantino ha scosso la testa e quella mano si è ritratta, intimidita, ma subito è tornata tremando a disegnargli i lineamenti. Sugli occhi per un attimo le dita hanno premuto piú forte, quasi volessero strapparli con le unghie, poi sono scese verso la bocca, sono entrate scivolando sulle creste dei denti, fino a toccargli la lingua. Costantino ha cominciato a baciare quelle dita, a succhiarle come frutti di mare. Nei polmoni non aveva piú molta aria, ma non ci pensava neanche di uscire a respirare. Ha steso le mani e ha incontrato le spalle strette di Serena, i seni da adolescente, il collo piegato in avanti, le orecchie come conchiglie, e anche lui adesso le ripassava il viso centimetro dopo centimetro per dirle: hai gli occhi belli, il naso che è una dolcezza, e queste sono le labbra morbide che mi fanno felice. Nell'ossigeno calante, Costantino ha pensato alle piccole piantine che nascono dalla crosta dura della terra, la terra che non ha colore e chiude dentro di sé le carcasse dei millenni, le città distrutte, strati di pietra e piú dentro il fuoco, e ruota sibilando nello spazio infinito come un vecchio cieco che gira e gira e non trova casa, e si dispera. Eppure le piantine sanno aprirsi teneramente una strada nel buio, fiorire sul bavero del cieco. E questa bocca da ragazza, queste mammelle magre, queste mani delicate sono cresciute attraverso l'orrore della coda che batte, batte.

Io ti amo cosí come sei, ti amo tutta.

Costantino ha unito le sue labbra a quelle di Serena, lei lo mordeva piano e la saliva e il sangue si mescolavano con l'acqua. Le braccia di Serena si sono allacciate attorno al collo di Costantino, e lui le ha passato la mano dietro la schiena e l'ha stretta a sé, come in un ballo da sala. Il ciuffo liscio e biondo si perdeva dentro il groviglio dei capelli di Serena che s'attorcigliavano addosso a Costantino e parevano una cosa viva, affamata. La coda premeva forte tra le gambe, il ventre contro il ventre. Nelle orecchie di Costantino ora Serena insinuava un soffio ardente che era un lamento e una richiesta, un desiderio atroce spinto dal mantice della coda. Ma la coda non è come le gambe accavallate delle ragazze a primavera, quelle cosce strette che paiono un solo blocco, un rifiuto gentile e compatto, e invece poi, per qualcuno, per l'unico capace di pronunciare le parole sbalordite dell'amore, s'aprono come i battenti d'una porta che generosamente lascia passare. No, la coda non si apre, non è una porta: è una scala che s'avvita e sprofonda, una radice contorta piantata nel centro della notte. Le labbra e le mani morbide di Serena afferrano e tirano verso il basso la voglia di Costantino, verso l'origine, dove il seme illumina la tenebra. Costantino spinge con il bacino dentro la coda, laggiú, tre, quattro, cinque, sei volte, ti voglio amore mio, ti amo tanto, e nei polmoni resta solo un rantolo di piacere, mentre dalla nuca è partita una crepa elettrica che attraversa la schiena fino ai lombi e laggiú ha acceso una violenta scarica di voluttà, il lampo che brucia e benedice.

Scalcia Costantino, come l'impiccato che esala l'ultimo respiro e in un momento ha nelle pupille tutta la sua esistenza, dal concepimento alla fine, dal vento all'asfissia, e di colpo il cappio si spezza, l'acqua si divide: ancora un calcio per risalire in superficie, un altro calcio, mentre sul viso passa una carezza veloce, un saluto da innamorata, e poi l'acqua è finita e nella gola correndo arriva tanta aria, i polmoni succhiano l'ossigeno, s'allargano alla vita.

Floscio e grondante come una spugna, Costantino era riuscito a issarsi con lo stomaco sul bordo della piscina: attorno c'era sempre il giardino, ordine e solitudine, le note asciutte della tromba.

Il sentiero sotto il gazometro costeggia un muro mezzo sbreccato e ricoperto da graffiti, coloratissimi quand'è giorno, ma che ora sembrano muffe nate dai mattoni. Sono grosse lettere che si incastrano una nell'altra formando una catena di parole incomprensibili a Costantino che le sfiora barcollando.

– Voi lo capite cosa c'è scritto? – domanda a Ottavio e Fedele senza voltarsi e senza fermarsi, indicando il muro con un dito.

– È solo uno schifo, – risponde la voce grossa di Fedele.

– Magari in mezzo c'è una parola che ci riguarda.

– È uno schifo, per questo ci riguarda.

Sulla sinistra si susseguono scheletri di fabbriche abbandonate, a destra sciaborda il Tevere, mentre sull'altra riva anonimi palazzoni spengono le ultime finestre. Nel cielo le nuvole coprono luna e stelle, e a volte si scansano e per qualche secondo gli astri ricompaiono, come se volessero guardare di sotto e poi di nuovo si coprissero gli occhi con mani nuvolose. Il cielo e lo sfacelo, pensa Costantino, e sorride a quella rima.

Costantino ricorda un bigliettino che gli ha fatto avere il Pazzo il giorno dopo la sua immersione nella piscina. Era una favoletta di poche righe alla quale mancava la conclusione: «Un principe persiano rimase deluso dal comportamento del suo scudiero preferito. Lo apprezzava, e poi non lo apprezzava piú. Anzi, pensava che la morte fosse la giusta punizione per un uomo che non aveva saputo obbedire alle regole esatte del regno. Lo convocò al palazzo e gli disse: caro, hai tradito la mia fiducia, hai minacciato la stabilità del regno, per te tra poco, tra pochissimo, tutto sarà finito. Puoi salvarti solo se mi dirai una piccola frase che sappia stupirmi e mi convinca d'aver preso la decisione sbagliata. Ma qual è la frase?»

Qual è la frase per non morire? Forse è segnata sul muro di cinta, confusa tra mille altre parole. Ma forse nemmeno combinando tutte le lettere del mondo si può comporre la frase che salva.

– E Serena dov'è, avete dovuto ammazzare anche lei? L'avete presa dalla piscina e poi che le avete fatto? Dove l'avete buttata, in un pozzo, sotto il cemento di una cantina?

– Certo, balbetti sempre le stesse cose, sei proprio un uomo noioso, un giardiniere, – dice la voce di Fedele, pesante come i suoi passi.

– Di' un po' Costantino, è vero che ti sei scopato quel pesce? – domanda Ottavio, stridulo. – E com'era dentro, spinoso?

Per reagire Costantino aspetta la fiammata dell'ira, l'acciaio nei pugni, le bestemmie nella voce, come quando faceva a cazzotti fuori dai bar di Centocelle e dava pedate anche ai cassonetti e alle macchine parcheggiate. Ma è passato cosí tanto tempo da allora e adesso ne manca cosí poco, e in mezzo la vita è fuggita talmente in fretta che la rabbia non arriva piú, l'acciaio è sudore nei palmi aperti e le bestemmie sono quattro parole desolate: – Tu non capisci niente, – dice Costantino girandosi con calma.

– E tu cos'hai capito? – ribatte Ottavio, ancora piú sottile e curvo, quasi faticando a tenere stretto in mano il peso della pistola.

– Stai buono Ottavio, e andiamo avanti, – ordina Fedele.

– Che avete fatto a Serena? – domanda Costantino con ostinazione, e in testa rivede la piscina vuota, e sul fondo le foglie, le formiche e la biscia che ora s'arrotola in una pozza di sangue.

– Sai come l'abbiamo conciata? – dice Ottavio con la voce che trema indispettita. – L'abbiamo tirata su dall'acqua con una rete e io le ho aperto un po' la pancia con il coltello, come ai merluzzi, poi l'abbiamo caricata in macchina. Sbatacchiava ancora la coda, quel mostro, mugolava, mi faceva proprio schifo. Cosí l'abbiamo sbattuta subito nel fiume e ci siamo lavati le mani che puzzavano di pesce e di fica. Non mangerò piú un'alice in vita mia, e neanche tu, mi sa.

– Non gli dare retta, Costantino, – dice Fedele. – Sono solo stupidaggini, camminiamo, che ho tutta la cena sullo stomaco.

Camminiamo, pensa Costantino, c'è ancora tempo, ci sono ancora metri, cose.

– E al giardino nessuno tornerà piú, siamo per sempre fuori, – continua Ottavio, parlandosi addosso. – Ma chi se ne importa, il mondo è grande, per gente come noi c'è sempre posto.

– Il mondo è grande e il dolore è infinito, – aggiunge da dietro la voce di Fedele.

– Anche l'amore, – ribadisce Costantino.

– Ci ripetiamo, eh? d'altronde siamo quasi arrivati in un bel posto, – dice Fedele in mezzo a un attacco di tosse.

Costantino pensa alla pancia squarciata di Serena, alle sue mani piccole, al fiume nero, a sua madre che quand'era ragazzino lo pettinava e gli diceva: fa male, ma finisce subito. Pensa ai nomi dei fiori, alle strade scomposte del suo quartiere e agli alberi immobili del giardino. Pensa che tutto merita d'essere vissuto, ma in un altro modo, in un altro mondo, perché qui il buio e la luce non sanno piú unirsi in un giorno solo, il rumore e il silenzio non trovano piú le parole che li tengano insieme.

E di nuovo, mentre Ottavio con il pugno e la pistola lo spinge tra le scapole perché affretti il passo, e sotto le suole la polvere è diventata fango e scivolate, Costantino pensa a quelle ultime righe del Pazzo, a una frase che stupisca e che salvi. Nel viottolo c'è una sbarra arrugginita da superare passandoci sopra o sotto: a Costantino rimane la dignità per passarci sopra, e subito dopo il sentiero si scioglie in uno spiazzo sporco d'erba, abbracciato da carcasse di motorini e televisori, e piú avanti può andare solo un gatto nero.

Costantino si impunta perché sa che quello è il posto della morte. Sono arrivato, pensa, ed è una frase che lí, tra quei rottami, significa: sono finito. Sente contrarsi i muscoli delle mascelle, la nuca gli si incassa tra le spalle e dentro il corpo immobile la vita si sparpaglia e fugge e si urta come una folla che nel panico batte contro le pareti.

– Se muoio, tutto scomparirà, – dice Costantino allargando le braccia, come a raccogliere quanto piú mondo possibile. – Questa è la risposta.

– Che idiozia, solo il Pazzo può permettersi discorsi cosí assurdi, – bofonchia Ottavio, allontanandosi di qualche metro. Apre lo sportello di un frigorifero rovesciato su un fianco, ride: – Guarda, c'è ancora un biberon mezzo pieno di latte.

– Consolati Costantino, pensa che tu vai dalla tua bella mentre noi restiamo qui a farci male, – dice Fedele. – Vai pure tranquillo, – e da pochi passi gli spara tre volte. A ogni fiammata Costantino vede brillare sul polso grosso di Fedele la lupa e l'aquila d'oro, saltano e tornano scure, sembrano azzannarsi e rientrano nel buio, brillano incerte come le costellazioni del cielo e poi tutto, cosí come è apparso, scompare.

Rotola il corpo, rotola con il gemito d'un copertone bucato, e insieme al corpo anche la mente rotola nel buio scosceso delle sponde che in alto sono dure e poi umide e cedevoli sotto il peso del corpo che rotola rotola e sembra non arrestarsi mai, finché sopra una spalla guizza l'acqua della riva.

L'onda va e va lambendo appena il torace di quel fantoccio, e ogni volta è come il tocco d'una spugna premurosa che lava e si ritira insanguinata. Sotto la spugna, Costantino sente la punta aguzza di una lancia piantata fino in fondo, e tanto dolore gli fa credere d'essere ancora vivo, ci resta attaccato con tutta la forza del pensiero, e quando lo sente calare cerca di rinnovarlo muovendo un poco i fianchi e i ricordi. Ero giovane, andavo per le vie e le vie andavano per conto loro, ognuna in una direzione diversa, erano piene di mendicanti che chiedevano la carità e di donne che guardavano i colori nelle vetrine, avevo l'anima nei piedi, gonfia, sporca, e poi ero giardiniere, innaffiavo e spruzzavo i veleni, pettinavo i prati del Pazzo, la mattina aspettavo la sera, sempre solo, come un'asola nel velluto.

Una notte mi sono innamorato di una creatura senza pace.

E poi ero in un ristorante sul fiume, qualcosa batteva contro la chiglia, qualcuno parlava del dolore, io bevevo il vino, mi hanno sparato tre volte e sono caduto come chi muore.

Un'onda lunga e fredda gli copre la testa e mentre si ritira Costantino immagina che l'onda gli stia portando via la faccia, perché i morti non hanno piú diritto a una faccia. I morti stanno tutti di spalle, come gli sconosciuti che ci precedono nelle file, come l'acqua lenta e triste della foce. Solo chi ama sta sempre viso a viso, chinato sull'acqua fresca della sorgente, sui baci che non devono finire mai.

Il Tevere strappa Costantino alla riva e ai primi topi che iniziano ad annusarlo, lo trascina piú avanti, piú sotto, dove la corrente invischia e travolge. Costantino sente attorno alle gambe le spirali delle alghe, tra le dita la melma del fondale. La sofferenza però non è passata, in mezzo al petto brucia una fiamma a tre punte che l'acqua degli annegati non riesce a spegnere.

Se non sono piú vivo, forse però non sono ancora completamente finito, e neanche tu lo sei, Serena.

Nel buio un'immagine gli traversa la mente, una grande fotografia vista tanti anni prima su un giornale, e ora è ancora piú grande: una campagna coperta da un'alluvione, un mare improvviso dove i tetti delle capanne sembravano barche ribaltate, e sulla superficie galleggiavano mille carogne di mucche, cavalli, capre, e gli alberi non avevano piú tronco, erano immensi ciuffi d'erba carichi di negri con le mani alzate. In mezzo a quel finimondo, una donna nuotava verso qualcosa che non entrava nell'immagine. Tra le mani teneva stretta una piccola bestia, la teneva sollevata sopra la morte e non la abbandonava, tornavano insieme a casa, oltre l'orlo.

E un'altra immagine gli passa davanti: lui bambino, in ginocchio sul marmo freddo della chiesa di San Felice, che pregava e diceva Dio, fa' che tutti gli esseri del mondo abbiano un po' d'amore. Contemplava gli angeli bellissimi dei quadri, pregava e non aveva il coraggio di alzarsi e andare via, perché doveva passare accanto agli storpi accovacciati sul sagrato della chiesa, doveva per forza guardarli, se non con gli occhi bassi, di sicuro con il cuore, piegato verso di loro, e già lo sapeva che in quelle membra contorte, tremendamente avvitate nella terra, c'era una verità piú spaventosa e piú grande delle ali degli angeli.

Serena, grida nel pensiero Costantino, se sei ancora nel fiume vienimi a prendere, se era la tua coda che picchiava contro il barcone allora vieni da me, ti scongiuro.

Un'onda corposa s'infila sotto la pancia di Costantino e lo trasporta sul pelo dell'acqua, lucido di nafta e dei riflessi delle stelle. Solo pochi caseggiati s'affacciano sul fiume, le ultime scompaginate quinte della città che si sperde nella campagna. Cielo e fiume si scambiano di posto in mille boccheggianti giravolte e finalmente Costantino abbraccia forte quell'onda che non si spiana e non s'arrende alla corrente protesa al mare, che anzi prova a risalire il fiume verso il centro di Roma e piú in là. Le dita s'intrecciano ad altre dita, sulla guancia si strofina un'altra guancia.

Serena, sei tu, sei qui con me.

Canta la sua canzone, Serena, ma flebile, è una nota vibrata appena nella gola, e dalla gola si propaga come una scossa lungo le spalle strette da adolescente, nelle squame della coda, nel corpo appeso di Costantino e nell'acqua sudicia. Lunghi filamenti escono dalla pancia squartata di Serena, sembrano le fettucce di stoffa della madre di Costantino, roba nera e rossa che non si può piú cucire, e intanto la corrente spinge impetuosa verso la foce e il mare, e Serena spinge di piú, per rimontarla.

Costantino la bacia tra i capelli, le mormora i nomi dell'amore, anima mia la chiama, piccola mia, e lei torce il muso e gli chiude la bocca leccandogliela, gli sorride coi denti bianchi e forti. I topi infetti del Tevere navigano ai lati, si avvicinano curiosi e si allontanano quando Serena manda un ringhio stremato: e di nuovo si avvicinano. E lei arranca sul fiume che pare in salita, s'inerpica faticosamente su quei gradini liquidi e ricomincia a cantare, ma sempre piú piano, è una musica interiore che solo Costantino intende, è quasi un silenzio. Costantino si lascia trasportare, cerca di pesare niente, di pensare niente, agita solo un poco i piedi chiusi negli scarponcini per aiutare Serena. La canzone gli filtra nella pelle, gli fa sognare le cose impossibili che precedono il giardino e la città, le cose che stavano all'inizio, prima dell'ordine e del disordine di ogni tempo infelice, quando tutto poteva ancora essere diverso. Dovevamo cominciare una vita nuova, pensa Costantino, e la vita è finita, il mare chiama per dissolverci. Potevamo comprendere le parole degli alberi in fiore e degli animali feriti, il silenzio delle pietre e dei pozzi artesiani, amare anche il buio che sostiene la vita e poi la nasconde, senza avere paura, ed è già finita.

Dovevi insegnarmi tu cos'è l'amore, Serena.

Dove vai, Serena, dove andiamo?

E Serena continua a rimontare la corrente, non s'arrende al dovere della morte. Costantino le tiene le mani sulle spalle e si fa trascinare dai colpi della coda, sinuosi e sempre piú lenti. Sulla faccia che sale e scende l'acqua batte a secchiate, quasi volesse svegliare Costantino dal sogno della salvezza. Ponte dopo ponte la città riappare attorno alla zoppa cavalcata di Serena e del suo cavaliere. Ecco le orbite vuote del Colosseo Quadrato, la diga controvento dei palazzoni della Magliana, e di nuovo la rampa spaziale del gazometro: ecco la notte inquieta di Testaccio, la facciata interminabile del San Michele e il grande vascello dell'isola Tiberina, incagliato tra i flutti precipitosi, carico di malati che sperano e disperano. Costantino li vede nella luce giallastra delle finestre, bambini silenziosi con i loro genitori accanto, e anche dai parapetti del Lungotevere, lassú, dove l'aria smuove le foglie dei platani, adesso Costantino vede sporgersi tante persone. È un corteo di volti lontani, cosí sfocati, una fila di gesti seminati nella nebbia e di fiammelle sgranate: dicono coraggio, non vi lasciate andare alla corrente della morte, risalite il fiume verso l'origine, fatelo per tutti noi: o forse dicono semplicemente addio. A Costantino sembra che dietro alla coda di Serena il fiume via via si riavvolga su di sé come un tappeto, e con il fiume l'intera città, le strade dritte e le tortuose, le cupole perfette e i condomini scomposti, la notte e i lampioni: gli sembra che tutto svanendo li segua arrotolandosi incontro alla sorgente, là dove l'acqua chiara e la sete scura stanno insieme.

Pesciolina mia, tesoro, dice Costantino abbracciandola piú forte e baciandola tra le scapole sporgenti, e lei gli lecca le vene azzurre dei polsi, preme il muso da ragazza sulle sue mani. Pure con il ventre squarciato e filante continua a lottare contro l'indifferenza del fiume che scende al mare: la corrente la respinge, srotola un poco il suo tappeto schiumoso, e Serena a testa bassa lo riarrotola, insiste e canta la canzone dell'inizio sulle dita di Costantino. Scivolano negli occhi gli angeli equilibristi del ponte del Castello, i giudici di marmo del Palazzaccio, le vetrate dei circoli canottieri, e c'è sempre gente sulle spallette, ombre e lucciole di cicche tra i rami dei platani. Dall'acqua nera che gli vela lo sguardo e gli entra nella bocca, Costantino scorge anche le case basse di Centocelle, che pure è cosí distante da qui, i bar del Quarticciolo dove beveva e smaniava, i capannoni del mattatoio nuovo al Prenestino. S'arrotola la vita, come una garza attorno al sangue.

E poi, risalendo il fiume verso nord, la città s'allarga, si fa piú rada. Dai bordi ora solo poche persone salutano gli amanti, l'obelisco del Foro Italico sembra la sbarra d'un passaggio a livello abbandonato: Costantino e Serena lo superano con le ultime forze. È troppo lontana la sorgente, un rivolo tra monti che neppure s'intravedono, e forse esiste solo nei pensieri del cuore.

Lassú un gesto ha separato per sempre il giorno e la notte, l'uomo e la bestia, le cose e i pensieri.

Si tengono per mano, Costantino e Serena, mentre passano sotto le arcate antiche di ponte Milvio e l'alba sposta le tenebre piú in là. Piccole perle rotolano nella conchiglia del buio. Costantino vorrebbe dire a Serena ancora qualcosa, ma non c'è piú tempo e non esistono ancora le parole per dire la verità. Solo ti amo, mormora nel pensiero, e Serena gli risponde alzando la nota finale della sua canzone: poi la corrente li vince e la salita torna discesa, la città riprende a inclinarsi verso il mare.

Sul ponte Milvio un bambino li guarda attentamente andare via. Corre da un parapetto all'altro, si sporge piú che può nella prima luce che dal cielo si diffonde sul fiume.

I raggi del sole fanno brillare i bottoni d'oro della sua camicia rossa e la vecchia tromba che tiene tra le mani. La tiene stretta come un remo, e mentre guarda il fiume la muove lentamente nell'aria.

Una goccia si stacca dal suo viso annuvolato e precipita sui corpi di Serena e Costantino che nell'acqua scorrono via abbracciati. Sembra uno sputo, ma è una lacrima.

Ora il bambino è seduto sul parapetto, batte i talloni sul fianco del ponte, soffia qualche nota nella sua tromba. Guarda il fiume e il mento gli trema.

Quando arriva la mattina delle edicole che s'aprono e delle prime macchine che accendono i motori, sul ponte non c'è piú nessuno, e neanche nel Tevere. È come se niente fosse stato, come destarsi da un sogno che era lí, dentro e fuori, dieci immagini chiare e poi confuse, che a poco a poco sbiadiscono e diventano una soltanto, e poi la sensazione appena di una cosa che era lí, era nostra, importante, ma già si cancella nell'acqua che lava via la notte dalla faccia e cade nel lavandino, e poi sotto le case, giú nel fiume. Il giorno ci aspetta, ora bisogna andare.

Il vento

Potranno la vostra fiamma e il vostro fumo rallentare il vento?

Eccolo, era da tempo che lo sospettavo e finalmente l'intravedo: è appena un'insegna fioca nella notte, una mezza bugia sussurrata, un profilo ventoso. Appunto il suo nome: Luca, quattro lettere tracciate a matita tra pioggia che cade veloce dal cielo. Credo sia un cielo scuro di luglio, nuvole afose. Luca ha la camicia bianca picchiettata dalle gocce, poche mille lire nel taschino, in bocca una sigaretta bagnata che non tira, pantaloni di cotone fradici sulle ginocchia, mocassini senza tacco, un orecchino che fa infezione. È seduto nella sua spider, una 850 del millenovecentosessantanove con i sedili di vilpelle nera e il piccolo volante in ciliegio, motore rifatto da capo a fondo, una vetturina praticamente perfetta, giusto due graffi sulla portiera e la freccia di sinistra accecata. È un modello che di recente si è meritato la copertina di *Auto d'Epoca*, che ha già una sua piccola storia, piú di tanti esseri umani.

Ora lo vedo meglio, il mio gracile Luca, è fermo sotto il ponte del viadotto di corso Francia, aspettando che il temporale estivo scrosci: guarda le forconate dei lampi che in cielo spostano covoni di nuvole, e pensa niente di violento dura e poi, ammirando l'asfalto asciutto attorno alla spider, un'altra frase semplice: su questo non ci piove – che significa almeno questo è sicuro, almeno io e la spider in tutto il mondo. Poi prende coraggio e immagina che il Tevere poco distante si stia gonfiando d'acqua, lo pensa alto fino alle spallette, ingordo della città, immagina le piscine dell'Olgiata che debordano sommergendo a ondate le ville attigue, le macchine distrutte negli sfasciacarrozze sull'Aniene che tra le baracche vanno come sottomarini verso il mare, l'acqua minerale che a rutti esce dalle bottiglie e dai bicchieri nei bar, l'acqua lurida dei cessi che s'allunga e cresce sotto i letti di chi dorme, che monta sulle pantofole e sui comodini, sposta gli armadi pieni di naftalina, immagina le acquasantiere tracimanti sui marmi freschi delle chiese, le candele che si smorzano una per una, il crocefisso e i santi che nel buio ruotano come tronchi nella corrente, l'acqua benedetta che filtra nelle grate dei confessionali come in un colino e piú in alto scrosta affreschi e quadri, piú in alto colma le cupole, immagina i vetri degli acquari che scoppiano lasciando navigare sui terrazzi i pesci esotici, sempre piú grandi e colorati tra le antenne della televisione. Immagina una Roma subacquea, rossa di coralli e di ruggine, avvinta dai polipi: e milioni di gattini affogati, il cielo percorso dalle navi da crociera abbandonate, la morte ovunque.

Ma su questo non ci piove, si ripete Luca succhiando la sigaretta che ha preso ad ardere bene: sulla mia spider scoperta sotto il ponte del viadotto di corso Francia, su di me che in questo cerchio pulito aspetto che tutto finisca per ripartire. Asciugherò la città da capo a fondo con il vento libero della mia spider, a poco a poco le acque si ritireranno lasciando una fanghiglia buona, come sulle rive del Nilo nel libro delle elementari, e ogni vita fiorirà piú forte, piú verde, qualunque vita. Perché Luca è cosí: un ragazzo generoso, se avesse qualcosa di grande da offrire, un bravo ragazzo, se a trentacinque anni potesse dimostrarlo non solo nei sogni faraonici.

Ora che il cielo ha smesso di piovere e di produrre bolle giganti in testa, Luca ha solo da tornare a casa. Riavvia il motore: è incoraggiante sentirlo partire al primo colpo, pulito, preciso. I fari ruotano per gli spiazzi vuoti del Villaggio Olimpico, tra quelle case a stecca costruite quarant'anni fa per gli atleti di tutti i continenti e oggi quasi diroccate. Di giorno non si vede nessuno camminare tra i pilotis e le aiuole sporche, di notte invece in quei vialetti si vende la carne piú strana e le macchine fanno la fila anche solo per chiederne il prezzo, palparla a sbafo. Ma stanotte l'acqua ha spodestato puttane e trans col pungiglione, impiegati e ragazzotti infoiati, è tutto pozzanghere, silenzio, pallidi lampioni. Gli spazi sono grandi e le cose sembrano piccole e lontane. Qualche finestra brilla di televisione, qualche cane vaga ai bordi delle strade. Nel vuoto seguo bene Luca che si gode il fresco, il gomito appoggiato sullo sportello, la stoffa della camicia che vibra come una vela, l'aria serena dei sonnambuli. Anche per lui sarebbe ora di distendersi in un letto e aspettare che venga un altro domani: ma gli dispiace smettere, chiudere la luce e gli occhi, arrendersi al buio stretto di una stanza. Cosa c'è di meglio che passare con le ruote nell'acqua stagnante e farla vivere? Cosa è piú bello che sentirsi padrone del vento, correrci dentro con l'anima di balsa e di carta velina, vedere che il mondo ti viene incontro come una manciata di coriandoli? Tanto domani Luca non ha nulla da fare, solo ricominciare a muoversi nei quartieri, cucire in spider pezzetti di strade distanti tra loro, bere caffè dove capita, dove c'è gente.

Ha avuto dieci proprietari, quella spider, sono tutti segnati sul libretto di circolazione, c'è chi ci ha ballato per una sola estate, chi per qualche anno. L'ultimo, quello che l'ha venduta per due soldi a Luca, l'aveva strippata sulle autostrade di mezza Europa, fino al porto di Lisbona c'era arrivato, fino alle moschee di Istanbul. Diceva che guidandola gli venivano le idee piú strane, quelle che neanche sapeva di contenere, gli passavano in testa immagini senza fine, una dopo l'altra come nastri colorati. Solo quando si fermava ricominciava la storia sua rachitica. Aveva definitivamente massacrato la spider contro un camion della nettezza urbana, a cinquanta metri da casa. – Mentre la guidi non chiudere mai del tutto gli occhi, – ha detto a Luca salutandolo dopo il passaggio di proprietà.

Luca l'ha rimessa a posto bullone dopo bullone, meccanico dopo meccanico. Ci ha speso tutto ciò che aveva, l'ha fatta ridipingere tre volte in due anni, ha trovato il tappezziere giusto per il tettino, il cromatore per i parafanghi e le bordature del portacenere, l'elettrauto per ridarle le luci e per l'accendisigaro nel cruscotto di finta radica. Ora la spider è come quando è uscita dalla fabbrica, giovane e ventosa, coi tappetini di serie e un ragazzo con i capelli corti al volante. Solo il fondale pare sia mezzo marcio, ma tanto non si vede.

In un'officina uno gli ha detto: – Perché non ci metti l'autoradio? Vai e senti la musica, i Red Hot Chili Pepper, al limite i Pearl Jam.

Luca neanche ha risposto, lui non scassa il suo cruscotto per infilarci un ferro che suona e mangia i pensieri. Lui non passa in mezzo al mondo con la fanfara e la grancassa.

Tra poco riporto la spider in garage, pensa Luca. Tra poco vado a dormire, per oggi mi sa che ho finito.

Stanotte è arrivato all'aeroporto di Fiumicino, il punto piú distante da casa, laggiú l'aria sa di iodio e sul tabellone luminoso frullano i nomi delle città del mondo. Tre, quattro volte a settimana Luca s'inventa questo mestiere di tassista abusivo, un po' per i soldi, perché la macchina costa, tutto costa, ma di piú perché gli piace ascoltare i viaggiatori che tornano da lontano: spesso hanno qualcosa di grande da raccontare, del viaggio o di se stessi. Il percorso fino a Roma è lungo, c'è tempo, c'è stanchezza, in tanti si lasciano sfilare dal vento le parole piú segrete. Se la storia è interessante, Luca accompagna il cliente fino all'albergo o dove desidera, lo aiuta a scaricare le valigie, ringrazia e non vuole un soldo. I tassisti ufficiali, quelli con il tassametro e i contributi da versare al sindacato, quelli che vanno avanti e indietro da Roma come cani alla catena, l'hanno minacciato e una sera nel parcheggio l'hanno preso a calci e pugni, gli hanno sfasciato i fari della spider e tagliato con la lametta i sedili appena rifatti. Ma Luca continua lo stesso, offre qualche caffè, parla di sport, sorride a vanvera e adesso lo lasciano in pace, gli passano qualche negro spaurito, rimasugli di comitive.

La storia piú bella a Luca l'ha raccontata un vecchio ufficiale dell'esercito. Da ragazzo aveva comprato un pezzo di terra, una cinquantina di ettari vallonati, terra crepata dal sole, ricca solo di lucertole. Lí aveva piantato migliaia di alberelli, all'inizio li bagnava ogni domenica con un'autobotte. Pregava Dio unicamente perché facesse piovere, e non gli importava di essere un uomo solo, senza affetti. Su un lato del terreno aveva costruito una tettoia e sotto quell'ombra ci passava ogni momento libero, seduto su una pietra, a guardare crescere la sua curva verde di mondo. Cosí anno dopo anno aveva osservato venire su un bosco, i fusti erano sempre piú alti e sotto spuntavano cespugli e funghi, scappavano le faine, e sopra volavano gli uccelli. Soltanto lui sapeva indirizzarsi in quel groviglio chiuso di piante, in quella freschezza. E una sera, in una radura minima al centro del bosco, ha incontrato un cane: ed è diventato il suo cane. Dopo un mese ha trovato un anello, e se l'è messo al dito. E poi una chiave, e un orecchino. Adesso era sicuro di incontrarci la sua donna, lí, al centro del bosco. Diceva che per decenni l'aveva tirato su con pazienza solo per questo, come si costruisce una scatola per trovarci un dono.

Forse era tutta una sciocchezza, forse certe frasi le ho capite male, l'ufficiale parlava piano e il vento spingeva via veloce le parole, pensa Luca scivolando a passo d'uomo per il Villaggio Olimpico. Però quel viaggio da Fiumicino era stato un incanto.

In tanti gli hanno raccontato speranze d'amore e alla fine hanno insistito per pagare piú del dovuto. Anche storie tremende, però: un tipo gli aveva detto d'aver assistito a un incidente stradale, lungo una strada gelata, semideserta. Una macchina s'era cappottata tre o quattro volte, poi era finita in una scarpata.

Sull'asfalto era rimasto un braccio tranciato, con l'orologio, la fede, la manica della camicia, e lui l'aveva avvolto in un giornale e se l'era portato nella sua casa di campagna. L'aveva lavato e tenuto con sé per una settimana, nel ghiaccio. Lo cospargeva d'acqua di colonia e di borotalco: gli guardava le linee del palmo, quella dell'amore, quella della vita, la fortuna, il denaro. Era come leggere un libro di storia. Ogni tanto gli stringeva la mano, a quell'uomo che ormai era di là, nell'invisibile. Poi ha dato tutto in pasto ai cani.

I piú, però, dicono di non avercela una storia, preferiscono stare in silenzio fino all'albergo, ogni tanto alzano le braccia al vento per asciugarsi le ascelle.

Adesso mi riaccompagno a casa, pensa Luca con rassegnazione, è tutto il giorno che sono in giro, a guardare e ascoltare. Mi riposo qualche ora, e domani lavo la spider, la lavo io, non la metto nelle mani di un benzinaio, o tra quegli spazzoloni meccanici che graffiano la vernice delle fiancate. Ci vuole attenzione, molta cura, bisogna togliere il fango dai copricerchioni, farli brillare come gli scudi dei paladini.

A casa, portami a casa, spiderina, tu sai la strada.

Ma io, che infine l'ho trovato in un sottoscala della mente, io che dò a Luca i miei occhi e le parole, non lo lascio andare cosí, senza niente da portare via con sé.

Come un volatile spaventato da una fucilata, d'improvviso da una fratta sgocciolante schizza in mezzo alla carreggiata una creatura, la gonna che è un fazzoletto, gli stivali neri alti sulle cosce magre, il seno grosso di silicone o di stracci, frange che ballano sotto le braccia aperte, i capelli rossi e matti sulle spalle, occhi e braccialetti scintillanti davanti ai fari dell'850 bianca del millenovecentosessantanove. È come se quell'immagine strillasse di spavento; ma non strilla, anzi, è fin troppo muta, conserva tutto il fiato per correre. Dietro a quella donna c'è un uomo, due uomini. Uno è giovane e stramiciato, l'altro ha la pancia e la faccia vecchia. La inseguono oltre il marciapiede, in uno spiazzo che la pioggia ha reso un pantano: ogni passo solleva un rospo d'acqua melmosa. «Acchiappa quella tacchina, acchiappala!» si sente gridare, e lei scompare in un'ombra, riappare sotto la luce di un lampione, scompare di nuovo, riappare. Uno dei due afferra la donna per le frange del giubbotto, per i capelli lunghi, e i capelli gli rimangono in mano. Ha la testa piccola e sferica, la donna, tutta pelata. Il panzone arriva a colpirla alla schiena con la mano chiusa, la fa vacillare e vacilla anche lui, cade in ginocchio nell'acquitrino, si rialza grondante. La donna fugge piú avanti, corre e agita le braccia nell'aria, per un poco riesce a distanziare gli inseguitori, «Acchiappa il tacchinaccio, dài!» Ora sono tre e sono piú vicini, c'è anche un uomo in pantaloncini che a grandi falcate prova a tagliarle la fuga verso il Palazzetto dello Sport e la Flaminia: in mano ha un bastone. Luca schiaccia l'acceleratore, lancia la spider verso il viale, come uno spaventapasseri suona il clacson e accende gli abbaglianti per farsi notare, grida alla donna, se quella è una donna: – Monta in macchina, presto! – e intanto spalanca lo sportello che in corsa rimbalza, si richiude, si riapre con una manata. – Lasciatela stare, lasciatela stare, disgraziati.

La donna è a trenta metri, con l'acqua morta alle caviglie, anche dalla spider si sente il respiro corto di bestia braccata che fino alla tana non pensa a niente. È a dieci metri, tende le braccia lunghissime, ce l'ha quasi fatta.

– Sali, forza sali, coraggio.

Da un platano sbuca un uomo con gli occhiali e la giacca a righe, la guarda, la colpisce su un fianco, si ferma. – Cosí impari, – le dice, e a Luca: – Portatela via, pappone, e qui non ce la mandare piú, mai piú.

Dal Villaggio Olimpico a casa sua è un racconto di poche curve e qualche rettifilo, un chilometro, una paginetta scarsa, ma Luca allunga il tragitto, lo complica di salite, svolte, capoversi e lungoteveri, per il timore d'essere seguito dai mascalzoni fino alla porta del garage, e anche per ridare fiato e colore a quella creatura seduta accanto a lui.

– Come ti senti? – domanda Luca, e lei fa di sí con la testa liscia. – Ti senti molto male? – e lei ripete sí, tenendo gli occhi chiusi.

Ha una ciglia finta mezza staccata, le cala sullo zigomo come un insetto setoloso; il rossetto le sbaffa sul mento bagnato di saliva, mentre il vento della spider le solleva la peluria leggera che ha sulla nuca, le soffia un po' di vita nel vestitino puttanesco.

– Li conoscevi, quelli là? – e lei annuisce chinando appena la fronte. – Chi erano? Clienti, teppisti, oppure poliziotti in borghese? Perché ce l'avevano con te?

Fa sempre di sí, la donna, se poi è una donna, sempre piú piano: sembra che sia solo il vento a muoverle la testolina, che in lei non ci sia piú forza neppure per tenersi dritta.

Nelle strade della città le automobili passano rarissime, sono gli ultimi resti della notte e le prime avvisaglie del mattino, avanzi di bagordi e anticipi di fatica, s'incrociano sbadate, senza fretta. Qualcuno guida mangiando un cornetto, altri tenendo il giornale aperto sul volante, un'occhiata alla via e una ai titoli piú grossi. Forse, pensa Luca, in cronaca c'è già scritto tutto, poche righe ma chiare, che spiegano bene cosa è successo, chi mi porto nella spider, dove vado, cosa accadrà. Da qualche parte di sicuro c'è già scritto tutto, fino alla fine. Di nostro nella vita ci mettiamo solo gli aggettivi, pensa.

Dal finestrino di una macchina s'affaccia un ragazzo ubriaco che grida: – Oggi mi sono diplomato, domani parto militare, e tra un anno mi sposo Maria, facciamo tre figli e poi diventiamo vecchi, dio ladro...

Qua e là sull'asfalto ci sono piccioni stecchiti, cadono morti giú dal cielo, forse per la gran calura degli ultimi giorni, chi lo sa. Sono tristi quei mucchietti di penne e piume grigie metallizzate, nessuno li toglie, stanno lí e non ci si può fare niente.

Ma adesso a Luca sembra che la città obbedisca docile al suo volante, la vede piegarsi in una morbida curva alberata, raddrizzarsi con una fila di palazzoni, scalare in viuzze e casupole, rispondere ai pedali, bloccarsi per un momento come una cartolina, tornare indietro, ripartire veloce con un bel viale. Devo far perdere le nostre tracce, pensa Luca, e non smetterebbe piú di correre; pensa che ormai deve salvare quella creatura a ogni costo, e anche che forse è meglio scaricarla in un vicolo cieco, tra due cassonetti, come un televisore sfondato. Tanto chi la reclama una cosí, senza capelli, senza lingua, con il sangue che dal fianco accoltellato le sgocciola sui tappetini nuovi, che amici vuoi che abbia una cosí. Avrà dentro tutte le malattie del mondo e il passaporto scaduto, cinquanta nomi in cinquanta questure.

Ogni tanto Luca controlla nello specchietto retrovisore, quasi gli darebbe gusto vedere fari cattivi, sagome con il cappello, li farebbe uscire disperati a forza di girare, ma non c'è altro che semafori lampeggianti e buio, angoli di case e di piazze, alberelli, automobiline, tante piccole città tranquille.

Come alle persone che trasporta da Fiumicino a Roma, Luca domanda: – Dove devo andare, in che pensione stai? Dove, dalle parti della stazione, o hai una casa? Adesso dove ti porto? Come ti chiami? Raccontami...

Le mette una mano sulla coscia e la scuote. È strano, esce un rumore vago di sonagliere, come da quei giochi celestini che agitano i neonati. Poi quel rottame ruota un poco la testa tonda verso Luca, mostra la faccia gonfia, le botte, gli anni, un sorriso di sole gengive.

E con una punta di ribelle soddisfazione Luca di colpo pensa: ma quale bravo ragazzo, io voglio mettermi in un guaio bellissimo, farlo fiorire, abitarci.

Zeta guaisce agitando il suo moncone di coda, trottola attorno a quella cosa inerte stesa sul divano, l'annusa con curiosità, sembra contento che in casa ci sia di nuovo un'altra persona: è da quando Lisa se n'è andata con le valigie che Zeta passa le giornate da solo accucciato sotto il letto. A volte il suo padrone si dimentica persino di mettergli l'acqua nella ciotola, a volte Luca torna e neanche lo carezza, si scaraventa subito a dormire. Dopo Lisa a dire il vero c'è stata una tartaruga, ma stava sempre immobile in un angolo ed è finita presto nel sacchetto della spazzatura; c'è stato un grosso ragno in bagno e per una mattina un uccelletto entrato dalla finestra: sbatteva contro le pareti, ribaltava vasi e portacenere colmi di cicche, ma alla fine ha trovato la via per tornare libero. A primavera è transitata una carovana di formiche nere tra i barattoli della cucina.

Un tempo non era cosí: a cena c'era sempre gente che rideva e faceva cadere bontà dai piatti di carta, telefono e campanello trillavano in continuazione, Lisa ballava e cantava davanti al giradischi, qualcuno diceva: «Qua la zampa, Zeta», e gli scarruffava il pelo marrone in testa, gli grattava la pancia chiara. Qualcuno diceva: «Vai a prendere la palla, Zeta», e lui tornava con una scarpa. Le persone parlavano di politica e di arte fino a tardi, muovendo molto le mani. Zeta e Luca ascoltavano in silenzio. Due volte al giorno c'era la strada, un marciapiede d'odori e begli escrementi, a volte un prato e cani corridori. C'era un gran viavai. Poi i pensieri di Luca hanno svuotato casa.

La vita cambia: lo ha capito anche Zeta, che va per i quindici anni e ha le zampe stanche, parecchia ombra sugli occhi, una saggezza da cane indiano. Nei sogni Zeta si ricorda di quand'era un randagio, una giovinezza senza famiglia, molto prima di essere raccolto da Luca mezzo morto sotto una macchina, e ricorda anche cose che non ha vissuto: montagne innevate, alberi alti fino al cielo, vortici di colori e sapori, teatri di luce.

Una volta ha sognato di essere un uomo, e non sapeva cosa doveva fare, cosa doveva dire.

Adesso lecca le mani fredde di quel nuovo ospite: la vita cambia di continuo, o almeno cambia la scena, padron Luca s'era fatto crescere baffi e pizzo, poi li ha tagliati, ha comprato una spider usata su cui anche Zeta è salito, prima si sentiva la pioggia cadere sul tetto, ora non piove piú: c'è da aspettarsi sempre nuove cose, anche se forse non c'è da augurarsele. Zeta abbaia come da tanto non faceva, forte da disturbare i vicini baccaglioni, forte da svegliare quella donna strana che dorme sul divano e non si sveglia neanche per giocare un poco. Luca è pensieroso, lo si intuisce da come fuma, lascia che tra le dita la sigaretta divenga un cilindro di cenere, fissa il muro, il rettangolo vuoto dove stavano incorniciate le foto di Lisa in abito da sera, in costume, in bicicletta, mezza nuda.

Certi giorni, quasi sovrappensiero, Luca compone al telefono il numero di Lisa, come un ex pianista accenna con una mano le prime note di un brano difficile, per troncarlo subito lí. Oppure aspetta che scatti la solita segreteria, musichette sempre diverse, inutilmente ricercate, la voce di Lisa che dice non ci sono, che lo ripete chiaro anche in inglese. Non ci sono, non perdo piú il mio tempo in pagliacciate e fantasie, sto costruendomi una vita intelligente, e allora: avete dieci secondi per lasciare una frase sensata e il vostro cognome.

Dei regali che Luca le aveva fatto, pochi in verità, Lisa aveva insistito per restituirgliene uno: una tavoletta di pietra dov'era incastrato un imenottero del Cretaceo (cosí recitava il foglio d'accompagnamento), insomma, un'apetta dorata di un milione di anni fa, con le alucce e tutto fossilizzato. A Luca piaceva tenerla in mano, scrutarla come una stella, mormorare: un milione di anni fa. A Lisa metteva tristezza.

Il vento irrompe da una finestra e alza uno sbuffo di fogli sul tavolo, fa sbattere la porta della stanza, apre e chiude, se ne va.

Lo sguardo di Luca torna su quella bambola rotta che s'è portato di peso dalla strada fino sul divano. Non perde piú sangue adesso e respira meglio, dietro le palpebre abbassate gli occhi si muovono come seguissero immagini. Le cerca il polso, Luca, ha visto fare cosí da gente che non perde la calma, che conta i battiti e dà risposte rassicuranti, ma lui non trova che un ronzio, e si impressiona a vedere che quella mano ha sei dita. In bagno ficca l'asciugamanino del bidet sotto il rubinetto, lo inzuppa, lo strizza e torna in sala a sistemarlo sulla fronte della donna, magari le rinfresca il cervello: o forse è meglio poggiare l'asciugamano sulla ferita, dopo averla disinfettata con l'alcool che non brucia, dopo averci soffiato sopra. Zeta segue il suo padrone passo passo, vorrebbe aiutarlo in quelle operazioni convulse, rendersi utile in qualche modo; intanto scodinzola, per dare un tono festoso alla situazione.

La devo spogliare, pensa Luca, medicarla, infilarle dei vestiti puliti, metterla a letto. Con delicatezza prova a tirarle via il primo stivale, e di nuovo dalla gamba esce un lieve trintrín di sonagliere che fa sollevare le orecchie mosce a Zeta. La devo spogliare e curare, si impone Luca, e resta fermo, inginocchiato con lo stivalone nero e fangoso tra le mani. Devo, ma posso sempre spegnere la luce e cancellare il mondo con il sonno. Tanto tutto è scritto a matita.

Passato mezzogiorno ritrovo Luca che beve un doppio caffè doppiamente corretto al bar sotto casa, la faccia di chi tutta notte s'è sgomentato e ha riflettuto a caso.

Io ho scritto per lui inutili appuntini.

In certi casi bisogna chiedere consiglio agli anziani, pensa Luca risalendo sulla spider, chiedere a gente che ha fatto la guerra mondiale.

E ora cinque, sei volte, sette, dieci volte Luca pigia il campanello dell'appartamento di suo padre, l'avvocato, quartiere Nomentano, quartiere gerontocomio. Dall'interno arriva un baccano da fiera di paese, strilli da montagne russe, fucilate, musica. Luca insiste, molla alla porta di ferro un calcio e un pugno da rompersi le ossa della mano, si riattacca al campanello calcandolo fino a farlo rimanere incastrato, poi s'aggrappa al maniglione ottonato e fa tremare tutto, grida: – Sono io, sono Luca, apritemi, papà, Emilia.

Niente, dentro gridano piú forte, altri versi coprono la voce di Luca che pretende: – Venticinque anni ho vissuto in questa casa, apritemi, porca miseria.

Finalmente lo spioncino s'annera d'un occhio controllore, la porta schiude una fettina prudente, e in quello spicchio fanno capolino naso e occhiali del padre di Luca, il colletto bianco della camicia.

– Papà, m'è successa una cosa...

– Aspetta Luca, aspetta un momento, che stanno per dare i titoli del telegiornale, – e in ciabatte e vestaglia il vecchio torna di corsa nella penombra del salottino, alla sua poltrona piazzata come un podio davanti al frastuono della televisione.

Mentre una donna annuncia i disastri, lo sguardo di Luca gira per la stanza, si raffredda sul tavolino di marmo, tra le concoline di porcellana e di peltro, bomboniere di matrimoni morti in tribunale, sfiora con cautela le stoffe del salottino, difese a lungo dai poggiatesta e ormai sfibrate, tasta i volumi arcigni della Treccani, dondola sui pendagli delle chiavi del mobile bar, s'intenerisce sulle foto delle sorelle con i loro bambini. Infine s'arrende sui misteri persiani del tappeto.

– Hai visto, hai sentito che roba? – domanda il padre.

– Ti devo chiedere un consiglio, papà...

– Aspetta, che sull'altro canale partono i titoli. Tanto ti fermi a mangiare, no?

– Ho da fare, papà, ho un problema grave.

– Allora avverti l'Emilia che ti fermi a mangiare. Senti che roba, senti che robetta.

In sala da pranzo è già apparecchiato per due su una bella tovaglia con un rammendo quasi al centro. Luca prosegue verso la cucina, dove un altro televisore romba e le pentole mandano un caldo tropicale.

– Ciao Emilia.

– Ciao Luca bello. Mangi con tuo padre, vero? Tienigli un po' di compagnia, che s'annoia tanto.

È piú di quarant'anni che l'Emilia serve a tavola, rifà i letti, spazza per terra e stira camicie bianche per un mensile penoso. La madre di Luca, quand'era viva, la convocava agitando nervosamente una campanellina d'argento, e ancora adesso, a ripensarci, Luca prova vergogna, gli sembra di udire quel suono nell'aria di casa e la pancia gli fa male. A Natale, sotto l'albero, invece di un dono le mettevano una busta con cinquanta zozze mila lire. Ha tantissimi capelli bianchi, l'Emilia, è come se reggesse una nuvola con la testa, non sa leggere né scrivere, è mezza sorda, ride da sola, parla con i gatti della strada, crede candidamente a qualunque cosa. Un giorno Luca le disse che stavano per essere bombardati dagli aerei tedeschi, e lei corse in terrazza a ritirare i panni prima che glieli sforacchiassero. L'Emilia avrebbe desiderato un figlio, almeno ogni tanto lo dice, anche un figlio negro, anche mongoloide, dice, ma con quella vita lí non ha trovato nessuno che glielo facesse fare. Luca pensa sinceramente che l'Emilia avrebbe fatto bene ad avvelenarli tutti con la stricnina e godersi in poltrona le belle convulsioni dell'intera famiglia, le bave e i rantoli, invece di preparare decenni di minestre e minestrine, pessime.

– Come sta la Lisa? Sta bene, siete contenti, vi sposate, vero Luca bello?

– Sta bene la Lisa, sta bene.

– Il giorno del matrimonio vi regalerò il copriletto, promesso, non mi manca mica tanto.

È una vita che l'Emilia nel raro tempo libero, giovedí pomeriggio e domenica, si sguercia all'uncinetto per completare quell'opera superba. Ormai sono chilometri di filo intrecciati senza senso, centinaia di gomitoli versati in ricami e ghirigori, un campo informe e smisurato, buono forse per il lettone di due polifemi innamorati. L'Emilia lo tiene arrotolato dietro la porta della sua stanzetta, in quel buco senza finestre, e appena può ci torna sopra, lo espande, lo infioretta.

Con pillole e goccette il padre di Luca comincia il pranzo: intorno al piatto ha un battaglione di medicine contro ogni malanno, foglietti per sgocciolare il giusto. Dalla cucina e dal salone arrivano i sussulti delle televisioni, si mescolano furiosamente come bufere nelle Bocche di Bonifacio.

– Hai capito, Luca, cosa stanno combinando? – grida suo padre.

– Ma chi?

– I tuoi amici, i comunisti.

– Non credo di essere comunista, papà. Piuttosto, ti devo esporre un problema, ho bisogno di un consiglio saggio.

– Adesso non sei piú comunista? Ma se hai pure l'orecchino con la pietruzza. Ricordati: meglio continuare a sbagliare che essere un vile voltagabbana, la coerenza è tutto nella vita. Anche l'onestà è tutto. Comunque, lo sai quanto costa il denaro, oggi, grazie ai nuovi ministri economici, lo sai?

– No papà.

– Non sai quanto costa il denaro?

– Mi dispiace, è un po' che non leggo giornali. Ma perché, il denaro costa? Cos'è che costa: la carta, l'inchiostro colorato?

– Andiamo bene, andiamo. Cosí non segui la politica, l'economia? Costa l'uno e cinquanta di meno rispetto a un mese fa, capisci che miglioramento? Perché questi di adesso sono uomini capaci, intelligenti. E l'intelligenza è tutto, ricordatelo, mentre la fantasia è sabbia per i vostri castellucci in riva al mare: giocate giocate, basta un'onda e non c'è piú niente. Quanti esami ti mancano?

– Sono dieci anni che ho lasciato l'università.

– Lasciamo perdere va', non giriamo il coltello nella piaga. Ti convince il programma per il Mezzogiorno? Io lo trovo ancora troppo indulgente. Tagliare, tagliare, è l'unica mossa buona, amputare senza compassione, quando la gamba è in cancrena impietosirsi è peggio.

Per un attimo Luca vede milioni di meridionali senza una gamba, i piú agiati in motocarrozzetta, gli altri a trascinarsi con le grucce, tanti cani a tre zampe, pensa alle balere chiuse, ai campi di calcio abbandonati, alle fabbriche di scarpe e di pattini a rotelle con metà lavoro, alle gonnelline corte abbandonate nei cassetti...

– Secondo me tu non sai neppure chi è il ministro degli esteri, chi ci rappresenta davanti al pianeta, e chi è il ministro degli interni, e perché litigano in continuazione.

– L'interno e l'esterno litigano tra loro?

– Spesso e volentieri.

– E perché?

– È inutile che ti spieghi: o hai seguito o non hai seguito. Io ci passo le serate intere, centellinandomi il mio cognac.

Ora Luca immagina un uomo triste, stempiato, con metri e metri di trippe e intestini mollicci tra le braccia: il ministro degli interni; e dall'altra parte un gagà smagliante, in frac e guanti bianchi, seduto a un bel caffè: il ministro degli esteri. Si tirano pallette di carta, si dicono: merdoso, pagliaccio. Suo padre li osserva mezzo ubriaco, ci passa le serate, da solo sulla sponda della sua poltrona.

L'Emilia porta a tavola il secondo, una fettina sottile e nervosa, versa due dita di vino nel bicchiere del padre di Luca.

– E intanto il debito pubblico sale, sale.

– Manca il sale, avvocato? – domanda l'Emilia.

– Papà, hai ottant'anni, non ti fare inghiottire dal Grande Discorso Inevitabile, pensa con calma a te stesso.

– Quale grande discorso?

– Il solito.

– Ma di che discorso grande parli?

Luca muove le mani in aria indefinitamente, sbuffa: – Quello che nemmeno si sa piú cos'è, cosa significa, che passa di bocca in bocca come un rosario, e ognuno lo ingrassa con un giudizio, mezza frase, una parola, e cosí crede di far parte della vita. È una balena che risucchia ogni mollusco, ogni conchiglietta, il Grande Discorso Inevitabile è una pancia insaziabile che si beve tutte le gocce del mare, finché non c'è piú mare, solo una secca dove arenarsi, lontanissimi da dove ci stavano aspettando.

– Ecco il sale fino, avvocato.

– Non hai il senso della realtà, figlio mio, tu non rifletti sui numeri, sei poco serio, sei comunista e inconcludente.

Il padre di Luca ha un po' di pasta in brodo sul collo, gli occhiali storti, e la dentiera, mentre mastica la carne con rabbia, fa uno strano rumore di nacchere. – Inconcludente, ecco come sei, un venticello di parole.

– Ma a te papà non manca troppo per concludere, come a tutti, intendiamoci. Scusami se ti dico queste cose, ma dovresti essere piú sereno, guardare gli alberi, leggere pagine belle, ogni tanto meditare sui piccioni che cascano dal cielo stecchiti.

– Sí, figuriamoci, mi metto a fare il vecchietto che sbriciola pane secco per i pesci rossi.

– Domani pesce, avvocato, domani che è venerdí, oggi bistecchina.

– Ma lo sai, caro il mio Luca, che ogni bambino italiano che nasce ha già debiti fin sopra la testa? Un macigno, una montagna di debiti, venti, trenta milioni, ha già gli esattori delle banche attaccati alle pantofoline. Appare al mondo come un peccatore, già debole, e poi peggiora e peggiora, non ha scampo. Ieri in televisione hanno approfondito l'argomento per due ore, ne hanno parlato tutti, fruttivendoli e premi Nobel, e tra uno e l'altro c'era musica classica, una cosa solenne, violoncelli. Come si nasce si è perduti. Mi è venuta una pena che non sai, non riuscivo piú a dormire, mi rigiravo nel letto come un cane e mi facevano paura gli scricchiolii, le tende che si muovevano, anche il mio respiro. Mi pareva che tutto quello che ho vissuto sia stato inutile.

– Perché mai?

– Non lo so, non lo capivo. Ma del tutto inutile.

Luca gioca con gli stuzzicadenti, li spezza, li sparpaglia sul tavolo. L'Emilia porta della frutta ammaccata, pere di seconda scelta che nessuno assaggia. Nella finestra si vedono tratti di nuvole lunghe, che iniziano e finiscono oltre gli stipiti, e rami agitati di un albero che ha il tronco piú in là; si sente il fischio di un uccello nascosto.

Ora padre e figlio stanno in silenzio. Anche le televisioni si sono azzittate, forse è andata via la corrente. La casa intorno sembra vuota come una navata di chiesa. Di profilo si somigliano, padre e figlio, hanno gli stessi tratti esitanti, gli occhi apprensivi, le camicie bianche e le mani disoccupate che cincischiano coi tovaglioli, li ripiegano, li riaprono, cercando tra le briciole e gli stuzzicadenti parole per dire. Insieme riprendono a parlare, a voce bassa.

– Papà, io a casa ho un marziano, temo che stia per morire.

– Dovresti trovarti un lavoro vero, sposarti, definirti. Ma non fare bambini.

– Un marziano, papà.

– Bambini no, non hanno speranze, solo debiti col mondo intero. Io non vorrei mai rinascere.

– Povero marziano, sta per morire come un uomo.

Luca lo riprendo in strada, seduto nella sua spider, le mani sulle ginocchia. Deve solo mettere in moto, inserire la prima e andare, ma resta fermo, paralizzato da pensieri che non riesco a percepire. Avverto appena un brusio, uno sciame di calabroni che si bruciano attorno a una luce.

Il negozio di alimentari davanti alla casa del padre ha la serranda mezza alzata, nonostante l'ora. Come iene i proprietari aspettano al varco qualche impiegato solitario che stacca alle due e caracolla verso casa a stomaco vuoto: aspettano che chini la testa sotto la serranda e sotto un prezzo crudele, per tre fette di prosciutto e una mozzarella. Luca scende dalla spider, traversa la strada, entra.

– Ohilà, guarda chi c'è, il nostro caro Luca, – dice da dietro il bancone un uomo grasso con il camice sporco di sangue.

– Buongiorno.

– Sono anni che non passavi. Come ti va?

– Bene, bene. Benino.

Luca gira tra i corridoi stracarichi di merci, tutta roba colorata, sia che serva a pulire il cesso, sia che serva a sfamarsi. C'è un tonno intero spaccato in mille scatolette, un porco affettato e diviso in buste, un mare di merda pronto a essere lavato da quintali di polveri, il vento imprigionato in tanti spray. C'è il mondo fatto a pezzi e messo in vendita.

– Mi ha detto tuo padre che non stai piú a perdere tempo come un idiota, sempre senza una lira, che hai lavorato a Londra, import-export, e adesso sei direttore generale di un'azienda. Era cosí orgoglioso, quel giorno ha comprato champagne e olivette, oltre al cognac.

– Racconta proprio tutto, il vecchio. Magari le ha detto anche quanto mi dànno ogni mese.

– Certo, bei milioni. Tanti bellissimi milioni, – e con le dita tozze manda manciate di numeri nell'aria, come sputi.

Luca, celato dietro una diga di pacchi di pasta, si infila due omogeneizzati nelle tasche larghe. – E poi che le ha detto?

– Che investi con profitto e gli fai grossi regali. Sai come dice tuo padre: la signorilità è tutto. Una casa in montagna, una televisione grossa. Che hai comprato la pelliccia all'Emilia. Io però questa pelliccia non gliel'ho mai vista.

– Non si mette certo la sua meravigliosa pelliccia bianca per venire in bottega a far la spesa, – risponde secco Luca rubando una confezione d'ovatta che ora gli imbomba la tasca. – La indossa ai concerti, ai gala, ai miei ricevimenti.

– A me non mi inviti mai, a me che ti conosco da quando eri alto cosí, – insinua l'uomo con un tono lamentoso, scrivendo prezzi piú alti sulle etichette infilzate nei salumi e nei formaggi.

– Ha ragione, non la invito mai –. Già che c'è Luca ruba anche un pacchetto di caramelle alla menta, dello smalto per unghie, una biro.

– Ma cosa produce questa tua azienda? Magari possiamo fare degli affarucci, che roba tirate fuori?

Luca esce allo scoperto, guarda quell'uomo dritto negli occhi scivolosi: – Pensieri, nuovi tipi di pensieri, anche molto importanti. Arrivederci, e stia piú attento.

Accomodata nella spider ora c'è la vecchia Emilia, in testa la sua nuvola bianca ben pettinata, ai piedi le scarpe della messa e la borsetta in grembo, l'immensa sovracoperta a uncinetto ben arrotolata nello spazio dietro ai sedili.

– Vorrei vedere il marziano che hai a casa, Luca.

– Tu ci credi, vero Emilia?

– Chi crede a Dio crede a tutto. Sta proprio tanto male?

– Ho paura che sia lí lí.

– Andiamo allora. Mi raccomando Luca, corri, corri tanto.

Solitamente, quando Luca apre la porta, trova Zeta in piedi su due zampe, a far feste, a voler feste. Del resto a Zeta capita di restare solo in casa per delle giornate intere. Chissà cosa fa in quelle lunghe ore. Ha un suo pupazzo da mordicchiare, una palletta di gomma da stringere e lanciare in aria, una ciotola per bere tutte le volte che sente la noia: e poi? Luca gli lascia una radiolina accesa in un angolo e Zeta solitamente si sdraia accanto a quelle voci lontane, ascolta canzoni, gracidii, forse si fa delle idee. Spesso lecca la superficie bucherellata della radio, pensa che la sua saliva renda tutti piú freschi. E poi s'addormenta e sogna che il suo padrone è già tornato, portato come un eroe dal coro delle voci radiofoniche.

Io ho deciso che solitamente è cosí, del resto si tratta di dettagli, e chi me lo può impedire? Sono un povero ma nelle vesti di principe, un suddito della vita che si proclama tiranno, stabilisce una volta per sempre le leggi e le cambia quando gli pare, premia e punisce, s'accoppia con le sue creature piú belle, versa lacrime per loro, concatena con precisione stradoni e viottoli, li perde nella polvere del primo paio di scarpe che passa, assegna le fortune e le capovolge in un attimo – uno che disegna un regno con le finestre aperte alle montagne e sospinge le sue ombre a scalarle e a raccontargli cosa c'è oltre le creste. Inventa ciò che vuole, lo scrittore, vestiti e abitudini, marche di sigarette, vincite milionarie, vizi, tutto, tranne le luci che piovono da quelle montagne altissime, gelate come la morte e tanto azzurre.

Solitamente, dunque, Zeta avverte la chiave sferragliare nella serratura e scatta gioioso. Ma stavolta Luca apre la porta, accende la luce e Zeta non c'è.

– Zeta, Zeta!

– Posso entrare? – domanda l'Emilia.

– Zeta!

Tirandosi dietro il rotolone del copriletto, l'Emilia segue Luca in salotto. Per prima cosa Luca le presenta a gesti il gran disordine, come primo attore di una compagnia teatrale chiama per il saluto le camicie e le mutande seminate, le piante un po' secche, l'avvolgibile crollato obliquamente, i giornali sparsi (ma allora li legge, i giornali...) In un secondo momento indica all'Emilia il marziano. È slungato sul divano e addosso ha solo una vestaglietta di raso rosso. Accovacciato languidamente tra le sue gambe c'è Zeta, che sventola il pennacchio ma non si scolla di un centimetro da quel suo nuovo amico, non l'abbandona.

L'Emilia si siede sulla poltrona senza staccare gli occhi da quella testa liscia, da quelle gambe e braccia senza un pelo. Guarda tenendosi stretta al suo rotolone.

– Senti Luca, senti come suona…

In effetti dalla bocca sdentata del marziano esce un soffio musicale, un suono moscio d'armonica.

– Però è abbastanza normale. Magari è solo uno del nord, uno di Udine, – suggerisce l'Emilia, che è nata sul lago di Albano, risiede a Roma e del resto del mondo conosce la chiesa di Assisi, perché quelli della parrocchia una volta all'anno ce la portano in pullman a pregare, facendo tappa in una fabbrica convenzionata dove è obbligatorio acquistare pentole e tegami.

– Guarda cosa aveva in uno stivale, – dice Luca porgendole un foglietto giallo ripiegato in quattro. Poi si ricorda che l'Emilia è analfabeta, e allora legge lui quelle parole scritte a stampatello con la matita grassa del trucco: «Vengo dalla luna».

– Dalla luna… Allora non è vero che la luna è un sasso vuoto… – mormora l'Emilia e gira la testa a cercarla in cielo, anche se sono appena le tre del pomeriggio, anche se la serranda crollata lascia allo sguardo poche righe d'azzurro. Ma sembra proprio che la veda, quella luna bellissima, e quasi ne riconosca i paesi sulle colline, le grandi città, i bar agli angoli delle strade, le pescherie, i mercati rionali, affollati di gente simile a quell'essere che suona flebile, affondato nel divano. – E cosa sarà venuto a fare qui da noi, con gli stivaloni, che non c'è lavoro e nessuno trova casa, qui dove tutti si lamentano che la vita è brutta e rincara?

– Non lo so, Emilia.

Allora lei si sporge sul marziano, gli sfiora il capo, ritira la mano impaurita, poi riprova, lo carezza piano sulla guancia, sul collo, carezza anche Zeta per non essere ingiusta.

– È fresco, il marziano.

– Sí, da quando è qui la casa è meno afosa.

– Posso dargli anche un piccolo bacio?

Luca apre le braccia come per dire: che ti devo dire, fai tu – e l'Emilia si china a baciarlo sulla fronte, con uno schiocco devoto, quasi fosse la statua di un santo che compie miracoli.

– Ma è un uomo o una donna? – domanda arrossendo un poco.

– Giudica tu, Emilia, – e mentre lei s'affretta a tapparsi gli occhi con le mani pudiche, Luca scosta i due lembi rossi della vestaglia, come s'apre una tenda su un panorama mozzafiato, il golfo di Napoli, le mille luci di New York, le Dolomiti rosse al tramonto. – Guarda, Emilia, guarda.

– No.

– Guarda, ti dico, è del tutto innocente.

Ora tra le dita dell'Emilia s'apre un varco sottile, dove chiedendo permesso quell'immagine passa.

È bianco bianco, il marziano, con il torace stretto e piatto e privo di capezzoli, magro che si contano le costole, il ventre molle e abbastanza gonfio, senza la fossa dell'ombelico, e tra le gambe né taglietti né peduncoli, né turgori né sacchetti, né peli né umidità: tra le gambe ha uno specchietto.

– Cosí è un marziano? – domanda l'Emilia, con le mani che le si afflosciano sul viso e fanno gli occhi grandi di pena.

– Stamattina lo specchio tra le gambe era piú lucido, ci batteva la lucetta del comodino, anche un po' di sole. Ora s'è appannato malamente.

Luca gli smuove piano le cosce, e il suono che ne esce è debolissimo, da pile quasi esaurite, da gioco pressoché rotto.

– Povera stella, – sussurra l'Emilia, e poi, aprendo la borsetta: – Io ho portato l'aspirina effervescente, quella con la vitamina dentro. Fa bene a tutto, solo tuo padre non la vuole prendere, lui manda giú le medicine sue, quelle schifezze costosissime. Dài che gliela facciamo bere.

– Servirà?

– L'aspirina è fenomenale, è come la comunione.

Luca va in cucina e torna con un bicchierone pieno d'acqua fino all'orlo. – L'ho fatta scorrere parecchio, è abbastanza fresca, – dice.

L'Emilia ci precipita dentro due grosse pasticche che subito cominciano a fremere. Anche Zeta dal divano guarda le bollicine che aumentano, schiumano, calano, fin quando l'acqua torna trasparente.

– Ecco, è pronta.

L'Emilia solleva la testa al marziano e a piccoli sorsi gli rovescia in gola tutta la pozione. – Vedrai che starà meglio. Magari suderà un poco, ma è tutta salute.

– Sei sicura?

– Certo. Casomai gli mettiamo una bella canottiera, ce l'hai?

Luca si rialza, va in camera sua, prende dal cassetto dell'armadio una maglietta bianca di cotone. Davanti c'è scritto: «Tenera è la notte». Forzando un poco le braccia disanimate del marziano e scansando a manate Zeta che ringhia a mezzavoce, l'Emilia riesce a infilargli la maglietta. Poi se lo guarda fiera, come fosse già una cosa sua, un vanto, come guardava Luca quando lui tornava a casa dall'università con un buon voto in una materia incomprensibile e tanta voglia di riposare. Mentre Luca sorseggiava un caffellatte appena fatto, lei gli metteva a posto con cura il cuscino, quindi vigilava sul suo sonno come una sentinella. All'epoca Luca pensava senza rimorsi: quanta riconoscenza per un ventotto che mi sono firmato da solo. Nella vita ognuno a turno dovrebbe poter dire: vi giuro, nonostante le apparenze anch'io valgo qualcosa – e prendersi i suoi ventotto, i suoi baci.

– Io avrei comprato questo, – dice Luca mostrando all'Emilia gli omogeneizzati al vitello e l'ovatta, le caramelle alla menta.

– Un cucchiaino piccolo, forza, Luca.

– Vado.

E poi Luca guarda l'Emilia che con molta pazienza prova a nutrire quell'essere sbiadito, sofferente, gli cala quel cibo da neonato terrestre nell'esofago lunare, lo incita a deglutire sgridandolo benevolmente; ma non va, non va, l'omogeneizzato finisce sulla maglietta, è come un fango.

– Ma non lo vedi che sta crepando? – dice Luca con gli occhi fuggiti da un'altra parte, in un angolo meno doloroso. Tutto questo (ma questo cosa? il marziano sempre piú pallido, che suona sempre piú debole, l'omogeneizzato che si sparge, Zeta che lecca la maglietta? l'Emilia che si è fatta curva e zitta, lui che si morde il labbro – cosa?) tutto d'improvviso sembra a Luca un osceno insulto all'intelligenza: ma poi gli sembra giusto che l'intelligenza sia insultata dalla morte, che è tanto piú grande.

«Vengo dalla luna» è scritto sul foglietto giallo ripiegato, ma i foglietti sono due, nell'altro stivale c'era un messaggio piú lungo.

«Da migliaia di anni guardiamo la terra. È bella e misteriosa, e quando è sera a guardarla dai balconi viene quell'ansia che sta nei sogni e li fa infiniti. I fratelli tante volte sono atterrati sulla sua superficie azzurrina e ce l'hanno mostrata da vicino: è un panorama di pietre, crepe, silenzi, un luogo inabitabile, senza nemmeno un filo di vita. Eppure io immagino che in un passato remotissimo la terra abbia conosciuto brividi organici, le feste dell'amore, i capricci della giovinezza, o che debba ancora conoscerli, in un futuro che di certo verrà. Viaggiare non è solo spostarsi nello spazio, ma anche nel tempo: e a volte i tempi non coincidono, per dispetto. Ora che io sono sceso da solo sulla terra, ora mi sembra di percepire echi di vita, mormorii, odori, anche se non vedo niente e nessuno, solo pietre, crepe, spazi muti. Se c'è stata una lingua, in questa zona, dovrebbe essere questa in cui scrivo: lo affermo per esclusione e con una certa sicurezza. Se invece non c'è mai stato niente, saranno solo segni su un foglio, come quelli che tracciano i bambini nell'aria, quando giocano.

Ma se mi dovesse accadere qualcosa, se qui sulla terra mi dovessi ammalare, se qualche animale orrendo e sconosciuto mi dovesse ferire a morte, vorrei che qualcuno, con un sogno potente, rimandasse il mio corpo a casa e aggiungesse due righe di spiegazione – non so che tipo di spiegazione – per i miei fratelli che pretendono di capire tutto dell'universo, i moti, le forze, l'ordine misterioso, e che a me non mi hanno mai capito, perché, cosí dicono da secoli, sono stupido...»

Mentre l'Emilia con una spugnetta lava al marziano i piedi e le gambe, mentre gli lucida lo specchio del ventre con il liquido per i vetri e di nuovo gli cambia la maglietta, Luca pensa che bisogna tentare qualcosa di piú, almeno tentare: trovare un medico, un guaritore, uno che sappia come si cura la morte.

– Però all'ospedale no, – dice tra sé e sé, e l'Emilia approva con la sua nuvola bianca in testa.

Srotolando un lembo del suo copriletto sterminato, l'Emilia si siede sulla poltrona, incrocia i piedi e comincia ad agucchiare con calma. – No, all'ospedale no, – ripete.

– Lo tratterebbero male, lo tormenterebbero in mille modi.

– È meglio se ce lo teniamo noi.

Luca si accende una sigaretta e tira una boccata profonda, un gesto che dovrebbe accompagnarsi a un pensiero preciso, ma di preciso non riesce a trovare niente: nella mente c'è solo un affanno veloce come il respiro di Zeta, che con la lingua di fuori è di nuovo seduto tra le gambe del marziano e aspetta decisioni.

– Proverebbero a farlo entrare nel Grande Discorso Inevitabile, lo tratterebbero come un argomento da discutere, lo spezzerebbero in mille articoli.

– È molto meglio se ce lo teniamo noi e non diciamo niente a nessuno. Niente di niente. È il nostro segreto, – dice l'Emilia che ora ha gli occhi grandi come susine dietro gli occhiali da presbite e lavora di buona lena.

– Ma tu non torni a casa da mio padre? – domanda Luca.

– Magari dopo gli telefono.

– E che gli racconti?

L'Emilia alza le spalle in un gesto di timida rivolta, un'impuntatura che potrebbe significare: se lo faccia da solo il letto, per un giorno nella vita, scenda a comprarsi il pane e il latte almeno per una volta, impari come si prepara un caffè, come si lava un piatto, come si lucida un paio di scarpe nere. Una scrollatina che forse significa: io resto qui perché per me è tempo d'imparare altre cose.

E intanto Luca cerca il pensiero giusto per l'occasione, lo insegue passeggiando avanti e indietro nel corridoio, a occhi bassi, quasi potesse trovarselo tra i piedi, su quella moquette che rugge di polvere. Stringe le mani dietro la schiena, aggrotta la fronte, sporge il labbro inferiore: la posizione rigorosa affinché la riflessione si interni profondamente. Del resto cosí ha visto fare lungo i viali dell'università, cosí fanno i sapienti, e cosí sto facendo anch'io nella mia stanza di scrittore. Ma non accade nulla, in testa precipitano solo immagini casuali: Lisa che allontanandosi gli dice ricordati di cambiare la terra alle piante e anche a te stesso; la faccia asciutta di un passeggero caricato all'aeroporto che recita tutti gli Stati d'America; una margherita che in mano si spetala e si ricompone senza pace; la litania d'una vecchia formazione di calcio, e numeri di telefono, nomi di traverse della Nomentana, versi spezzettati di canzoni, elenchi di oggetti perduti. Quando la mente riflette con accanimento si irrita da sola, raccoglie i cocci nascosti nei soliti posti, recita la nausea di ciò che già sa e non serve. Passa vernice opaca sempre con lo stesso gesto, la mente volenterosa, avanti e indietro con ostinazione, due tre dieci mille mani di vernice opaca una sull'altra, su e giú, sull'intonaco esterno.

Ma nel centro della casa abbiamo un marziano che fa male.

– Luca, vieni, presto.

E a testa vuota Luca è tornato nella sala. Il marziano si è girato su un fianco, la faccia contro il buio dello schienale, e dalla ferita sulla natica ora cola di nuovo parecchio sangue, se è sangue quel liquido oleoso e giallastro che Zeta assapora a linguate. Senza forze Luca contempla l'Emilia che ansiosamente si dà da fare, che con la spugna di un asciugamano tampona quel fiotto e da capo disinfetta: l'Emilia che con la nuvola di capelli in tempesta e la voce fulminata gli ordina: – Adesso vai, Luca, gira il mondo, bussa a tutte le porte, prometti, paga, basta che torni qui con qualcuno che sappia come salvare il nostro bambino.

Luca si affida al vento della spider, all'aria che smuove, che educa: gira per le vie assolate apparentemente senza una direzione, svoltando a sinistra, a destra, quasi a caso. Transita davanti all'autoricambi che gli ha rimediato i fregi originali della spider, stemmetti rarissimi da incastonare sul cofano e sul cruscotto, e anche tergicristalli e copricerchioni del millenovecentosessantanove: il titolare gli ha risolto tutti quei problemi e ha promesso di recuperare persino il vero tappo della benzina, un bel disco argentato. Ma il negozio è chiuso per ferie, quando riaprirà il marziano sarà già morto. Pure il tappezziere che gli ha ricostruito a regola d'arte la cappottina e i sedili, pure lui ha la serranda abbassata, e anche quel bravo artigiano che ha fatto splendere parafanghi e finiture, cromandoli da dio.

Esaurita questa ronda istintiva, Luca si rende conto che non sa piú dove andare, che non ha piú nessuno cui chiedere aiuto. Gli amici li ha abbandonati uno dopo l'altro, come si lascia cadere a terra il biglietto d'un treno quando la corsa è finita, con un po' di maleducazione ma senza cattiveria. Quegli amici parlavano di cose avvizzite, trascinavano pesi inerti, si lamentavano delle stagioni e della volgarità della gente. Erano paesani di un paese fatto di recriminazioni e smorfie, sigarette fumate male, grigi chiari e grigi scuri, fedeltà avvelenate, rancori taciuti, telefonate interminabili, birre scaldate in mano, libri e musiche e donne da disprezzare con gli argomenti piú ricercati. Un paese portato dallo scirocco accanto alla palude. Una sera uno aveva detto: «Siamo i migliori», con un sorriso che sembrava staccato dal resto del volto. Un anno prima, con lo stesso amaro compiacimento, aveva detto: «Siamo i peggiori».

Gira, Luca, gira sperando e disperando. L'importante è esserci, pensa, stare qui in mezzo, aspettare che qualcuno mi chieda l'ora o la strada per il mare, qualcuno con una borsa sotto il braccio e dentro la borsa, in una tasca laterale, l'unguento che resuscita. Gira, Luca, e la città lo segue, lo anticipa, Roma che pare un ragionamento senza capo né coda, colonne sbreccate, cavalcavia, cupole, rondini, cantieri, passanti. Il sole batte secco in testa a Luca come su un chiodo che si storce e non si vuole piantare, a Luca che non si ferma un attimo, gira e gira, e intanto guarda lungo i marciapiedi, sotto i cartelli delle fermate degli autobus, dentro le cabine telefoniche, sulle scalinate delle chiese. Qua e là ci sono uomini inspiegabilmente immobili a braccia conserte, e a ognuno di loro verrebbe voglia di domandare cosa aspettano, chi, da quanto tempo: davanti a ognuna di quelle oziose sentinelle Luca rallenta, quasi sperando d'essere di colpo individuato, chiamato forte per nome, e di vedere apparire tra quelle mani la forma di un tubetto, di una lavanda, di uno shampoo alle erbe miracolose. Deve pur esistere qualcuno che ha dimestichezza con la morte, è cosí grande Roma, ci crepa cosí tanta gente...

Caffè, scuole, grandi magazzini, caserme: ma tutto sembra spopolato, nessuno bada a quella spider che rulla sulla strada a trenta all'ora, a quel giovane che guida con il collo teso e gli occhi inquieti. Nessuno ha tempo e voglia, nessuno desidera caricarsi sulla groppa la salma futura di un marziano, hanno da fare altro, hanno da fare tanto, c'è una vita da custodire con prudenza, non apriamo certo al primo sconosciuto, ho già dato, darò, mi lasci in pace, un'altra volta, magari la prossima. Nessuno t'aiuta. Quasi nessuno. C'è sempre il tuo scrittore, caro Luca, che dalla sua stanza prova a proteggerti, gettando lí alla cieca un'ipotesi, una possibilità.

Dalla soglia ombrosa di un bar si alza di scatto un braccio colorato, come la luce di un razzo in mezzo al buio. Luca lo vede con la coda dell'occhio, lo supera, fa inversione e torna indietro veloce: non c'è piú (e neppure io so ancora bene a chi appartenga quel braccio, prendo tempo, lo nascondo come un quadrifoglio in un campo). Un'altra inversione sull'asfalto molle di caldo: l'ingresso del bar è deserto, ma dentro formicolano presenze, tazzine, prospettive, pagine sportive.

Un poco stordito dal sole e con le gambe fiacche, Luca penetra in quel regno di potenzialità e tavolini in marmo, lo stesso marmo venato degli obitori: si guarda intorno in cerca di un riconoscimento.

– Ciao Luca, – dice subito un uomo con la giacca a strisce rosse e un roseto dipinto sulla camicia, braccialetti di stoffa ai polsi, al collo un laccio di cuoio e un crocefisso, i gomiti poggiati al bancone, tra la vaschetta degli anacardi e quella delle olivette. – Quanto tempo, eh? Vuoi un Campari con il ghiaccio? O una granita di limone? Come ti va, eh Luca?

– Un bicchiere d'acqua, grazie, – risponde Luca cercando di recuperare quella figura in qualche angolo del passato. Ma il passato ora gli sembra una cantina vuota.

– Che combini, adesso?

– Lavoro all'aeroporto. Tassista, grosso modo, – e intanto la mente scava nel pavimento della sua cantina, scava, estrae dalla memoria corpi di compagni di scuola e di vacanze, terra secca, amici di amici, facce di benzinai e meccanici, altra terra secca.

– Io sto qui, – dice quell'uomo abbronzato battendosi i palmi sulle cosce robuste. – Sto bene.

– Stai bene.

– Già. Magari un po' d'ansia, ogni tanto, ma sto bene.

– Sei in forma, stai bene.

– Mi prendo cura di me. Faccio ginnastica, leggo romanzetti.

E poi quel viso ritorna, percorrendo su pantaloni di vigogna grigi e scarpe cigolanti gli infiniti corridoi dell'università: serio sotto le luci al neon, tranquillo e pulitino, triste dietro gli occhiali quadrati, rigido accanto alla sua borsa nera farcita di libri. Era lo studente piú bravo, il piú solo. Il sabato e la domenica per svagarsi traduceva *Il cimitero marino* di Valery, dal francese al latino: «Sepulcra maris». La mer, la mer, toujours recommencée.

– Giancarlo! – esclama Luca.

– Che c'è?

– Niente. Ti trovo bene.

– Ora mi chiamano Carlos.

Il professore lo teneva in gran conto, si faceva offrire il caffè solamente da lui, si faceva persino accompagnare a casa in vespa, e gli aveva affidato la stesura del capitolo sulle subordinate di una grammatica per le magistrali che stava scrivendo: forse avrebbe messo anche il suo nome in copertina, piccolo ma in copertina. Giancarlo spiegò benissimo le subordinate causali e finali, consecutive e concessive, relative e temporali, preparò gli esercizi, ricevette mucchi di complimenti, anche se il nome in copertina non apparve. Giancarlo sapeva tutto delle subordinate e dei perfidi congiuntivi: e aveva appena pochi anni piú di Luca, e la cravattina sotto il pullover, il libretto pieno di voti veri e solenni.

Si vociferava che avesse tra le gambe un attrezzo da somaro.

Luca si spaventa un poco di ricordare all'improvviso tante cose: è come se il passato gli nascesse in testa in quel momento, lí nel bar.

– Te la vendi la spiderina, Luca?

– A dire il vero no, Giancarlo.

– Carlos, ora mi chiamano Carlos. Posso pagartela un buon prezzo, il doppio di quello che vale. Mi farebbe comodo una macchina cosí, fa la sua porca figura.

– Ci sono affezionato.

– E perché?

– È come fosse casa mia.

Nel bar squilla pungente il telefono e il barista risponde, annuisce, sbadiglia, conferma, poi si rivolge a chi fu Giancarlo: – È per te, Carlos. Donna.

E mentre Carlos (chiamiamolo cosí, ci tiene tanto) bisbiglia di spalle nella cornetta, Luca pensa se è il caso di farlo partecipe di tutta la vicenda. Ho un marziano a casa disteso sul divano, né femmina né maschio, s'è calato dal cielo della luna ed è ferito, mi sta crepando sul divano, l'Emilia gli bada come può e intanto lavora a uncinetto, quella vecchia bestia di Zeta gli fa la guardia ringhiando, è un marziano ma con la faccia innocua, da poeta con l'alopecia. No, non può importargliene nulla, nemmeno ci crederebbe a una baracca cosí, non gli racconto niente.

Quando riattacca e si volta, Carlos ha l'espressione seria e concentrata dei vecchi tempi, la faccia di Giancarlo, quasi stesse per sostenere un esame difficile e ripassasse muto migliaia di pagine scritte piccolo. Si accende una sigaretta sottile con un accendino d'oro, nervosamente soffia dal naso un fumo biforcuto.

– Conosci un medico che sappia tenere un segreto? – domanda a bruciapelo Luca, e rimane a bocca aperta, perplesso di se stesso, della propria cedevolezza. È stato un prurito da grattare.

– Quale segreto?

Non glielo dirò mai, pensa Luca, questo davvero mai. E invece: – Ho a casa una persona malata, ma è una persona strana, indescrivibile.

– Strana come?

– Stranissima. Ma dovresti vederla per capire: per ora fa conto che sia un marziano. Mi serve un medico, Carlos. Un medico eccezionale.

Il volto di Carlos si illumina, si riabbronza di intime speranze. Dietro la sua fronte lucida s'avverte il viavai di pensieri, dettagli che s'incastrano uno nell'altro, soluzioni che a poco a poco prendono anima e corpo. E poi Carlos, lí nel bar, davanti a tutti, davanti allo sguardo sgomento di Luca, si toglie la giacca a strisce, sbottona di furia la camicia fiorita fino a rimanere a torso nudo, con il crocefisso che sobbalza sul golgota peloso dei pettorali.

– Mettiti questi e dammi la tua camicia bianca.

– E poi?

– E poi te ne vai all'aeroporto a caricare una signora che arriva col volo delle sette da Trieste: dovevo prenderla io, purtroppo ho un altro appuntamento. Tu vai e fai quello che lei ti dice, e intanto le parli con calma del tuo malato.

– E perché?

– Perché è una dottoressa, lei sa dove mettere le mani, ha le ricette giuste. Avrà un vestito nero aderente e un fiore di plastica tra i capelli, tacchi alti: di solito si fa chiamare Bambi.

Altre domande a Luca non vengono: sotto le pale del ventilatore, obbediente si sveste della sua camicia bianca un po' sudata e indossa quell'arcobaleno di stoffe.

– Grazie, Luca.

– E di che? Sono io che ti ho chiesto un favore.

– Vedrai, con Bambi ti troverai bene, è una donna in gamba.

– Certo.

Lo specchio ambrato sul fondo della sala rimanda a Luca un'immagine tremolante, improbabile: allora Luca alza un braccio per controllare se quel pastrocchio è sempre lui. Anche l'altro braccio: e poi due saltini: infine una giravolta quasi felice. Carlos lo abbraccia fraternamente, le camicie si sommano e si dividono.

– Stai proprio in forma, Carlos. Sono contento d'averti ritrovato.

– Sí, sto in forma.

– Ma la grammatica, la sintassi, le subordinate? – domanda Luca, nella voce un filo di speranza. – Quelle belle regole?

– Un pomeriggio ho capito che le regole non mi interessavano piú. Me lo ricordo ancora, era novembre, il giorno dei morti.

– E cosa conta, allora?

Dal viso ossuto di Carlos scende un velo arioso di malinconia, come dal balcone d'un vicolo un lenzuolo pieno di curve e di vento. – Gli strafalcioni, Luca, solo gli strafalcioni.

«... anche mia madre me lo chiedeva, mordendosi le labbra: perché piangi? Si può sapere perché piangi, adesso? Dieci, venti, trenta volte di fila, sempre piú spazientita. Perché piangi? Ci sarà pure un motivo, parla, e si mordeva le labbra, stringeva i denti con cattiveria, mi diceva: allora sei solo un pezzettino di carne stupida. E io restavo zitto, non avevo risposta che potesse accontentarla, solo quelle lacrime, quei singhiozzi sempre piú agitati che mi crescevano nella pancia, era uno struggimento che montava insieme alle domande. Allora mia madre d'improvviso mi prendeva a schiaffi: ecco, almeno adesso lo so perché piangi, diceva. Mi coprivo la testa e lei, in preda al dispetto, mi tartassava. Finalmente adesso lo sai anche tu perché piangi, gridava. D'altronde, cosa le potevo raccontare? Che mi faceva pena vedere a sera dalla mia finestra la terra, azzurra laggiú in mezzo al buio, povera stella tra le innumerabili stelle senza nome? Che quel cielo cavo me lo sentivo sopra come una frana inesauribile di luci e di ombre, che mi dava i brividi tutta la vita spersa nel firmamento? Non potevo raccontarle queste cose, perché neanch'io le capivo, era solo un'immagine, la vaga intuizione d'essere nulla, lí sulla luna, sul mio ciottolo vivo, e che anche quel nulla era in pericolo, mannaggia la miseria (si impreca cosí?), come i pianeti del cielo, come le mani di mia madre che tiravano schiaffi pesanti, ma erano leggere come le foglie gialle...»

Luca fila verso l'aeroporto e le romanticherie scritte dal marziano filano con lui. L'aria è gonfia di caldo, e intorno vanno i camion, coprono d'ombra la piccola spider, la assorbono nelle loro scie bollenti, la sbeffeggiano a colpi di clacson. Luca, mascherato nella camicia e nella giacca di Carlos, prova a indovinare cosa trasportano quei camion, e perché. Spostano il mondo, i camion, continuamente: mille sedie da Napoli a Torino, diecimila scarpe da Foggia ad Amburgo, centomila arance da Palermo a Vienna. E ce ne sono altri che traslocano i giorni, da qua a là, da su a giú, giorni che sperano d'essere piú allegri in un'altra città, tra persone piú buone. Alcuni camion portano avanti e indietro quintali di disprezzo, l'hanno caricato stamattina ai piedi di un letto e stasera sarà su una tovaglia lontana, in un salottino, e domani altrove. Neanche gli uomini al volante sanno cosa vanno sballottando per il mondo, il carico non li riguarda, è ammassato ciecamente dietro le loro spalle, l'importante è arrivare in orario, non ribaltare tutto sull'asfalto.

Sulla mia spider, pensa Luca con orgoglio, io porto una storia alla volta, solo una alla volta, e non me la dimentico mai.

Sulla destra, all'altezza di uno strano chalet, c'è la diramazione per Fiumicino, frecce su frecce. Sono pochi chilometri di un'autostrada che profuma di mare e valigie di cuoio, di saluti e fazzoletti. È un percorso fatto di frammenti, e Luca lo ama. Viaggiare sul serio a Luca non è mai piaciuto, gli sembrava sempre di strapparsi via da se stesso, di abbandonare su una panchina le sue ragioni per una distrazione da nulla. Contava i giorni, quand'era fuori, e poi contava le ore. Ciò che mi riguarda, pensava, non può essere nascosto cosí lontano, e mentre sono qui a rimirare cascate e archi di trionfo, di sicuro in una strada del mio quartiere qualcuno mi sta cercando per dirmi la cosa importante, per avvertirmi del rischio che corro, per spiegarmi dov'è l'intoppo. Dov'è Luca, dov'è, era qui fino a ieri, fino a pochi minuti fa, era al bar, ma dove è andato Luca, sono venuto apposta per incontrarlo, vado di fretta, se non lo trovo adesso non ci troveremo piú.

Viaggiare spetta ad altri, pensa Luca, io mi accontento di portare la loro valigia fino a casa e di farli sfogare.

In mezzo alla campagna c'è un ponte costruito sul nulla, senza strada e senza fiume, e poi l'aeroporto *Leonardo da Vinci* è lí, in fondo allo sguardo, un cantiere steso sotto la pancia tiepida del cielo. Da anni i lavori per l'ampliamento si stiracchiano pigramente, operai tirano su dei muri, tirano giú dei muri, ci sono cumuli di mattoni e sabbia ovunque, carriole e impastatrici, lamiere arrugginite oltre le quali non è lecito passare. Dicono che alla fine sarà bellissimo, un moderno trampolino verso il cielo e verso la città. Per adesso cresce e si smonta, chissà, forse lo stesso Leonardo approverebbe tanta beata inconcludenza.

Un tassista saluta Luca dal finestrino della sua berlina gialla: – Tra poco arriva un volo dal Giappone, me li mangio tutti, gli faccio fare tre giri del Raccordo.

– Io vado ai nazionali, aspetto l'aereo da Trieste.

– Rischi di non caricare una mazza, quelli hanno i parenti con le macchine.

– Ci sentiamo.

– Vaffanculo.

Luca parcheggia accanto a una cabina del telefono che scintilla al sole, entra, infila la tesserina quasi consumata.

– Pronto Emilia, sono Luca.

– Pronto, chi parla? – Sotto si sente Zeta abbaiare a piú non posso, con la sua voce strascinata, rauca.

– Sono Luca, – grida, – come sta il nostro amico?

– Sei Luca o sei un amico di Luca?

– Sono Luca! Come sta il marziano? Fai star zitto Zeta, maledizione, tiragli la palletta.

– Non suona piú e non sgocciola piú dalla ferita. Tre bacinelle mi ha riempito. Quattro bacinelle. Pensa: quattro bacinelle piene.

– Ma è vivo? È ancora vivo, vero?

– Non suona piú per niente e ha quasi smesso di buttare quel sangue pallidino.

– Ma è sempre vivo, sí?

– L'ho avvolto dentro al copriletto, i miei pizzi lo fanno tanto elegante, sembra un bambolotto.

– Emilia!

– Luca, ti senti bene? Hai mangiato abbastanza? Sai chi c'è qui a casa tua, adesso?

– Chi?

– Sai Luca chi ci ha fatto una bella sorpresa?

– Chi è venuto, parla!

La tesserina scade, la comunicazione si spezza. Per un poco Luca, rigido nella cabina come un soldatino nella garitta, pensa a Lisa: forse è tornata per un abbraccio volante, o per sempre: la vede risistemare i suoi vestiti sulle stampelle dell'armadio e lo spazzolino con le setole dure dietro lo specchio del bagno, infilare la federa bianca al cuscino e appoggiarlo accanto al suo. E ora, pensa Luca, sta scrivendo a pennarello sulla lavagnetta in cucina le cose utili da comprare e poi metterà a posto i libri, impilerà i giornali vecchi, laverà i bicchieri sporchi di vino. E poi guarderà il marziano steso a morire come guardava l'imenottero del Cretaceo: con commiserazione, con la superbia della volontà che impasta progetti e spazza via le briciole.

E allora è meglio che a casa Lisa non torni piú, pensa Luca.

(Rileggo queste righe domandandomi perché mi è passata la voglia di spiegare a fondo persone e comportamenti. Un tempo usavo piú olio e piú pennelli, e il ritratto usciva se non del tutto somigliante all'idea, almeno verosimile, frontale, con i giusti chiaroscuri e gli sfondi fermi e riconoscibili. Ora inseguo solo il vento che turbina, e tutto è di profilo, il mondo ha il bavero rialzato e muove lesto i passi intorno al gorgo. Ogni tanto c'è un riparo, un muretto a secco, il tempo di riprendere fiato e illudersi che si possa abitare raggrumati là dietro, pensare solido. Ma è un attimo, poi torno inquilino del vento che spinge nervoso le parole, gira le pagine e se ne infischia delle frasi perfette).

Luca ora è davanti al tabellone degli arrivi, guarda girare senza tregua i numeri dei voli, gli orari, i ritardi. C'è sempre ressa, là sotto, parenti e amici di chi deve ancora arrivare: attendono con ansia che sulla riga del volo appaia la scritta «landed», che vuol dire salvo. Intanto fumano, ridono nervosamente, fingono di parlare del ristorante dove andranno piú tardi: o stanno muti e fermi su una mattonella, quasi temendo che ogni loro gesto incerto sia collegato alle ali dell'aereo.

In testa hanno fusoliere in fiamme, rottami sgranati in cielo, le vertigini di un corpo che precipita da diecimila metri a gambe larghe. All'imbocco dello stomaco un rospo salta, sputa. Si sente in quella folla l'agitazione e la vergogna dell'agitazione: Luca ci sente anche le preghiere, il sudore che cola sui fianchi. E se l'aereo ritarda, allora gli sguardi si fanno timidi, non osano rialzarsi verso il tabellone, le mani entrano ed escono dalle tasche. Come fa un negozio di ferramenta a stare in aria, a superare le montagne, carico di cuori che scalciano e di valigie pesantissime? Come fa a volare e poi a scendere sano sopra una pista sul bordo del mare? Questo si domandano, guardando l'orologio, ma cosí, senza darlo a vedere, come per caso e per noia: e le lancette sono rasoi.

C'è da imparare, osservando la gente che aspetta. Cos'ha da farsi perdonare quell'uomo che passeggia stringendo in malo modo un mazzo di fiori? Forse lui davvero preferirebbe che l'aereo si dissolvesse tra le nuvole. E quella coppia di anziani vestiti a festa, da quanto non vedono il loro figlio? Temono di non saperlo piú riconoscere, ora che vive in un'altra città. E quel negro con i capelli bianchi, chi aspetta, e da quanto? Di solito Luca, prima di mettersi a cercare un cliente da condurre in città, approfitta di quel teatro: si siede da una parte e modestamente impara.

Ma stavolta il suo compito è un altro, altra la sua camicia, sgargiante di rose speranzose e di bugie.

Sono rimasti in due, lí allo sbarco del volo da Trieste: uno è Luca, che nervosamente sgrulla il mazzo delle chiavi, l'altra in effetti è una donna sui cinquant'anni. Ha l'aria pacifica, grandi occhiali da miope, tacchi bassi, un vestitino verde pastello spezzato da una cintura marrone, un neo sulla guancia, nessun fiore di plastica tra i capelli un po' radi. Somiglia a quelle signore che aspettano l'autobus in un giorno di sciopero, ferme sotto il cartello, con le buste della spesa poggiate a terra, quasi contente di non doversi precipitare a casa a sgobbare. Luca la sbircia, le lancia qualche sguardo d'intesa, ma lei abbassa le ciglia vergognose.

Luca le ruota attorno, stringendo i giri come un falco attorno a un agnello, quasi pronto a calare sulla preda, ma non troppo convinto di poterla portare via. Lei ogni tanto tocca con la punta della scarpa la valigia, quasi per rassicurarsi che sia sempre lí, che non glielʼabbiano rubata i napoletani. La sua valigia con le ricette e le medicine, pensa Luca, con lo stetoscopio e il camice bianco: ma forse la dottoressa Bambi non è lei, forse qui sto perdendo tempo prezioso, mentre a casa il marziano sgocciola sempre meno, consuma i minuti, stira le zampe sul divano.

Che bestialità la morte, che inutile cattiveria. Una notte in televisione scienziati e filosofi discutevano sul significato della vita, sulla maestà dell'uomo nella natura naturata, avevano voci tranquille, le giacche, le mani pulite, la cognizione di causa. E Luca, nudo sul divano, d'improvviso aveva notato una vena che gli batteva nel piede, nella conca sotto il malleolo. Quelli parlavano profondo, con le parole pesate e le citazioni, si contraddicevano ed erano anche d'accordo, ma Luca non riusciva piú ad ascoltarli, guardava solo la vena pulsare, tum, tum, tum. Gli sembrava che quel tamburo barbaro potesse sfondarsi ogni momento, ammutolire, e quelli non se ne sarebbero neanche accorti, sarebbero tornati a casa soddisfatti, a ognuno di loro la moglie avrebbe detto: sei stato il piú intelligente.

Da allora Luca controlla sempre la sua vena: tumtúm, mentre le ballerine danzano, i calciatori esultano, gli uomini in divisa spiegano il sole e i temporali. Loro non lo sanno che se la vena nella caviglia mi si acceca, si acceca tutto, il mondo che ho negli occhi s'abbuia. Ho l'interruttore nella caviglia, pensa Luca, e nel sangue il marziano, come un coltello.

Finalmente Luca coglie una mezza occhiata della donna, uno sguardo lieve come un bigliettino, e si fa avanti.

– Buonasera, – le dice dopo un inchino austroungarico.

– Buonasera, – risponde lei diventando paonazza in viso.

– Lei è la dottoressa Bambi?

– Sí.

– Io mi chiamo Luca. Giancarlo non è potuto venire, si scusa tanto. Io, per quanto posso, lo sostituisco.

– Giancarlo?

– Giancarlo Carlos.

– Ah. Difatti avete le camicie belle uguali. Va bene, allora avviamoci. Ha la macchina, vero?

– Certo, ma mi permetta di portarle la valigia.

– No, grazie, non serve.

– Posso insistere?

– No.

La dottoressa Bambi procede dietro a Luca a una certa distanza e lentamente, come se non avesse nulla da spartire con quello lí e solo per caso camminasse nella stessa direzione. Pende un poco da un lato, per bilanciare il peso della valigia. Ogni tanto, nei grandi spazi esterni dell'aeroporto, tra cumuli di terra e laterizi, sotto il cielo che inizia a stellarsi, Luca fa un cenno alla donna con la mano, a intendere: di qua, da questa parte, manca poco.

– Oh! – sospira la dottoressa Bambi davanti alla spiderina bianca parcheggiata tra due massicce familiari.

– È un'otto e cinquanta del millenovecentosessantanove, un bel giocattolo.

– È una meraviglia. Posso salire?

– Certamente, – e con un gesto galante le spalanca la portiera.

– Che sogno, – dice la Bambi.

Dopo un minuto sono sullo stradone e nel vento che aggroviglia i capelli. La dottoressa Bambi guarda verso i campi bui, verso la notte agricola e laziale, verso quel caldo steso come una colla sulla pianura, guarda aggrappata con le due mani al bordo della portiera. Luca cerca di intercettare qualche pensiero della donna, a volte con i suoi passeggeri gli riesce, ma sente solo un fremito vago, sudaticcio.

– Dove vuole andare, signora? – le domanda.

– Al solito motel, – risponde la donna senza girare la testa, ma strofinando le scarpe una contro l'altra.

– Quale motel?

– Sta sulla Salaria, se non sbaglio, motel *Garden*. Carlos mi porta sempre là, le stanze sono signorili, c'è anche il frigorifero con il vino. A me piace bere il vino, mi rilassa.

Nel cruscotto brillano fioche le spie dei comandi: sull'altra corsia sfrecciano i fari delle macchine, e alcune abbagliano, cosí, per puro dispetto: piú in alto lampeggiano volanti le luci degli aeroplani, e piú in alto ancora le stelle.

– Mi fa bene il vino, mi toglie i pensieri.

Adesso Luca ha la vaga impressione che questa scena si sia già compiuta in un altro momento. È strano, riflette, è come fossi dentro la mente di qualcun altro, quasi lo sento mentre fuma alla finestra di casa sua, lo sento pensare a me, scegliermi a fatica la strada, gli incontri, i luoghi. Il marziano, mio padre, Lisa, l'Emilia, il vecchio Zeta, Carlos, questa donna che sto portando al motel *Garden* sulla Salaria, mi sembra che siano nati dalle stesse mani, una cucciolata di ombre cinesi. E anch'io, chi sono di preciso? chi sarò tra un quarto d'ora? chi comanda questo vento? È come vivere qualcosa che già è stato. O è proprio cosí la storia umana, un'acqua che passa una volta sola sotto al ponte, la seconda.

Mentre la spider curva nello svincolo per il Grande Raccordo e il panorama ruota come su una giostra, Luca avverte nell'aria la sospensione che c'è nei sogni piú bislacchi, e l'illusoria convinzione di potersi svegliare, se lo vuole, di poterne uscire tirandosi da solo per una manica. Ora batto le mani, pensa, e qui tutto sarà finito.

– C'è persino il dancing, al motel *Garden*. Cosí prima di salire in camera balliamo un poco, non è vero?

Ora batto le mani per iniziare un'altra vita, altrove.

– Arrivo a Roma una volta al mese, dico a mio marito che vengo a trovare mia sorella monaca, ai Santissimi Quattro Patronati.

Batto le mani, schiaccio l'interruttore, m'interrompo, esco dalla pagina: lo pensa, Luca, ma non riesce a farlo, e davanti gli si para fissa l'immagine di quell'essere solo, esangue, con lo specchio appannato tra le gambe e la sovracoperta di pizzi attorno alle spalle, come un pellegrino malato, bisognoso di cure per rimettersi in viaggio. Forse io esisto per evitargli la morte, pensa Luca, e per nient'altro.

– Lei sa ballare i valzerini, signor Luca?

– Posso provarci, dottoressa.

– È facile, basta seguire il tempo.

– Sí.

C'è una porca allegria nel dancing del motel *Garden*, un clima da festicciola aziendale: molti uomini in giacca blu e molte donne con un filo d'oro alla caviglia, comunque gente che ha una certa età e bei rotoli sui fianchi. Ballano con la bocca piena di noccioline e le braccia aperte, la sigaretta in una mano, il bicchiere nell'altra, dondolando il bacino. Ogni tanto le coppie si allacciano, il cavaliere piazza una gamba zozzona tra le gambe della dama, la quale ribalta il capo all'indietro, scrolla con un gran sorriso i capelli rossi d'henné e porge la gola a qualche bacio succhiatore. La musica è per lo piú roba di maracas e gorgheggi, chitarrine ruffiane, vamos vamos, tutta rimasticatura latinoamericana dei *Villeggianti*, il complessino in abito da gala e papillon stipato su una pedanuccia laccata di rosso.

La dottoressa Bambi ha già bevuto il vino che la rilassa e ora, bevendo il vino che la massacra, attende che Luca la faccia volteggiare sulle piastrelle azzurrine. Lui ha un momento di pesante stanchezza, quella che talvolta cala a proteggerci da noi stessi. Sta seduto a braccia conserte, aspettando che il peggio passi, come un cane che debba attraversare l'autostrada: certo non ora, non ora. Ora: Bambi lo trascina in mezzo a un vuoto che si è creato sulla pista, due metri quadrati di piastrelle tutti per loro, e subito gli stringe le braccia attorno al collo, gli punta le unghie sulla nuca e l'addome sull'addome.

– È proprio carina questa musica, – gli urla nelle orecchie con un fiato mostoso. – Mette addosso la voglia di vivere, di divertirci alla faccia di chi ci vuole male.

– Chi è che ci vuole male?

– Mio marito, mio figlio, mio padre. Tanti, là fuori.

Nell'aria c'è un garbuglio di profumi e di sudori, e intorno agli occhi di Luca un turbinare di facce pienotte, guance che sobbalzano, cravatte che dondolano allentate, capsule dentarie che per un attimo scintillano alla luce dei faretti. Qualche coppia, presa dall'ebbrezza del ballo, ogni tanto urta Luca e la Bambi, ma senza volere: sbattono e ridono, e anche la Bambi ride, come agli autoscontri, sotto le belle lampadine della gioia. La Bambi si strofina contro Luca come contro lo spigolo di un mobile, gli sussurra all'orecchio cose che lui non recepisce a pieno; Luca sente solo il caldo del respiro, qualche lapillo di saliva.

– In che ospedale lavora? – grida Luca ancheggiando dietro alla Bambi che ora si è girata per poggiare il grosso deretano sul suo pube.

– A Trieste.

– Sí, ma con che genere di malati?

– Malati terminali.

– Dev'essere un lavoro duro.

– Io li masturbo, poverini.

Adesso il complessino modula un lento di tanti anni fa, un Sergio Endrigo, le luci calano e i corpi corposi si allacciano a due a due come alle festicciole del ginnasio: anche chi oziava sui divani laterali caracolla in pista, ed è calca da ufficio postale. Un sudore abbondante innaffia le rose della camicia di Luca, che se lo sente scorrere anche sugli stinchi e nelle scarpe, e pure la Bambi gronda dolcemente, la testa appoggiata sul petto di Luca, i grandi occhiali appannati per il caldo, le goccioline che dalle tempie le scivolano nella scollatura.

– Sono felice, – dice la donna sollevando un sorriso pieno di rughe.

Luca beccheggia sul pavimento, le ginocchia flesse, le spalle ondulate, e intanto pensa a quando potrà esprimere il suo problema alla dottoressa. Ora che l'ho portata al suo motel e che l'ho fatta ballare, ora che s'è svagata, posso pregarla di venire a casa mia, stanotte stessa, subito, per contare i battiti del marziano, per resuscitarlo, se serve.

– Forse potremmo andare via... – osa.

– Sí, – dice la Bambi, gli occhi lucidi, i capelli appiccicati sulla fronte. – Andiamo.

Alla reception riconsegnano alla Bambi la sua valigia. – Stanza 310, – dice l'uomo con la divisa e i gradi, e con un'aria complice le mette in mano chiavi ottonate.

– Vuole portare la valigia in camera? – domanda Luca.

– Naturale.

– Allora mi faccio facchino.

In ascensore Luca si tiene schiacciato nell'angolo, zufola qualche nota per accelerare il tragitto, e intanto avverte lo sguardo della dottoressa che lo scruta con attenta partecipazione, da giú a su, centimetro per centimetro, come una Tac. Forse lei vede anche i polmoni catramati, il fegato gonfio, la gola rossa, i globuli scarsi, pensa Luca. Arrivata in cima la Bambi arcua un sorrisetto: – Hai un bel corpo, maschietto, mi piaci piú di Carlos, lo sai o non lo sai?

La camera del motel in sostanza è un letto matrimoniale con il tetto e mezzo metro di moquette attorno, piú un grande specchio sulla parete di lato, piú frigo, televisione, radio, condizionatore, vaso con due peonie, piú un bagnetto bianco e lindo come un pronto soccorso. Sulla finestra arrivano i bagliori dei camion che escono da Roma, che entrano a Roma. Seggiole non ce ne sono e cosí Luca, che nelle gambe sente la stanchezza a granchi, si siede pesantemente sul bordo del lettone.

– Mi cambio e in due minuti sono pronta, – assicura la Bambi, scomparendo con la valigia dietro la porta smaltata del bagnetto.

Per un attimo Luca pensa di telefonare di nuovo a casa, per domandare: è vivo, sono vivo? Poi si lascia cadere di schiena sul materasso, incrocia le braccia sul torace, sogna.

E nel sogno Luca guida la sua spider su un prato tempestato di fiori, migliaia di corolle posate sul verde, tra ruscelli azzurri e raggi di sole che sembrano dipinti uno a uno dalla mano di un alunno delle elementari. La pianura è leggermente in discesa e Luca non deve nemmeno pigiare il pedale dell'acceleratore per correre, anzi, i pedali proprio non ci sono, e non c'è neanche il motore, non serve: scivola per conto suo la spider su quel campo inclinato, e anche i ruscelli, gli uccelli, le fronde degli alberi, tutto sembra che vada nella stessa direzione, tutto, i lunghi capelli delle ragazze, le nuvole, i topi, il verde e l'azzurro, i raggi rossi del sole che va tramontando. Luca vorrebbe mettere la marcia indietro, ma le marce sono scomparse e pure il freno a mano. È nel portone di una palazzina che le cose vanno a sparire, come acqua e foglie in un tombino: la palazzina è ancora lontana, ma il suo risucchio è forte e fa tremare il campo, che adesso è come un cuneo. Ora Luca è seduto al posto del passeggero, e al volante c'è il marziano, con una giacca nera e una cravatta nera, gli occhi chiusi, una goccia arancione che gli cala dall'interno di un orecchio fin sul colletto. Voglio scendere, fammi scendere, dice Luca, e il marziano gli stringe forte la mano, non la molla. Fammi scendere marzianuccio, ti prego. Anche i genitori di Luca scolano verso il portone scuro della palazzina, vestiti per bene, tenendosi abbracciati e perdendo la forma nel colore. Mamma, papà, se potete fermatemi, vi prego... E i due, spettinati nel vento, voltano verso Luca le loro facce uguali e lo guardano come guarderebbero un cinese. Io non sono tua madre, chi ti conosce, che vuoi? Caro ragazzo, ti sbagli di grosso, io non sono tuo padre, tu sei carne e fiato di qualcun altro, vai, vai, vieni…

Nella palazzina, alla finestra dell'ultimo piano, un uomo in mutande osserva e fuma cosí tanto da alzare una nebbia. Sembra il signore di tutto ciò che precipita.

Luca non sa chi è quell'uomo, lui non sa chi sono io.

Allora Luca si sveglia, ma mantiene le palpebre abbassate, cercando di recuperare le immagini, di dare loro un senso. E poi prova a ricordare qualcosa di molto remoto, un evento qualunque, un piccolo pomeriggio allo zoo con suo padre, davanti alla vasca delle foche, sua madre buona e malata, una festa di bambini con le pizzette, una scuola con la ghiaia in giardino, un'infanzia, ma è come se nella testa avesse il nero delle seppie. Cosí piano piano schiude gli occhi, per controllare che il mondo attorno esista ancora: trova la stanza del motel, quella carta da parati stesa come il mondo, e se stesso sdraiato nel grande specchio.

In punta di piedi esce dal bagno quella che, nella mente di Luca, era la dottoressa Bambi.

– Come sono? – mormora suadente.

Fa fatica, il mio Luca, povero tonto, a spiegarsi cosa sia successo nel bagno mentre lui sognava. Forse c'è stato uno scambio di persone, un pateracchio, forse non è piú la stessa stanza di prima. Adesso ha scarpe rosse con il tacco alto, la cinquantacinquenne Bambi, ha calze e reggicalze bianchi, ciccia pallida che deborda flaccida nel mezzo, un corpetto ricamato che le strizza la pancetta e le arrotonda i seni mosci, niente piú occhialoni, ma rimmel e trucco nero attorno agli occhietti stretti stretti, roditori.

– Ti piaccio?

– Ecco…

– Tu devi rispondere sí e basta. Devi dire sí, mi fai sangue. Io vengo qui per questo, io prendo l'aereo che mi fa anche paura, dico bugie a quel vecchio impotente di mio marito, io a voi ragazzi vi pago bei quattrini per mettere almeno una gioia nella mia vita. Ti piaccio, allora?

– Sí...

– Quanto?

– Non saprei...

– Da ammattire. Devi rispondere cosí: mi piaci da ammattire. Me lo fai diventare d'acciaio, di cemento armato, un palo della luce.

– Un palo della luce.

Dalla camera accanto d'improvviso arrivano gemiti e cigolii, sembra che il muro invece d'arginare tanto spasmo animale, si faccia da parte per lasciarlo passare meglio: e i gemiti diventano piú suini, piú vibranti i cigolii, e in mezzo cascano parole che paiono insulti ma sono sugosi incitamenti.

– E noi? – domanda Bambi.

– Eccoci qui, – risponde Luca, grattandosi la testa.

Con un tuffo la Bambi si allunga di fianco a Luca, gli si rannicchia contro senza nemmeno sfilarsi le scarpette rosse, gli palpa un braccio: – Non sei tosto, però mi ecciti. E non fare come Carlos che alla fine si mette a frignare, a dire che gli arriva l'angoscia gelata nel petto, sotto quei bei muscoli.

– Ho un amico a casa che sta molto male, devo tornare presto.

– In mezz'ora ce la sbrighiamo.

– Lei verrà con me, mi aiuterà con il mio amico?

– Dipende.

– Da che cosa?

La Bambi spinge la mano aperta tra le gambe di Luca, e Luca sente sollevarsi tristemente qualcosa, come una casetta abusiva, pochi piani tirati su alla meno peggio su un montarozzo.

E qui forse è meglio spegnere le luci, smorzare il volume, tacere e girare la testa altrove, magari farsi due passi nel giardinetto sotto il motel *Garden* della Salaria fumando ancora qualche sigaretta. È inutile discettare da quale finestra giungano sospironi femminili, meglio è sentire la terra umida sotto alle scarpe, il cielo sulle spalle, la luna che pare un fiore su un burrone, e poi pulire il vetro della spider, controllare la pressione dell'olio e l'acqua nel radiatore, cambiare il nastro della macchina da scrivere, affinché tutto sia pronto per quando Luca avrà portato a termine il suo compito ingrato.

Nel mezzo della notte è tutta sparsa la città, identica ai resti di una grande cena su una tovaglia macchiata: fa pensare che quelli prima siano stati anche bene, abbiano bevuto e mangiato, parlato di politica, riso e brindato, ruttato con soddisfazione, e ora ci sarebbe da sparecchiare e lavare i piatti, ma nessuno ne ha voglia. Attorno agli avanzi appare gente strana, disorientata, voli di insetti. Nei mucchi di spazzatura ballano i gatti e frugano uomini e donne senza volto, sui marciapiedi vanno via anime sfrattate, Luca e la Bambi corrono in spider verso il marziano.

«... non ho trovato niente, sulla terra, ma a volte ho avuto l'impressione che fossero tutti quanti nascosti dietro un angolo del tempo, subito oltre uno scalino: piante, animali, esseri pensanti – come in quelle sere in cui si torna a casa e c'è penombra, silenzio, solitudine, si vaga per le stanze a testa bassa, poco contenti, e di colpo una porta gratta, gratta, poi s'apre sorprendentemente e i nostri amici stanno lí, eleganti, luminosi, con i regali in mano, per festeggiarci...

... cammino per queste lande deserte, dormo dove capita e aspetto... un battito di mani, un cappello che rotola nel vento, muschio a nord di una pietra, un mozzicone di sigaretta, qualcosa... aspetto d'incontrare un uomo, a volte mi sembra di avvertirlo nelle ossa, come una mezza promessa, come un anniversario imminente... e mi sembra impossibile che in questo cielo grigio non abbiano volato piccoli animali con le ali, che al posto della polvere non sia mai cresciuta erba colorata, e sull'erba donne sdraiate a dire sdràiati, amore... ma forse il respiro comincia ad allargarsi in un luogo non appena si è spento in un altro, è come un messaggio segreto che passa di mano in mano, di pianeta in pianeta, e soltanto gli ultimi potranno leggerlo...

... non ho ancora trovato niente, sulla terra, ma in fondo avevo trovato poco anche sulla luna, tornavo a casa e c'era penombra, silenzio, solitudine, vagavo per le camere con il bicchiere in mano, e la porta con tutti gli amici dietro mica s'apriva... cosí uscivo nuovamente per le strade, tra le luci e il movimento della gente, nel gran daffare della città, e tutto mi sembrava bello, ma rimaneva oltre una vetrata senza maniglia... ricordo che una sera mi feci coraggio e fermai una bella ragazza con i libri sotto il braccio e la gonna a pieghe, le unghie smaltate di nero, le domandai dov'era una certa via che m'ero inventato lí per lí, per attaccare discorso, una via dove mi aspettavano da molto, e lei indicò il cielo con la punta nera del dito, mi spiegò che prima avrei trovato un parco e una fontana, e gente simpatica, che era un magnifico posto per un appuntamento... le chiesi se voleva accompagnarmi e sorridendo mi rispose di no, lei adesso era attesa altrove, non poteva mancare, ma forse sarebbe venuta a incontrarmi piú tardi... Quella sera ho deciso di partire per la terra...»

Strada facendo Luca ha spiegato come poteva la storia del marziano alla dottoressa, continuando rispettosamente a darle del lei nonostante il pigia pigia che c'è stato tra di loro, e la Bambi ha ascoltato senza interrompere, a bocca aperta, con l'aria miope di chi stenta a credere ma non osa negare. Infine la Bambi ha detto: – Guarda che io non posso fare un accidenti per il tuo marziano.

– E perché?

– Io non sono dottoressa, io all'ospedale rifaccio i letti e cambio le padelle.

– Nient'altro?

– Porto i vassoi con le patate lesse.

– E le ricette, le iniezioni, gli unguenti?

– Te l'ho detto, qualche palpata.

– E basta?

– Abbasso le palpebre ai morti quando muoiono. Poi li pettino, li aiuto a vestirsi eleganti, – ridacchia mezza ubriaca.

Luca ha inghiottito amaro, s'è proprio visto il polpo di catarro precipitato giú per l'esofago. Ma a questo punto sono giunti sotto casa sua, e di ricondurre la signora Bambi al motel *Garden* non è piú faccenda. L'ascensore non funziona, ogni sera c'è qualche condomino che ha fretta di rientrare nel suo bunker e non accosta bene le porte, per cui sono sei rampe di fiatone, una mulattiera di gradini sempre piú aspri. La Bambi si aggrappa pesante al braccio di Luca e sbuffa oddío madonna, quanto manca, passando davanti a quei pianerottoli folti di ficus e di sacchetti dell'immondizia da portare giú domattina.

A Luca sembra di sentire i sogni inquieti oltre le mura, gli incubi, lo sa che quando tutti dormono quegli appartamentini da cinquantotto metri quadrati ospitano piovre gigantesche, firmamenti di bacarozzi, carezze sanguinanti, sarabande di topi, lupi rossi, oceani rovesciati. Domani alle sette e mezza gli uomini si metteranno la cravatta e i bambini e le mamme faranno la colazione con il latte e i biscotti: ma ora sono dei proiettori accesi, spurgano le loro paure, e a volte qualche angelo, qualche america. Durante il giorno Luca li saluta appena, giacché ai suoi cenni non risponde quasi mai nessuno, ma di notte, quando sognano, li sente fratelli.

– Avanti signora Bambi, manca solo un piano.

– Dio, come mi picchia il cuore.

– Un piccolo sforzo.

– Mi hai fiaccato, mandrillone.

Sulla porta dell'appartamento di Luca, attaccato con una puntina, c'è un biglietto scritto a stampatello: «Il gatto a un certo punto è morto, che peccato. Siamo andati a buttarlo a fiume». In fondo al biglietto ci sono anche le firme: Emilia, Papà, Carlos (Giancarlo), e dietro alla porta c'è il vecchio Zeta che mugola e si trascina nella casa vuota.

Gonfio d'acqua, immenso, scontornato tra Fiumicino e il mare, arpionato dai pescatori, addentato nel molle dalle cernie fognarie, un isolotto navigante che s'allarga nello sporco e poi si sfascia e si scioglie sotto i raggi irridenti della sua luna: cosí Luca, seduto immobile sull'ultimo gradino delle scale, immagina il marziano, e in gola gli si arrossa la malinconia.

Neanche per un giorno ho saputo difenderlo, pensa Luca: ho detto ho detto, e non ho saputo combinare niente, anzi, ho lasciato che me lo portassero via a spalla come una bombola vuota. Non ho provato neppure a seppellire la sua salma sulla luna, eppure lui aveva pregato di farlo. Sono solo un bravo ragazzo, mammole da appassire.

La signora Bambi appoggia una mano affettuosa sulla spalla di Luca, con le dita gli arpeggia l'orecchio, dice: – Tesoro, hai fatto quello che potevi fare, sono già contati i granelli di sabbia nelle nostre clessidre.

– Davvero?

– Uno per uno, tutti quanti.

– E non si può aggiungerne un pugnetto?

– Qui nessuno può farlo.

E in Luca, che è appena un profilo tratteggiato, scatta la ribellione e la superbia: vorrebbe aggiungere alla clessidra sabbia a manciate, a camionate, a spiagge intere, spiagge grandi e libere, con il mare davanti e gli ombrelloni colorati e le ragazze al sole, vorrebbe fare alzare i morti dai marmi dell'obitorio, portarli a spasso in spider, tenerli svegli con le parole, gli schiaffi, le canzoni: vorrebbe almeno che ognuno potesse decidere quand'è il momento e l'occasione giusta per fare il baule e salutare.

– Io non sono tanto pronto a morire, – sospira, come soffiasse contro un muro bolle di sapone.

– Non sei tu che devi morire, oggi no, – dice Bambi.

– Non importa, oggi sembra uguale.

– Che scemenza, sei troppo giovane e sensibile.

– In fondo chi traghetta e chi è traghettato vanno dalla stessa parte, – sentenzia Luca a bassa voce.

E adesso sono di nuovo sulla spider, Zeta si sporge all'aria che gli butta indietro le orecchie mosce e gli asciuga la lingua penzolante; Bambi canticchia placata nella carne, mentre Luca pesta l'acceleratore sul fondo marcio di ruggine. Dove saranno andati? si domanda, dov'è che si va a scaricare un marziano senza essere arrestati dalla polizia, da quale ponte, da quale rupe?

– Dove saranno andati? – ripete ad alta voce, quasi sperando che dal vento arrivi una risposta. – Cercavo persone che mi aiutassero, l'Emilia, mio padre, Carlos, e ho messo su un'agenzia di pompe funebri.

La spider s'avvita per i tornanti del Gianicolo fitti di macchine parcheggiate, tutte con i vetri appannati per il calore delle coppie che si baciano e si trafiggono generosamente. Bambi le guarda e tira un sospirone, poggia la testa sulla spalla di Luca, che invece suona il clacson, abbaglia, per disturbare.

– Dove saranno andati, dove? E perché sono capitati tutti a casa mia?

Dal belvedere del Gianicolo si abbraccia con uno sguardo tutta la città, sembra un modellino costruito pazientemente da un ergastolano. Per questo Luca spegne il motore e scende: casomai potesse individuare tra cupolette e casupole, giú nelle stradine incassate, un vago riverbero argentato, un focherello fatuo, o piú precisamente suo padre, l'Emilia e Carlos che minuscoli trascinano a braccia quel poveraccio del marziano. Certo si rende conto di avere delle belle pretese, ma ormai è lassú e ammira. Dall'alto, pensa, si dovrebbe capire meglio dov'è l'errore.

– Vedi qualcosa? – domanda Luca alla Bambi, e lei strizzando gli occhi miopi, senza staccare mai la testa dalla spalla del suo cavaliere, dice: – Foschia.

– E dietro la foschia?

– Il nostro motel, tesoro. Dopo ci torniamo?

Da un lato del piazzale, là dove gli alberi infoltiscono, dove il verde è piú nero e la notte piú notte, giungono strani rumori, squittii, vocette, risatelle legnose.

Luca, la Bambi e Zeta si avvicinano a passi timidi, due passi avanti e uno indietro.

– Io sono un uomo semplice, un uomo carabiniere, tu non hai i documenti e io ti bastono, t'accoppo di botte, tatatac.

– Io sono un uomo in fuga, un povero pulcinella, e finché posso scappo, e poi chiedo clemenza.

– Clemenza! Clemenza! Lo vedi, Clemenza non arriva. E io ti spiattello a legnate, tatatac. Non ti muovere, sennò non riesco a dartele per bene sulla zucca. Tatatac. Non ti muovere, mascalzone!

– Se mi permette, signora guardia, finché son vivo mi vorrei muovere.

– Poco però, e verso il bastone!

– Me lo faccia controllare meglio il suo bastone, me lo presti un attimo che poi glielo rendo. Grazie, tatatac. Non si muova, signora guardia.

– Traditore, rubabastoni!

– Devo controllare se è bello duro, mi creda, sto solo collaborando con la legge, tatatac.

Sotto le fronde innervosite dal vento s'apre un teatrino di burattini, un bussolotto alto e rosso su cui campeggiano due scritte gialle: PREPARATE I SOLDI e NON TIRATE I SASSI, PER FAVORE. Ad assistere allo spettacolo ci sono cinque o sei barboni, di quelli che solitamente dormono sulle panchine del parco o sul piedistallo della statua equestre di Garibaldi. Guardano i burattini e non ridono, si grattano le braccia, ogni tanto controllano le straboccanti buste di plastica che tengono tra le scarpe rotte.

A quest'ora della notte il teatrino è ancora aperto, com'è possibile? pensa Luca. E quanto deve durare questa notte, di chi sono questi burattini? Dove cavolo sono andati a gettare il mio marziano?

La Bambi gli si tiene ancora piú stretta e Zeta alza il muso verso il boccascena, da cui s'affacciano ghignando e randellandosi il Pulcinella e il Carabiniere: li punta come fossero uccelletti poggiati sul ramo di un albero.

– Non fate cosí, non sbatacchiatevi, vi prego, – esclama una burattina dalle trecce bionde e pagliose, emersa di slancio dal suo sottosuolo. – Io ti vorrei sposare!

– Chi, me o lui? La guardia o il ladro? Il buono o il cattivo?

– Il simpaticone o l'antipaticissimo? Me o lui?

– Non me lo ricordo piú, povera me! Ho un tarlo cricri nel legno del cuore, una sega zum zum che me lo taglia in due. Noi burattine siamo cosí indecise, e in fondo non sappiamo nemmeno se possiamo permetterci l'amore, se ci spetta d'arrossire, di balbettare, di sognare le rose e una casetta.

– Vuoi amare un carabiniere col pennacchio? Vuoi dei figli pennacchietti?

– Vuoi sposare forse un pulcinella, un senz'arte né parte?

– Non lo so, santo cielo. Da chi dipenderà l'amore, chi è che comanda sul cuore delle burattine?

– Prendi me! Ho il bastone duro! I baffi all'insú! Lo stipendio!

– Prendi me! Ho tutti i giorni liberi! Ho la domenica perenne!

– Senti come puzza di miseria questo debosciato, senti tesoro, senti, uh che tanfo!

– Senti quanto è scemo il caramba, avvicinati stellina mia vesuviana, controlla di persona!

Grandi testate si dànno i due contendenti, mandano per il parco un suono di nacchere, e la donnina col cuore di legno e i capelli di paglia piagnucola oscillando le spallucce, a testa bassa.

Un poco defilati, Luca e Bambi e Zeta osservano quell'infantile messinscena, e contemporaneamente tengono d'occhio il gruppo di barboni sotto al teatrino, quei ruderi romani, subumani, quelle mani sporche che s'alzano a indicare i burattini, e a volte s'avvicinano cosí tanto che quasi sembrano volerli toccare. Sale un rumore sordo, da quell'ammasso di cenci e di musi scuri, un rombo terragno, un disappunto.

– Io ti offro tutta Napoli nel cuore, arcobaleno mio.
– Io ti dò la vera sicurezza, la cucina componibile, la tredicesima, la quattordicesima, la pensione.
– Portami via, voliamo insieme!
– Prendimi!
– Non ci sono problemi, eccomi qua, ci sono io che vi prendo, io che vi trascino via tutti e due con me! – È la Morte burattina, faccia teschiosa e mantellina nera, che d'improvviso irrompe sulla scena. Tra le mani ha un falcetto, lo rotea, lo fa sibilare. – Sono la generosa, l'accogliente, la vera stazione Termini, la sorella maggiore del Sonno, la sorella minore della Pace.

Tratatrac, Pulcinella e Carabiniere tremano abbracciati stretti, sbattono tra loro come i denti della paura. L'innamorata incerta subito abbandona il campo, nascondendosi dietro una quinta. Sembra che nel parco di colpo si sia rinforzato il vento, soffia a strappi freddi e le fronde degli alberi si scompigliano, la macchia dei barboni s'allarga sudicia, la giacca a strisce e la camicia floreale di Luca si ingolfano d'aria.

– Tienimi stretta, – dice la Bambi, e Luca le pone un braccio protettivo sulla spalla e con la mano libera afferra il collare di Zeta.
– Buono Zeta, buono, non abbaiare.
– Forza che andiamo via, – ordina la Morte. – Rapidi che ho ancora da finire la ronda. Ho un prato da asfaltare, dei fiori da tagliare, gomme da bucare, palloni da scoppiare, conigli da acchiappare, amori da ammazzare. Andiamo, cari pezzi di legno, andiamo al vostro fuoco!
– Un condono, uno straccio di rinvio, – supplica il Carabiniere. – Non dico per tutti e due...
– Solo per me! – interviene Pulcinella.
– Niente. Sloggiare in fretta, che al vostro posto devono venire altri clienti della vita, hanno già prenotato.

Tanti pensieri volano in testa a Luca, come colombi su un cartoccio di chicchi, e poi sono di meno, di meno, perché il piú grosso, il piú corvo, caccia tutti gli altri.

E allora Luca, mentre qualche barbone comincia a prendere a manate il teatrino, e qualcun altro sputa sulla Morte e raccatta sassi e li tira sulla scena, mentre con le buste stracariche in molti assestano colpi sui fianchi della casetta e la casetta traballa e si piega, Luca dicevo, mentre la casetta dei burattini si schioda e si dissesta, mentre le pareti si rovesciano a terra, Luca mio grida: – Morte, dimmi, dov'è adesso il mio marziano?

E la Morte burattina, con la voce stridula, risponde: – Lo sai, sul ponte.

– Quale ponte?

– Il ponte di Ponte Milvio.

Luca, strattonando per un braccio Bambi e Zeta per il collare (dio come abbaia quel cane, sembra che sia un fatto personale) si precipita alla spider, accende fari e motore, ingrana la prima, va con le ruote che fischiano.

I barboni hanno distrutto tutto; dalla spider Luca si gira un'ultima volta e un poco si stupisce – un poco, non di piú – di non vedere nessuno tra le pareti abbattute del teatrino: ci sono solo burattini sparsi per terra e barboni piegati che li raccolgono e li portano via, c'è solo molto vento.

– Fermati papà, fermati!

Luca ancora non inquadra il padre e gli altri, ancora è in viaggio sul lungotevere verso Ponte Milvio, ma intanto lancia il suo richiamo, sperando che le onde dell'aria o della mente lo trasmettano. Del resto, non gridiamo da soli e alla cieca frasi come: «basta con questa pioggia», oppure: «datemi un'altra vita», non affidiamo ogni momento bottiglie al grande mare del caso? C'è sempre la possibilità che qualcuno raccolga e riferisca, anche se mille bottiglie sbattono tra loro e fanno cocci iridescenti.

La piazza di Ponte Milvio è tutta case e chiesa: il mercato, che di mattina è affollato e berciante, ora vende silenzio e buio; c'è solo un camion della nettezza urbana che a mezzi fari stancamente inghiotte e trita i rifiuti del giorno prima. I grandi platani dormono in piedi uno accanto all'altro, i ristoranti digeriscono a saracinesche abbassate. Luca spinge la sua otto e cinquanta scappottata sul largo marciapiede in testa al ponte, quasi fino alla torretta.

– Fermatevi, sono io, sono Luca!

Ora li vede bene nelle luci della spider: il padre tiene il marziano per le gambe, Carlos per le spalle, e da sotto la nuvola bianca dei suoi capelli l'Emilia dirige le dondolanti operazioni. Si sentono le loro voci cadenzate: – Oh, issa, e uno, e due...

Sono accanto al parapetto del ponte, il vento sventola i loro vestiti umani e i lembi dell'accappatoio di Luca in cui il marziano è stato avvolto: a intermittenza la luna fa brillare lo specchietto che quell'astrale sacco di patate ha tra le cosce.

– E uno, e due...

– Ma che state facendo, pazzi! – Luca corre sul selciato del ponte, ma come nei sogni gli sembra di rimanere immobile, cementato nell'impotenza, nello stupore, e perfino quel vecchio sorcio di Zeta lo supera arrancando sulle zampette, perfino Bambi è piú avanti. Chissà se da qualche finestra socchiusa un maledetto insonne sta osservando la scena e ora compone il numero della polizia, e senza lasciare il suo nome, con la voce distorta da un fazzoletto, avverte che un gruppo di criminali sta rovesciando un complice scomodo nel Tevere, e ora un altro gruppo sopraggiunge, forse per liberarlo a rivoltellate.

– E uno, e due, e...

– Fermi, non fate sciocchezze!

– E uno e due, e ancora due...

Ma quanto ci mettono a precipitarlo di sotto? si domanda Luca: eppure l'Emilia dal balcone di casa in un attimo scrolla tutte le briciole della tovaglia e poi ha altro da fare; e Carlos dopo i motel e i soldi abbandona le babbione con un rapido saluto angosciato, ne sono certo; e mio padre molla qualunque cosa per vedere le sciagure al telegiornale, mi tronca i discorsi in faccia:

e adesso sono lí che ce l'hanno incollato alle mani, quel disgraziato. Forse la morte è catrame che quando s'attacca alla pelle non va via facile.

Ora tengono il marziano sospeso al di là dal parapetto, cosí sporti in fuori sembra quasi che lo trattengano, che non vogliano lasciarlo cadere nel fiume come lui desidererebbe, giú in quella padella di luna riflessa nell'acqua.

E finalmente ci sono anche le mani di Luca ad afferrare quel corpo esanime. – Tiriamolo su, presto!

– Che ci fai qui, Luca? – domanda il padre, vestito elegantemente ma con la giacca strapazzata dal gran tira e molla.

– Come sei arrivato fin qui? – domanda anche l'Emilia, un poco stanca ma arcicontenta di vedere il suo Luca.

– Buonasera signora Bambi, è andato tutto bene, è rimasta soddisfatta? – si preoccupa Carlos, continuando ad affondare le dita nell'accappatoio del marziano, in quella spugna che manda suoni sinistri di strappi e lacerazioni. – Avevi dimenticato la patente nella tasca della camicia, ero venuto a casa tua a riportartela... – dice a Luca. Gli occhiali da sole che Carlos tiene appoggiati sulla testa, lenti scure e grossa montatura nera, si staccano, planano sulle onde come pipistrelli e il Tevere se li mangia.

– I miei occhiali! Li avevo comprati al Corso, i migliori, con le lenti graduate...

– Non ci pensare, tira su il marziano, forza, che ci sta scivolando via!

– Ma è morto...

– Non è vero, nessuno è morto, forza!

– È proprio tanto carino, – ammette la signora Bambi. – Carino carino.

Se da una finestra socchiusa l'impiccione insonne sta guardando, ora telefonando alla polizia dirà, sempre col fazzoletto davanti alla bocca e in piú con la voce in falsetto: un suicida, a Ponte Milvio in cinque o sei provano a salvare un aspirante suicida, ma non credo ce la faranno, sono male assortiti, vecchi, cani, gigolo, signore in fregola, cameriere, accorrete con le sirene spiegate, accorrete con le scale.

È tutto disarticolato, il marziano, pende da ogni arto e pesa come corpo morto, ma a Luca sembra di sentire ancora, sopra il brusio del Tevere e sotto gli incitamenti a non mollare, il suono d'armonica sgonfia che al marziano usciva dalle labbra: è appena un alito musicale, una speranza, ma Luca lo sente – e anch'io, dalla scrivania, battendo i tasti e fumando, se drizzo le orecchie avverto nell'aria quel ponentino, e gli vado dietro a parole.

– Dài che lo recuperiamo, – ordina Luca, capitano coraggioso. – Ancora uno sforzo, avanti.

È quasi un tiro alla fune: loro da un lato, debolmente ammucchiati, aggrappati a quel corpo magro, nella fatica suprema di riportarlo al sicuro sul ponte, e dall'altro lato chissà chi, invisibile nel buio, che palmo a palmo glielo sottrae di mano. Ora il fiume là sotto appare piú veemente, tutto risucchi e mulinelli, schiume selvagge. Luca sente le dita riempirsi di sudore, la presa farsi slittante, e dentro agli occhi ha già la visione del prossimo volo del marziano, quindici metri spampanati e un tonfo.

– Reggetelo!

– Ci sfugge, se ne cade, se ne cade come una pera marcia! – strepita il padre di Luca. – Stiamo attenti a non cadere appresso a lui, che non ci tiri tutti giú!

– Avvinghiatelo!

– Non c'è piú niente da fare, scivola, povera creatura, – ammette Bambi in un sospiro scivoloso.

Fischiettando e pedalando sul suo triciclo, transita sul ponte l'uomo delle robe vecchie, Tibullo, un cappellino da baseball girato in testa, due occhi svitati, allegri, il ripiano occupato da quattro cianfrusaglie e una radiolina accesa. Di notte Tibullo raccatta qua e là, di giorno espone la mercanzia nell'ultimo angolo del mercato: non dorme mai, pedala e fischia seguendo rispettosamente la musica della radio.

Mi sono distratto un minuto, il tempo di andare in cucina a preparare un caffè, il tempo di pensare ad altro, a niente, di guardare la città oltre i vetri, e al ritorno alla macchina da scrivere, Tibullo, l'uomo delle robe vecchie, era già lí, sul ponte, pronto a dare manforte a quella pattuglia d'esseri pencolanti, mentre Zeta abbaia e gli mordicchia le scarpe sfondate.

– Lo acciuffi per quella gamba, in fretta, – lo prega Luca, ma non servono consigli a uno che è abituato a salvare rottami dalle discariche abusive e restituire loro un valore.

È proprio la presa in piú che serve, una morsa efficace, una gru muscolosa che risolleva dal vuoto quel corpo sgangherato e op! di slancio lo riporta sul solido.

– Che roba è? – domanda Tibullo mentre gli altri, piegati in due, riprendono fiato con le mani sui fianchi, e Zeta passa disordinatamente la lingua sul naso del marziano come va la spugna sul viso di un pugile suonato.

Luca vorrebbe avere un po' di fantasia per imbastire una storiella accettabile, ma a quest'ora della notte (non retrocede d'un passo, il buio, non si scansa d'un palmo...) c'è solo da arrendersi alla sincerità: – Questa roba è un marziano.

– Davvero?

– Viene dalla luna e non mi chieda altro, non saprei cosa risponderle. Non so neanche se è vivo o morto.

– Non chiedo altro, mi basta. Del resto ogni settimana raccatto qua e là stranezze che sembrano cadute dal cielo, e le vendo bene. Anzi, le propongo un cambio. Sa, io sono nel prendi e dài da quando ero alto cosí.

– Cosí come? – domanda Luca, che è stanchissimo e non capisce piú niente.

– Cosí, – ripete Tibullo facendo un gesto a mezz'aria.

– Quale cambio propone?

– Vorrei l'accappatoio del marziano, anche se mi

sembra piuttosto lacero e indecente: e le dò i miei vestiti, asciutti, puliti, completi. Se mi permettete una considerazione di carattere generale, una lezioncina filosofica, direi che la vita è mercato: si compra, si vende, si baratta, nulla resta a lungo dov'è, le cose girano come trottole. Credo che Dio sia un bravo commerciante, un imbroglione insomma: da lui compriamo la vita a caro prezzo, rata dopo rata, giorno dopo giorno, fatichiamo per darle un senso e un valore e poi gliela restituiamo per niente, in un respiro strozzato. Comunque questi dignitosissimi vestiti che indosso li ho avuti da un ingegnere polacco in cambio di un televisore in bianco e nero.

– Affare fatto, – risponde di controbalzo il padre di Luca, al quale ogni sostanza si incroci con la televisione pare eccellente.

– Ma è il mio accappatoio, guardate, ha la elle rossa ricamata sul taschino, l'iniziale del mio nome: Luca, sono io.

– Adesso è la elle di luna, – decide il robivecchi. E aggiunge: – Emana una bella fosforescenza, questo accappatoio. È stracciato ma mi piace, lo posso piazzare a qualche collezionista di Urania.

E cosí, in mezzo al ponte, avviene la metamorfosi. Gli indumenti di Tibullo vanno a ricoprire le membra appassite del marziano steso sul selciato; l'Emilia e Bambi lo vestono in un battibaleno, con gesti amorevoli, un poco competitivi. Esso (o lui, o lei?) è già stato un transessuale del Villaggio Olimpico, e poi un enorme neonato indifeso, un poeta, e ora, pantaloni lisi sulle ginocchia e giacchetta striminzita, poggiato di schiena contro il muretto, sembra un polacco spento dall'alcool, con alle spalle un'esistenza ignota, una Cracovia celeste, e davanti quasi nulla.

La piccola pattuglia resta sospesa sul fiume, senza piú un'idea precisa, gli occhi di sbieco a seguire Tibullo il robivecchi che se ne va per la piazza fischiettando e pedalando scalzo, nell'accappatoio impregnato di luna calante.

Sulla 850 spider tornano verso casa Luca al volante e suo padre, l'Emilia, Carlos, Bambi e Zeta pigiati addosso al marziano, incredibilmente contenuti in quell'abitacolo minimo. Come diavolo è possibile, pensa Luca cercando di mandare dritta la macchina nonostante il sonno divorante, com'è che entriamo tutti quanti nella spiderina? È una scommessa del tipo trenta persone in una cabina telefonica, trenta giorni in una settimana, o cosa? È la moltiplicazione dei sedili e dei centimetri, o siamo già puri spiriti? Come mai nessuno urla per la leva del freno a mano incastrata nel fondo schiena? Perché Bambi mi poggia la testa sulla spalla e strofina la coscia contro il marziano, perché Zeta guaisce appenato e l'Emilia carezza il cranio liscio e freddo del marziano? Cosa bisbigliano tra loro Carlos e mio padre? Sento poche parole: gioco, figlio, strafalcioni... Perché il vento non si riposa mai?

Al rosso di un semaforo Luca arresta la macchina e chiude gli occhi: mi faccio da parte solo per un secondo, pensa, per riprendere vigore.

E in quel secondo sogna a dismisura; vede lui e il marziano nella stessa scuola, nello stesso banco di cristallo. Il maestro è un uomo che fuma alla finestra, rigirando nervosamente una penna d'oro tra le mani. Tra poco bisogna consegnare, grida il maestro, manca poco, pochissimo, trascrivete in bella copia, fatemi leggere bene, non ho piú pazienza per gli sgorbi e le astruserie, per le furbate e le vanità, voglio solo le conclusioni. E adesso siamo giunti alla prova conclusiva, quella a cui ci siamo preparati per tutto il tempo, quella da cui dipende il nostro destino. Non fallite, non vi distraete. Sul muro è appeso un calendario che recita millenovecentosessantanove ed esibisce il profilo della spider: il vento lo succhia velocemente, gli strappa con voluttà le pagine dei mesi. Non fallite, scrivete ciò che avete assimilato durante tutte le lezioni: fatelo per voi e per me, dice il maestro poggiando la fronte ampia e desolata contro il vetro. Luca si gira: nei banchi sono seduti i suoi compagni di classe, il padre, l'Emilia, Carlos, Bambi, anche Lisa, bellissima e sdegnosa, e anche Zeta, che ha la faccia da cane e per il resto è un uomo piccolo, tremante. Stanno con le mani in mano, senza niente da scrivere. Che fai Luca, non scrivi, mormora suo padre: università, libri, pensieri, storie di passeggeri, e ora non sei capace di stendere due righe conclusive, due righe tue. È vero, ma neanche tu scrivi, papà, e hai settant'anni... né tu né loro, come mai? Solo il marziano compone fitto, ispirato, la testa china sul foglio protocollo. Fammi copiare, gli dice Luca dietro la mano aperta, ti prego fammi copiare. Vi rimangono pochi minuti, tremendamente pochi, affrettatevi, incita il maestro, sento che sta per suonare il gong. Fammi copiare, ti darò quello che vuoi, tutto quello che ho, io non so da che parte cominciare, non ho capito neppure di cosa devo scrivere, non posso consegnare in bianco dopo tanti anni che sono qui. E allora il marziano gira di soppiatto il foglio. Le lettere colano sangue e lacrime, le parole si impiastrano tra loro, fanno pozza sul pavimento. Non riesco a leggere, dice Luca, cosa c'è scritto? Fammelo capire in qualche altro modo, presto, ti prego... Mi dispiace, annuncia amareggiato il maestro spegnendo un'altra sigaretta, ora suona il gong, adesso.

Luca apre di colpo gli occhi: nel semaforo scatta il verde. Via, veloce, strizzando le ruote, prima che nell'anima suoni il gong.

– Ho fatto un brutto sogno, – si scusa.

– Anch'io, – rispondono a scaglioni tutti gli altri, e Zeta ringhia.

– Ero a scuola, che strano.

– Uguale. C'era un compito da fare. La prova finale. Che strano.

– C'era il maestro. Un uomo che ho già visto in altri sogni.

– Fumava. Stava alla sua finestra. Temeva.

– Non era allegro.

– No. Per niente. Neanche disperato, però. È che si aspettava molto da noi.

– Ma che sta succedendo? Che razza di storia è questa? – borbotta Luca. – Facevo assai meglio a restarne fuori, continuavo a fare spola tra la città e l'aeroporto, ascoltavo bei racconti, approvavo, guadagnavo il giusto senza prendermi responsabilità piú grandi di me, senza pretendere.

La spider per qualche attimo si raddoppia sulla lunga vetrata di un grande magazzino: Luca vede il profilo filante della carrozzeria e sopra tante sagome ammassate, si riconosce in quello che guida, in quello che ora volta la testa. Oltre il vetro si intravedono sparsi manichini agghindati per matrimoni e comunioni, le braccia eternamente protese.

– Forza, sorridiamo, – dice Luca al suo equipaggio rallentando la corsa fino ad arrestarla.

– Perché? – domanda Carlos.

– Per lasciare un buon ricordo su quella vetrata.

E tutti sorridono a vuoto, gratuitamente, abbracciati come in una fotografia che nessuno tornerà a guardare. Anche il marziano ora ha una strana aria beata, quasi capisse che bisogna disseminare un po' di felicità prima di raccogliere i propri quattro stracci e andare via.

Eccoli tutti riuniti a casa di Luca: erano mesi, forse anni, che quel salottino non accoglieva tanta gente, da quando i vecchi amici sulle poltrone sfondate s'accaldavano a decidere come dovevano evolvere società e mondo, in quale direzione, e giudicavano, bevevano, tossivano, e alla fine si davano dell'imbecille. Non hai capito niente, si dicevano l'un l'altro. Non hai letto, non hai visto, non hai riflettuto: rifletti cocco bello.

Ora invece c'è un silenzio gelato. Il padre di Luca ha acceso la televisione, tutti l'hanno guardato male e lui l'ha spenta. – Magari gli esperti parlavano del nostro problema, – s'è giustificato, e poi da solo ha aggiunto: – Che ne possono sapere, gli esperti.

L'Emilia ha sferruzzato un poco addosso al suo abnorme copriletto, per abitudine, per nervosismo, ma ha smesso quasi subito. – Preparo da mangiare? – domanda, con la voce esagerata dei sordastri. – Un piatto di pastasciutta con il sugo, un brodo caldo, l'insalatina? – e nessuno le risponde. – Be', lui però deve mangiare –. Cosí apre un altro barattolo di omogeneizzati, vitello e carote, e riprova a imboccare il marziano. – Coraggio piccolo, questo per Luca. Questo per il signor Carlos... – Qualcosa il marziano sputa, qualcosa ingurgita.

– Vedete che sta meglio. Vedete che non è finito, – dice Luca con la voce che scoiattola sui toni piú alti.

– Gli manca poco, però. Io me ne intendo, – sentenzia la Bambi. – I terminali hanno un ultimo momento di ripresa, illudono i parenti, li mandano a casa a riposarsi, a farsi le docce. E poi schiantano davanti a me, sdran. Peccato, è talmente carino. Ti somiglia un poco, Luca, cosí di sguincio.

– Ma lui è un marziano, ha risorse insospettabili, magazzini di energia superiore, che noi nemmeno tra mille anni, nemmeno tra duemila... – s'avventura Luca speranzoso.

– Ma quando tocca, tocca.

– Quando tocca, tocca, – ripete il padre di Luca senza sollevare gli occhi acquosi.

– Un chilo di maccheroni? Un buon caffè?

Carlos s'accende una sigaretta sottile, soffia il fumo dietro a sé per non recare disturbo a quell'agonia. Ha di nuovo la sua camicia a fiori, la sua giacca a righe rosse, ma la faccia è autunnale, nebbiosa. Sta per dire una cosa, due o tre volte accenna con la bocca a una partenza, ma tace, come confutandosi da solo.

– Quando sto al bar, aspettando le telefonate delle signore, leggo. M'è rimasto quel vizio lí, – dice infine.

– Al bar? – fa Luca.

– A casa non ci riesco, casa mi mette tristezza.

– E cosa leggi?

– Quello che capita, l'importante è che non sia stampato fitto, negli ultimi anni m'è calata parecchio la vista. Adesso leggere per me significa girare le pagine, passare in fretta dall'altra parte, oltre il bordo.

– Te ne stai tranquillo al bar e leggi.

– Leggo e mi dimentico di me e di tutto, mi ignoro, fin quando non arriva una telefonata.

– E allora?

– Ecco, volevo dire che questa situazione, il marziano piú di là che di qua, noi che lo vegliamo, tuo padre, il cane che scodinzola...

– Cosa?

– Questa corte dei miracoli...

– Avanti.

– È tutto scombinato, poco credibile, mi ricorda i romanzi di Marco Lodoli. Al bar ne ho letti un paio, sono storie cosí, che zoppicano via.

– Io non l'ho mai sentito nominare questo Marco Lodoli, – dice Luca, ma dalla nuca gli scende veloce per la schiena un brivido, come un paracadutista assiderato che precipiti senza difesa nel cielo.

– Credo sia di Roma, anche lui zona nord. Una volta ho letto una sua intervista, le solite vaghezze letterarie sulla vita e sulla morte, roba senza capo né coda, e anche sul suo quartiere, sul fiume.

– E allora, che significa?

– Niente, m'è venuto da fare questo commento, non so perché. Figurati, a me piacciono di piú i gialli.

E poi torna il silenzio, e nel silenzio i rari ansimi armonici del marziano, che come in un blues accompagnano i pensieri di Luca, i brividi nella schiena incurvata. Luca vorrebbe che almeno per un minuto tutto si concatenasse chiaramente, che a un prima corrispondesse un dopo, e si potesse dire con serietà: fermi tutti, arriviamoci con il ragionamento. La soluzione gli sembra a un passo, basterebbe fare ordine nella mente e subito il marziano si alzerebbe dal divano dove giace, abbraccerebbe di cuore tutti quanti, direbbe scusatemi per il disturbo e ancora grazie, grazie amici. E io, pensa Luca, comincerei a sentirmi utile.

Ma i brividi urtano i pensieri, li fracassano, e ciò che rimane sono parolette sibilline, beffeggianti. Dicono: nulla, libro, io e te, bugie, chi sei? Dicono: piú in là, piú in qua, e anche: pericolo e pace, vortice. E i brividi ora portano agli occhi di Luca lacrime pensierose. Oh, fosse un bel piangere, uno sfogo inconsulto, una liberazione: ma quelle lacrime non vengono da una fonte interna, Luca se le sente piovere sul muso da un luogo lontano.

In camera sua, Luca, buttato in diagonale sul letto dove dormiva con Lisa, su quel campo che ora, attorno alla sua piccolezza, gli sembra cosí inutilmente vasto che neanche il copriletto dell'Emilia potrà ricoprirlo, pensa all'aria che muove le tende, e poi a uno dei passeggeri caricati sulla spider a Fiumicino, un vecchietto gentile, con il papillon rosso e le bretelle. Quell'uomo gli raccontò d'aver tradito ogni donna, d'aver ferito, rubato, mentito, e anche amato, donato, condiviso e compatito: eppure mai aveva avuto l'impressione di essere stato lui a decidere i propri gesti: mai. Qualcuno, qualcosa, sperimentava la vita per suo tramite. Si sentiva un servo, nel bene e nel male spendeva ciò che non era suo, non ancora, andando ammorbidiva le scarpe per un padrone ignoto, gli raffinava sulla propria pelle i sentimenti piú grezzi, gli dipanava le confusioni: o forse lo distraeva soltanto, come un uccellino che canta e saltella in una gabbietta appesa a un chiodo. Provava tenerezza per tutti gli altri servi, e pena per chi s'illudeva d'agire in libertà.

Com'è possibile? aveva domandato Luca. Non lo so, aveva risposto l'uomo pacatamente, ma è cosí.

E il libero arbitrio? E la responsabilità morale? I dubbi che spaccano il cuore? Com'è possibile?

Non lo so, aveva ripetuto l'uomo, ma è stato cosí. Spero solo che il mio padrone, chiunque egli sia, abbia tratto giovamento dalla mia vita.

Sul letto Luca allarga le mani, le stringe ad afferrare un'intuizione che lucciola intermittente nel buio. Ha paura di capire, ma ormai ha capito.

E d'improvviso eccomi sbalzato in lui, nella sua rada coscienza. Erano pagine e pagine che Luca mi sospettava, mi temeva, e adesso con gli occhi chiusi finalmente m'intravede, come un'insegna fioca nella notte, una mezza bugia all'orecchio, un profilo ventoso.

– Oh... – riesce a dire a malapena.

E intanto dalla sala arrivano di corsa voci concitate: – Bisogna fare qualcosa. Qualcosa per il marziano. Comincia a emanare una puzza di pesce marcio, un odoraccio mortifero. Inventarsi qualcosa, qualunque cosa, ma in fretta, subito, noi prima dei vermi.

Le mani di Luca, a cui la stanchezza impedisce ogni lucidità alfabetica, vagabondano avanti e indietro sull'elenco del telefono sperando di imbattersi nella pagina giusta: capitano spesso nel campo di concentramento della kappa, fuggono in qua, in là, aspirate dall'acca, spinte dalle spinose i, ma immobili mummie nell'immenso mausoleo della emme. Finalmente lambiscono la lettera elle, e iniziano lentamente il setaccio di quella liquida lista di cognomi.

(Non dovrei, con Luca ormai alle calcagna e il marziano che rischia di imputridirsi, non dovrei perdermi in questi giochi birbanti. Ma tant'è, sono quello che sono, uno scrittore che scherza col fuoco, che sulla faccia ardente della morte s'accende un'altra sigaretta e sbuffa fumo a cerchietti, e li guarda rincorrersi, allargarsi, aprirsi fino a svanire...)

– Lacelio... Lallari... Lapillo... – recita Luca davanti alle righe che ruotano sotto agli occhi appannati. E poi pianta l'indice sulla carta, come asta di bandiera vittoriosa sul campo avverso, mentre con l'altro indice tamburella i tasti del telefono. In una casa lontana un apparecchio suona e suona, ma nessuno sembra dargli ascolto: forse la casa è vuota, o è immensa, corridoi e corridoi da percorrere, o forse non c'è mai casa attorno a un richiamo.

– Pronto? – esclama infine una voce impastata di sonno.

– Mi scusi per l'ora tarda... – esordisce timido Luca.

– Che ore sono?

– Non so, è notte già da parecchio.

– E lei chi è?

– Mi chiamo Luca... Senta, lei è Marco Lodoli, vero?

– Sí. Ma lei chi sarebbe?

– Gliel'ho detto, sarei Luca. Ora le spiego, se ci riesco. È cosí complicato che non so da dove cominciare, forse dal marziano. Lei è Marco Lodoli lo scrittore, vero?

– Neanche un po'.

– Lei non ha scritto romanzi sgangherati, ma col finale?

– Io faccio lo zincografo a San Saba. Lo scrittore è un altro, un maledetto che non ha l'indirizzo e il numero di telefono sull'elenco. Ogni giorno m'invadono la cassetta della posta inviti a presentazioni, a mostre di quadri, concertini, librettini, puttanate del genere. Io piglio e butto tutto, serenamente. Poi ci sono quelli come lei, che telefonano alle ore piú brutte, e lí non c'è difesa. Addio, stavo sognando che nevicava, vorrei finire almeno un pupazzo.

– La prego, se ce l'ha mi dia il numero di telefono del vero Marco Lodoli.

– Perché, io sono falso?

– Mi scusi, non volevo offenderla. Il telefono del maledetto, ecco.

– Il numero non lo conosco, però so l'indirizzo: via Achille Loria 7. Lo ingiuri da parte mia, gli dica che faccio carne di porco di tutto quello che lo riguarda. Gli dica che mi hanno anche regalato un suo libro, ne ho lette tre pagine e poi ci ho acceso il caminetto. E adesso basta, sparisca.

– Riferirò, e grazie comunque.

In sala adesso tutti dormono, ammonticchiati alla meno peggio: una scarpa del padre di Luca tocca un fianco dell'Emilia che ha una mano sul ginocchio del marziano, il quale sfiora con le dita penzolanti il pelo di Zeta, accucciato contro Carlos che tiene la testa poggiata sulla spalla di Bambi. Dormono come i piccoli animali del bosco: vibrando lievemente in mezzo alla minaccia. Però non c'è piú odore di marcio nell'aria, un giro di vento tra le finestre aperte se l'è portato via.

Per molte cose Luca avrebbe ormai diritto d'essere sorpreso: ma mentre è di nuovo nel gomitolo delle strade romane e il buio persiste fatato, si stupisce di quanta poca benzina consumi la sua vecchia spider: praticamente niente, eppure è andata avanti e indietro come una rondine tra i continenti della vita e della morte.

Gli dirò: anche su questo mi dia delle ragioni, ma che siano ragioni sincere, pensa Luca. Gli dirò: lei ci ha messo nei guai, e ora lei ce ne tira fuori, e non provi a fare il superiore, con me davvero non deve provarci.

Proprio ora Luca ricorda d'aver assistito un giorno a una rissa nel traffico, per un tamponamento: sceso dalla sua utilitaria un tipo smilzo dovette affrontare un orco barbuto, sbraitante, uno che voleva far prevalere l'arroganza sulla verità. Con molta, molta calma lo smilzo espose i suoi buoni motivi, ma non ottenne altro che uno sputo in faccia: tu non esisti, gli disse l'orco, non sei neanche segnato all'anagrafe; quindi lo smilzo estrasse il cric dal cofano e glielo diede secco in testa, si sentí distintamente cric: suono e oggetto coincisero nitidamente, e l'orco cadde lungo sull'asfalto. Ecco, immagina Luca, anch'io prenderò il cric, quello della spider, io che non voglio piú essere un ragazzo timido e conciliante, e sarà un cric d'oro e d'argento, tempestato di gemme lucenti, rubini topazi smeraldi, sarà un cric spavaldo contro tutti i soprusi di chi, sulla terra e sulla luna, vuole negarci vita.

In fondo all'infinito viadotto di corso Francia brilla nel buio la grande scritta pubblicitaria CAMPARI, issata su un tetto. Ogni volta che la vede, Luca si sente incitato al meglio: non pensa all'aperitivo, affatto, pensa che qualcuno lo inviti a campare, nonostante tutto: o che lo esorti a comparire, finalmente. Luca ha sulle ginocchia lo stradario aperto alla tavola che gli interessa, il dito puntato sul quadratino C3. È come la mappa del tesoro: bisogna dare le spalle al supermercato, percorrere cinquecento metri in salita, ignorare le traverse di destra e svoltare a sinistra prima della bianca T dei tabacchi; poi ci saranno due gruppi di cassonetti: bisogna superare il primo e fermarsi al secondo; ci sarà un gatto cieco che salterà via dalla spazzatura e a grandi balzi s'infilerà tra le assi di un cancelletto di legno. Davanti a quel cancelletto bisogna parcheggiare la spider, se a quest'ora c'è posto. E il posto c'è.

Oltre s'apre un cortile asimmetrico, un'aiuola sghemba che stringe a imbuto verso la palazzina.

Luca spegne il motore, gli anabbaglianti, apre lo sportello, poggia fuori un piede. Su quella gamba dovrebbe fare leva per caricare il peso del corpo ed estrarlo dall'involucro della spider, come si fa con la carne in scatola, ma sente poca carne in sé, molta ombra: magari è meglio svignarsela, far finta di niente, cancellare il marziano a fiume e dissolvere nottata e nottambuli. Ma la lettera del marziano diceva anche cosí: «... forse sulla terra, in un luogo che ancora non ho traversato, sta per apparire una civiltà libera dalla tristezza, generosa, immortale... un mondo di ragazzini leggeri che si scambiano pacche e baci, che entrano ed escono dai sogni in compagnia, come nei caffè dei viali, e non lasciano fuori nessuno, non spingono fuori nessuno, neppure chi ha il cuore fermo, le mani gelate e i pensieri rattrappiti dalla fine... forse sono arrivato al momento giusto, sebbene qui sembri tutto deserto e silenzio siderale, forse davanti a me, o su di me, come una pietra sarà posata la prima rosa eterna...»

Un po' retorico il marziano, un po' patetico, ma bisogna capirlo, riflette Luca ancora incerto sul piede d'appoggio; chi viene da tanto lontano s'aspetta di trovare le meraviglie e l'impossibile: non di cadere nella fossa nera. Da lí va strappato, per amore o solo per dovere d'ospitalità, a costo di dover brandire alto il cric degli eroi. Anche per noi esseri di carta, pensa, dev'esserci una speranza.

Al citofono ha detto solo: «Luca», come uno di famiglia, e io ho aperto. Anche la porta di casa ho aperto, e mentre l'ascensore scendeva e poi risaliva con quel ronzio che impedisce ogni riflessione, sono andato veloce al bagno per darmi una sciacquata alla faccia e ai denti. Tempo per indossare una camicia pulita, una giacchetta benestante, un paio di scarpe lucidate come si deve non ce n'era. Allo specchio ho provato a sorridere amichevolmente, a tirar fuori dalle occhiaie un'espressione fresca e cordiale: del resto io sono capace di trasformarmi in un attimo. Mi piace che la gente pensi di me: ecco un uomo sereno, uno che malgrado tutto è in armonia con se stesso e con il mondo. A volte riesco a modificarmi in fretta anche nel cuore: incipro le cupezze, pettino i malumori, nascondo la sporcizia sotto il tappeto e sono un angelo. Ma con Luca com'è possibile? Lui è costola incrinata del mio torace, ombra della mia penombra, lui sono quasi io, quasi: come potrei ingannarlo? Come potrei presentarmi a me medesimo migliore di ciò che adesso sono?

– Con permesso, – dice Luca nettandosi le suole dei mocassini sullo zerbino, e ora ce l'ho davanti.

– Entra, entra.

– Non vorrei darle noia, so che è molto tardi, però...

– Non darmi del lei, mi fai sentire vecchio, e non restare lí sulla porta come un salame, coraggio, entra.

– Grazie.

Non so, me lo immaginavo piú alto, ma forse è l'imbarazzo che lo curva leggermente, è la timidezza. E il viso, nella fantasia me lo figuravo con tratti piú marcati, invece è infantile, ancora tutto da definire. Al lobo gli avevo infilato un orecchino, ne avevo accennato di sfuggita nelle prime pagine, però in seguito non ne ho piú parlato e ora l'orecchino è svanito e il buco s'è richiuso. Luca mette le mani in tasca, le toglie, oscilla come un cipressetto piantato da poco.

– Vieni di là, ti preparo qualcosa da bere.

Luca mi segue con passi che non pesano e non fanno il minimo rumore. Sento il suo sguardo sulla nuca, un refolo freddo, insidioso.

– Un goccio di nocino, – dico levando il turacciolo alla bottiglia.

– No, grazie.

– Non bevi niente?

– Adesso no, grazie.

– Una bella sigaretta?

– Davvero, no. Il suo appartamento somiglia al mio.

Rimane in piedi a dondolare, Luca, nonostante gli indichi la poltrona migliore. Anch'io, da ragazzo, nelle case restavo sempre in piedi, con il cappotto addosso e la sciarpa aggrovigliata sul collo, poggiato a una parete, pronto a balbettare ai seduti la mia sprezzante verità e andarmene in un secondo: verso l'aria aperta, verso spazi vergini e guerrieri. Le comodità mi innervosivano, mi sembrava di compromettermi con i cuscini e non poter piú giudicare a mio piacimento. Ora no, ora mi siedo e aspetto che le cose accadano, le cose che ne sanno tanto di piú.

Ma forse Luca molti miei errori li ha evitati in tempo e segue una storia sua, malattie distinte, qualche illusione in piú. In fondo carica la gente sulla spider, sa ascoltare, è generoso, sfiora appena i trent'anni.

– Lei è proprio Marco Lodoli lo scrittore, vero? – domanda tenendo gli occhi tesi su un tavolino pieno di libri cominciati e lasciati lí aperti come sbadigli.

– Ho scritto qualcosa.

– Romanzi scombiccherati, ma con il finale, o no?

– Piú o meno, forse.

– Come la nostra vita. Su, giú, equivoci, slogature, deviazioni, promesse, arrabbiature, amorazzi, fughe, lotterie, paure, coincidenze, e all'ultimo capitolo c'è la morte.

Fino a un momento fa sentivo facilmente i pensieri di Luca, erano fatti d'una materia a me nota: molle, derapante, settimina, settembrina. Ma ora che Luca è qui in casa, in piedi, a un metro e mezzo da me, senza piú orecchino, di ciò che gli vaga tra le tempie non m'arriva niente. Mi sembra piú intelligente di come l'avevo lasciato e, sebbene dondolante, determinato. Negli occhi ora gli brilla uno strano risentimento, qualcosa che somiglia da vicino all'ostilità, come un fodero può somigliare a un pugnale.

– Non so, io scrivo per non pensare al peggio, – mi giustifico, ed è un'affermazione che sorprende anche me.

Ora cammina per la stanza, Luca mio, prende coraggio a ogni passo, tocca i piccoli pinguini di legno e di latta che colleziono a tempo perso, li posa, fruga tra i vecchi dischi ammassati negli scaffali, esamina i quadri, roba astratta che sta lí appesa da anni e che dovrei stipare nel sottotetto.

– È qui che scrive i suoi romanzi?

– No, nell'altra stanza, in fondo al corridoio. C'è una scrivania, un letto per stendermi a riposare, una libreria. Qui fumo alla finestra, guardo la città, quelle colline.

– Senta... – mi dice Luca con un tono eccitato, le mani piantate sui fianchi.

– Dammi del tu, ti prego, – insisto.

– Senta Lodoli, mi risponda con sincerità, come risponderebbe alla sua coscienza.

– Ci proverò.

Luca riprende a girare, sfiora con le nocche delle dita la stoffa delle poltrone, si ferma davanti alla grande finestra, cerca nel buio della notte la città e le colline. Mi dà le spalle, spalle che tremano, mi fa un po' paura. Quando si volta ha l'espressione disperata di chi non ha piú niente da difendere ed è disposto a qualunque gesto, anche a fare del male.

– Io sto vivendo dentro al suo nuovo romanzo, non è vero?

– Calmati...

– E anche mio padre, l'Emilia, Zeta, Carlos, Bambi, sono tutti personaggi sputati giú da lei in un mondo inventato, solo per farli penare, è cosí? Sono come schiavi al remo, eh? Lei li pungola, li frusta, li spreme soltanto per far navigare la sua vanitosa barchetta di carta.

– Non è cosí. Ciò che resta carta va al macero.

– E soprattutto, signor Lodoli, per la sua miserevole superbia d'artista, per un capriccio da quattro soldi, lei sta facendo schiattare il mio marziano, uno che non c'entrava nulla, che se ne stava indifferente sulla luna o in nessun luogo.

– Caro Luca, calmati, io combatto insieme a voi contro la morte.

– Non dica idiozie, lei se ne sta comodo a casa, fuma, beve, mangia patatine, ascolta la radio, dorme.

– Ma io provo lo stesso sconforto che provate voi, abito la stessa battaglia…

– Lo vada a raccontare a qualcun altro. Guardi, non è per me che sono qui: io mi sento e non mi sento, è come fossi di fumo e di vento fin dall'inizio, una raucedine, un prurito, non molto di piú. Non è per me che mi lamento. Io ci posso pure stare dentro un libro che finirà presto dimenticato sui ripiani piú alti, nelle pagine che ingialliscono. Mi dà un po' di pena, ma accetto di ricominciare ogni volta dalla prima riga, dalla pioggia che cade al Villaggio Olimpico.

– È l'eterno ritorno dell'uguale… – dico per darmi un tono.

– Non so cos'è. Per quanto assurda, io non rifiuto la mia condizione. Posso continuare per sempre a girare per la città in otto e cinquanta spider, nell'aria tiepida, anzi mi piace e in parte mi ricompensa dell'incontro a pranzo con mio padre e anche degli abbracci mollicci con la Bambi, che mi toccherà ripetere ogni volta che qualcuno leggerà il suo romanzetto. Però non faccia crepare il marziano, non si comporti da assassino. Lei ha nell'inchiostro la sorte di quel disgraziato, basta che alla fine scriva: «Fece un grande respiro, si rialzò, sorrise e volò via come un palloncino». Noi staremo tutti lí, con il naso all'insú, felici di vederlo svanire oltre le nuvole…

– Non è possibile, mi dispiace –. Ora anch'io sono in piedi, anch'io cammino nervosamente, mi appoggio alle poltrone, davanti a Luca faccio gesti insensati, da scimmia allo specchio.

– Perché? Non decide lei tutto quello che deve accadere in questa vicenda? Sia un padrone giusto, allora, non licenzi nessuno in malo modo. E poi, se quel marziano non la scampa, neanche la mia vita avrà un senso, lo capisce? Rischio di vivere perennemente un giorno inutile, amaro...

– Mi dispiace.

– Non ripeta mi dispiace come un imbecille, si prenda le sue responsabilità di scrittore, capovolga il destino.

Mi sento a disagio quando le persone mi puntano un dito contro: sembra che mi spingano dentro la mia scatoletta, e che dopo caleranno il coperchio. Preferisco i gesti vaghi, l'imprecisione che ha porte e finestre sempre aperte, tetti di paglia, gente in tutte le stanze, senza colpe.

– Faccia qualcosa, delinquente, porco, scrittore di merda, inventi un finale diverso. La supplico in ginocchio... – e come un chierichetto sconvolto vorrebbe davvero gettarsi ginocchioni a terra, ma io glielo impedisco, lo raddrizzo a braccia.

– Caro Luca, credi che sia in mio potere abolire la morte? Io la subisco e la maledico come ogni essere dell'universo. Posso solo arginarla nella mente per un poco, stordirla con una storia che confonda, sviarla su una pista falsa, moltiplicare le impronte, i personaggi, i ramoscelli spezzati, fin quando non si accorgerà del trucco e mi tornerà addosso: ma forse sarà piú stanca.

– Lei ci usa come cavie.

– Non è cosí, io vi vorrei forti, illuminati, siete i miei coraggiosi avamposti.

Sospira, Luca, e s'agita come una fiamma di candela: – Ma come sarà questa morte, signor Lodoli, brutta, feroce?

– Non chiamarmi signor Lodoli, chiamami Marco, almeno provaci.

Da solo Luca si stappa la bottiglia del nocino e ci si attacca per una decina di secondi: un rivoletto scuro, sanguigno, gli cola dall'angolo della bocca. – Come sarà la morte?

– Non lo so, non lo so, anch'io devo aspettare il mio momento.

– Ma quella del marziano, come sarà? Cosa gli soffocherà il cuore, un'enorme seppia nera, una zampata mostruosa, un avverbio, che cosa? Io che ho tentato tutto quello che potevo per evitargliela, io posso dire non lo so, ma lei che scrive questo libro deve saperlo, deve averne già paura.

– Credo che ognuno incontrerà la sua morte senza sorprendersi, secondo la strada che ha percorso fino a lí. E il marziano è stato di sicuro una bella persona, manda ancora nell'aria suoni dolci. Su, concediamoci un caffè.

Mentre Luca s'aggrappa di nuovo al nocino, lo sospingo verso la cucina, metto l'acqua a bollire e preparo sul vassoio due tazzine di porcellana, ci abbino la zuccheriera e la cuccuma del latte, dispongo i cucchiaini d'argento e i biscotti, come in un presepe. Luca si siede sullo sgabello, con le mani chiuse tra le cosce e le spalle calate. Non dice piú niente, muove solo un po' la testa come fanno i bambini pensierosi. Si guarda la caviglia nuda, là dove inesauribile la vena tambureggia.

– Io resterò sempre vivo, allora, – dice stringendo i denti.

– Non sei contento?

– Dopo le battaglie i greci legavano i nemici sopravvissuti ai corpi dei morti. Una parte si dimena pazzamente, l'altra irrigidisce, e qualcuno guarda e ride.

– Io non rido, Luca, io sono tra voi.

– Allora venga con me a casa, mi aiuti a sperare, senza di lei non posso nulla.

– Non posso.

– Può benissimo.

Rovescio due dosi di caffè in polvere e due zollette nelle tazzine, ci verso sopra l'acqua bollente, guardo il fumo che sale e s'intreccia casualmente, respiro quell'odore sparso e nero come un pensiero senza bordi, come un romanzo incerto che forse sarebbe meglio versare nel lavandino, disperdere nelle tubature notturne, via nelle fogne, insieme a topi e ladri, agli scarti, ai desideri incompiuti, allo sperma che non feconda, all'affanno degli evasi, all'oscurità tremenda, alla democrazia degli escrementi, al cielo sotterraneo. Invece lo tracanno d'un fiato, il mio caffè; invece dico: – Allora staremo svegli stanotte, Luca, c'è da combattere con quel po' di fantasia che ci resta.

Luca alza gli occhi buoni, annuisce.

– Sí, Marco, – dice.

Una favola africana racconta di una tartaruga che sta per essere mangiata da un leone. La tartaruga non prova a fuggire né chiede misericordia, sa che è impossibile: chiede solo un ultimo minuto per sé, e ruggendo il leone glielo accorda. In quel minuto la tartaruga gratta qua e là per terra, disegna solchi nella polvere, spezza rametti, disordina il campo. Poi si ferma e si consegna inerme al suo destino, alle fauci spalancate del leone. Voleva solo che chiunque fosse passato di lí quel giorno dicesse tra sé e sé: però, guarda, la piccola tartaruga ha lottato contro il leone con tutte le sue forze, da pari a pari.

Questo penso, e quando sto per chiudere la porta dell'ascensore, sento una voce roca che dice: – Un attimo signor Lodoli, arrivo.

È l'ingegner Lussu, abita da sempre in questo palazzo, credo addirittura che lo abbia progettato e costruito lui. Negli ultimi anni è svaporato, arteriosclerosi o qualcosa del genere, esce alle ore piú strane per portare a spasso i cani di quando era giovane.

– È uno un po' cosí, – bisbiglio a Luca oscillando la mano vicino alla tempia.

L'ingegnere entra nel risicato spazio dell'ascensore: è quasi perfetto, alto e magro, cravatta a righe, completo blu scuro, pantofole e guinzaglio in mano.

– Vieni Penelope, vieni, – dice, e si schiaccia contro la parete per far passare la sua cagna invisibile. Anche noi le facciamo largo e finalmente, accostate le porte, premo il pulsante del piano terra.

– Bella serata, eh? – dico per spezzare il silenzio cigolante della discesa.

– Bellissima, viene proprio voglia di fare quattro passi, almeno il giro dell'isolato. Mica si può stare sempre prigionieri in casa, anche i cani vogliono uscire, grattano l'uscio, mugolano, povere bestie.

– Di che razza è Penelope?

– Lo scrittore non se ne intende per niente d'animali, eh? Non vede che è una barbona di taglia media? Ha il pedigree e tutto, ai suoi tempi ha vinto non so quanti premi di bellezza.

– Una barbona bianca, giusto?

– Non s'intende d'animali ma neanche i colori sa riconoscere. È champagne, la Penelope. Certo, dovrei portarla a lavare e spazzolare per ridare lucentezza al pelo, una di queste notti lo farò. Te lo prometto, Penelope mia, – e distende una mano rugosa, carezza un fantasma.

Io lancio di nuovo un cenno d'intesa a Luca, a spiegargli che non c'è pericolo, è solo dolce demenza condominiale.

– Vorrei ancora scusarmi, signor Lodoli, per il chiasso che fanno i miei cani, capisco che quando abbaiano tutti insieme è un vero pandemonio e lei non riuscirà a scrivere una riga che è una.

– Non si preoccupi, non li sento quasi per niente.

– Beato lei. A me in certi momenti sfondano il cervello, non mi dànno pace, piú li sgrido piú abbaiano, piú li minaccio con il giornale arrotolato piú moltiplicano le voci. Le confesso, signor Lodoli, che pur di farli azzittare li ho anche bastonati, ma non c'è niente da fare, sono troppi, si eccitano uno con l'altro. E certe notti si rincorrono come bambini, avanti e indietro per le camere senza stancarsi mai. Per me è tremendo, ma è ancora peggio quando piangono, sono guaiti lancinanti, non riesco a capire cosa gli manchi, nelle ciotole hanno l'acqua, hanno la carne macinata, il riso soffiato, dormono tutti sul mio letto. Cosa gli manca? Di cosa mi vogliono rimproverare?

Troppo lento scende l'ascensore, come se volesse ascoltare il discorso fino al termine, approfittare della compagnia prima di svuotarsi e restare immobile e solo, impiccato alle funi.

– Chi lo sa, – dico. E per me il discorso è strafinito, ma l'ascensore non atterra.

– Di cosa mi vogliono rimproverare? Io li porto fuori, li curo. Li lavo poco o niente, questo è vero, però li amo come figli. Cosa diavolo gli manca?

E allora lo dico, tanto è una notte di rendiconti e verità scabrose: – Forse quelle bestie vorrebbero esistere.

Ha un leggero sobbalzo, l'ingegnere, o è l'ascensore che finalmente è arrivato a destinazione. Apro le porte, faccio passare lo spettro del cane e il suo proprietario, poi esco anch'io, a testa bassa esce Luca.

– Arrivederci, allora, e buona passeggiata a lei e a Penelope, – mi accomiato.

– Arrivederci, – contraccambia con un ago e un filo di voce l'ingegner Lussu, passandosi il fazzoletto bianco sul sudore che gli lucida la fronte ampia. Ma dalla sua deriva mi scruta ancora, discretamente, fraternamente, e prova il bisogno di aggiungere: – E lei dov'è che va a quest'ora della notte, caro signor Lodoli, cosí solo soletto?

Il vento soffia a pieni polmoni, strapazza cartacce, le trascina da qui a lí, da lí a là, le affamiglia per un momento, le disperde. È un vento africano, sabbioso, sembra che pronunci astruse parole magrebine. Luca mi indica la 850 spider e io gli domando: – Posso guidarla? L'ho sempre sognata una macchina cosí.

– Fa' come se fosse tua, – mi dice Luca porgendomi le chiavi.

Assesto il sedile sulla mia statura, accendo i fari, il motore, dò un colpo di clacson e ci muoviamo piú o meno in direzione di casa di Luca.

A volte immagino di conoscere metro per metro tutte le strade di Roma, di invecchiare seduto in un angolo di piazza su una seggiolina di legno, una di quelle pieghevoli, cappello di paglia in testa e cicca in bocca, ad ascoltare le domande ansiose degli smarriti: giapponesi, americani, polacchi, ma pure tanti italiani, tutti con le lacrime agli occhi e i piedi gonfi d'inutile girovagare. Dov'è via Ciancaleoni? e via Mogadiscio? e vicolo Settecamini? Dov'è che ho perduto il portafoglio? e la fidanzata? Guardi, non ho piú il bottone del cappotto... E io so tutto, ho la totalità urbana compresente nel cervello, vedo lampeggiare le strade su una mappa mentale, indirizzo i perduti al posto giusto, riunisco parenti, amanti, comitive, restauro come posso i destini, rammendo gli strappi. Farsi scrittore è un modesto ripiego.

– Per casa tua sempre dritto, vero Luca?

– No. Subito a sinistra.

– Ma sei sicuro?

– Sicurissimo.

È teso, Luca, ma ogni tanto sposta verso di me uno sguardo fiducioso. Nonostante quello che gli ho detto, Luca spera ancora che ce la faremo, che possiamo inventarci un gancio per sollevare il marziano dalla polvere, che io possegga risorse sovrannaturali. Tanta fiducia contagia: e quasi ci credo anch'io, santo cielo, ci voglio credere che possiamo tirare uno scherzetto alla morte. Quando saremo a casa di Luca, scriverò che il marziano ha una cera migliore e lo specchio tra le gambe piú limpido, piú sostenuto il respiro. Prenderò tempo, allungherò il brodo con descrizioni da costumista e litrate di avverbi e aggettivi, in ogni modo cercherò di rimandare il duello finale. È in coma irreversibile, basta, stacchi le macchine e le parole: questo dovranno ingiungermi, ma non sarà sufficiente, io m'appellerò alla coscienza universale, al diritto di credere nei miracoli e in quello che ci pare. Riempirò pagine e pagine sostenendo che nessuno può sapere cosa accade in un encefalogramma piallato, non abbiamo strumenti, non abbiamo vocabolario per raccontare le immagini che farfallano in un'anima svanente. Forse riusciremo a sfumare il finale nei puntini di sospensione, e poi nel bianco, senza dolore...

È per Luca che voglio tentare, per il suo sguardo fiducioso e triste, da figlio trattato male. Per Luca, cioè quasi per me.

– Alla morte le facciamo pelo e contropelo con la sua stessa falce schifosa, vecchia befana...

– Pelo e contropelo.

Dò un colpo di gas e prendo una curva audacemente, esclamo: – In culo alla morte!

– In culo alla morte! – ripete Luca.

Sul cofano della spider rimbalza secco il corpo d'un piccione (ma è una notte cosí diversa dalle altre, questa, che i piccioni volano come civette e cadono come angeli?): e poi dal cornicione del cielo ne crolla un altro, proprio sul parabrezza, e rimane lí di traverso con le ali a croce, il ventre di piume sbuffanti al vento, la testolina rovesciata. Il terzo mi batte sulla spalla e io freno, calco il pedale fino in fondo, la spider s'intraversa sul selciato, un palo ci viene incontro, e Luca grida: – Attento! – mentre il panorama s'obliqua, s'adrenalizza e poi sferraglia. Ci fermiamo contro il travertino del marciapiede con la fiancata devastata.

Sul marciapiede c'è una ragazzona vestita di scuro, con la borsa a tracolla e i capelli neri sciolti sulle spalle, la gonna a mille pieghe delle studentesse delle scuole private, scarpe basse e viso tondo. È lí che aspetta qualcuno, qualcosa.

– La mia bella spider, – brontola Luca appena sceso, un occhio allo sportello distrutto, l'altro alla ragazzona dritta nella notte, unica.

– Maledetti piccioni. Ma te la farò riparare. Te la faccio riverniciare perfettamente, sarà meglio di prima, non sai quanto brillerà, – consolo Luca, e intanto penso anch'io che quella ragazza ha un'aria di famiglia, un profilo morbido che mi dice non so cosa. Forse l'ho già vista per le scale del mio palazzo, o dal tabaccaio. Oppure lavora in una televisioncina, ha belle gambe, bacino largo, o è la sorella minore di qualche amico, può darsi.

– Andiamo, va', – dice Luca.

– Sí, non perdiamoci in un bicchier d'acqua.

Esito prima di rimettermi alla guida, dopo quello che è successo forse non me lo merito, ma Luca, che buon ragazzo, mi offre di nuovo il volante. – Avanti scrittore, filiamo a casa mia.

E mentre faccio manovra per rimettermi in carreggiata, mentre punto il muso della spider verso la speranza, non resisto alla tentazione di voltarmi ancora una volta per controllare la bella ragazzona. Non dovevo cedere a quella nostalgia. Chi non ha forza per dimenticare può solo commentare rovine, come fa la polvere. Non dovevo girarmi, avevo un compito, la fiducia di Luca, la mia fiducia. La ragazza ha arcuato un sorriso maligno, ha alzato un braccio e io mi sono incantato ad ammirare le sue unghie acute dipinte di nero.

E ora lei è accanto a noi, piegata su di noi, con i capelli lunghi che come tenebra pesante calano sulle mie mani. Emana il profumo delle ville abbandonate, quelle con le persiane chiuse e i lenzuoli stesi a ricoprire i mobili.

– Vengo con voi, – dice, e la voce è suadente ma perentoria.

– Noi andiamo da un amico che sta male, parecchio male, – farfuglio, e Luca aggiunge: – Siamo già in grave ritardo.

– Vengo con voi, fatemi posto.

– Non è il caso.

– Voi non potete piú decidere.

– Mi dispiace signorina, sul serio, sarà per un'altra volta.

– È questa la volta, qui e stanotte. Non ce n'è piú un'altra per il marziano. Lui ormai lo sa, e mi aspetta.

Io e Luca evitiamo di guardarci mentre la ragazza s'accomoda tra di noi e ci posa le braccia sulle spalle afflitte. E io mi domando: proprio per questa strada dovevamo passare, proprio su quel palo dovevo scorticare la spider? O stanotte qualsiasi strada e qualsiasi palo avevano di sentinella una ragazza scura? E poi: è fatta cosí, ha questo volto tondo da adolescente, gonna a pieghe e ballerine, unghie rapaci, è cosí la morte del marziano? E la mia, dove m'attende, serpe sotto quale sasso? Vorrei ordinare alla ragazza: lei è nel mio libro, scenda immediatamente, vada a chiudere gli occhi ai topi che annegano nei fossi, setacci i grandi ospedali, reparto oncologia, reparto geriatria, vada a seccare le radici degli alberi secolari, spiaccichi le zanzare sull'intonaco e ci lasci perdere, a noi, noi che siamo ancora giovani, noi che abbiamo mondi da fecondare, giardini da innaffiare. Noi che abbiamo le belle illusioni.

– Benissimo. Andiamo, – pretende, e io, mite o vile, obbedisco. – Mi chiamo Marta. Marta mi chiamo, Marta, – ripete gridando giovane e prepotente al vento.

– Luca, – mormora Luca, e le tende una mano educata e tremante.

– Marco Lodoli. Ma racconterò tutto, non finirà cosí. Questa storia non può finire cosí.

«Quando le ali del naso si afflosciano e diventano piatte... quando alla radice dei denti si produce un'incrostazione nera... quando le guance diventano infossate e flosce... quando dall'occhio cadono lacrime senza che uno possa fermarle...»: sono i segni del decesso imminente, secondo il *Libro tibetano dei Morti*, e io li ritrovo tutti sul volto mogio del marziano. Le lacrime gli scivolano sulla pelle come pioggia sul vetro d'una cameretta, e Zeta lecca, guaisce, vorrebbe farla tornare in cielo, quell'acqua triste.

Il *Libro tibetano dei Morti* rende conto anche degli ultimi sogni di chi sta per andarsene: una cavalcata sulle spalle di una scimmia bianca, una donna nera infuriata che emette dalla pancia aperta pesanti rumori, una pianta di salice piena di nidi di uccelli che cresce dalla testa e scompare nella nebbia. Chissà cosa sta fermentando nella mente del figlio della luna: magari sogna di stare sulla terra, su un divano a righe, circondato da una famiglia mai vista, gente che mangia spaghetti al pomodoro, e di avere la morte accanto che ne vorrebbe un'altra porzione.

– Sono buoni, davvero, – dice Marta.

– Non faccia complimenti, signorina, ne prenda ancora, – dice l'Emilia.

Luca s'è comportato da galantuomo, ha presentato Marta e me come fossimo suoi amici di vecchia data, senza creare altra confusione. Ha detto solo: – Sono interessati da vicino a questa vicenda.

– Siete fidanzati a casa, vi sposate presto? – ha domandato l'Emilia ritirando i piatti sporchi, e io ho sorriso evasivamente. – Diteglielo anche voi a Luca di sposare la sua ragazza, la Lisa, di farci subito dei bei marmocchi, teneri, allegri. Che senso c'è in una vita che non produce pannolini? Sono anni che preparo all'uncinetto la sovracoperta per il loro letto matrimoniale, è quel cilindrone lí.

Il padre di Luca ha l'aria rilassata d'un contabile che ha visto fallire la ditta in cui ha faticato per settant'anni e ora non deve piú far quadrare un bel nulla. S'è tolto le scarpe, allentato la cravatta, ha la camicia sporca di sugo, fuma e parlotta con la Bambi. – Non voglio tornare a casa, – dice.

– Neanch'io, – fa la Bambi.

– A casa mi sento solo. Sí, ci sono i colori della televisione, i dibattiti politici, ogni tanto litigo con Luca, ma non mi basta mica.

– Pure a me a casa mi prende lo sconforto, mi si aggrappa sulla schiena come uno zaino pieno di pietre. All'ospedale la gente ora c'è, ora non c'è piú. Quelli delle onoranze funebri sono bei ragazzi muscolosi, ma hanno sempre da lavorare, si rivolgono a me solo per chiedermi: quando ripassiamo per quello lí, e per quell'altro?

Giancarlo Carlos fissa il marziano, non gli stacca gli occhi da dosso, forse pensa: finché lo guardo non può succedermi niente. Di tornare al suo bar ha poca voglia. Prima di rimettersi a vendere il suo pezzo di carne dura alle signore, prima di sentirsi da capo un corpo che pompa e sbuffa, ottanta chili percussivi e angosciati, vuole vedere come si spegne una stella, sebbene ne abbia paura. – Siamo tutti strafalcioni su un foglio, – ripete, quasi per rassicurarsi, e con un brivido di sgomento pensa: comunque sia alla fine ognuno consegna la propria verità.

Io li osservo tutti, mi paiono tante mani aperte attorno a un piccolo fuoco, per non farlo ammazzare dal vento, per riscaldarsi eternamente alla sua brace. Queste persone sono parti di me, mie cantine e mie terrazze, eppure hanno dignità, parole e gesti che mi sorprendono, fame e sete, sognano a modo loro. Del resto, chissà in quale libro io sto esistendo, in una noticina in fondo a un tomo perso su un ripiano dell'infinita biblioteca: e la biblioteca da un lato accorpa nuovi acquisti, attimo dopo attimo si ricataloga, s'espande, si compiace; dall'altro lato crolla e scompare. E forse tutta la biblioteca è virgola d'un foglio di giornale ripiegato sulla zucca d'un pagliaccio.

Marta controlla spesso l'orologetto di plastica che ha al polso. A volte mi sembra che guardi le ore, altre volte i minuti. Adesso una leggera ansia mi fa temere che Marta stia controllando la lancetta dei secondi.

– Quanto manca? – le domando.

– Non posso dirtelo.

– Piú o meno.

– Se sono qui non manca molto.

Il povero Luca è seduto in terra, sguardo umiliato e mani in mano. In poche ore gli si sono dischiusi segreti che un popolo assimila e seppellisce in un millennio. Contempla i suoi compagni di ventura dal basso di una nuova saggezza, come la luna riflessa nel pozzo osserva le nuvole che giocano lassú, le luci impermanenti degli aerei, i vapori dell'estate, la luna vera.

– Che facciamo? – mi chiede, suggerendo con gli occhi stanchi la risposta: non possiamo piú fare niente, gira che ti rigira ci siamo portati la morte in casa.

E allora io smisto la domanda a Marta, che ha accavallato le gambe e beve vino rosso: – Che possiamo fare?

– Niente... – e però sorride coi denti bianchi e le fossette, con gli occhi studenteschi. Tiene una ballerina sospesa sulla punta del piede nudo, la dondola con acerba sensualità e io le vedo la pelle dorata dal sole sul dorso del piede, pallida sulla pianta. Ha le caviglie robuste che piacciono a me, il sangue che batte sotto il malleolo, polpacci pieni e piú su gli scogli rotondi delle ginocchia, e ancora piú su, sotto le pieghe della gonna, non vedo, ma vorrei essere una formica per scalare cosce che immagino imperiali, mutandine che immagino merlettate ma economiche, scelte in un gran mucchio su una bancarella, e non proprio pulite.

– Siete fidanzati, eh? – dice l'Emilia, mentre con un ventaglio rinfresca il volto catatonico del marziano.

– Non sono fidanzati, no, per niente, – interviene secco Luca. – E non fare altre domande impertinenti, per favore.

– Ma tra di noi, qui, ormai... credo che possiamo dirci tutto, non è vero signor Marco? Dico bene, signorina Marta? Oramai, grazie al nostro bambinone malato, siamo tutti un po' parenti. Ad esempio, ho l'impressione che lei, signor Marco, somigli un poco a Luca, come Luca somiglia un poco al marziano.

– Non siamo parenti, Emilia, è solo un caso. Te lo ripeto: lascia in pace le persone che non conosci.

– Fidanzati no, d'accordo, però tra voi due c'è una cara simpatia, vero?

– Una cara simpatia, – ripete Marta, guardandomi da sotto le ciglia morbide. E poi, sorniona, guarda anche gli altri: – Una cara simpatia per tutti voi.

Marta dagli occhi fondi e neri, quanto manca? Che inutile domanda. Lo sappiamo fin dall'inizio quanto manca: sempre un attimo, un respiro, un sorriso, una riga appena, per tutti, anche se, riga dopo riga, si vivono romanzi lunghi cent'anni; e non si deve restare fermi a compiangersi, a bestemmiare. Né testa china né orgoglio, dice la flessuosa ginestra sotto al vulcano che romba. E io mi alzo in piedi, agito la penna d'oro e proclamo: – Coraggio compagni, profumiamoci e andiamo a vivere!

– Al motel *Garden*! Al motel *Garden*! – rilancia la Bambi.

Gli abbiamo strappato di dosso gli abitucci da polacco e ora il marziano rifulge in un vestito grigio antracite, quello che Luca avrebbe indossato il giorno della laurea, se si fosse laureato, o del matrimonio, se si fosse sposato, o il giorno del suo funerale, se fosse morto, e che è rimasto a dondolare su una stampella nell'armadio. È una cosa elegante e floscia, il marziano, senza sostegno si ripiega su se stesso come una bandiera, ma per fortuna a sostenerlo siamo qui noi, in quattro, in cinque, con Marta che apre la processione, giú per le scale del palazzo, e Zeta che la chiude scalmanando la codina mozza.

La spider due posti è piú capiente della zattera della Medusa: strettini, ma ci stiamo tutti, intimamente. Lascio la guida a Luca, mi sembra un atto dovuto, e mi conficco tra Marta e il marziano. Il punto piú duro è la rampa del garage, una pendenza alpina che la spider supera a colpi slittanti di frizione. In cima alla rampa c'è Roma, sette colli morbidi, tante discese, tanto da andare.

– Che almeno finisca con una gita, – dico a Marta.

– Se preferite, per me è lo stesso.

Circondata da una nube di moschini, riluce l'insegna di una cassa di risparmio.

– Fermiamoci un secondo, per favore, – dico, e scavalco la portiera e corro per prelevare al bancomat tutti i soldi che posso. In questa storiaccia siete tutti ospiti miei, penso.

– Prelevo anch'io, – dice Luca, asciutto.

Mentre l'aria moschina ronza e sbanda, maneggiamo le nostre tesserine di plastica, digitiamo sui tasti; ed ecco le mie cinque banconote: ed ecco quelle di Luca.

– Cassa comune, – pretende Luca.

– Fammi fare il signore, almeno nel mio libro.

– No, stanotte paghiamo tutto a metà.

Lo guardo con perplessità, dico: – Ma i nostri soldi non sono dello stesso paese.

– Non importa, stanotte siamo paesi alleati, – dice, e mi toglie le banconote dalle mani, le mescola con le sue, me le restituisce. – Andiamo, scrittore.

Eppure, ricordo stipandomi da capo nella spider, come scrittore avevo esordito con autorevolezza, avevo impressionato i critici piú spietati, quelli che scannano per un avverbio. Ho ancora gli articoli da parte, ingialliti dagli anni, ondulati. Qualcuno s'era sbilanciato prevedendo per me un futuro da scrittore internazionale, vendemmie di soddisfazioni. C'era chi sottolineava le frasi del mio primo libro per mandarle a mente. Chissà cosa pensano oggi, quanto li ho delusi; ma non è colpa mia se poi della letteratura non mi è interessato piú molto, se ho sentito il tempo che correva con la lingua di fuori verso il precipizio, se la testa mi ha dato problemi e le parole da robuste e filosofiche si sono fatte vagabonde. Da giovane sarei andato in piazza come un araldo, a rullare il tamburo per leggere a tutto il mondo gli editti altissimi dell'anima mia. Stanotte vado al motel *Garden* con vaghi propositi di salvezza, la macchina satura di indecisioni e il vento che mi spinge in bocca i capelli della morte.

– Al motel *Garden*! – grida scarmigliato il padre di Luca, con la mano nella mano della Bambi, e la Bambi rilancia: – Vedrà avvocato, vedrà, è un posto incantevole, è un toccasana.

– Mi ci sono mantenuto per gli ultimi dieci anni, col motel *Garden*, – confessa Carlos stirandosi con la punta delle dita le prime rughe degli occhi.

Sulle buche dell'asfalto sobbalziamo come sulle giostre, abbracciandoci uno all'altro per non cadere di sotto. Il marziano, cosí compresso, manda goffi rumori da zampogna.

La Salaria è una lenta fuga di capannoni industriali e palazzi grandi e grossi. Sulla sinistra s'apre l'Aeroporto dell'Urbe, da lí si sollevano apparecchietti traballanti, latta che sta su per miracolo, sorretta dal frullo di un'elica e dagli sguardi di chi ha niente da fare e si gode il cielo. Poi di nuovo capannoni e obbrobri.

– Nessuno sa una bella canzone? – domanda l'Emilia. – Una di quelle allegre che intona il prete quando andiamo in pullman ad Assisi? Noi lo accompagniamo cantando e battendo sulle pentole appena comprate... Allora, una bella canzone, su Luca.

Ma Luca mira dritto, le mani strette sul volante, la mascella contratta.

– Una bella canzone da gita, – insiste l'Emilia. – Chi la sa?

– Io sono una campana, – ammetto.

– Io conosco solo canzoni per strofinarsi... – dice Carlos.

Zeta abbaia teneramente, un baubau senile, di poche pretese.

Allora dalle labbra carnose di Marta si stacca un fischio sottile, un filo slanciato di note che prima si impenna nell'aria come un giavellotto, e poi s'allunga e si tende, s'allunga e si tende sempre piú, fino a diventare una riga lunghissima e modulata appena. Quel fischio metallico viaggia alto sopra la spider e sembra guidarla, come i cavi elettrici che nella notte schioccano scintille e dirigono i filobus per la città, secondo tragitti dai quali non è lecito scappare.

Qualcuno prova ad accordare la voce su quel sibilo inquieto, ma subito s'arrende.

Poi il fischio tramonta, Marta alza una mano, punta, dice: – Ci siamo, ecco il motel *Garden*.

Scendendo esuberante dalla spider, Marta affonda un piede in una buca dell'asfalto, annaspa nella ricerca vana d'un appoggio e va giú di fondoschiena, da disgraziata. Le offro il braccio per rialzarsi, lei l'afferra, dà uno strattone ed è di nuovo in piedi. – Grazie scribacchino, – mi dice carezzandomi la guancia con la mano neroungulata e sporca di terriccio.

– Dovere, – dico.

Finalmente le ho visto le mutande: buie, merlettate, dozzinali, da strappare eroicamente.

Nell'atrio del motel *Garden* (piante di sempreverde plastica e divanetti in bambú, ceramiche sedute di tigri e di pantere) Luca mi passa un foglio stropicciato. – Ci sono scritte le ultime frasi del memoriale del marziano, ma tu forse le conosci già.

– Dovrei. Ma non le ricordo affatto. È tutto un po' tremolante, ora.

– Leggile, è mezzo cadavere ma sa la filosofia.

Alzo il foglio a incrociare la luce giallina di un faretto, leggo quelle parole segnate in fretta.

«Credo che terra e luna siano lo stesso posto, le facce di un'unica moneta. Testa o croce, pari o dispari, maschio e femmina, globuli bianchi e rossi nelle stesse vene.

Forse non mi sono mai mosso da me medesimo.

La moneta gira in cielo, luccica: terra o luna? Sta per cadere sul tappeto di velluto, presto, fate il vostro gioco, osate, rischiate la vostra fortuna: terra o luna? Ma forse anche questa, come ogni moneta, nasconde l'inganno di una terza faccia...»

– Quale terza faccia? – domando.

– La mia, – sorride sghemba Marta e come una gattona struscia il muso rotondo contro la mia spalla, mentre Zeta, poverino, ci ringhia stancamente tra i piedi.

Luca e Carlos hanno accomodato il marziano su uno dei divanetti e ora che gli siedono accanto a occhi chiusi sembrano ragazzi in attesa dell'ultimo treno, dopo una giornata dura.

– Allora, che si fa? – domanda il padre di Luca.

– Ci si diverte, avvocato, si passa la nottata! – risponde la Bambi.

– Mi dispiace, il dancing ha chiuso da un'ora, – dice il portiere notturno, naso adunco e occhi sbarrati da civetta.

– Ma questa musica, questa musica languida, da dove arriva? – fa la Bambi.

Tutti drizziamo le orecchie: e in effetti, lontana, si sente una canzone lenta, melodiosa.

– Qui accanto c'è un accampamento di zingari, – dice il portiere. – Quei mariuoli ci rubano le lenzuola, gli asciugamani, i burri e le marmellatine. S'arrampicano per le grondaie su nelle stanze e a volte riescono ad arraffare qualche borsa dei clienti. Del resto anche i clienti rubano a man bassa: saponette, coperte, posacenere, forchette. E anch'io, se posso, rubo sui conti e sulle telefonate, calco la mano sui prezzi.

– E lo dice cosí, a cuor leggero? – domando.

– Sí.

– E perché?

– Non so se conoscete Tibullo, il robivecchi di Ponte Milvio.

– L'abbiamo conosciuto stanotte, – rispondiamo all'unisono.

– Ebbene, Tibullo è mio cugino. Come vi avrà riferito, lui sostiene che l'universo è commercio, che le cose mutano di posto e di valore in un baratto continuo, che anche Dio è un mercante, il piú astuto. Io che sono portiere di notte ho tanto tempo libero, cosí ho riflettuto e poi ho semplificato l'idea di Tibullo: per me l'universo è un furto infinito e Dio è un ladro. Tra noi ne discutiamo spesso.

– E questa musica lontana?

– Gli zingari avranno rubato qualche strumento ai *Villeggianti*, il complesso che lavora nel nostro dancing, e ora si divertono a strimpellare le loro nenie e le loro orrende sarabande.

– Per ballare possiamo andare da loro, volendo.

– Andate pure, tanto qui non ci potete rimanere. Ma state molto attenti, quelli sono capaci di rubarvi anche le orecchie, quelli vi svaligiano l'anima in un secondo.

– Grazie per l'avvertimento.

– Quel vostro amico pallido sul divanetto, che ha, si sente male?

– È l'ultima notte che si sente male, – risponde Marta, e con il vento in faccia, vacillando usciamo tutti dal motel *Garden*.

All'inizio c'è un grande foglio bianco e una bambina, pennarelli sparsi e un paio di forbici; poi la bambina scarabocchia il suo foglio di rosso giallo verde blu, lo piega e lo ripiega e prende a sforbiciarlo secondo linee che paiono casuali: zig e zag, tra le dita la carta si sfascia, lascia cadere a terra triangolini e striscioline, perde ogni forma, zig e zag. Eppure alla fine, to'!, il foglio s'apre a fisarmonica in un festone di piccole sagome che si tengono per mano: sono cavate dal nulla e non è che ora siano granché, appena una catenella di figurine pasticciate di colori, tremanti nell'aria, però sembrano allegre e la bambina ne è sorpresa e anche fiera, la malinconia del pomeriggio è passata.

Cosí scappano dalla mente d'uno scrittore i personaggi, cosí adesso danzano assieme agli zingari: tenendosi tutti per la mano, scalciando l'aria attorno a un fuoco, op op.

Anche il marziano, tenuto ritto dagli altri ballerini, muove qualche passo nel cerchio. Dalle cosce gli esce un suono vivo di maracas, dalla cassa toracica un gemito musicale, ma forse non è lui, sono quei quattro nomadi che accanto a una roulotte ci dànno dentro con gli strumenti rubati ai *Villeggianti*. Zeta annusa il sottocoda dei cani dell'accampamento, si fa annusare, solidarizza.

Di piú non so e non seguo, impegnato come sono a mettere la lingua in bocca a Marta. Di comune intesa ci siamo appartati sui sedili posteriori d'una vecchia Ford poggiata coi mozzi sui mattoni, accanto alla spider, e ora ci prendiamo le nostre confidenze. Mentre ci soffochiamo di baci, io infilo la mano sotto la sua maglia, e la mano raggiunge il reggiseno, lo aggira fino a trovare il fermaglietto sulla schiena e inizia a travagliare per sganciarlo.

– Uhm… – mormora Marta divaricando un poco le ginocchia.

– Oh… – mormoro io.

Sopra la paglia sparsa sui sedili davanti stanno acciambellate tre o quattro galline bianche e rosse, non le scuote nemmeno una pedata che, per assestarmi meglio, rifilo allo schienale. Marta mi morde un orecchio, lo lava con la punta della lingua, l'asciuga con un fiato rovente d'oscenità. Ora ho nel palmo della mano la sua mammella destra, è soda e puntuta come un elmo: ma calda come la guancia d'un ammalato. L'altra mano gioca con l'orlo della gonna a pieghe, esita su quel confine e poi – il dado è tratto! – lo varca, scorre sulle cosce muscolose, s'insinua sotto l'elastico delle mutandine: e poi un dito s'ingrotta, umidamente s'impassera. Il largo bacino di Marta dondola a occhi chiusi, dà il ritmo, ed è il ritmo della musica che suonano e danzano gli zingari, quello delle cose attorno.

– Ah, dolcezza mia, – ansima Marta, e con la lingua mi strofina i denti, indaga otturazioni e capsule, vibra e fa vibrare.

Tra le caviglie le calano le mutandine traforate, una sgrullata e volano sulle creste delle galline. Anche le scarpe sono lanciate via, fuori dai finestrini, e io mi ritrovo in ginocchio a baciare quei piedi grossi e polverosi, unghie smaltate di nero; Marta mi tira per le orecchie e per i capelli, forzandomi la testa verso l'interno delle cosce, verso la vorace voragine. Per il marziano, per lui lo faccio, e per Luca e per gli altri burattini: li intravedo che sgambettano in mezzo al campo e sembrano lieti, tra i riflessi vivaci del fuoco, tra le gonne svolazzanti e le camicie aperte degli zingari, e penso divertitevi, storditevi, dimenticate la vita e la morte, pulcini miei, dimenticate finché potete: intanto la vostra chioccia lotta corpo a corpo con il falco.

Ma forse non è vero, forse solo per me lecco e sbuffo, come si strofina uno zolfanello nel buio di un antro spaventoso.

Poi nella vecchia Ford c'è uno smottamento dei corpi, una matassa di braccia e gambe, gridolini, tanti no e un sí decisivo, e ora, con le braghe scese, sono dietro a Marta che ha arrotolato fino ai fianchi la gonna e mostra la bianca luna del suo grandioso fondoschiena al mio crepuscolare cipresso.

Come lacrimoni mi scorrono dentro gli occhi immagini di gattini affogati nella tinozza, malati di Aids oltre i cancelli di Villa Glori, pallidi letti nei cronicari, sale di mattatoi comunali, vampe di bombe, catarri, deserti che marciano, accartocciamenti stradali, fiumi insaponati, calendari finiti, naufragi, orologi e clessidre immobili, pescetti che saltano in un secchio asciutto, immagini di funerali con femmine strepitanti, fosse comuni scavate con il caterpillar, mitragliatrici, forche, radiografie di polmoni macchiati, preti che benedicono casse di legno, sciacalli che rosicano ossa, mummie egizie, musei, muffe corone di rose, tanti marziani appassiti, io rugoso, debolissimo, sfinito, io vecchio che a bocca aperta cerco l'ultima aria e non la trovo.

E allora donchisciottescamente penso: in culo alla morte, ferocemente, e tra le lacrime e la musica affondo il colpo.

Marta ruota un sorriso beffardo, sussurra: – Sei dentro di me, come sempre, animuccia.

– Vuoi fumare? – propongo alla fine, di nuovo educato, mentre mi rinfilo vergognoso la camicia nei pantaloni e Marta si riabbassa la gonnella studentesca sulle ginocchia.

– Grazie.

– Però mi è rimasta soltanto una sigaretta.

– Facciamo una tirata a testa.

– Una tirata a testa.

Seduti in parallelo, gli sguardi in fuori, senza sfiorarci nemmeno con la punta del piede, ci passiamo quella cicca da trincea, dal filtro via via piú insalivato. Penso ancora che scrivevo romanzi, una volta, mi invitavano a vantarmi nelle università, parlavo a gente che prendeva misteriosi appunti e alzava la mano per domandare, stavo immobile davanti agli scaffali dei classici per gli scatti dei fotografi, firmavo le copie e mettevo dediche: a Coso con amicizia immarcescibile, a Chi ti conosce con autentica stima; ma il posto mio è questo, lo so, su questo divano che punge, dietro alle galline addormentate, in mezzo al vento.

Al finestrino appaiono i volti chini del padre di Luca e della Bambi, misurati e modesti come due correntisti postali.

– Disturbiamo? – domanda l'avvocato.

– Ma no, si figuri avvocato, fumavo, dica pure...

– Caso mai ripassiamo piú tardi... se rimane del tempo...

– La prego, non faccia cosí. Cosa c'è?

– Luca ci ha raccontato tutto, – s'inserisce Bambi, ben sudata per le danze e un po' nervosa.

– Cosa vi ha detto?

– Ma cosí, gli è scappato di bocca come un uccellino, sa com'è Luca, non voleva... – lo giustifica il padre.

– Ma che cosa, insomma?

– Che stiamo vivendo dentro le pagine di un suo romanzo, signor Lodoli, – taglia corto la Bambi.

Guardo Marta di traverso, mi aspetto che dica qualcosa, ma lei si spazzola i capelli con un gesto calmo, distaccato, e non mette parola. Guardo l'accampamento, il fuoco, la spider con la fiancata ammaccata, le mie mani, le rare macchine che corrono sulla Salaria, la fragilità delle forme. Non mi sembra un mio guanto rivoltato, non è solo crusca del mio sacchetto.

E allora dico: – È cosí e non è cosí.

– Negare è inutile, ormai lo sappiamo, – fa l'avvocato, e sorride di dentiera. – Però, pensavo tra me e me, forse il signor Lodoli potrebbe aggiungere qualcosa riguardo al mio passato, che so, qualcosa sulla mia partecipazione alla guerra e poi alla Resistenza, qualche riga che renda piú interessante il mio personaggio. È tutto un po' sbiadito in me, non le pare che io pesi meno di una piumetta?

– Io vorrei essere stata in America negli anni della mia gioventú, vorrei aver conosciuto la libertà, il Pacifico, gli attori, – dice la Bambi. – In fondo che le costa, mezzo pomeriggio alla macchina da scrivere.

– Non è colpa mia, – mi giustifico. – Dovevate pensarci voi, imporvi con maggiore energia, chiedere prima, pretendere: ora non si può piú, temo che la conclusione sia imminente, scusatemi.

– Peccato, volevamo alle spalle una vita piú bella, delle vecchie fotografie da sfogliare con nostalgia.

– Tutti vogliamo una vita piú bella, e ci facciamo in quattro per non averla.

Il vento caldo inventa un mulinello di polvere, un esile vortice che s'impunta al suolo e impenna sulle teste e le roulotte: pochi secondi e svanisce, come non fosse mai stato. Gli zingari lo applaudono, i musicanti lo inseguono sulle note, i cani abbaiano e il ballo continua.

– Almeno un favore, signor Lodoli, potrebbe concedercelo...

– Se posso, caro avvocato...

– Potrebbe farci finire insieme, a me e alla signora Bambi? Ci siamo trovati bene, tra noi è scattato un sentimento genuino, e non vorremmo che il romanzo, per qualche motivo a noi oscuro, e magari oscuro anche a lei, signor Lodoli, ci impedisse di condividere serenamente la vecchiaia... vecchiaia piú mia che della bella signora Bambi, è ovvio.

– Oh, per questo non dovrebbero esserci problemi. Anzi, potete considerare la cosa per fatta. Sarò il vostro sindaco, fascia tricolore sulla pancia, vi regalerò anche un mazzo di fiori.

– Ci fidiamo, ci fidiamo ciecamente signor Lodoli, ma se si potesse mettere già da adesso del nero su bianco...

– State tranquilli: in testa ho preso appunti precisi. Tornate, tornate pure a ballare...

E mentre le loro facce da tartarughe questuanti abbandonano il finestrino dello sportello (insalata fresca, insalata rugiadosa, verdeggiante! vita brillante! ma che c'entro io? io perdo le ore, perdo passato, conosco solo storie evanescenti, aliti sul vetro, scrivo di ciò che viene trascinato via e s'aggrappa al corrimano del tempo...), quella di Carlos-Giancarlo lo occupa.

– Avete ancora da copulare? – mi domanda corrugando severo le sopracciglia e abbottonandosi le rose sudate della camicia.

– Cosa?

– Dico, lei e la signorina, dovete accoppiarvi, lí sul divanaccio?

– Già fatto, – dice Marta. – Parla pure.

– Luca mi ha raccontato del romanzo e confesso che ora sono abbastanza agitato. Io non voglio rimanere gigolo in eterno, a baloccarmi nei motel con le signore grasse, questa era una tappa, un'esperienza, ma io stavo già andando oltre, progettavo...

– Niente dura in eterno, né la foia delle signore né la carta di questo romanzetto, – interrompe Marta, piazzando gli ultimi energici colpi di spazzola.

– Ma io cavalcando intensamente le signore ho messo da parte dei quattrini, un'idea di futuro. Adesso ero pronto a lanciarmi in nuove attività, facevo castelli, alzavo torri merlate...

– Attività di che genere?

– Una piccola casa editrice, forse. Sa, i miei antichi studi universitari, tutte quelle letture al bar tra una telefonata e l'altra... Vorrei stampare libri precipitosi, storie che scappano da una pagina all'altra.

– Ama ciò che sei, – tuona Marta dal nostro rugginoso pulpito. – Ripetilo finché dura con la felicità di cui sei capace e levati di torno.

Sembrano non stancarsi mai, gli zingari, matrone da un quintale e uomini filiformi girano fino a stordirsi, cascano a terra e si rialzano come ubriachi, si riprendono sottobraccio e gridando e sbandando girano ancora attorno al fuoco: fiamme alte metri, tronchi che crepitano, rosso che distrugge, illumina e scaglia ombre, fumo che si fa minaccioso.

– Una riga, un vago accenno a possibilità future, una speranza...

– Va bene, Carlos, – concedo benevolo a un personaggio traballante tra il poco e il niente. – Va bene, ne scriverò.

– E io le prometto di pubblicare ogni sua parola, signor Lodoli, quando tutti gli editori le rideranno in faccia.

Sul cofano della spider Luca e l'Emilia hanno coricato il marziano, la faccia verso il cielo stellato e le braccia larghe, la cravattina che farfuglia al vento come un serpentello che vorrebbe strisciare via.

– Io per me non pretendo nulla di meglio, signor scrittore, anche serva in cucina mi sta bene, tanto non capisco i libri e non capisco il mondo, è uguale, – sospira l'Emilia.

– Se posso aggiustare qualcosa... – dico.

– Mi piacerebbe trovare l'intelligenza per ultimare il grande copriletto, ecco, farlo cosí bene da ricoprire il letto di Luca e Lisa e di tutti gli innamorati, posarci sopra migliaia di cuscini e di bambole, un mondo di pace. È un sogno che la notte mi visita spesso. Mi sarebbe piaciuto anche partorire un figlio nella mia stanzetta, quand'ero giovane, allattarlo, crescerlo contro i pericoli. Cose già dette, credo. Ma in questa storia per me non c'è nessun figlio, lo capisco, solo pentole e stupidaggini e orecchie turate che non sentono bene. Però il marziano lo dovevamo salvare, ce l'eravamo giurato.

– È vero, – ribadisce Luca allungando il muso in basso, mentre la musica è sempre piú un frastuono.

– Vuoi rincontrare Lisa, che lei torni da te supplicando perdono in ginocchio, vuoi una spider piú vistosa, una vita spensierata? – propongo al mio prediletto, con l'affanno e il senso di colpa d'un padre mascalzone che vede suo figlio nobile e triste.

– Non me ne importa niente di lei, e non so neanche piú com'è fatta questa Lisa, è dieci righe cento pagine fa.

– E allora?

– Guarda...

La musica di colpo s'è nascosta in un silenzio grave, gli zingari hanno sciolto il cerchio danzante, e ora il fuoco viene preso a pedate, disperso nella notte e soffocato con la terra e le suole; i panni stesi sui fili vengono raccattati in gran fretta, catini di plastica e televisori vengono risucchiati nelle roulotte, insieme ai bambini e ai cani mugugnanti: qualche macchina già accende il motore, smuove le ruote nella polvere, qualcuno grida parole di comando, sillabe allarmate e incomprensibili, uomini e donne s'agitano come animali che abbiano annusato la prima scossa di terremoto nelle viscere della terra.

– Che fate amici, dove andate? – urla il padre di Luca, prima cercando di afferrare per la manica qualche nomade e poi tirando fuori anche i soldi, offrendoli a chiunque in quel fuggi fuggi. – Fermatevi, signori zingari, ci stavamo divertendo, stavamo bene, ballavamo come ragazzacci, quanto vi serve, ecco, prendete, prendete pure… però non andate via, qui si sta bene, si gode…

Il cielo rovescia una manciata di piccioni, ne cascano nella polvere quattro o cinque con tonfi di pietra, uno proprio accanto a Zeta che corre ad accucciarsi e tremolare tra i piedi di Luca.

– Non andate via, suonate ancora, balliamo ancora un pochino insieme, – piagnucola la Bambi, mentre Carlos, con un piccione duro tra le mani, osserva le rapidissime operazioni di aggancio delle roulotte alle Mercedes, quel disordine che in un battibaleno si fa colonna e esodo.

– Ma che succede? – domanda Luca a uno zingaro con tanti muscoli e pochi denti che apre lo sportello anteriore della Ford, acchiappa le tre gallinelle addormentate e se le infila dentro la camicia. – Che sta succedendo, zingari, perché ve la filate cosí?

Le teste delle galline fanno capolino negli spazi tra bottone e bottone, come attrici emozionate che guardino di soppiatto la platea dagli spiragli del sipario.

– C'è della morte nel vento, i vecchi l'hanno sentita sui peli delle braccia, nelle narici: la morte cacciatrice, capite? – dice l'enorme sdentato, e le galline ritirano le capoccette. – È meglio posare la musica e rimettersi in viaggio. Noi ci muoviamo in continuazione per distanziare i dolori.

E cosí, come dal ciglio scosceso di una ferrovia, aggrappati al tronco secco del marziano guardiamo allontanarsi il convoglio fragoroso degli zingari, quel treno senza binari.

– E ora? – domando piú a me che agli altri, con lo stesso sbigottimento di quando, scritta e girata la pagina, trovo quel bianco ghiacciato e nessuna parola pronta a scioglierlo. – Che si può tentare? A quale santo votarci?

Ripasso mentalmente le cose che so, i libri che ho letto, le tante persone che ho conosciuto, nella speranza vana di trovare in quel marasma un salvagente da infilare al marziano. Osservo i compagni che ho attorno: solo stanchezza e capelli scomposti dal vento, attesa.

– E ora? – insisto, mentre gli ultimi macchinoni degli zingari s'allontanano.

– È ora, – dice Marta, e con la mano acuminata in nero ha già preso la mano inerte del marziano, come una madre che sta per trascinare via il suo bambino da una festicciola durata anche troppo.

– Non si può fermare piú niente, Marta? Non si può tornare indietro, fare come se nulla fosse stato…

Sono anni che mi confondo su queste domande, da quando vidi un gruppo di ragazzini che giocavano a calcio in un cortile sotto la scuola media di Nemi: triangolavano come le rondini della sera, lanciavano gridi indecifrabili, ridevano. Io stavo insieme ai miei genitori, con i gomiti sul parapetto del piazzale che sovrasta il campo: avevo la stessa età di quei calciatori, gli stessi pantaloni corti, il cuore in disparte. Era settembre, l'estate finiva in un cielo sbracato di rosso, e compresi che tutto sarebbe finito, un giorno qualunque, un giorno come oggi. Il tempo si sarebbe mangiato ogni cosa: le persone, i loro anelli, le speranze, il campanile, il suono delle campane, le case, mia madre. Di tutte le storie del mondo avrei voluto che almeno quella partita di calcio non si concludesse mai, che a qualunque età fossi tornato nella piazza di Nemi potessi affacciarmi e ritrovare i ragazzini. E dopo di me chiunque, uomo o nuvola, passando da lí nei millenni, doveva ammirare quella partita. Il pallone di plastica cadde nella scarpata sul lago, tra i cespugli, e i calciatori rimasero attaccati alla rete di recinzione a cercarlo con gli occhi, e dopo poco mi sembrava che guardassero solo il cielo rosso di settembre, quell'immensa bandiera a mezz'asta. Da dove ero io, dalla ringhiera della piazza, lo vedevo bene il pallone: ce l'aveva in bocca un animale orrendo, se lo portava via.

Marta scuote appena la testa, i capelli ondeggiano dietro a un pensiero. – Bisognerebbe domandare al re del mondo, – ammette senza allentare la presa sulla mano del marziano.

– Esiste davvero il re del mondo?

– Certo.

– E conta piú di te?

– È lui che decide chi va e chi viene, che aggiusta e rompe e fa le stagioni piovose o torride, è lui che decide le domeniche e i lunedí, piú o meno, sí.

– E dov'è il re del mondo?

– Adesso è lí, – dice, e con il mento accenna in direzione dell'ultimissima macchina degli zingari, la Mercedes argentata che chiude la carovana.

Per un momento m'appare naturale che il re del mondo (il Re del Mondo!) sia un vecchio nomade, la cinta sotto l'enorme ventre, la catena d'oro tra i tre capezzoli, uno che viaggia sotto al suo sole e alla sua pioggia, che manda le sue donne per le mille vie a scrivere le mani e imbrogliare le carte: immagino che dalla sua tosse sgorghino i terremoti, che sogni sotto una veranda tinteggiando il futuro. E se picchia il cane è guerra, se lo carezza è pace, e ha i suoi motivi. Se beve vino buono e si corica con una femmina i campi fruttano, se perde la pazienza i morbi accoppano. Con un bastoncino, durante la noia del mezzogiorno, segna la polvere, progetta l'universo, scrive il libro. E in fondo se ne frega, in fondo vada come vada, è cosí antico che le ha viste tutte.

Ma la Mercedes argentata se ne va dietro le altre scassate automobili, e sull'ultima buca del terreno sobbalza, perde un cerchione che rotola fiaccamente fino alla nostra spider.

Oltre la polvere sollevata dalla gran partenza non c'è quasi niente, eppure di nuovo Marta accenna con il mento, come a dire: impara, scrittore, impara dalla morte a guardare meglio.

Raccolgo da terra il cerchione della Mercedes, come uno scudo greco me lo metto al braccio e accanto a Marta avanzo nell'ombra, verso lo stradone deserto. Anche l'insegna del *Garden* s'è accecata, il motel è un cubo nero.

– Attento! – grida Luca: ma attento a cosa, a chi?

Sulla Salaria cammina un ragazzo con una tanica in mano.

Un piccione in caduta libera mi struscia la schiena, un altro lo paro d'istinto con lo scudo.

Mi volto a vedere i miei compagni raggrumati attorno al marziano steso sulla spider: sono in me, penso, come io sono nel mondo, come questo mondo è nelle mani di una ragazza scura, come lei è nella volontà di un altro che sa tanto di piú. Nessuna rosa conosce i sogni del giardiniere o degli insetti, in alto e in basso non hanno fine i desideri, e poi c'è il vento.

Sulla Salaria vedo solo quel ragazzo con la tanica in mano che cammina alla ricerca di un benzinaio: immagino che abbia la macchina ferma un chilometro piú in là, con due ruote in un fosso. Una macchina con i tergicristalli rotti e giornali vecchi sui sedili posteriori, per terra scatole di biscotti vuote, cassette di musica, un libro. Il ragazzo ha il passo nervoso, a ogni falcata colpisce con il ginocchio la tanica; ha basette lunghe e collo magro, un ciuffo, pantaloni alla caviglia, stivaletti, la camicia aperta dallo scirocco.

– Stanotte è lui il re del mondo, – dice Marta.

– Quel ragazzo?

– Sí.

– Ma allora chiunque può essere il re del mondo.

– Stanotte è lui.

– Ma lui lo sa?

– Che domanda stupida.

– Diglielo, allora, tu che puoi pregalo di graziare il marziano, fallo per me, Marta. Io ti tengo nel cuore.

Con la mano disarmata le aggiusto i bei capelli, la stringo a me per un momento, ma forte, con l'intimità di chi da una vita conosce la sua maligna dirimpettaia. Sento il suo seno incollarsi alla camicia, il suo braccio cingere avidamente il mio fianco, mentre i piccioni fioccano. Poi Marta si stacca e scalza e timida s'avvicina al re del mondo.

Sulla via dei Laghi, dopo il passaggio a livello di Ciampino, là dove la strada prende a salire e a farsi tortuosa, notavo regolarmente un fatto strano: da un viottolo laterale s'inseriva un veicolo lentissimo, dietro al quale si formava una coda impotente. Il veicolo a volte era un trattore, a volte una betoniera, oppure un camion militare, o un carro carico di balle di fieno. Avevo l'impressione si trattasse di un'entità astratta e dispettosa che si divertiva a mascherarsi per rallentare il traffico. D'altronde era sempre cosí, invariabilmente a quella curva l'entità si materializzava, sotto forma di Ape o di vecchia corriera o di autobotte, come meglio le garbava. Fu anche lungo corteo funebre. Io rimanevo incolonnato a trenta all'ora, sempre, imprecando insieme agli altri guidatori. E poi una mattina che finalmente il traffico scorreva liscio e nulla m'impediva di pigiare l'acceleratore, una mattina tranquilla, azzurra, spedita, proprio in quella curva la mia macchina ha preso ad ansimare, a perdere velocità, e dopo qualche minuto alle mie spalle sbraitava la solita coda chilometrica. Davanti non avevo nessuno, neanche un ciclista, solo strada in salita.

Quel giorno l'entità s'era accomodata nei miei panni.

Guardo Marta parlare con il ragazzo della tanica: sono a pochi passi da me, ma le voci non mi arrivano e devo sforzarmi per ricercare le sillabe sulle bocche, per tradurre i gesti, le facce. Pendo dalle loro labbra come un gatto da una grondaia. Eppure visti cosí sembrano due giovani qualsiasi, due sudditi del caso, di quelli che stanno poggiati a un motorino davanti a un bar discutendo su cosa fare domenica, su cosa non fare.

– Chiunque può essere re del mondo, il capofila universale, ogni seggiola può essere un trono, ogni frase un editto, – dico, mentre il vento ora carica a folate pazze e spinge lontano da qui le parole di Marta e del ragazzo, e le mie, anche.

Marta parla e muove le mani, per modellare le frasi, per arrotondarle, quasi fossero un vaso da riempire di clemenza; il ragazzo scuote la testa, batte seccamente la tanica sul ginocchio, scuote la testa regale e desolata: ma Marta a quei rifiuti sorride da gran femmina, sventola la gonna con una mossa maliziosa delle anche, bisbiglia e accenna nella mia direzione, mescola paroline e gesti. Teneramente poggia per un momento la fronte sul torace del ragazzo: e io quasi mi sorprendo di non sentire un rintocco legnoso, di marionette che s'urtano e vacillano.

Il ragazzo fa no no con il ciuffo, fa per andarsene verso la pompa di benzina che attende la sua tanica vuota.

– Non lo lasciare andar via, fermalo Marta, strappagli un sí, un forse, mordilo! – grido come fossi davvero sotto il teatrino delle marionette, e Marta gli sbarra il passo, si appende al suo braccio. – Brava Marta, brava! Scriverò per te le storie sontuose, con le coccarde e i pennacchi, ti sarò fedele, ti farò ridere...

E ancora parlano, i visi piú vicini, i fiati confusi insieme, le dita delle mani intrecciate come i numeri della roulette.

Lentamente retrocedo verso la spider e i miei amici, ma senza staccare gli occhi da quella conversazione, dalle due sagome che diventano sempre piú piccole e mute, intime.

– Che succede? – domanda Luca, ansioso.

– Bisogna aspettare un poco.

– Ma quanto, maledizione, e perché? È tutto il giorno che aspettiamo, non ce la faccio piú. È fin dall'inizio che manca poco, e quel poco ci toglie tutto.

Gli altri sono avvolti dall'ombra, hanno i contorni labili e scoraggiati dei pensieri che stanno per essere dimenticati. Intorno il campo si fa sempre piú scialbo, il motel si è dissolto come nuvola di vapore. Solo il marziano ingrossa, è una macchia enorme oltre la quale s'indovina un'alba che spinge ma non riesce a farsi largo.

– Mancano poche righe. Si tratta di girare l'ultima pagina.

– Per poi ricominciare.

Il ragazzo della tanica alza un braccio magro per inviarci il suo addio, quindi riprende il cammino sull'orlo della strada. Forse tra pochi minuti il re del mondo sarà il benzinaio, poi un camionista che va a sud, uno che va a nord.

Marta torna verso di noi con il verdetto in gola, e io non voglio rischiare d'anticiparlo valutando un'andatura, un ondeggiamento delle braccia, una smorfia: chiudo gli occhi per non immaginare il peggio.

E a occhi chiusi penso che se in noi ci fosse piú pazienza saremmo ancora giovani e amorosi; avremmo una mente senza intenzioni e una casa senza porte; conosceremmo a memoria le canzoni, berremmo in ogni bicchiere per stare ad ascoltare ogni sciocchezza; saremmo in pace pure con la morte. Finalmente io non m'arrampicherei su per i romanzi come un ladro, scriverei solo qualche laude a frate foco, a sorella spider. Ma siamo impazienti, fantastichiamo, ogni cosa è un segnale che porta piú in là, e il tempo brucia in fretta.

– Qualcuno deve morire, – sentenzia Marta, asciutta, sgarbata. – Se non è il marziano che sia un altro. Ma uno me lo devo portare via, adesso. Decidete, fate la conta, vedetevela tra di voi.

– Cosí pretende il ragazzo con la tanica? – domando, riaprendo gli occhi stanchi.

– Uno deve morire. Poche chiacchiere.

La compattezza del gruppo si rompe in un attimo, ognuno separa lo sguardo dagli altri, ognuno stringe i pugni e si barrica in se stesso come un ricercato in una baracca, con il fucile in mano. Il padre di Luca si scioglie dall'abbraccio mieloso della Bambi, Carlos affonda il viso tra le mani, Luca si morde le labbra, la Bambi piange, l'Emilia non ha sentito e ride di disagio sotto la sua nuvola bianca di capelli.

– Ma sono io che debbo decidere, sono io lo scrittore, – protesto.

– Questo non interessa piú a nessuno. O mi consegnate il marziano oppure si faccia avanti un volontario.

– Un volontario... – mormoro. – Ma come pretendi...

– E allora vieni tu, – sorride Marta. – Mi hai detto tante cose affettuose, vieni via con me, non staremo mai male insieme.

– Come faccio, Marta, non ho capito niente della vita, ho ancora bisogno di tempo... – dico con lo scudo sempre al braccio.

– Dicono tutti cosí, anche i vecchi del Caucaso che resistono mille anni, anche le querce e i rinoceronti. Non avere paura, vieni con me e lascia libero il marziano di andare dove crede.

– Perché le foglie all'improvviso si staccano, perché le donne ridono e d'un tratto sono tristi, perché viene sera e io mi metto a fumare alla finestra? Non ho capito, ancora... Ho scritto molto ma ho capito poco. Dov'è finita quella partita tra i ragazzini di Nemi, chi era quell'animale con la palla bucata in bocca, cos'è questo libro?

– Allora, – tronca Marta stizzita, tremenda, – chi di voi devo portarmi via? Uno, tutti, chi?

Il vento ora ci soffia crudele nella schiena, bisogna puntare i piedi, aggrapparsi a se stessi, ogni secondo, per non essere spinti verso Marta, e ancora non basta: questo campo di gente sembra una pagina d'appunti sbrigativi, poche parole a matita che finiranno cancellate prima di diventare un discorso. Eppure ognuna sperava di inaugurare un mondo, d'essere per un caso felice la parola segreta che apre la porta. Ma anche le parole hanno malattie e scadenze, le piú deboli soccombono in un baleno, le piú forti durano il tempo dell'orgoglio e della mortificazione.

– Presto, presto! – strilla Marta.

– Ancora un attimo.

– Non piú.

Tra le scarpe frementi di Luca avanza Zeta: me l'ero quasi dimenticato, ossuto cane di quindici anni e rotti. È appena uno scarabocchio buttato giú pensando ad altro, alle cose che dovevano essere importanti; è quattro zampe anziane e sgangherate, una lingua che non sta piú in bocca perché non ci sono abbastanza denti a trattenerla. È fiato corto e pelo scarso al vento, un muso fedele che a fatica si solleva ancora verso Luca, una coda ferma. Se avesse le parole, Zeta direbbe non vi preoccupate per me, continuate a cercare bene nel libro le vostre verità, ricominciate con calma dalla prima pagina, esco io da qui, vado via io con Marta. Direbbe: fin dall'inizio sapevo che ero di passaggio. Invece mugola umidamente al suo padrone prima di accucciarsi tra i piedi scalzi di Marta.

– Prenditi lui! – dice il padre di Luca, l'avvocato.

– Sí, il bastardino, – fa Carlos.

– S'è offerto spontaneamente ed è decrepito, perde il pelo a ciuffi, – aggiunge la Bambi.

– Zeta è il mio cane, dorme sul mio letto e la mattina mi lecca via il sonno dagli occhi… – protesta Luca, ma cosí flebile che solo io lo sento.

Solo io sento l'anima che gli si fa forte e amara come l'erba cresciuta nell'asfalto, le lacrime che calano a bagnarla. Oh Luca, come m'addolora sapere che tra poco ci separeremo e non verrà piú nessuno a casa mia per convincermi a salvare un marziano. Ho bisogno di gente che suoni ostinatamente al mio campanello, che mi dica coraggio, il mondo è un gioco in pericolo e la luna s'allontana in bocca a una bestia orrenda.

– Va bene, – dice Marta prendendo in braccio Zeta, che le poggia il muso su una spalla e non ci guarda piú. – Va bene, – dice Marta.

Forse sperava in una preda piú grossa, ma al dunque la morte s'accontenta di non fare viaggi a vuoto. Le va bene anche una mosca intrappolata sotto un bicchiere, un pensionato che apre il gas in cucina.

– Arrivederci, – dice Marta.

– Arrivederci, – rispondono gli altri, facendo brevi inchini di congedo.

– Arrivederci, – bofonchia Marta, e rimane lí, come quei parenti che piombano a casa, un giorno, massimo un giorno e una notte, e non se ne vanno piú, mettono il loro cibo nel frigorifero, fanno bucati, occupano le stanze, non hanno mai sonno.

– Arrivederci, – rispondono tutti in coro, piú decisi.

– Ora me ne vado, – dice Marta, battendo le ciglia lunghe, ondeggiando mollemente il bacino, restando.

Zeta libera un ultimo guaito, alto come un campanile da cui si vede tutto quanto.

E allora Luca allunga di scatto un braccio disperato e spinge Marta: – Vattene adesso, – dice, e Marta fa un passo indietro, tenendosi ben stretto tra le braccia il cane.

Raccoglie un sasso, Luca, lo soppesa e poi glielo tira contro. E poi un'altra sassata rabbiosa, a Marta che è già piú lontana e ridendo ripete vado, ecco sto andando: e pure gli altri personaggi hanno pietre nelle mani, e Marta ha sangue nero che dalla fronte le sgocciola sul viso. Anch'io raccatto un ciottolo, lo penso e lo lancio con forza, centro Marta in mezzo alla schiena, ma il dolore lo sento io, in mezzo alla colonna vertebrale. Aggrappata a Zeta, Marta traballa e continua ad allontanarsi verso il bordo, sghignazzando di quella sassaiola.

– Crepa, – le urla dietro Luca.

Carlos raccoglie un piccione stecchito e lo tira. Vorrei che quel grumo aprisse le ali e prendesse il volo. Tante cose vorrei, che ricadono a terra.

S'alza in piedi, il marziano, stira braccia e gambe come uscendo da un letto di piume, sbadiglia, libera un peto squillante.

– È guarito, – dice l'Emilia.

– Come si sente? – domanda l'avvocato.

– Sta come un papa, io me ne intendo, – dice la Bambi. – Nessuno sta meglio di lui.

Il marziano gira uno sguardo attorno, ma sembra che i suoi occhi non incontrino i nostri corpi, che nel campo non veda nessuno. Ha un'aria stordita, incerta, la pelle della testa sudata. Infila le mani nelle tasche della giacca e ne tira fuori un pacchetto di sigarette, un accendino di plastica verde. Con calma si accende una Marlboro, aspira profondamente. Non sembra meravigliato d'avere indosso quei vestiti da cerimonia, di ritrovarsi cosí lontano da dove è stato accoltellato, da dove è partito.

Guarda in alto e con la sigaretta tra le dita indica il disco della luna.

– Terra, – dice con la voce malinconica come un fazzoletto.

– Questa è la terra e quella è la luna, – lo correggo.

Di nuovo si guarda attorno. Chissà perché sorride, chi lo sa cosa vede in questo spiazzo deserto e polveroso.

– Luna, – dice, e gli occhi gli brillano.

Vorrei trattenerlo, raccontargli in fretta cos'è accaduto, spiegargli che a modo mio resto uno scrittore, che le mie parole volevano salvarlo, che forse le parole hanno questo potere, chissà, magari proprio quelle che sembrano piú vane, e farmi rassicurare da lui con un abbraccio: ma con la cicca tra le labbra e le mani in tasca il marziano già ciondola per una sua malinconica direzione, vivo nel vuoto, il vestito buono gonfio d'aria viva e indifferente.

– Ciao luna, – grido, da recluta, e lo sento tirare su con il naso, e poi non lo vedo piú.

E in un baleno anche gli altri scivolano nel vento,

come cenere o polline. Cosí accade dopo che la mano tremante ha piazzato l'ultima carta del castello e l'impresa è compiuta: una capricciosa folata di vento rovescia tutto, e non importa piú qual era l'ultima carta in cima, un re, un fante, un numero; non importa nemmeno di chi era quella mano tremante.

Mi siedo in mezzo al campo, poggio lo scudo guerriero e mi sdraio serenamente nella pagina quasi pulita, nell'alba smisurata. Attorno ho solo i piccioni, tanti punti e virgole, macchioline: batto le mani e scompaiono, con leggerezza.

Ora tutto è chiaro e silenzioso come dopo una guerra che oggi è stata vinta e domani chissà. Le parole sono finite, ma c'è luce e l'aria è fresca, e io ho voglia di respirarla tutta, finché dura, finché posso.

I fiori

I wish I was a sacrifice
that somehow still lived on.

EDDIE VEDDER

Ho la sensazione che tutto sia distrutto
e tutto sia intero, perfetto.

CLAUDIO DAMIANI

Sdraiato su una panchina, con le mani in tasca e gli occhi aperti a reggere l'azzurro del cielo, penso: non so perché sono qui, ma sono qui. In questa inezia di terra tra i palazzi e il Tevere posso aspettare fino a quando capirò d'essere pronto, un giorno o altri vent'anni cambia poco. La mia pazienza è grande quanto la mia impazienza. Mi sento come una zolla eccitata dalla pioggia e dal sole, e anche se non combino niente, anche se da dietro le carrozzine le mamme mi sorvegliano quasi fossi uno sbandato, dentro me una forza vorticosa lavora e trasforma e so che non si stancherà. In segreto il niente si fa oro.

Questo slargo alberato si chiama piazza del Fante. È chiaro che sono io il fante della piazza, che da solo dovrò presidiarla fino a quando non sarò pronto per chiedere e ascoltare. Il mio compito è questo. Anche da sdraiato riesco a controllare quella finestra all'ultimo piano: oltre le tende una luce giallastra è sempre viva, notte e giorno.

Lui è lassú, pensa, sceglie, butta via, determina. Lo immagino dietro una scrivania di quercia con mille cassetti, sotto un quadro scuro incorniciato d'oro, lo immagino vecchio come un regno, le guance flosce, macchiate, le mani forti e nodose, lo penso gigantesco, intelligentissimo, maleodorante, mostruoso, sorridente. Sa tutto di me e di tutto, sa che sono qui, che aspetto d'essere pronto per incontrarlo e ho paura. Ma credo che anche lui abbia qualche timore, di me e del mio impataccato vestito verde smeraldo, di queste scarpe rotte, dei cento cani randagi che mi stanno accucciati attorno. Credo che talvolta, quando chiudo gli occhi e m'assopisco per istanti infinitesimali, in quell'assenza lui dalla finestra mi osservi e valuti i miei minimi miglioramenti. Chissà com'è la mia vita vista tutta insieme, da cosí in alto...

Non molto tempo fa (ma quanto tempo è passato? Non lo so piú, ma ora ho i capelli bianchi e i ricordi) vivevo in un paese di duemila anime, leccavo francobolli, timbravo buste, trasmettevo telegrammi, pagavo le pensioni ai vecchi. Le lettere mi passavano sotto agli occhi come pagine bianche. I colleghi giuravano che alcune arrivavano da luoghi lontani, America, Germania, Finlandia, si emozionavano a pronunciare quei nomi. Ogni posto è un posto, pensavo, ci si appiccica e si muore ovunque. Pensarla diversamente mi avrebbe solo stancato. I colleghi scollavano i francobolli piú strani per le collezioni dei figli, e qualcuno di loro ha anche aperto le buste per leggere e fare chiacchiere sulla gente del paese. Nel lavoro io non ho mai commesso un'azione cattiva, la mia morale consisteva nel contare i resti giusti, rispettare al minuto l'orario, tagliare i bollettini lungo la linea tratteggiata. Parlavo poco, non si è pagati per parlare, a chi mi diceva sbuffando: «Questo mese la luce è una vera mazzata», io rispondevo con un piccolo sorriso.

Quando finivo con il lavoro andavo in piazza, cinquanta metri di strada, mi appoggiavo alla ringhiera e guardavo il lago ai piedi del paese. Dicono che centinaia di anni fa ci navigassero imbarcazioni immense, bordelli galleggianti accesi di torce e di balli. Dicono che pittori del nord abbiano ritratto meravigliosamente quel cerchio d'acqua. A me sembrava una cisterna scura, di quelle che risucchiano disperati e matti, e non è accaduto di rado. A forza di fissarlo, quel cerchio a volte si faceva quadrato, un televisore in bianco e nero. Dicono che nei secoli sono passati di qua molti uomini illustri, briganti, pensatori, e che ancora prima, tra i castagni del bosco, ci fu un tempio retto da un sacerdote universale che veniva sostituito solo da chi era in grado di ucciderlo: per questo il sacerdote viveva d'angoscia e d'insonnia. Dicono molte cose al bar, ma per lo piú bestemmiano e gridano leggendo il giornale. Non stavo male al mio paese, con un cenno del capo mi salutavano in tanti e i soldi bastavano. Avevo una casa di due stanze in cima a una salita e una vedova magrolina che il sabato mi faceva godere e ubriacare in pace; avevo conoscenze anche tra i cani della piazza, mi scodinzolavano attorno, mi annusavano, e io sapevo il nome di tutti. Ogni tanto passavo qualche ora con loro, a correre nei campi.

Di notte dormivo un sonno leggerissimo, rotto di pause. Spesso sognavo le mie mani, le vedevo aggrapparsi alle cose, stringere altre mani calde e lasciarle cadere; le vedevo volare nell'aria colorate come pavoni, lanciavano strida d'amore, battevano forte tra loro in un applauso felice e dopo un attimo erano rosse di sangue e gocciolavano sulle carte dell'ufficio.

Non credevo che la mia vita potesse cambiare. Era una vita adatta a me, come un vestito comprato fatto che non bisogna allargare né stringere. D'estate, però, quando di sera nuotavo nel lago, pensavo che quella pozza chiusa e nera in qualche modo era collegata al mare, che sotterraneamente un po' di acqua passava nell'oceano a reggere bastimenti, corpi di ragazze, cadaveri, delfini. Allora pisciavo, mandavo via da me un po' di caldo, lo facevo viaggiare.

Oppure in piazza d'improvviso notavo un oggetto che si spingeva verso di me come la mano o il sorriso di un mendicante; era una fioriera di ferro senza piú fiori, ad esempio, o la cassetta della posta, rossa e screpolata: la vedevo sola nella sua forma, diversa da tutto il resto, incassata nel mondo, incomprensibile, e mi faceva orrore e anche pena.

A volte mi veniva da ridere forte, all'improvviso, senza che ci fosse un motivo, e non riuscivo piú a fermarmi, mi dolevano le mascelle a forza di ridere, mi venivano le lacrime.

La vedova dopo l'amore certe sere mi prendeva per le braccia e mi guardava strana negli occhi: – Fai qualcosa, Tito, – mi diceva.

– Cosa?

– Non lo so, ma fai qualcosa.

– Io non voglio fare niente.

E poi è successo che all'ufficio postale è arrivata una lettera. Era una busta minima e come al solito non ho guardato né da dove veniva né a chi era diretta. È stato un collega a dirmi: – È per te, Tito.

– Per me?

– Sí.

– Ma io non ho mai ricevuto una lettera.

– Ecco la prima.

Allora ho preso il tagliacarte e con calma ho aperto la busta dal lato piú lungo. Dentro, piegato in quattro, c'era un foglio bianco, in alto portava l'intestazione di una rivista letteraria di Roma, nell'angolo in basso a sinistra, tracciata in rosso con una calligrafia minuta, tremolante, c'era questa frase: *Scrivi, Tito*. Ho girato il foglio per vedere se ci fosse altro, una spiegazione, un saluto, ma non c'era nulla.

Solo: *Scrivi, Tito*.

Ho pensato: chi può sapere che esisto e vivo in questo paese? Chi mi conosce? Chi può parlarmi in questo modo? E io chi sono per ricevere un messaggio cosí? Dov'è l'errore? In testa non mi arrivava nessuna risposta, però la gola mi faceva male anche solo a inghiottire la saliva. Mi facevano male anche le spalle, come se reggessero un peso.

Ho preso la biro mordicchiata e l'ho girata tra le mani quasi fosse un termometro difficile da leggere, poi ho riempito un foglio di scarabocchi e disegni osceni. E poi, senza pensare, in un minuto ho scritto queste frasi:

Sulle radici, passeri.
Sulle parole
terra e cento sassi.

Ciò che era grande ora è una casa
chi mi diceva vai ora è una casa
e sulla strada
ho messo solo un sogno.
Ballano i temporali sopra il lago
come le scarpe nere sopra il marmo,
ciò che rimane è una finestra
davanti a un lampo.
Oggi comprendo la lingua dei morti
i cani e il niente
e la bellezza è un fazzoletto bianco.

Ricordo che a casa in pochi minuti ho preparato la lettera di licenziamento e la partenza. Osservavo le mie mani ficcare camicie e maglioni in una sacca e non sapevo come fermarle.

Mi dicevo: non c'è motivo per fare ciò che sto facendo, e in realtà non so neanche che cosa sto facendo – quindi è bene che mi metta seduto, che respiri profondamente e beva un bicchiere d'acqua, e intanto le mani infilavano veloci spazzolino e rasoio in una tasca, quattro fazzoletti in un'altra, le aspirine in un'altra ancora. A voce alta mi dicevo: io sono sempre Tito, non un altro, non uno squilibrato, sono cresciuto in questo paese sul lago, ho un lavoro decente, mi piace fumare davanti al mio lago, mi piace che la domenica gli altri guardino la televisione nel bar e che qui tutti guadagnino con le fragole e i fiori, mi piace persino il sapore della colla dei francobolli e quello che la vedova ha tra le cosce – eppure già chiudevo cerniere, abbassavo serrande, spegnevo luci, davo mandate di chiave alla serratura di casa.

Sul campanello ho attaccato un biglietto rassicurante, almeno per me: *Vado via, ma torno*.

Sono partito a piedi in direzione di Roma, con il sacco sulla spalla, la giacca grigia e la cravatta dei matrimoni, un berretto di lana rossa in testa. Avrei potuto prendere la corriera in piazza, certo, sedermi in fondo, guardare dal finestrino un po' sporco le cose che restano indietro, risolvere il viaggio in mezz'ora. Ma non volevo farmi vedere, rispondere a domande cosí:

– Dove vai, Tito?

– A Roma.

– A fare che?

– Mi hanno chiamato per una certa cosa.

– Stai attento, quelli come te a Roma se li mangiano a colazione.

– E chi sono quelli come me?

– Vedrai, vedrai...

In piú sentivo i piedi tirare come cani che hanno fiutato qualcosa. Cosí li ho lasciati andare, giú per la via dei Laghi, tra le ombre che a poco a poco si incollavano alla sera. Non faceva freddo, era un aprile di cotone, ma ugualmente rabbrividivo nella schiena e nel petto: i muscoli tremavano come quando si aspettano le analisi e si teme il peggio e si spera il meglio. Calmo, Tito, va tutto bene, mi ripetevo camminando sulla corsia d'emergenza dell'Appia, con le ventate scure dei camion che mi sfioravano a sinistra, e a destra il rombo degli aerei che luminosi decollavano dalle piste di Ciampino. La gente viaggia, pensavo, mette chilometri tra sé e sé, divide i propri vestiti: metà in una camera ferma, metà in una camera d'albergo; viaggia per attaccare francobolli strani su una lettera dove c'è scritto: *Se non ti fai del male non cambia mai nulla*.

Io vado a Roma per essere poeta, pensavo.

E mi ripetevo: la rivista si chiama «La tana», l'indirizzo è piazza del Fante, io ho venticinque anni.

Chissà oggi quanti anni ho, il conto s'è ingarbugliato.

Sono arrivato in città che era notte e i piedi erano due pezzi di legno. Non avevo nessuna voglia di pagarmi una stanza e chiudermici dentro, cosí ho continuato a camminare piano piano fino alla stazione e da quello squallore, da quel viavai cupo e silenzioso ho proseguito verso le luci di via Veneto.

Un camion dei pompieri stava parcheggiato davanti a un albergo a cinque stelle, c'era tanta gente che guardava verso l'alto. Qualcuno rideva, qualcuno indicava qualcosa a un amico, qualcuno urlava con le mani a imbuto attorno alla bocca, i pompieri s'agitavano e si passavano gli ordini impennando una scala infinita, ma io ero cosí stordito dalla fatica che non riuscivo a capire nulla, mi mancava la forza per dividere i suoni dalle immagini, era un unico groppo rumoroso.

– Mi scusi, che succede? – ho domandato a un uomo che si batteva il giornale arrotolato su una gamba.

– Lassú.

– Cosa c'è?

– Sei cieco?

Lassú: ho cercato nell'aria buia e non ho visto niente; ho frugato ancora e ho trovato un uomo in smoking che dondolava su un cornicione. Aveva la camicia bianca e una bottiglia in mano, parlava, muoveva le braccia. I pompieri hanno montato un enorme materasso sul marciapiede. Quando l'uomo passava davanti alla luce di una finestra vedevo bene la sua sagoma robusta, giovane. – Al posto suo io m'ero già buttato, – ha detto uno con un cane lupo al guinzaglio che intanto mi leccava la mano. – Quello è un vigliacco, – ha detto un altro.

Improvvisamente mi è arrivata anche la voce del giovane in smoking. Rideva, diceva: – Non si può? Dici che non si può? E chi me lo impedisce? I preti, la mamma? C'è forse una parola che può fermarmi, e qual è? – Saltava su un piede solo, sull'altro, come in un ballo. Poi ha lasciato cadere di sotto la bottiglia: è rimbalzata sul materasso ed è finita sulla strada senza rompersi. È rotolata fino alle mie scarpe. L'ho raccolta, dentro c'era ancora un dito di vino rosso e l'ho bevuto.

– Non si può? E che mi fai, mi prendi a botte, mi processi? Faccio quello che mi pare, mi diverto. Un dispetto, ecco.

Da lassú ha cominciato a pisciare sulla gente. Qualche goccia mi ha bagnato la fronte, l'ho asciugata con il fazzoletto. La gente gli ha risposto a bestemmie e insulti, un gruppetto di ragazzi ha preso a intonare una nenia: «Devi morire». Dietro l'uomo in smoking, nella finestra illuminata, c'erano braccia che si dimenavano e si protendevano come supplicando. Su quei palmi aperti lui batteva il palmo, da americano. Ha gettato anche una manciata di banconote, volteggiavano in aria come grandi coriandoli e in strada la gente ha fatto a spintoni per afferrarle. Poi gli hanno mandato baci e urrà, hanno gridato: «Ancora, ancora». Sulla scala infinita è montato un pompiere, inerpicandosi nel vuoto è arrivato fino davanti all'uomo traballante, gli parlava con calma e quello rideva, faceva la mossa di tuffarsi, si riattaccava al muro, dava pedate al vento, sputava.

A un certo punto l'uomo in smoking ha guardato fisso di sotto e ha steso l'indice come a segnalare qualcosa, qualcuno. Era lí, fermo e matto, con il braccio puntato su un frammento di mondo. Lo so che non ha alcun senso, ma sembrava che in quella ghiaia umana indicasse proprio me.

Non volevo piú stare là ad aspettare che quel frutto cadesse o venisse raccolto e sono andato via cercando di non immaginare nulla, di non prevedere. In testa però pigiava un pensiero: chissà se a guardarla dall'alto la mia vita è diversa. Chissà com'è a guardarla dalla fine.

Appena svoltato l'angolo m'è arrivato lo strepito della folla, un'onda di voci talmente forte che temevo mi portasse il tonfo. Ma poi tutti hanno riso, di nuovo.

Ho trascorso la prima notte romana in un pronto soccorso. Non avevo alcun malanno, è che non mi andava di rimanere da solo e i bar erano tutti chiusi. Mi ricordavo di un tale che era venuto alle Poste a spedire un mazzo di cartoline: uno di quegli entusiasti che parlano con tutti e non si vergognano di niente. – Il lago è bellissimo, il paese è bellissimo, è una giornata proprio speciale, voglio mandare un saluto da qui ai miei amici.

Gli avevo venduto un metro di francobolli e mentre li timbravo lui parlava a ruota libera del suo lavoro – vendeva calendari illustrati –, di sport, del tempo, della famiglia.

– Ma sí, mandiamo un saluto anche a quella bagascia della mia ex moglie, – aveva detto, e aveva aggiunto di suo pugno un paio di firme femminili, pretendeva che firmassi anch'io. A questo punto mi aveva raccontato dove aveva conosciuto la ex moglie: in un pronto soccorso, lui con fortissimi dolori allo stomaco e lei con uno sbocco di sangue dal naso.

– Il pronto soccorso è il posto migliore per conoscere la gente, lí hanno tutti paura di morire e vogliono sembrare piú buoni.

Allora ho iniziato a capire che chiunque può regalarmi una verità, anche piccola.

Al pronto soccorso dell'ospedale *San Giacomo* c'era un bel calduccio, panche accoglienti, luce; nessuno dei medici mi ha chiesto di cosa soffrissi, al di là d'un vetro smerigliato erano tutti impegnati a ricucire, sgorgare e anche inveire contro la notte, e comunque io mi tenevo pronto un discorso lamentoso su un mal di testa aguzzo come un coccio. Una signora che piangeva e rideva a caso mi ha offerto un po' di caffè del suo thermos, una ragazza ha diviso con me l'ultima sigaretta: suo fratello s'era avvelenato con le pasticche per un amore andato in malora e ora lo stavano ripulendo.

– Suo fratello è un poeta? – le ho domandato.

– No, fa il bidello in una scuola elementare.

– Questo non significa molto, si può essere bidelli o impiegati alle Poste ed essere veri poeti.

– Mio fratello è solo un cane bastonato.

– Anch'io divento un cane, certe sere.

– Mi scusi, non capisco niente di quello che dice.

Ne sono arrivati parecchi di mezzi suicidi, uomini e donne con le vene un po' tagliate, un refolo di gas nei polmoni, dieci tranquillanti in pancia. Anche ragazzi che si erano cappottati in macchina. Speravo di ritrovare il ragazzo in smoking, vivo anche se rotto in cento pezzi, e domandargli se davvero mi aveva indicato e perché, ma forse quel povero cristo era già marmo sul marmo dell'obitorio. O invece stava a bere insieme ai pompieri, in qualche bar, chi lo sa. Mi ci è voluto poco a intuire quanto sia difficile la vita di chi abita in città. Ho visto un camice bianco appeso in un angolo e me lo sono infilato, per un senso di ordine e pulizia, quindi ho fatto la mia parte per trasportare oltre la porta smerigliata quei disgraziati, per stenderli con delicatezza sui lettini. Qualcuno mi ha chiesto di tenergli la mano mentre il medico interveniva, e l'ho fatto volentieri. Ogni tanto il medico mi indicava su un tavolino guanti di gomma, garze e strani strumenti e io glieli passavo, poi gettavo le cose sporche di sangue in un bidone, nettavo il pavimento, dicevo «va tutto bene» per tenere alto il morale dei suicidi e dei dottori. Mi hanno consegnato una siringa e ho fatto la prima iniezione della mia vita, credo abbastanza bene. Una donna con la testa rotta e un filo di perle al collo ha mormorato: – Giovane, mi racconti qualcosa di bello, la prego.

Non so perché le ho parlato di un albero che avevo visto arrivando a Roma, un grande albero cresciuto sull'asfalto di un cavalcavia, nel corridoio tra il guardrail e la rete di protezione.

– Uno spettacolo da non crederci. Mica un'erbetta da poco, sa, un signor albero, bello come quelli dei giardini: e non ha un briciolo di terra sotto di sé, solo cemento armato, e intorno la puzza dei gas di scarico, quel rumore brutto delle macchine. Dove la pesca l'acqua, e l'aria? E il nutrimento? Però aveva i rami pieni di uccelli.

La donna non seguiva una parola, aveva gli occhi altrove e sangue sulle guance e su alcune perle. – Vi prego, raccontatemi qualcosa di bello, – ha ripetuto e io non avevo piú niente da aggiungere.

Il medico che ho tanto aiutato d'improvviso mi ha rivolto un'occhiataccia, mi ha gridato: – Ma lei chi è? Che ci fa qui, esca immediatamente prima che chiami la polizia.

– Io sono un poeta, – ho risposto.
– Fuori fuori, buffone, impostore!
Mi sono tolto il camice e sono tornato nella sala d'attesa che albeggiava. Mentre la luce dei neon cominciava a impastarsi con quella delle finestre, mentre intontito dal sonno e dalla fame pensavo che dopo una notte da infermiere nelle retrovie iniziava il mio primo giorno da soldato, in quel minuto grigio e umido come una stazioncina ho stretto la mia prima amicizia romana.

Aurelio è un ragazzo magro e nervosissimo, con una faccia a virgola e occhi azzurri che strizza di continuo per un tic, due mani piccole che s'agitano cercando di accompagnare le parole nell'aria, di creare un varco per farle passare; in testa ha un mare spettinato di capelli biondi e intorno al collo una sciarpetta marrone. Parla veloce e si ferma, riparte di slancio e si blocca, quasi soffrisse d'un singhiozzo inguaribile. Delle persone mi sembra di percepire in un attimo il desiderio di verità, fino a che punto sono disposte a essere sincere con se stesse, a farsi traversare dalla vita: non conta poi molto ciò che dicono, le loro convinzioni, i progetti, conta il sorriso, è un cristallo su un'acqua chiara o torbida, pescosa o morta; conta il modo in cui tengono la testa, ferma come una pietra o dondolante per la spinta dei pensieri. Aurelio aveva un sorriso sperso e una camicia bianca e ciancicata da fuori e anche da dentro, a causa di quel tremore infinito che lo scuoteva. Mi è venuto vicino e mi ha dato la mano, ha stretto forte.
– Io ho una gamba di meno, – mi ha detto come prima cosa, lí sul portone dell'ospedale.
– Mi dispiace. Che ti è successo?
– È una storia lunga. Adesso non mi va di raccontarla. Adesso ho bisogno di mangiare, andiamo al bar. Mi chiamo Aurelio. Hai una sigaretta?
Camminava zoppicando, ma appena appena, poggiava i passi saltellando come un uccellino su un filo dell'alta tensione, come fosse pronto a staccarsi in vo-

lo. Ero contento di avere qualcuno con cui condividere i primi momenti della giornata, quelli piú in salita: mi sembrava che anche la stanchezza si fosse dimezzata.

Al bar abbiamo ordinato due cornetti e due cappuccini. Nella sua tazza Aurelio ha messo tanto zucchero e mescolando con il cucchiaino ha rovesciato quasi tutto nel piattino e sul bancone. Anche la crema che stava nel cornetto gli è colata gialla sul bancone.

– Stai un po' piú calmo, maschio, – ha detto il barista, un uomo grosso come una botte, la voce profonda e mostosa come una cantina.

– In che senso? – ha domandato Aurelio.

– Sporchi tutto, qui devi stare piú calmo.

– Io pago, ecco qua i miei soldi. Pago e se mi capita di sporcare pazienza.

– Sei un porco, devi vivere in un porcile.

– Sono quello che sono, dammi un altro cornetto, e anche un cognac.

– Senti, mi hai seccato, tieniti i tuoi soldi e vattene.

– Voglio un altro cornetto con la crema e un cognac.

– Neanche se lo paghi con la fica di tua madre.

– Ripetilo.

– Lascia stare, Aurelio, andiamo in un altro bar, – ho detto.

– Non ti prendo a schiaffi perché sei un povero zoppo nevrastenico, – ha detto il barista, e allora Aurelio ha preso la zuccheriera di metallo e l'ha ribaltata a terra. Sentivo i granellini scricchiolare sotto le suole e altri granellini, invisibili, scricchiolare nell'aria. Cercavo di restare immobile in quel vortice di forme e rumori.

– Ripeti le schifezze che hai detto! – ha urlato Aurelio al barista mentre la gente usciva veloce dal locale tenendo gli occhi a terra.

Una donnina da un chilo è sbucata dal retrobottega, si asciugava le mani su un grembiule lurido, diceva: – State calmi, stiamo calmi, pulisco tutto io, facciamo finta che non sia successo niente.

Con uno straccio grigio ha cancellato la crema e il caffè dal bancone, e intanto ripeteva: – Non è successo niente, son cose che capitano, siamo tutti un po' nervosi, è la città che ci rende cosí.

Aurelio si è seduto su una seggiola in un angolo, il respiro gli gonfiava e sgonfiava lo stretto torace, gli occhi scoppiettavano di tic, poi s'è chinato e ha preso ad armeggiare con mille gesti indefiniti intorno a una scarpa e sotto la campana dei pantaloni.

Il barista adesso era al di qua del bancone, sotto i suoi piedi pesanti lo zucchero crepitava e nella bocca gli fermentava un borbottio, mezze maledizioni, mezzi catarri. M'è passato accanto come nuvola di temporale ed è andato verso Aurelio, che a testa bassa ancora trafficava con i lacci del suo scarponcino.

– Lascia stare, – diceva la donnina al suo uomo, cercando di trattenerlo per un braccio. – Ridiamoci sopra, – e ridacchiava, ma da sola.

Io pensavo: ieri guardavo il lago, oggi guardo la città – e avrei voluto fare qualcos'altro oltre guardare, ma continuavo a restare fermo. In tasca palpavo con la punta delle dita la carta della mia poesia, mi dava una strana forza, dava un senso alla mia presenza.

– Vattene via, idiota, – ha brontolato il barista, e allora Aurelio s'è alzato in piedi davanti a quel colosso cupo, in piedi su una gamba sola, perché l'altra gamba Aurelio ce l'aveva in mano.

– Se mi sfiori ti spacco la testa, – ha detto brandendo quella zampa artificiale, quel randello con tanto di piede e di calza. Sotto il ginocchio il pantalone pendeva floscio e tremava come un panno abbandonato al vento.

Aurelio mi zoppicava davanti, con la gamba finta montata di nuovo al suo posto, e dietro a noi ogni tanto si accodava un cane, ci seguiva per un poco, spariva e ne veniva un altro.

Io gliel'avevo detto: – Aurelio, debbo andare a piazza del Fante, debbo parlare con una certa persona, – e lui s'è offerto di accompagnarmi, perché non aveva nulla da fare e la città è grande e contraddittoria, ci si può perdere mille volte nelle sue giravolte. In realtà siamo andati sempre dritti, lungo il Tevere che era carico d'acqua e bellissimo nei colori suoi e in quelli dei gabbiani e dei platani che lo sormontavano.

Procedevamo in silenzio, eppure mi sembrava di stare al centro d'una gran chiacchierata, intorno tutto bisbigliava al mio orecchio cose che ancora non capivo, e che presumevo molto importanti. Ero già venuto a Roma, ma come si visita una zia inferma che ci mostra le foto di quando era bella e noi stiamo attenti solo all'orologio, che passi un tempo decente per potere andar via. Stavolta invece venivo per rimanere, e quella mattina la mia nuova città mi piaceva, era fresca e speranzosa come me. Andavo che era un piacere, l'andatura leggera di chi si reca al primo appuntamento con una nuova fidanzata. Le ringhiere scintillavano ai raggi tiepidi del sole, le facciate delle case se ne stavano piacevolmente allineate, l'aria era azzurra e vasta, le vie piene di bambini diretti a scuola, e a me sembrava d'avere un aspetto promettente, con la mia giacca e la mia cravatta, la poesia in tasca e la sacca sulla spalla. Immaginavo che la gente mi notasse, che si chiedesse curiosa: chissà chi è quel tipo, dov'è che va cosí giovane e misterioso. Negli uffici, nelle scuole, nei negozi, giovani impiegate, maestre e commesse un po' scontente avrebbero detto: stamani ho visto un ragazzo niente male, uno che aveva il futuro attorno a sé e una bella giacca da matrimonio. Avevo già dimenticato l'aspro arrivo notturno, e non valeva la pena ricordare piú nulla della mia vita precedente, di quei giorni lenti. Era stata una vita di preparazione, ecco tutto, un tempo liscio e chiuso, simile a un uovo nella paglia. Prima di aprirsi, le uova sono tutte uguali, poi da un uovo esce un pollo, da un altro un falco, un altro va in padella a friggersi, un altro cade a terra. Io sentivo di avere ali grandi e molto cielo davanti, un vuoto immenso che dovevo riempire.

– Manca ancora tanto per piazza del Fante? – ho domandato ad Aurelio, e quasi speravo che non si arrivasse mai, che la mia marcia trionfale non trovasse arco sotto cui arrestarsi.

– Eccoci, – ha risposto. – La piazza è questa, – e ha allargato le braccia e le agitava per mostrarmela tutta. Con quei capelli intricati e il vento addosso sembrava uno spaventapasseri.

– È questa? – ho ripetuto.

– C'è scritto sulla targa, leggi se non ci credi.

La piazza al centro ha due giardinetti, uno piú grande e uno piú piccolo; un lato dà sul fiume, il lato opposto si sbrindella in tre strade che vanno via; ci sono siepi, alberi, panchine, una fontanella, un benzinaio e un solo grande palazzo, signorile.

– Allora sono arrivato, è quello il palazzo dove devo andare, – ho detto, e d'improvviso, mescolata all'euforia, mi è cresciuta l'ansia di immettermi in una storia senza senso, e come un mulo spaventato il cuore ha preso a tirare calci in petto.

– Ti aspetto. Mi siedo lí sulla panchina e ti aspetto, – ha promesso Aurelio. Vicino a lui s'è accucciato un cagnetto rosso e nero.

Il portone è di legno, un portone massiccio con una grande maniglia d'ottone. Sulla sinistra, incastonato nel marmo, c'è il citofono, sei pulsanti e sei targhette bianche, senza alcuna indicazione. Ormai conosco bene quell'ingresso a non so cosa, conosco ogni venatura del legno, i capillari azzurri del marmo, il freddo che quei pulsanti metallici mandano ai polpastrelli, ma allora m'illudevo che si trattasse di un portone qualsiasi, che bastasse spingere per essere accolti.

Ho suonato a caso uno dei sei campanelli e non è successo nulla. Allora ne ho provato un altro e poi un altro, e poi come un ragazzino li ho pigiati tutti con il palmo aperto.

Mi sono voltato verso Aurelio scuotendo la testa, con la faccia di chi si giustifica davanti al mondo per aver trovato subito un ostacolo alle proprie vergognose ambizioni, ma lui leggeva un giornale sporco di merda raccattato per terra.

Ho riprovato a tastare quei pulsanti, uno per uno, tutti, due alla volta, tre alla volta, tutti. Dalla griglia del citofono è fuoriuscito un respiro molle, pensieroso, qualcosa come un vento di scirocco. D'istinto ho fatto un passo indietro.

– Chi è? – ho inteso gorgogliare dentro a quel fiato.

– Mi chiamo Tito, ho ricevuto una lettera dalla rivista «La tana» e sono venuto qui a proporre una mia poesia.

– Perché?

Non mi aspettavo quella domanda e non ho trovato una frase giusta per rispondere. Perché d'improvviso sorridiamo a una sconosciuta, a lei e non a un'altra? Perché invece di tornare a casa aspettiamo che tutto il rosso della sera si faccia nero? Perché un pesce scoda veloce a mordere il verme arricciato sull'amo? E perché certe volte siamo cosí felici da non ricordare piú i nomi delle cose e neanche il nostro? Perché io ero lí, con un foglio di parole in una tasca e tutti i soldi che avevo nell'altra, lontano da casa mia?

– Perché? – ho risposto.

– Scrivi, Tito. Impara e scrivi, – ha biascicato quel respiro enfisemico e non c'è stato altro, il portone è rimasto sbarrato, il citofono s'è ammutolito e io sono restato lí, la spalla contro lo spigolo, a reggere il rifiuto che m'era caduto addosso, a strofinarmi piano contro quel palazzo chiuso. Avrei voluto mantenermi tranquillo, far finta di niente, ma uno sconforto umido mi stringeva le braccia, la pancia, la mascella, mi sentivo come una piantina lasciata fuori in terrazza, mentre gela.

– Siete voi che mi avete convocato, io timbravo lettere tutte uguali, mi accontentavo, scrivere non era cosa mia... Voi mi avete preteso... – dicevo a bassa voce, e nel pensiero, con una voce ancora piú bassa, mi ripetevo: indietro non posso piú tornare, ciò che ho lasciato non esiste piú, il lago è asciutto, nella mia mente il paese è crollato.

Dopo non so quanto ho sentito vicino un mugolio di cane. Un bastardone dal pelo giallo arruffato mi sorrideva. Anche Aurelio mi sorrideva, e fumava e tremava.

– Se ti va ti racconto la mia storia, – ha detto Aurelio, e io ho pensato: ascoltiamola, adesso è meglio la sua storia della mia, meglio ascoltare che farsi piccoli da una parte a pensare al peggio, e poi questa giornata è ancora lunga – e con la testa ho detto: sí, Aurelio, va bene, se vuoi racconta.

E Aurelio ha cominciato, schiacciando le parole una sull'altra come se dovessero entrare tutte in un'imprecazione:

– Quando facevo il servizio militare mi sentivo bene. La divisa mi stava perfetta, sembrava fatta dal sarto, gli ordini erano stupidi ma chiari, gli orari precisi: a quest'ora si mangia, a quest'ora si dorme, domani alle sette si marcia. Non dovevo decidere niente, neppure il taglio dei capelli. Mi piaceva anche spazzare la camerata, anche scrostare lo schifo dai cessi, mi calmava i nervi. Ogni tanto stendevo le mani e le vedevo ferme, come fossero le mani di un altro. Al poligono di tiro centravo i barattoli a cinquanta metri, uno dietro l'altro, e di notte non avevo piú quei sogni impasticciati di immagini balorde, dormivo e basta, vuoto nel vuoto. Dopo dodici mesi sono tornato a casa pieno di una strana fiducia e con piú muscoli. La gente l'avverte a prima vista la fiducia che uno ha in se stesso, le va incontro, la premia. Io non sprecavo piú un gesto, una parola, mi sembrava di stare nel ritmo giusto delle cose, continuavo a obbedire a un ordine incomprensibile, a qualcosa di piú grande di me, ero tranquillo come un servo. Ho subito trovato una fidanzata, Lorena, la piú bella della borgata, brillava come una vetrina di via Condotti, aveva mille mosconi fuori dalla porta, mille occhiate sulle cosce, e invece ha scelto me che la pensavo appena. Diceva che le davo sicurezza, che accanto a me poteva vivere tranquilla; diceva «ora sono un diamante in cassaforte». Anche per il lavoro non c'è stato problema: un tizio mi ha offerto un posto da meccanico nella sua officina, la piú rinomata della zona. All'inizio non ero capace di sostituire una candela, ma imparavo in fretta, ridavo vita alle batterie, facevo i cambi dell'olio, regolavo i minimi, non sai Tito quant'è delicato regolare il minimo, e intanto accordavo l'udito ai rumori piú intimi dei motori, dopo un mese mi bastava sentirli girare per capire cosa non funzionasse. Mi piaceva la mia tuta azzurra uguale identica a quella degli altri meccanici, mi sforzavo di tenerla piú pulita che potevo. Mi piaceva l'espressione concentrata che assumevo quando i clienti mi parlavano dei guai delle loro automobili. Qualcuna l'ho rigata con la chiave di casa, cosí, due unghiate e via. Presto il padrone ha preso a passarmi lavori impegnativi e una mezza paga. Il sabato sera uscivo con Lorena, lei si vestiva da principessa e io la portavo a ballare al *Bumbúm*, un locale di liscio verso Fiumicino, uno di quelli con l'orchestra e i tavolini. Ruotavamo affiatati come i pianeti del cielo, tra le braccia mi sembrava di avere la luna, la gente intorno ci guardava con invidia e noi non saltavamo una rumba, una polka, una bossa nova. Poi, sudati fradici, andavamo a fare l'amore in un albergo sul mare. Il cigolio della rete aveva il ritmo delle onde, tutto pulsava regolare come un metronomo. Ero calmo, oh, calmissimo, senza piú pensieri.

Parlava sempre piú veloce, Aurelio, sempre piú veloce, quasi per disfarsi in fretta di quei dolorosi momenti di felicità e arrivare presto alla pace della catastrofe. Io l'ascoltavo senza perdere di vista il mio palazzo, la finestra accesa all'ultimo piano.

– E un sabato pomeriggio, quasi in orario di chiusura, il padrone alza la testa da un motore e mi ordina di andare dal ferramenta a comprare un cacciavite. Ce n'erano a decine in officina, di tutte le misure, ma lui ne voleva un altro, lo voleva subito. Credo che neanche lui sapesse perché, aveva un'espressione nuova, da matto, mi ha messo un po' di soldi in mano e mi ha detto: «Muoviti, rapido Aurelio, ho bisogno di un cacciavite nuovo, scatta!» Ho preso un motorino senza fari né freni, un catenaccio buttato lí in un angolo, e sono schizzato in strada. Il ferramenta era a due isolati di distanza, cosí vicino che mi sembrava di stare già sulla via del ritorno.

A un incrocio una grossa berlina scura mi ha travolto. Ho fatto in tempo a vederla, a vedere l'uomo elegante che guidava, a tirare i freni, a piangere, a sentire male. Mi ha sbattuto contro un palo della luce ed è scappata via nel buio.

In ospedale mi hanno amputato la gamba sinistra. Lorena mi ha detto: «Non temere amore, ti starò sempre accanto», e dopo un mese ballava e scopava con due dei mille mosconi. Il padrone mi ha detto: «Adesso pensa solo a guarire Aurelio, pensa a rimetterti in piedi, ti tengo in caldo il posto», poi l'ha dato a un algerino di merda. La gente lo sente quando non vali piú nulla, quando sei caduto fuori dal giro buono.

– Una brutta storia, – ho detto. Non m'è venuto altro.

– Adesso la notte vado spesso al pronto soccorso, alcuni medici mi conoscono e a me sembra che il posto mio sia quello. E sai Tito quando ti ho visto cosa ho pensato? Ecco chi avrà cura di me, chi mi aiuterà, quel tipo ha la faccia buona.

– Io?

– Proprio. Mi terrai con te e mi dirai come vivere.

– Io devo entrare in quel palazzo, parlare con quell'uomo. Devo imparare, devo scrivere.

– Sarà una cosa lunga. Nel frattempo io sto con te.

– Forse preferirei di no.

– Io sto con te, è cosí.

Aurelio da mesi non aveva piú un domicilio. Dormiva qua e là, da amici di una sera, al pronto soccorso, nei parchi. Ho chiesto una stanza con due letti alla pensione *Edelweiss*, me ne hanno data una con il letto matrimoniale, una cameretta di otto metri quadri non lontana dai binari della stazione Termini. La carta da parati era di quelle che foderano l'anima dei falliti; la luce calava da una lampadina impiccata a un filo; il rubinetto del lavandino pisciava un'acqua gialletta. Il portiere della pensione aveva una tosse secca, insistente, uno scalpello che batteva sui muri.

– Grazie, Tito, – mi ha detto Aurelio.

A pranzo e cena mangiavamo in una tavola calda sotto i portici di piazza Esedra, pasta e pollo e un bicchiere di vino, e qualche spicciolo per i mendicanti e i suonatori di chitarra.

– Ora mi cerco un lavoro, stai tranquillo, – diceva Aurelio a bocca piena. – Ora mi metto in moto, riparto.

Nei primi giorni di quella primavera profumata di intenzioni, Aurelio mi accompagnava saltellando per le librerie piú grandi, quelle che oltre ai centomila libri spingono contro un muro anche le riviste piú strane. Lui toccava tutto, faceva crollare pile di volumi, si scusava, parlava di niente con gli sconosciuti, sfogliava i libri di divise militari e bandiere, di motori e minestre, chiedeva i prezzi, protestava. Io cercavo «La tana» e dal resto non mi facevo distrarre. Lo sapevo che la gente invade il mondo di strepiti e invocazioni, come chi affoga tra le onde, per farsi salvare. Ognuno di quei libri, con la sua bella copertina e il suo bel titolo, gridava: io sono qui, sono nei guai, ascoltami, prendimi.

– Questa rivista non me la ricordo, secondo me non esiste, – dicevano i commessi, ragazzi sbrigativi, senza alcuna attenzione. Afferravano con malagrazia un volume da una delle torri sbilenche e mi dicevano: – Legga questo piuttosto, è il romanzo del momento, piace a tutti.

– Eppure «La tana» deve esserci, – insistevo.

– Qui non l'abbiamo mai avuta.

Allora cominciavo a frugare per conto mio tra le decine di riviste abbandonate sulla parete di fondo. Alcune erano di mesi e mesi prima, avevano l'aspetto dei giornali dimenticati in macchina al sole dell'estate. Affrontavano argomenti a me ignoti, antropologia, linguistica, arredamento, etologia, con un linguaggio grave, panciuto, sazio di sé. Facevo fatica a immaginare dietro ai nomi e cognomi e ai titoli universitari di chi aveva scritto quelle pagine un corpo che provava freddo o sonno e che un giorno sarebbe morto. Ho guardato delle riviste d'arte, carta lucida, squillante. Un tale esponeva il gemello cieco. Un altro piantava chiodi colorati su un muro bianco. A Parigi un ungherese colorava i tronchi degli alberi sui boulevard, che sono i viali.

C'erano anche minuscole riviste di poesia, parole come torrenti, come saliva, che scorrevano via appena pronunciate. Però i cognomi erano caparbi, li sentivo ancora vaghi ma pronti a crescere come fanno i cuccioli. Quei fogli mi tremavano tra le mani, sussurravano beffardi: cerca, cerca ancora in mezzo a noi.

– Ma «La tana» non c'è?

– Gliel'ho detto dieci volte: non l'ho mai sentita nominare, non esiste. Adesso per favore mi lasci lavorare.

Aurelio nell'estrarre una rivista ne ha strappato la copertina e cosí ho dovuto comprarla: era una faccenda di scacchi, roba bianca e nera, gente pensierosa, cognomi stranieri, e tante lettere e tanti numeri accoppiati. L'articolo d'apertura aveva in cima una frase d'un grande campione slavo: «Ci vuole concentrazione e rispetto, fino a diventare pazzi».

Uscendo sconfitto da un'altra libreria ancora – con Aurelio accanto che nervoso mi domandava «e adesso? e adesso?» – pensavo che ognuna delle centomila persone che passeggiavano per il Corso o per le viuzze contorte, cariche di buste o a mani vuote, lente o veloci, sole o abbracciate, ognuna di loro, anche la piú sfaccendata, aveva un motivo per arrivare a sera, un appuntamento, una preoccupazione, un imbroglio, un bacio, qualcosa che poteva portarla fino al sonno, dove dimenticare tutto.

Io invece non sapevo cos'è che avevo. Un po' di mal di testa, ecco, una leggera angoscia, un raschio. La città mi sembrava un immenso orologio e io, lí dentro, un piccolo secondo che sarebbe passato stupidamente, cosí, tic tac. Ogni poco Aurelio mi rifilava un fastidioso pugnetto sulla spalla, voleva dire: eccomi qua, Tito, tienimi presente, Tito. Nelle gambe mi si accumulavano gli acidi della sfiducia, le strade erano tante e i volti tantissimi, ogni attimo conteneva un bivio e io avanzavo talmente a caso che forse retrocedevo.

– Quello è il palazzo del presidente della Repubblica, da quello si affacciava il duce Mussolini per annunciare le battaglie, e in quello si riunisce il Governo, lí decidono le leggi e tutte le cose, – mi spiegava Aurelio, e mi strattonava e mi indicava ansiosamente quelle facciate quando stavano ancora dietro l'angolo e non si vedeva niente.

Io dicevo: – Sí, d'accordo.

– È da questi palazzi che partono i loro ordini.

– Può darsi, non lo so.

Per fortuna in una piccola libreria di Campo de' Fiori ho scovato un'esile traccia, meno di un filo di fumo. Il proprietario aveva addosso cento chili di carne e l'aria serena delle persone che non sanno neppure dove stanno perché la mente è altrove, in un luogo perfetto e disabitato. Due clienti gli hanno chiesto titoli piazzati proprio lí davanti, li vedevo anch'io, ma lui non se n'è accorto e ha detto: – Mi dispiace, signori –. Uno dei due ha notato il libro e ha fatto il gesto di darglielo in testa: – Sveglia, amico, che la guerra è finita!

Mi sono avvicinato con discrezione, per non strappare completamente quell'uomo dai suoi pensieri: – Cerco «La tana», credo sia una rivista di letteratura, ma forse mi sbaglio, forse non esiste, – ho mormorato, mentre Aurelio fuori dal negozio caracollando e battendo le mani faceva volare via i piccioni, rideva, inseguiva i cani della piazza.

– «La tana», – ha ripetuto l'uomo.

– Esatto.

È rimasto parecchio con la bocca aperta in un'espressione ebete. Con due dita si strofinava piano una tempia e un filo di saliva gli brillava tra i denti. Però sentivo che dietro la fronte gli scorreva un elenco mostruoso di titoli, apparivano, sparivano, s'incalzavano, e via via le parole combinandosi tra di loro creavano altri possibili cataloghi, titoli nuovi, pagine ancora da scrivere.

– «La tana», una rivista di letteratura, – ha detto alla fine.

– Probabilmente.

– Me la ricordo, è come se la vedessi. La copertina è bianca, il titolo rosso, in caratteri corsivi. Sono pochi fogli, dodici, quindici, tenuti insieme da una rilegatura fatta con due botte di spillatrice. Un lungo articolo all'inizio e qualche poesia piú avanti. Ne ho avuto qualche numero, l'ultimo sarà stato piú di cinque anni fa, poi hanno interrotto le consegne.

– E cosa c'era scritto in quegli articoli?

Ha chiuso gli occhi, e di nuovo con due dita si massaggiava la tempia. Poi mi ha guardato: – Ho il sospetto che quella rivista non pubblichi piú, che sia morta e sepolta come tante altre piccole riviste del genere, durano una stagione, cantano, litigano e poi si suicidano.

– Va bene, ma cosa c'era scritto in quelle pagine? La prego, è importante.

– Perché lo vuole sapere? – D'improvviso il libraio aveva un'aria attenta, gli occhi erano pungenti, la fronte corrugata.

– Mi hanno spedito una strana lettera; chissà, forse riaprono e forse accetteranno una mia poesia. Sono venuto a Roma per questo, sa, e vorrei saperne di piú. Allora, cosa c'era scritto?

– L'ho a malapena sfogliata, sono passati parecchi anni, ne ho un ricordo vago.

– Mi dica, glielo chiedo per favore.

– Non so che dirle.

– Per favore –. E per l'imbarazzo ho piegato la testa verso la piazza: Aurelio non s'agitava piú, stava seduto in terra sul selciato in mezzo a cento colombi e ai cani, mi guardava serio.

Il libraio mi ha poggiato sulla spalla una mano grande e pesante, e poi ha detto: – La rivista era scritta tutta da una sola persona, questo me lo ricordo. Era in italiano, ma era come se fosse in un'altra lingua, come quando nei sogni qualcuno ti parla e le parole non arrivano, e tu dici parla piú forte che non capisco, piú forte, ma non c'è niente da fare, le parole le senti, sono lí per te, ma non ce la fai a metterle in fila e cavarne il senso, e all'improvviso la paura ti sveglia.

In quei primi tempi romani la notte non arrivava mai, e quando era notte non si faceva mai giorno.

Insieme ad Aurelio ho visto cento chiese umide, quadri anneriti di santi e madonne, chiostri, ruderi, colonnati, ho traversato piazze spropositate e viuzze come cunicoli, mi sono affacciato nel vento di tutti i belvedere, ho preso caffè in ogni bar, bevuto birra e ascoltato musica in cento locali fumosi, ho assorbito luce e buio, canzoni e rumori, ho camminato sempre, dormito quasi niente, e le ore sembravano ferme.

Dio mio, pregavo, fa' che il desiderio di capire non mi abbandoni di colpo, in mezzo al caos.

Eppure talvolta avevo l'impressione che tutto girasse da sempre in una lanterna magica, che le immagini si replicassero in circolo, modificandosi di quel tanto che basta a non svelare l'inganno; che i giardini, i marmi, i movimenti, le fontane e i corpi della gente lungo le vie nascondessero qualcosa di irreale, come se i loro contorni fossero smalti accesi da una luce artificiale, e la sostanza fosse il nulla.

Nella lanterna anche i miei pensieri si ripetevano uguali uno dopo l'altro, indipendenti dalla mia volontà, e cosí di ora in ora invariabilmente mi domandavo: perché sono arrivato fin qui? Cos'è che dovrò imparare, e chi me lo insegnerà? Perché devo scrivere, e cosa? Com'è la vita, bella o inutile? E soprattutto: chi sono io adesso, e per quanto tempo seguiterò a impormi questo interrogatorio?

Ogni giorno e ogni notte passavo a piazza del Fante e mi sedevo su una panchina del giardinetto pubblico. Speravo che il portone del palazzo si schiudesse, anche solo di trenta centimetri, anche di venticinque, per far uscire una filippina con un sacchetto della spazzatura o per far scivolare dentro un piccolo postino, e che quel taglio potesse rivelarmi ogni segreto. Ma il portone sembrava sigillato, muro nel muro.

Aurelio, seduto accanto a me, sobbalzava come una molla rotta e tirava sassate ai barattoli lontani, ma non li colpiva mai: allora raccoglieva manciate di sassetti e le scaricava contro la panchina di fronte, per farla tintinnare. Come un merlo indiano, con la sua testa a virgola ripeteva: – Ora mi trovo un buon lavoro, vedrai, Tito. Un buon lavoro, vedrai, non ti succhio piú denaro.

– Sí, Aurelio.

– Mi trovo un lavoro, lo trovo meglio di prima. Un lavoro e una donna. Tutto per bene.

– Certo.

– E un giorno rincontro anche quel maledetto che m'ha troncato la gamba. Lo ritrovo di sicuro. Dobbiamo pareggiare i conti, rimettere le cose in ordine.

– Sí.

– Però non mi dire sempre sí, mi innervosisce.

Sulla panchina ho scritto in un attimo la mia seconda poesia, senza carta e senza penna, posando le parole nella testa, come le pietruzze che tenevo in equilibrio sulle ginocchia.

I raggi della ruota
i saliscendi e i giorni
la ghiaia che si perde
via di lato, l'azzurra
inconsistenza della strada
e io sono la strada.

Gli uccelli neri e bianchi
l'ombra fredda dal cielo

alto come un gigante,
teatro della vita
tra pioggia e sete l'albero,
voglio essere l'albero.

Le case e le finestre
gli ignoti che procedono
quelli fermi sul bordo,
la paura del niente
tutto che sembra niente
voglio essere niente.

Avrei voluto subito farla giudicare al direttore de «La tana», ma era ancora presto, lo capivo da solo che era ancora presto, e comunque mi rimaneva l'impressione che dall'alto lui controllasse ogni cosa, che a occhi chiusi leggesse ogni parola sulle labbra del mondo.

E poi ho conosciuto Morella, come i bambini conoscono il fuoco, stringendolo tra le dita.

Credo che sia andata cosí.

Quel sabato pomeriggio camminavo a caso insieme ad Aurelio e a un paio di bastardoni. Rasentavamo le vetrine spalancate dei negozi del Corso, tutti quei vestiti rovesciati da dentro a fuori, fin sul ciglio del marciapiede, accompagnati da una musica battente, ammassati e scomposti da commesse di quindici anni – frane di pantaloni e camicie pronti ad avvinghiarsi a gambe e toraci, a farsi portare via per pochi soldi. La strada fermentava di corpi giovani, sembravano nati dall'asfalto, dai tombini, dai muri, si incrociavano moltiplicandosi a ogni metro, mi sbattevano addosso come grosse parole di carne. Avrei voluto deviare per qualche vuota traversa, ma ero trascinato dal flusso di quel discorso infinito, e i cani mi si stringevano alle ginocchia, e Aurelio mi si teneva aggrappato a un braccio per non cadere a terra, mi parlava di continuo all'orecchio. Alla bocca dello stomaco sentivo montare la nausea, portarmi in gola una saliva amara, le gambe erano stracci e la testa ronzava. Ogni gruppo di persone era come una frase appiccicosa, e poi ce n'era subito un'altra, ancora un'altra, un'altra, e qualche parola sola, sillabe spezzate e mai un metro muto.

E sognavo che tutte quelle parole macinate, quei vermetti tremanti, rientrassero nel tritacarne, a fare il percorso inverso per riformare dall'altra parte un corpo solo e bellissimo, un solo intatto silenzio.

Ho fermato una bella ragazza, le ho detto: – Anch'io sono giovane, ho venticinque anni, vivo qui a Roma da poco e devo ancora imparare a essere poeta. Credo di dover scrivere parole nuovissime, precise... Mi è arrivata una lettera, sa?

Ha riso: – E a me che me ne importa, chi ti ha mai visto? – ed è sparita nella calca prima che Aurelio riuscisse a toccarle i capelli. – Merda, – le ha detto.

Qualcosa ci ha sospinto fuori dalla corrente e siamo scivolati in una via laterale, e poi a caso per altri vicoli ombrosi, tra minime botteghe e monti di spazzatura, in un vento colloso, fino a quando non ci siamo ritrovati davanti a un palazzo imponente come una diga. Sulla facciata pendeva un telone bianco che a grandi lettere dichiarava: IO NON CI CREDO, e sotto, in caratteri appena piú piccoli, CONTRO LE ANTICHE E NUOVE MENZOGNE, PER UNA RAGIONE ANTICA E NUOVA.

Ad Aurelio ho detto: – Entriamo.

– È gente che chiacchiera. Andiamo via, ho sete, andiamo a bere.

– No, devo entrare.

– E perché?

– Da qualche parte devo pur cominciare.

– Allora io ti aspetto in quel bar all'angolo. Dammi un po' di soldi, poi te li rendo. Oggi bevo, domani lavoro.

I cani sono entrati insieme a me. Oltre una porta a vetri c'era una grande sala, una cinquantina di uomini seduti qua e là e centinaia di posti vuoti, un tavolo di metallo con i microfoni e l'acqua minerale, un uomo calvo che parlava e parlava. Mi sono sistemato nell'ultima fila: i cani hanno preso a vagare avanti e indietro tra le poltroncine rosse, loro sono fatti cosí, annusano, curiosano – poi qualcuno gli ha mollato un paio di calci nella schiena e sono tornati ad acciambellarsi ai miei piedi. Ci ho messo un po' ad afferrare le parole dell'uomo calvo al microfono, all'inizio percepivo solo una voce metallica che ogni tanto s'interrompeva in risatine acute, s'impennava nell'ira e ricadeva a piombo.

– Io non ci credo e non ci crederò mai, – ha urlato, e da questa frase ho stabilito il contatto con il discorso. – Il mondo sovrabbonda di persone che desiderano soltanto essere ingannate, poveri bimbi ai quali vengono rifilati tutti gli asini che volano nel cielo. Per le loro animelle sublimi la materia è troppo misera, troppo bassa, la chimica, la fisica, l'astronomia, la medicina sono scienze da uomini gretti, meglio credere ai rabdomanti, al mago Merlino, ai Dulcamara e agli angeli cialtroni d'ogni tipo. Meglio decidere del proprio destino leggendo i tarocchi, decifrando fondi di caffè, piú facile affidarsi ai segni zodiacali che alla fatica di un progetto responsabile. A persone cosí inconsapevoli bisogna raccontare di essere nati sotto un cavolo a merenda, d'avere un ippogrifo in garage, bisogna ridere di loro, ridergli forte in faccia, svegliarle dal sonno degli abracadabra! – e la voce gli è andata fino al soffitto, si è sfasciata in una risata tutta viti e bulloni, e i cani hanno ringhiato.

– Silenzio, – ha detto un signore con il papillon due file piú avanti.

L'uomo calvo ha bevuto un sorso d'acqua ed è ripartito: – Non c'è stato un caso di fenomeni misteriosi, e dico nemmeno un caso, che si sia potuto ripetere davanti a uomini lucidi e sereni. Ogni meravigliosa levitazione, ogni flessione di durissimi metalli ottenuta con il pensiero, ogni comunicazione con morti sepolti e putrescenti improvvisamente svanisce se qualcuno con un po' di sale in zucca si permette di assistere. Solo nella nostra città lo scorso anno sono stati denunciati per circonvenzione d'incapace decine e decine di sedicenti negromanti; cinque circoli dove si praticavano giochetti esoterici da luna park, tavoli che ballavano, fantasmi chiacchieroni e altre porcheriole, sono stati chiusi per truffa, e due presunti veggenti, che si diceva fornissero alla polizia inspiegabili spiegazioni, si sono rivelati per quello che erano, persone legate alla malavita, informatori che sapevano i fatti perché ci stavano in mezzo: semplici spioni. Eppure continuano a proliferare su infime reti regionali venditori di talismani e di ridicoli braccialetti fatati, maghi panzoni e sgrammaticati, fattucchiere da martedí grasso. Dal nostro congresso deve nascere un comitato perenne di vigilanza, ormai non basta piú alzare la voce e dire: «Io non ci credo», non basta piú sghignazzare, bisogna, lo dico idealmente, riattivare i roghi per le streghe e per gli stupidi, falò di saggezza che illuminino le menti e facciano giorno in quelle tenebre dove trafficano i ladri di anime. Alziamo i nostri accendini accesi, coraggio signori.

In sala sono calate le luci e quasi tutti hanno obbedito all'invito dell'oratore: tante fiammelle hanno punteggiato l'improvvisa penombra. Mi aspettavo che qualcuno cantasse «tanti auguri a te». L'uomo calvo intanto rideva forte, era un cigolio di catena, e i cani si sono sollevati sulle zampe e hanno preso ad abbaiare.

– Silenzio, cagnacci indemoniati, – li ha redarguiti l'uomo con il papillon due file avanti, senza mollare l'accendino fiammeggiante.

Poi le luci hanno recuperato vigore, gli accendini sono tornati nelle tasche delle giacche ed è partito un applauso generale.

Da un angolo della sala si è mossa una ragazza, ma credo di averla notata solo io, perché la gente era impegnata a sbattersi le mani, e anche l'uomo al microfono ci dava dentro in quell'applauso entusiasta. La ragazza era bassina ma aveva un passo deciso, capelli neri e lunghissimi che come uno scialle le coprivano la schiena, il profilo bianco, affilato, le mani strette a pugno e gli stivali. È passata veloce dietro il tavolo dell'oratore e ha afferrato il microfono come una cantante di balera, con il filo che le passava ampio tra le dita. Dalla mia ultima fila vedevo che l'oratore muoveva la bocca, ma le parole restavano laggiú. Forse diceva: chi è lei, che cosa vuole, mi ridia il microfono, se ne vada. La ragazza ha allungato la mano libera per tenerlo a distanza, ma lui insisteva, ha cercato di strapparle il microfono e allora lei con entrambe le mani gli ha dato uno spintone e l'aria ha gracchiato come se fossero volati via degli uccellacci dagli altoparlanti: mugolando i cani si sono rintanati sotto la mia poltroncina.

– Adesso parlo io, seduti, – ha detto la ragazza con una vocetta roca, densa come catrame.

– Ma chi ti credi di essere? – ha urlato uno al centro della sala, volteggiando l'indice. – Bisogna iscriversi per parlare, bisogna rispettare le regole...

– Mi chiamo Morella. Seduti e zitti! – Ora aveva una mezza sigaretta spenta tra le labbra e ha detto: – Forza signori, prima ho visto brillare tanti accendini idioti e adesso non c'è nessun galantuomo che mi offra del fuoco? Forza!

Dal corridoio un tipo le ha lanciato con malagrazia l'accendino e la ragazza ha cominciato a fumare. Tirava a fondo e buttava via il fumo dal naso, due lance di vapore. Camminava su e giú dietro il tavolo, poi s'è storta una caviglia e s'è fermata.

– Le vostre teorie mi fanno veramente pena, – ha detto schiacciando la cicca sotto la suola dello stivale. – Che ne sapete voi, miseri ometti, di cosa contiene la mente, di cosa è il tempo, delle stelle e della morte, di dove vanno a ribaltarsi i pensieri. Niente sapete delle stelle e della morte, e quando verrà la vostra ora vi cagherete addosso, chiamerete i preti, bacerete i crocefissi, leccherete l'acqua benedetta. Direte: «Io sono stato buono, non ho fatto mai male a nessuno», le preghierine direte. Già vi vedo, bambinelli.

– Noi siamo liberi pensatori, siamo gli scettici! Ogni Dio è un nemico da calpestare! – ha gridato l'uomo con il papillon dalla barricata della sua poltroncina rossa. – E fate tacere questi cani!

– Oggi dice cosí, domani rantolerà l'Ave Maria stringendo la mano al prete, – ha proseguito la ragazza. – Ma in fondo chi se ne importa, non sono venuta qui per sgridarvi. Sono qui per sconvolgere le vostre tristi opinioni –. Ha fatto per versarsi l'acqua minerale in un bicchiere, ma la bottiglia le è scivolata di mano svuotandosi sulla gonna e poi a terra.

Io tenevo con cura quella figurina di ragazza negli occhi, non distoglievo lo sguardo e neanche le ciglia battevo, per il timore di non ritrovarla piú. Subito ho sentito che avrebbe avuto tanti bellissimi chilometri nel mio viottolo di giovane poeta: aveva la faccia pallida come l'ala d'un angelo e i capelli neri come l'ala d'un corvo, attorno a lei l'aria palpitava.

– Mi chiamo Morella e so leggere ogni pensiero, – ha detto, scuotendo la grande criniera e infilandosi tra le labbra un'altra mezza sigaretta. – Fuoco!

– Neanche i giornalini sai leggere! – hanno protestato.

– Ma quanti accendini vuoi, scema!

– So raccogliere ogni pensiero e ve lo posso dimostrare. Siamo vasi comunicanti, tra di noi ci sono tubi invisibili dove scorrono i pensieri, tubi e tubicini, fognature. Solo chi capisce che la vita è un transito d'energia sarà amico della morte.

Con un gesto furtivo l'oratore si è sfiorato il cavallo dei pantaloni, poi ha avvicinato il muso al microfono e ha detto: – È meglio che se ne torni a casa, cara signorina. Non siamo qui per fare pagliacciate.

Morella ha picchiato il tacco sul pavimento, nella mia testa: – Io vi sfido, poveri microbi scettici, mettetemi alla prova, rischiate.

Al bar all'angolo Aurelio probabilmente si era bevuto tutta la parte sua e quella di altri due o tre. Quando mi ha raggiunto e mi si è seduto accanto aveva l'espressione di chi, a diecimila chilometri da casa, avendo smarrito soldi, documenti, chiavi, recapiti e speranze, rincontra per caso un conoscente perso di vista da dieci anni. Mi ha preso la mano e gli occhi gli brillavano, ha infilato le sue dita tra le mie, mi ha poggiato la testa sulla spalla:

– Che succede in questa panza di balena? – e la domanda era all'interno di una zaffata d'alcol.

– Guarda.

Morella s'era fatta bendare con un foulard rosso e teneva le braccia piegate contro il corpo, stava dritta con la sigaretta spenta in bocca, sembrava una patriota pronta per la fucilazione. Senza motivo l'hanno fatta girare tre quattro volte su se stessa, poi l'hanno fermata. Intorno adesso aveva parecchia gente, qualche uomo le faceva boccacce e gesti osceni per verificare che non sbirciasse da sotto la stoffa, altri la toccavano senza rispetto. Anche nel mio paese c'era una donna strana, non cosí bella però, una stracciona che parlava alle cose e ai morti e non sapeva difendersi, e in piazza gli uomini la deridevano, le sputavano sulla schiena, le mettevano il sale nel caffè – eppure qualcuno, certe notti, di nascosto l'andava a trovare perché lei aveva il seno grosso e non sapeva difendersi.

– Fatemi respirare, – ha preteso Morella.

– Allora, io penserò un oggetto, una cosa semplice, – ha proposto il conferenziere, tenendole una mano su un fianco. – Lo penso e lo disegno su un foglio, di modo che in sala tutti possano controllare. Poi conto fino a dieci.

– Spero che tu sappia pensare e contare.

– Ci proverò, signorina, ci proverò.

– Cominciamo, su.

– Quando cominciamo lo decido io, cara la mia signorina.

– Ma che schifezza è? – mi ha domandato Aurelio senza lasciarmi la mano, e intanto sentivo i palmi riempirsi di sudore, e non capivo se colava da lui o da me. Il ginocchio della gamba buona gli sussultava come seguendo il ritmo d'una musica frenetica: mi ci sono appoggiato sopra per placarlo, ma non c'era niente da fare, aveva la forza d'un martello pneumatico. – Che schifezza è, che le stanno facendo a quella disgraziata?

– Aspetta Aurelio, vedrai come li svergogna, vedrai...

Con un pennarello nero, con un gesto da scolaro, l'uomo calvo ha disegnato su un grande foglio il tondo del sole e i suoi raggi, poi ha alzato il foglio affinché tutti vedessero. – Sto pensando, penso intensamente a questa cosa e conto fino a dieci. Uno.

Morella s'è presa la testa tra le mani, si intuiva che sotto la benda stava stringendo forte gli occhi, la faccia era una smorfia.

– Due.

Ha alzato una gamba, Morella, il ginocchio era davanti alla pancia e sul ginocchio la calza era smagliata: in sala piú nessuno fiatava, nelle bocche aperte sarebbero potute entrare e uscire le mosche della merda.

– Tre. Quattro.

Aurelio mi teneva la mano sempre piú forte, nella schiena e nel petto sentivo crescere come un crampo la tensione di quell'attesa, ero un arco tirato al massimo, la freccia incoccata che non scatta, la corda che geme, lo sguardo buttato avanti, su quel sole elementare, su Morella, oltre Morella, piú avanti.

– Cinque.

Un suono, qualcosa che somigliava a un gemito di fisarmonica: Morella cantava, le scappava una nenia lenta, due note nasali che scivolavano in basso e quasi non si percepivano piú, poi risalivano dolci come fragole. Ora il suo viso era assente, dimenticato, bellissimo.

– Sei. Sette.

Ce la farà, mi dicevo, è entrata in contatto con il pensiero e sa, lo sa a cosa pensa quel fetente, lei è cosí bella che di sicuro sa la risposta e tante altre cose. Sentivo la schiena che si rilassava un poco, che l'arco stava per lanciare la freccia verso il sole, per forarlo e volare via, a piazza del Fante, e piantarsi sulla finestra all'ultimo piano. Anche Aurelio aveva allentato un minimo la stretta di mano. Tra noi c'era meno sudore. – Forse è divertente, – ha sussurrato Aurelio.

– Otto.

Non devo avere paura, non devo mai avere paura. Devo scoccare la freccia, lasciarla andare.

– Nove.

Ora Morella cantava e accennava un sorriso, la benda rossa era come lo striscione dell'ultimo chilometro e poi quello del traguardo e lei stava per varcarlo a braccia alzate, e ora anch'io sorridevo come chi aspetta il campione e dall'ombra lo vede sbucare solo, primo. Pensavo: è giusto che io sia qui, in questa storia che dall'ombra allude a qualcosa di chiaro. Pensavo a quante cose potremmo capire se invece di prendere per vere le nostre parole, quelle sterili schiume, cominciassimo a scavare ciò che abbiamo sepolto, ciò che davvero vorremmo dirci e non sappiamo piú dov'è, cos'è: sotto qualche sasso devono esistere le cento parole trasparenti, io le voglio.

– Dieci! – ha gridato l'uomo calvo battendo le mani come un gong, e ha aggiunto: – Non c'è piú tempo!

Morella s'è scossa come dopo un letargo secolare e la sua musica mogia è finita: ha stirato le braccia, s'è pizzicata la faccia, un respiro roco le ha allargato il petto. Di nuovo la gente le si è fatta vicino, molto vicino, e le troppe voci accavallavano richieste e minacce: allora? Allora? Parla, streghetta! Fattucchiera, imbrogliona, dillo cosa ha pensato...

Di nuovo Aurelio mi ha serrato la mano, nel viso i suoi tic erano tutti al lavoro: – Il sole, deve dire il sole e fuggire via da tutto questo –. Ci siamo alzati e anche i cani ora erano in piedi, le zampe anteriori puntate sugli schienali, le lingue insalivate, ansimanti.

Deve dire il sole e venire via con me, pensavo.

Morella ha provato a togliersi dagli occhi il foulard rosso, ma dieci mani gliel'hanno impedito: – Prima sentiamo cosa ci racconti.

– Un attimo... – e intanto che tossiva per trovare la

voce, con due dita davanti alla bocca chiedeva una sigaretta.

– Prima parla, avanti.

– Vi spiego quello che ho visto. Prima c'era della nebbia, o fumo, non so. Era tutto grigio, perché il signore non cedeva con fiducia al suo pensiero, faceva resistenza. Poi però la nebbia s'è aperta e ho visto...

– Cosa, forza!

– Ho visto due corpi nudi che s'accoppiavano in una stalla.

In sala è esplosa una risata che era un terremoto, un sisma osceno di facce deformate dagli sghignazzi, di gomitate e maleparole, di gesti larghi, scomposti, piedi che rullavano il pavimento, fianchi che mimavano amplessi. Il conferenziere calvo ha avuto un attimo d'imbarazzo, un'esitazione, s'è asciugato la fronte arrossata con la cravatta poi anche lui s'è unito di slancio al coro sbracato: aveva la bocca nera, aperta come un buco. Hanno strappato il foulard dagli occhi di Morella, per spregio le hanno messo davanti quel sole raggiante, qualcuno le ha dato una spinta che quasi la faceva cadere. Da dove ero seduto mi sembrava una ragazzina abbandonata in mezzo a un mercato. Teneva il suo foglio in mano, lo fissava imbambolata sfiorandolo con la punta delle dita, poi un uomo gliel'ha portato via, l'ha stracciato in tanti brandelli e l'ha lanciato in aria gridandole in faccia: – Io non ci credo, non ci crederò mai! – Morella ha alzato i palmi per recuperare almeno qualche pezzetto di carta. Tre fiocchi di sole le si sono fermati tra i capelli neri, gli altri sono finiti a terra.

– Prendiamo a calci qualcuno, – ha proposto Aurelio.

– Lascia stare.

Sono andato vicino a Morella e le ho detto: – Vieni.

– Dove?

– Vieni con me, stai tranquilla, – e tra i fischi e gli sberleffi docilmente s'è fatta portare via da quella brutta gara, come una cavalla stanca.

Sul marciapiede fuori dal palazzo mi ha detto: – Aspetta, voglio riprovare subito con te, ce la faccio, con te sono sicura che ce la posso fare, pensa forte a qualcosa, – e mi ha poggiato la mano fredda sulla fronte. Ora che mi era davanti e mi guardava, vedevo una rete di rughe sottili attorno ai suoi occhi, i denti gialli di nicotina, le labbra screpolate, una grande bellezza perduta da poco, e nella carne mi sentivo vetri rotti e debolezza.

– Hai la febbre.

– Non so...

Ha premuto la guancia sulla mia guancia, ho sentito la sua voce roca che diceva: – Hai la febbre, poverino, hai la testa piena di rumore, – e la sua carne era morbida, cedevole, come una tenda oltre la quale forse ci sono le cose nuove: e l'ho abbracciata forte, lí davanti ai cani e ad Aurelio e al disordine della città, e senza motivo mi veniva da piangere, la stringevo come in un addio, e per tanti anni Morella io non l'ho piú lasciata.

Quella notte Morella ha dormito tra me e Aurelio, nel nostro letto matrimoniale, con i cani appallottolati sul fondo e il portiere della pensione che tossiva a piú non posso. A casa Morella non era voluta tornare, aveva detto che quando di notte si è agitati fa troppo buio e dal buio escono le voci cattive. Ci siamo sdraiati senza spogliarci, Aurelio non s'è neanche sfilato la gamba finta, s'è solo tolto le scarpe.

– Per ora qui si sta bene, e da domani lavoro, – ha detto Aurelio e io sono rimasto zitto.

Forse avrei dovuto vergognarmi d'ospitare una donna tanto bella in un posto cosí squallido, e invece provavo quasi orgoglio. La mia valigia ancora aperta in un angolo, i quattro cenci di Aurelio gettati in un altro e qualche suo capello crespo sul cuscino, le chiazze sui muri e sulle lenzuola, la puzza di miseria e di piedi, tutto mi sembrava descrivere la mia indifferenza per le cose facili, per ogni comodità. Tito non si accontenta, questo raccontava lo schifo che avevo attorno, Tito non è venuto a Roma per godersi una vita qualunque, diceva la goccia battente del lavandino, e l'informe pezzo del sapone sinceramente garantiva: a Tito non importa d'avere una piccola felicità, una sicurezza, Tito ancora non sa cosa gli importa, è qui per questo, è qui che cerca di capirlo. La ricchezza ha solo ciò che ha, la povertà è un vuoto che può accogliere il mondo. Ero sicuro che Morella ascoltava questi fruscii e li comprendeva bene.

Ha girato la testa verso di me, le sue labbra screpolate erano cosí vicine alle mie che sentivo il calore del fiato, le sue ciglia lunghe quasi sfioravano le mie, il viso era sfocato, senza margini.

– Dormiamo, – ha detto, e ha spento la stanza.

Dopo un minuto Aurelio e i cani ronfavano allo stesso modo; un'ora dopo io ero ancora sveglio, sentivo la febbre salire, la mia coscia bruciare contro quella di Morella e nel petto avevo un'apprensione, un tormento di spine, nella mente un andirivieni afoso di desideri. Avrei voluto toccare Morella, spogliarla, entrare in lei come un pellegrino entra in una città bellissima, rubarle qualcosa, avrei voluto sporcarla di me, della mia febbre, farla felice, infelice, scivolare nella sua umidità, affogarci, soffiarle parole eccitate nelle orecchie. Invece stavo immobile aspettando di calmarmi, che il cuore rallentasse il galoppo del sangue.

E cosí mi sono addormentato, non so per quanto, credo pochi secondi. Ho sognato che il direttore de «La tana» era accanto al letto, seduto su una poltrona invasa dalla luce fredda della luna, e io la vedevo bene la luna perché non c'era piú soffitto, sopra di me s'apriva il cielo notturno e le stelle tremolavano. Ho guardato meglio il direttore: aveva la pelle di mezza faccia ricoperta da una mostruosa macchia nera, una cosa gonfia, bagnata, deforme. Si è alzato con molta fatica, con la gravità di un vecchio secolare, e si è piegato verso di me. Ero quasi sicuro che volesse baciarmi, quel neo immenso mi metteva il gelo addosso, i denti battevano e per difesa mi sono tirato il lenzuolo sul viso. Invece il direttore ha cominciato a rimboccarmi le coperte con affetto, cacciando i bordi ben sotto il materasso; poi per riscaldarmi ha aggiunto una nuova coperta, e poi un'altra piú spessa, e la terza coperta non era piú di lana ma di terra, e sopra ha disteso altra terra. Non riuscivo piú a respirare, sentivo la terra in bocca, negli occhi, ma avevo paura di sbracciarmi, di uscire da quel mucchio e dover leccare la macchia umida sulla faccia del vecchio. Altra terra, altre coperte, e da lí sotto, mentre soffocavo, lo sentivo mormorare qualcosa, mi sembrava che dicesse: tu sei un seme, Tito, dovrai morire.

Mi sono svegliato e Morella era accanto a me, con gli occhi aperti. In silenzio, senza farci sentire da nessuno, ci siamo tolti i vestiti.

– Dovrò morire, – le ho detto.

– Anch'io, – ha risposto, e come confluiscono due scoli abbiamo unito i corpi in quella stalla.

La mattina seguente ci siamo trasferiti a casa di Morella. Abitava a via Sirte, nel quartiere Africano, una strada che è una biscia ritorta tra palazzoni di quindici piani. Il suo appartamento era in fondo alla rampa di un garage, accanto alle cantine e ai box delle macchine. Per arrivare al cielo lo sguardo deve scalare una muraglia di terrazzini, finestrelle, panni stesi, odori di minestre, strilla di bambini e di madri, croste grigie di intonaco, antenne a ciuffi. In cima c'è l'azzurro di Roma.

– Qui staremo benissimo, – ha detto Aurelio.

Tre cani sono entrati insieme a noi nell'appartamento e si sono sdraiati sotto un manifesto delle piramidi egizie attaccato al muro con le puntine. In piú c'erano due materassi, un tavolo, due sedie spaiate, un fornello e un altro manifesto, di un film di fantascienza, astronavi arancioni che volavano. Qua e là sul pavimento erano seminate tazzine del caffè colme di cicche, in un angolo ho visto un santino della Madonna di Loreto.

– Domani se mi impegno un lavoro lo trovo di sicuro, – ha detto Aurelio, e si grattava la testa cespugliosa come a dire: domani andrà cosí, ma ora intanto che facciamo, che c'è da bere?

– Domani ho due clienti, due signore che vengono a farsi leggere il futuro, – ha detto Morella.

Aurelio s'è buttato su un materasso e con un cucchiaio ha preso a battersi la gamba di ferro, ne tirava fuori un suono fastidioso, ossessivo. Poi ha buttato via il cucchiaio e s'è messo a dormire, chiuso su di sé come un cartoccio. Tremava anche nel sonno.

– Tra poco torno a piazza del Fante, – ho detto a bassa voce.

Mi sono seduto a terra e Morella s'è seduta accanto a me, le schiene contro la parete, le gambe allungate: le ho preso la mano e abbiamo fatto sera parlandoci solo con le dita, premendoci i palmi, strofinando i polsi. Lei si intrecciava e diceva resterai sempre qui con me, non è vero? Questa casa sarà la nostra casa, nulla ci mancherà se noi non ci mancheremo. Io guardavo la sedia, il tavolo vuoto, le sollevavo l'indice e dicevo ecco, lí scriverò pagine vere, di cui anche tu sarai orgogliosa, scriverò di noi e di me e della cosa strana che ci avvolge. Morella mi toccava il polso, si fermava a contare i battiti; io le sfioravo gli spazi tra le dita, le contavo i tanti anelli, e lei, schermendosi, chiudendo un attimo il pugno, rispondeva sono anelli da nulla, cocci colorati, non ci badare, nessuno è pegno di un amore, e con l'unghia rossa mi approfondiva sul palmo aperto il solco della vita, quasi ad aggiungere anni, pensieri, sentimenti, e io un po' mi vergognavo per quelle mani infantili, senza durezze, da ex impiegato alle Poste, le avrei volute piú forti, capaci di prendere e trattenere, e intanto pizzicavo la pelle sul dorso delle sue mani, e lei le ritirava nervosa, diceva ecco, te ne sei accorto, ho già la pelle secca, ho già trentacinque anni, presto ti stancherai di me, tu sei un ragazzo, un fuggitivo, e allora io nascondevo le sue piccole paure sotto le mie, le sue manine da strega sotto le mie grandi mani incerte.

– Pensa a qualcosa da farmi indovinare, Tito.

Ho cercato di bloccare nella mente l'immagine semplicissima di un cerchio, di non farlo diventare il lago fosco del mio paese né l'orologio inchiodato sulla parete dell'ufficio postale: solo un cerchio, facile e preciso, senza onde e lancette. Piú provavo a concentrarmi, piú il cerchio tendeva a trasformarsi in una pista del circo, in una pizza bianca e rossa, in un disco che girava chiassoso su un piatto, e allora gli cancellavo il pomodoro e i clown, le note di chitarra, e subito lui si faceva girasole, piazza, moneta, gorgo, non ce la facevo a tenerlo puro in un'idea. Forse i poeti non sanno la limpidezza, mi dicevo. Forse le cose non se ne stanno mai ferme a lasciarsi pensare.

Morella mi ha toccato la tempia e ha sorriso: – Ho visto un triangolo verde, luminoso. Un grande albero di Natale. È cosí, vero?

Io le ho detto di sí e lei si è stretta a me.

– Ma tu domani mi vorrai bene?

Le ho detto di nuovo di sí.

Quando la casa ha cominciato a farsi buia siamo usciti.

Sul lungotevere Oberdan, dopo il ponte e dopo una scuola grigia e squadrata come una caserma, dopo un semaforo affollato di mendicanti del turno di notte – i piú deboli, quelli destinati a raccattare pochi spiccioli –, dopo che già s'è camminato molto, proprio a un centinaio di metri da piazza del Fante, c'è un tratto dove sosta un furgoncino con la luce nell'abitacolo sempre accesa. A settembre, quando le scuole sono appena iniziate, di furgoncini cosí ce ne sono a decine, con gli sportelloni sollevati a mostrare cataste di libri di seconda mano, e attorno è un polverone di mamme e studenti ansiosi di comprare i testi per l'anno nuovo e rivendersi quelli dell'anno vecchio. I proprietari dei furgoncini afferrano i ragazzetti per i giubbotti, strappano le liste dalle mani delle madri, e dal ventre dei loro negozi a quattro ruote cavano ciò che serve.

E a ottobre c'è qualche furgoncino in meno, e sotto la pioggia e il vento di novembre migrano in molti, e a dicembre non se ne vedono piú di tre o quattro. E per tutto il resto del tempo ne resiste uno solo, con i pneumatici sgonfi, le foglie morte sui paraurti, i vetri lerci di pioggia e sabbia, la luce fioca dentro di sé.

Quella notte gli siamo passati accanto. Uno dei cani, uno nuovo, magro da far paura, ha alzato la zampa e ha pisciato su una fiancata: Aurelio ha riso cosí tanto che la giacchetta che aveva sulle spalle gli è caduta a terra, nel rigagnolo. Lo sportello di destra del furgoncino si è aperto ed è apparso un tipo semiaddormentato, i pantaloni sbottonati, la barba di tre giorni che assorbiva basette e baffi sottili. La voce era calpestata dalla stanchezza.

– Che c'è? Che libro cercate? Che vi manca? Io ho tutto quello che vi manca, guardate, scegliete. Vi faccio il cinquanta per cento di sconto, anche il sessanta se prendete due libri...

– Non siamo studenti, guarda bene, – ha detto Morella.

L'ometto ha inforcato un paio di occhiali tenuti insieme con il nastro adesivo, lenti che gli facevano gli occhi grandi come pesci. – Un libro serve sempre. Io ne ho troppi, mi si intristiscono.

Sul ripiano posteriore teneva una biblioteca in disarmo, fogli scompaginati, tocchi di vocabolari, manuali di geometria, vangeli, chimica e latino, album vuoti di figurine, elenchi del telefono, botanica. Ho frugato un poco, per cortesia.

– Qua in mezzo un libro che vi interessa lo trovate di sicuro.

Aurelio e Morella si sono issati sopra il parapetto che dà sul Tevere. – C'è poca acqua, le barche non arriveranno al mare, – ha detto Morella, anche se barche non ce n'erano. Aurelio fissava i circoli canottieri sull'altra sponda, vetrate in festa, ombre di ricchi, risate irraggiungibili. Piú sopra, il nero del cielo si scioglieva in vampe improvvise, silenziose, figlie d'un temporale lontano.

– È bellissimo laggiú, – ha detto Aurelio.

– Un libro che vi piace qui c'è sempre, fidatevi.

Ho guardato meglio quello sfascio di volumi, sfioravo e lasciavo, toccavo e i polpastrelli raccoglievano polvere.

– Se permette... – ha detto l'uomo e stringendo una torcia tra i denti s'è infilato a quattro zampe nella carta. Ne è uscito in fretta con un libro enorme, scopertinato. – Ecco un'egregia antologia della poesia italiana, secoli e secoli di versi, le piacerà, le servirà...

Mi sono ritrovato quella fisarmonica di parole tra le mani. – Quanto le devo? – ho domandato.

– Decida lei.

– Mi dica la cifra, la prego, io non ne ho idea.

– Facciamo cosí: lei mi offrirà una sigaretta ogni volta che passerà di qua, ce la fumeremo insieme leggendo le poesie.

– Va bene, una sigaretta ogni volta.

Con Morella e Aurelio e con sei cani mi sono avviato verso piazza del Fante, ma dopo qualche passo sono dovuto tornare indietro. L'uomo si era levato gli occhiali e si stava risistemando per passare la notte sui sedili del furgoncino. Ho tamburellato sul vetro con la punta delle dita. – Senta, non è che per caso ha anche una copia de «La tana», è una rivista... – e l'uomo già s'era rinforcato gli occhiali, aveva ripreso la torcia, di nuovo aveva aperto il cofano. Grufolava in quella spazzatura come un maiale da tartufi, parlava da solo, diceva ora cerco, ora la trovo, ho tutto, tutto. Da dietro gli osservavo il culo grosso, le calze bucate sui calcagni.

Al mucchio informe l'uomo ha sottratto un cartoncino, l'ha sventolato con soddisfazione e me l'ha offerto.

Era la pagina finale di un numero de «La tana» di dieci anni prima, il titolo e la data si leggevano ancora bene. C'erano macchie di caffè o di chissà che cosa, solchi e segni a spirale lasciati da una biro che tentava di scrivere, due angoli mangiati via. L'uomo del furgone ha avvicinato la luce della torcia per farmi decifrare le poche righe stampate in basso, inquadrate da una cornicetta. Si diceva che il direttore era stanco di fare tutto da solo, che il mondo era troppo grande, e forse la rivista avrebbe ospitato presto un nuovo collaboratore. C'era anche il nome, il mio nome.

A quell'ora della notte piazza del Fante era vuota, assorta, perfetta: nella quiete si sentiva bene l'acqua della fontanella che precipitava sulla pietra, come se non fosse un umile filo d'acqua ma un ruscello venuto giú dalle montagne. La finestra all'ultimo piano del palazzo era accesa, come sempre, quasi a indicare che nel pensiero non c'è tregua.

– Adesso cosa facciamo? – ha domandato Aurelio.

– Io devo aspettare, tu fai quello che vuoi.

Morella s'è stesa sulla panchina e ha poggiato la testa sulle mie ginocchia. – Toccami tanto i capelli, – ha detto, e con le dita le ho pettinato quella scia lunga e nera fino a quando s'è addormentata. Anche i cani dormivano, uno contro l'altro in un solo calore, e ogni tanto sussultavano passandosi i sogni.

Mi sono tolto la mia giacca da matrimonio, l'ho ammucchiata sotto la nuca di Morella e mi sono alzato per scacciare le formiche da dentro le gambe. Aurelio zoppicava avanti e indietro sul parapetto del Tevere, alzava di scatto le braccia e ogni tanto lanciava un saluto nel buio, verso chi, in quel circolo di là del fiume, continuava a far festa. Era come un naufrago abbandonato sulla riva che cerca di richiamare l'attenzione di una nave da crociera gioiosa e indifferente.

Passeggiando per una delle strade alberate che puntano all'interno della città, ripensavo al foglio della rivista, a quell'investitura, e mi sentivo forte. Per la prima volta capivo che la mia vita doveva aprirsi a ciò che le veniva incontro, perché tutto infine avrebbe avuto un senso. Presto sarò un redattore della rivista, pensavo, e in quel momento mi sembrava fosse la stessa cosa che partecipare alla costruzione dell'universo. Aiuterò a comporre e sistemare le parole, le pagine, l'indice, farò del mio meglio perché tutto sia a posto, scriverò dell'inverno e della primavera. Quando sarò redattore non farò piú sogni esagerati, non avrò smanie, tutto mi sarà semplice e chiaro.

Sulla facciata di un palazzo signorile poco lontano dalla piazza c'è una targa molto bella, l'ho scoperta proprio quella notte. Nella parte superiore del marmo è inciso un dirigibile d'oro, e piú sotto si rammenta a chi passa che in quella casa visse fino alla morte Umberto Nobile, il primo uomo a esplorare il Polo Nord: *Dall'alto, appeso a un pallone gonfio di gas, ha visto il ghiaccio eterno, la neve che non si scioglie, ciò che non muta. Ha visto il mondo prima del mondo, il tempo immacolato* – e poi un giorno è finito ad abitare qui, in un appartamento a cento metri da piazza del Fante, e avrà camminato per queste vie, si sarà bagnato i polsi alla fontanella. Sarà stato simile a uno dei tanti pensionati con il cappello che comprano mezzo litro di latte e il quotidiano delle brutte notizie, che protestano contro le macchine parcheggiate sul marciapiede. Nel quartiere nessuno incrociandolo avrà pensato «ecco un uomo che è salito sul tetto gelato del mondo, che ha visto la bellezza e l'incanto e l'orrore tutti insieme»; i ragazzi sui motorini gli avranno gridato «spostati vecchio di merda», il barista gli avrà rifilato meno resto e qualche busta di latte scaduto. Sotto quella targa di marmo e quei pensieri mi sono detto: il mondo non è crudele, ma per continuare a esistere deve ignorare la sapienza, perché la sapienza ferma le cose, e invece le cose vogliono rotolare, sporcarsi, urtarsi tra loro. Forse Nobile dalla cima aveva già visto queste amarezze, queste piccole strade finali, e non le ha evitate. Anch'io accetterò tutto, pensavo, sarò forte come un asino, caricatemi piú che potete, non dubiterò mai di ciò che avviene.

Sono tornato alla piazzetta a passo svelto. Temevo che in mia assenza potesse essere accaduto qualcosa di decisivo, che il portone per un momento si fosse aperto e, non trovandomi, si fosse sbarrato per sempre. Lo immaginavo come una bocca piena di denti e di fame.

Il portone era semplicemente chiuso, Morella dormiva ancora e anche i cani dormivano.

Aurelio stava discutendo a voce prima bassa e poi sempre piú alta con uno dei mendicanti del semaforo, un polacco biondino con le stampelle di legno e il pantalone arrotolato sopra il moncone della gamba sinistra, per lasciare ben esposta la sua unica mercanzia. Aveva dei baffetti da topo, il muso tondo, tonto.

– Qui non ci devi venire piú, questa piazza è roba mia, hai capito? – diceva Aurelio, e il rovo dei capelli gli si scuoteva come se dentro ci fosse intrappolata una volpe rabbiosa.

– Io ho sete, devo bere, – rispondeva il polacco.

– Cacciati nel fegato il tuo vino da mille lire, ubriacone.

– Ora ho sete di acqua.

– Me ne frego della tua sete, vattene a bere da un'altra parte.

– È troppo lontano un'altra parte, – diceva il polacco. – Io vengo qui in un minuto, bevo e torno al semaforo.

– Questo è come fosse il giardino di casa mia, della mia villa, ci faccio venire solo chi voglio io e a te non ti ci voglio.

– Ma perché, che fastidio ti do?

– Vattene, storpio.

– Anche tu cammini male, amico.

Aurelio ha dato una spallata a quel ragazzo, l'ha fatto cadere di schianto sulla ghiaia, e poi gli si è chinato sopra, agitava l'indice e gli gridava: – Che cazzo dici, figlio di puttana? Vattene via, vai dal tuo Papa e crepa, alcolizzato, storpio.

Poi ha afferrato una delle stampelle e gli ha tirato una mazzata in mezzo all'addome, e il polacco s'è raggricciato come una lucertola bucata da uno spillo, agitava le gambe, quella lunga e quella corta, come una doppia coda. Aurelio s'è allontanato di qualche passo, appoggiato alla fontanella s'è acceso una sigaretta, se la fumava da padrone, e ogni tanto si torceva e insultava quel ragazzo che a fatica, aiutandosi con una delle grucce, provava a rimettersi in piedi e ricadeva in terra, e riprovava.

– Non ci devi piú venire qui, mozzicone. Mi dai fastidio, mi metti tristezza.

– Tu sia maledetto da Dio e dal diavolo, – ha inveito il polacco, finalmente dritto sulle sue stampelle di legno. – Tu e questo giardino schifoso. Ci verrò a spargere la cenere, qua.

Non so cosa avrei dovuto fare o dire, e non ho fatto e detto niente, guardavo. Ho ripensato a Nobile e al suo dirigibile altissimo sopra di noi, nel cielo sopra il giardino appena maledetto, ma la finestra illuminata all'ultimo piano del palazzo mi sembrava fosse ancora piú in alto, come una stella.

Solo un cagnetto mi trotterellava accanto, ogni tanto alzava il muso, seguiva i miei pensieri e anch'io capivo i suoi.

Quand'ero al paese mi piaceva mutarmi in cane, era un gesto che avevo imparato da piccolo e mi veniva facile, come andare in bicicletta o tirare in buca le biglie colorate. M'allontanavo in mezzo al bosco insieme ai tanti bastardi della piazzetta e diventavo uno di loro, nessuno dei cani stupiva al fatto che poco prima ero un uomo. Correvamo sulle foglie morte dei castagni, ci mordevamo piano dietro il collo, per giocare, ci perdevamo dietro l'odore svelto di una lepre, a volte nuotavamo nell'acqua cupa del lago. Qualche cane aveva visto il mare, ad Anzio, a Lavinio, e lo raccontava a chi s'asciugava al sole; altri erano stati a caccia in regioni lontane, dove i cinghiali gridano e caricano. Io ho avuto cagne e ferite, lune da abbaiare, spine nelle zampe, bravi compagni. Le cagne in amore si offrono e si sottraggono – piú vorrebbero girare al largo, piú qualcosa le piega ad accettare il maschio. C'è sempre una pena nel modo in cui s'accoppiano, e quando ci stai sopra, la femmina ancora si gira rabbiosa, prova a piantare i denti nella carne, non vuole subire ma sa che deve. Il suo odore è piú forte di ogni libertà, è acre, violento, è una catena che stringe. E quanti amici ho visto morire, lí nel bosco sopra al lago, anche vicino ai ruderi del tempio: cominciavano a non avere piú voglia di stare nel branco, trascinavano le zampe nell'ombra. Poi rimanevano raggrumati dietro un tronco, non mangiavano piú nulla e con la bocca aperta e gli occhi ciechi cercavano di azzannare l'aria. Oppure d'improvviso una polpetta li avvelenava, e buttavano schiuma bianca dalla bocca, cadevano sul vomito e la diarrea: erano cani ancora giovani e ringhiavano contro la fine come contro un postino nero. Ma ora che ero in città non potevo piú farmi cane, la città stronca gli animali, li schiaccia in un attimo sull'asfalto e tira via. Ora avevo bisogno di piú tempo e di tutta l'umanità che possedevo per meritarmi il posto nella rivista. Però era bello prendere al volo mosche e farfalle, sentire quelle ali vibrare in bocca, a volte liberarle e a volte no. Era bello sentire la pioggia inzuppare il pelo, e poi quell'odore che si allargava come un respiro tra la pelle e l'umidità del bosco.

Ora andavo verso la casa di Morella, la mia casa in fondo alla rampa, e il cagnetto trottava accanto a me. Rallentava per annusare gli spigoli, per controllare i sacchi neri di spazzatura, le ruote delle macchine parcheggiate, i sassetti, i bambini, le merde. Allora ho rallentato anch'io e ho scritto questa piccola poesia:

Voglio abbracciare tutto,
palpare il mondo.
I cani sono mani.

Morella aveva una cliente, una signora grassa con i capelli gonfi e arancioni come una nuvola al tramonto, grandi cerchi d'oro alle orecchie, rimmel a strapazzare gli occhietti acquosi, e la faccia che derapava molle in una serie di onde e sottomenti fino alla barriera d'una collana corallina.

Morella le stava davanti con il suo profilo da scure, e lo sguardo dritto, affilato.

Io mi sono fermato sulla porta, per non disturbare, per osservare.

– Come sarà il mio futuro, cara Morella? Mi sento cosí inutile, i figli se ne sono andati, mio marito se n'è andato, le giornate se ne vanno e neanche fanno rumore, scivolano sulle pianelle. Mi sembra che sia sempre domenica pomeriggio, coi negozi chiusi, le radioline che parlano di calcio, le strade deserte e calde di quel sole fastidioso, e io sto ferma sul divano a fare vecchiaia. Eppure non ho nemmeno cinquant'anni, capisci, magari ho ancora un mucchio di tempo da vivere...

Aveva una voce lamentosa, la donna, una di quelle voci che talvolta si intercettano casualmente alzando il telefono, e sono parole e colla. – Come sarà questo futuro mio...

– Si tolga le scarpe, stia comoda, – ha detto Morella.

La signora si è sfilata le scarpe di coccodrillo e ha scoperto due piedi pallidi, con le unghie annoiate di smalto rosso. – Alcune mie conoscenti mi hanno detto che lei è tanto brava a indovinare il futuro, che lo racconta giusto. A dire il vero io non sono neanche sicura di volerlo sapere questo futuro mio... Però mi capita ogni pomeriggio di fare solitari e stabilire dei patti con le carte: se riesce allora mio figlio telefona, se riesce c'è un bel film stasera alla televisione... Pretendo poco, e comunque imbroglio. Ma come sarà il futuro, Morella? Io mi sento stanca, la carne si sfascia, tutto rovina, anche la carta da parati si sta staccando, vengono via delle strisce cosí tristi...

– Vediamo –. Morella ha steso la sua mano carica di bigiotteria e l'ha piazzata sulla fronte della signora. La signora ha chiuso gli occhi, li ha riaperti, e muoveva un poco le labbra, come quando in chiesa si seguono le preghiere e non si ricordano piú le parole. Temevo tanto che Morella si lanciasse nelle sue intuizioni tutte sbagliate e già provavo pena per lei, la pena e l'affetto che sento per chi si illude. Per fortuna ha detto solo: – Sento oro e azzurro, qualche pietra che cade –. Quindi da una tasca della sua lunga gonna nera Morella ha cavato un cilindretto rosso e giallo, un oggetto che pareva ridicolo solo a guardarlo. Ha svitato il tappo e ha consegnato con una certa solennità quella cosa alla signora. – Soffi, – ha detto.

– Cos'è? – ha domandato timorosa la signora.

– Soffi nel suo futuro, – le ha intimato Morella.

– Ma non mi legge i tarocchi, il fondo del caffè, o la mano? Credo d'avere nel palmo alcune linee sconclusionate, anche dei vicoli ciechi...

– Stia tranquilla e soffi lí dentro.

Si faceva obbedire, Morella, alzava e induriva la voce quel tanto che bastava a simulare un'autorità affettuosa, e le signore – questa e tutte le altre che ho visto calare nella casa in fondo alla rampa – erano cosí smarrite, persino prive di domande, che subito si mettevano in riga a soffiare nel futuro, come piccole reclute della speranza.

Cosí la signora ha stretto le labbra a cuore, quasi a mandare un bacio, e diligentemente ha soffiato in quel foro di plastica gialla che teneva in mano. Un fiotto di bolle di sapone è volato via nella stanza, ce n'erano di minime e grandi, e la luce le vestiva di bei riflessi, l'aria le cullava per un poco e poi le lasciava morire sul pavimento.

– Che buffe... – ha detto la signora, e insaponandosi il suo fiato ha dato corpo ad altre bolle ancora, piú numerose di prima, ancora piú vivaci. Il cane che era con me le fissava stranito, e una bolla è arrivata fino a lui e gli è scoppiata sulla punta del naso. Pensava: gli uomini non hanno soltanto le parole e la tosse dentro di loro, il sangue e gli urli, hanno anche queste sfere leggere, colorate.

La signora adesso sorrideva, muoveva le dita dei piedi. Morella, invece, manteneva l'espressione severa di chi scruta nelle viscere del tempo e riflette.

– Allora? – ha domandato la signora. – Che mi dice?

Di nuovo m'è presa un'avvisaglia di paura, quell'imbarazzo che al paese mi faceva cambiare canale quando vedevo alla televisione gente che farfugliava sciocchezze, che si confondeva per ignoranza o presunzione. Cambiavo canale e gli avventori del bar protestavano, per loro era divertente ridere alle spalle degli altri. Ma io vorrei che tutti facessero una bellissima figura, qui nella vita, che chiunque prende la parola dicesse la cosa giusta. E se non ha da dire nulla di giusto, attenda, come faccio io, che sto zitto e attendo.

– Come sarà questo futuro mio? – ha insistito la signora.

– Bellissimo, – ha risposto asciutta Morella, rassicurando tutti noi. – Le sue bolle di sapone hanno parlato chiaro, il suo futuro sarà bellissimo.

– Forse le hanno detto anche qualcosa di piú preciso, quelle bollicine? Non so, su mio figlio che ha ancora molti esami difficili da superare, o su quella bestia cattiva del mio ex marito...

– Volavano via bene, in lei c'è sempre molto vento fresco, il suo respiro è aperto e spinge verso viaggi felici ogni vela che lo incrocia. Arrivederci, signora.

E la signora s'è rimessa le scarpe: era come se avessero le alucce di Mercurio, la facevano ballare lieve nei suoi ottanta chili di grasso raffermo. Ha pagato con soddisfazione e uscendo mi ha stretto forte la mano, l'avrebbe stretta pure a un lebbroso con la campanella al collo; ha anche carezzato sotto il muso uno dei cani – nel frattempo erano diventati tre o quattro e muovevano le code come sbandieratori alla festa del santo risorto.

Dopo una settimana la signora era di nuovo lí, a dire io sono una povera donna, ormai.

A una donna Morella faceva soffiare le bolle di sapone, a un'altra porgeva una spazzola d'avorio e le diceva avanti, si spazzoli con forza e canti una canzone, a un'altra dava un foglio bianco e tre pastelli colorati e le diceva butti giú un bel pastrocchio. Per tutte il responso era eccellente, poche parole che piovevano come gocce fresche in uno stagno secco, e le signore andavano via rinfrancate, felici di quel quarto d'ora di speranza.

– Ma mi vuoi bene, Tito?

– Ma certo, certo...

– Te ne stai tutto il giorno con i cani al giardinetto, sotto quella finestra.

– Sono loro che stanno con me. Ma tu davvero sai leggere il destino delle donne nelle bolle di sapone? Si può capire ogni cosa attraverso ogni cosa? È cosí?

– Sento che quelle donne possono farcela.

– Ma cosa vedi nelle bolle di sapone? Che c'è là dentro?

– Tante cose, ma non so come spiegartele. Anche i pianeti girano nella loro grande stanza, e chi li guarda li capisce. Però adesso abbracciami, ti prego.

Si faceva piccola contro il mio petto, si proteggeva e non parlava piú, voleva solo baci. Oppure ripeteva: – Stiamo cosí bene insieme, non ci serve nient'altro, vero? Non usciamo in giro per la città, non ci perdiamo in quel marasma d'infelicità.

Qualche volta, però, la convincevo a uscire con me, e quasi sempre Morella voleva andare a piazza Navona, là dove stanno allineati gli indovini – donne col fazzoletto stretto in testa, uomini con grandi barbe, ciechi, tutti seduti dietro i loro banchetti ad aspettare i clienti, con le lampade a gas che staccano violentemente i loro profili dalla penombra. Morella li osservava come un bambino allo stadio osserva i suoi campioni, me li indicava uno a uno sorridendo con i denti piccoli e bianchi come mentine, diceva quello è il tedesco, quella parla in latino con i morti, quella non dorme mai, non ha mai dormito. Di un ciccione enorme mi ha assicurato che levitava ogni luna nuova.

– Si solleva da terra di quaranta centimetri, te lo giuro, Tito.

– È bravo.

– È in contatto con gli angeli.

– Vuoi un gelato, Morella?

– No, restiamo ancora qui un poco.

– Adesso devo andare a piazza del Fante.

– Ma perché, rimani con me, guardiamo i maghi.

– Devo andare, lo sai.

– Però prima riaccompagnami fino a casa, c'è troppo disordine per le strade.

E per quel labirinto di vie pensavo che prima di ogni persona c'erano stati un uomo e una donna appiccicati in un letto, in una macchina, in un campo – e nonostante il chiasso e le vanità della notte, chi girava cercava solo un altro letto, un'altra macchina, un altro campo, e cosí da sempre. La città era colma di desideri che si inseguivano alla cieca, e di campi nascosti in mezzo alla paura. Forse chi siede davanti ai banchetti dei maghi vuol domandare solo: adesso dov'è il mio campo? Esiste ancora?

E a casa Morella mi teneva ancora stretta la mano, non la lasciava, diceva se ti addormenti accanto a me, Tito, vedrai che sogni belli ti mando nei sogni, per te amore posso farlo, ne sono certa – e mi leccava le palpebre, mi alitava tiepida sul viso il suo vento buono.

Ma i sogni che facevo non erano belli.

Stavo nel mio giardino a piazza del Fante, e da lí, ruotando lo sguardo, controllavo il Colosseo e San Pietro, il Pantheon e i grandi caseggiati della periferia, pieni di finestrelle e panni immobili. Era un immenso presepe avvolto da una luce dorata, nelle vie scorrevano lenti greggi di pecore e la gente era vestita con caffettani e turbanti, i piedi scalzi, i bambini al fianco. Venivano nella mia direzione, proprio verso la mia piazzetta, dove la fontanella gorgogliava come una sorgente d'acqua pura, e tra le mani tenevano regali e giochi comprati nei negozi del Corso. Io ero stupito, ma pensavo: vengono tutti a omaggiare il direttore della mia rivista, loro presto lo vedranno, ci parleranno, e li invidiavo. Di colpo una nuvola nera ha rattristato ogni strada, di colpo era sera tardi e la terra ha cominciato a ruggire come una tigre ferita, si è incattivito un vento gonfio d'una cenere che bruciava gli occhi, e tutto crollava e bruciava, le cupole si frantumavano come terrecotte, le case s'accartocciavano su se stesse, l'aria s'è riempita delle schegge delle vetrine spaccate e di fumo, le pecore scivolavano come acqua bollente nelle crepe del terreno. Ho visto in alto una lunghissima sciarpa rossa portata via veloce dal vento, non finiva mai.

E poi tutt'intorno non c'era piú niente, il giardino galleggiava nel vuoto come un'isola. Chiamavo Morella, Aurelio, chiamavo forte mia madre e la gente del mio paese e i cani, e nessuno rispondeva. Si sentivano appena, lontanissime, le risate che arrivavano dai circoli canottieri. E poi neanche piú quelle, oltre la riva della piazza non vedevo altro che buio e silenzio, odore di bruciato. Ero rimasto solo nel mondo, e quell'isola deserta era il mio campo. La finestra all'ultimo piano del palazzo ardeva come un forno inesauribile.

Quando mi svegliavo anche Morella si svegliava, mi guardava da cosí vicino, mi diceva amore, ti ho sognato tanto.

Nella mente il tempo è una matassa di lana che spela, e non ricordo piú se certi fatti sono avvenuti prima o dopo di altri, se sono avvenuti davvero. A volte mi sembra d'aver fatto l'amore con Morella prima d'averla conosciuta, o che il polacco che malediva la piazza debba ancora passare – che la lettera che m'ha convocato non sia ancora arrivata. A volte mi sembra d'essere già un'ombra, e che quello che accade sia solo un ricordo.

In un certo punto della mente c'è Aurelio che dice: «Ho trovato lavoro».

Era piú magro che mai, un filo di rame saturo d'elettricità, e in testa i capelli non smettevano di crescergli e d'arruffarsi. La notte dormiva con noi nella casa in fondo alla rampa, ma spesso spariva per tre o quattro giorni e quando tornava aveva gli occhi da matto, puzzava, rideva.

A Morella che desiderava leggergli il futuro, Aurelio rispondeva male, le mostrava le mani zozze e tremolanti, ci sputava sopra, diceva: – Brutta strega, te lo spiego io come sarà il mio futuro: presto o tardi incontrerò quel bastardo che m'ha troncato la gamba, e l'ammazzerò e finirò in galera, lí sarò come tutti gli altri.

Ogni tanto, però, Aurelio e Morella si sedevano da una parte e parlavano fitto fitto, mi guardavano.

E un giorno, seduti su una panchina di piazza del Fante, Aurelio mi ha detto: – Tito, ho trovato un buon lavoro. Al bar della stazione bevo con un vecchio che tiene in ordine i campi da tennis d'un circolo sul fiume. Da trent'anni passa il rullo e spazza le righe, dice che è come se avesse ripulito dieci volte la riga dell'equatore. Al circolo cercavano un cameriere per le feste, uno che porti gli aperitivi, le noccioline. Il vecchio mi ha presentato al direttore e pare che gli vado bene anche cosí, con la gamba finta. Mi hanno fatto provare giacca bianca e pantaloni neri: la mia taglia perfetta, sembra che sono nato con quella divisa addosso; mi hanno dato un vassoio carico di bicchieri pieni d'acqua fino all'orlo e ho fatto un giro splendido per la sala, non è cascata neanche una goccia. Domani sera comincio.

Non so perché ho pensato ai pesci del fiume, a quanta fatica devono fare per resistere alla corrente e non finire buttati nell'acqua salata del mare. Incessantemente il fiume li spinge verso la foce, e loro, piccoli come sono, devono spingere nell'altra direzione. Se si addormentano, se sognano la pace dei laghetti immobili tra le montagne, il fiume li trascina via con sé di ponte in ponte, fino alla morte salata. L'acqua non ha maniglie e i pesci non hanno mani per aggrapparsi ai sassi, non hanno piedi da puntare né una stanza con una porta da chiudere, devono nuotare giorno e notte contro la corrente, e intanto mangiare, deporre le uova e proteggerle, provare a capire il fiume, le barche, i pescatori, e anche essere felici.

– Questo mese sono in prova, poi mi pagano. E ci sono pure le mance, e il vecchio delle righe m'ha detto che spesso i soci ricchi regalano agli inservienti gli accappatoi che non usano piú, le magliette, i polsini di spugna.

– Il futuro è rosa, gambo lungo e senza nessuna spina, – ha predetto Morella.

– Dalla terrazza del circolo si riesce a vedere questa piazzetta. Vi saluterò ogni volta che potrò.

– Anche noi ti saluteremo, Aurelio.

Tutti e tre, lí sulla panchina, in silenzio abbiamo fatto strani gesti, larghe sbracciate, prove generali di quel saluto da lontano. Poi Aurelio s'è alzato e zoppicando e grattandosi la testa è andato verso il ponte, e la mattina dopo era al lavoro.

A volte, soprattutto se al circolo le feste tiravano fino a tardi e bisognava ripulire la sala, il direttore ordinava ad Aurelio di fermarsi a dormire su una branda, nello sgabuzzino dove venivano riposti gli ombrelloni e le sedie a sdraio. Aurelio si sentiva come un cardellino al quale viene coperta la gabbia con uno straccio nero. Ripensava alle belle ragazze che la mattina facevano il bagno nella piscina del circolo, e alzavano schiuma e gridolini, e che ballavano, la notte, strette nei loro vestitini attillati – ripensava alle loro cosce sode e si masturbava. Indirizzava il seme sulla tela delle sedie a sdraio: gli faceva piacere vedere, il giorno dopo, quelle ragazze stendersi sul suo sperma secco.

Quando tornava a casa o alla piazzetta aveva le tasche piene di noccioline, olive, patatine ormai sbriciolate.

– Le ho rubate per voi, – diceva.

– Grazie, Aurelio.

Avevo quasi terminato i soldi, e in quel periodo le signore di Morella s'erano diradate, cosí cenavamo spesso con quelle minuzie da aperitivo; era come un'attesa, come masticare un prima di un tempo d'abbondanza che presto o tardi doveva venire a colmarci. Sputavo gli ossi delle olive contro il portone del palazzo, toc, toc, ma il portone rimaneva ostinatamente chiuso, compatto in se stesso e, lassú, la luce era sempre accesa e indifferente.

– Un giorno saprò leggere con sicurezza il passato e il futuro, vero, Tito?

– Sí, Morella.

– Sarò come le informazioni della radio sul traffico, che sanno ogni ingorgo, ogni incidente, anche lontano cento chilometri.

Le tenevo la mano, avevo bisogno di quel calore che come mercurio mi saliva dentro il braccio fino alla testa, ma gli occhi rimanevano sul portone nero, non badavano ad altro.

Contro quel portone sbarrato ho anche bestemmiato, e me ne vergogno: non avrei dovuto mai rendere la mia volontà aguzza e dura come il sasso che ho raccolto da terra per incidere, lí sull'intonaco del palazzo, *Io esisto e durerò piú di ogni rifiuto*. Poi con il sasso ho graffiato il legno del portone, come ci si graffia il viso con le unghie, nel sonno.

– L'altro giorno l'ho visto. Sono quasi sicuro perché ho sentito paura nella gamba.

Con le noccioline in bocca e la bottiglia di vino tra i piedi, Aurelio raccontava la sua vita al circolo, anche se spesso gli mancava la calma per completare ciò che intendeva dire e annaspava con le dita nell'aria. Gli avevano spiegato il punteggio del tennis e anche con la gamba finta lo facevano arrampicare su un trespolo durante le partite tra i soci, cinquantenni dai capelli a spazzola e la pelle scottata. Aurelio doveva dire se la palla era dentro o fuori, gridare quaranta quindici, net, out, bella questa. Cercava di non sbagliare, ma spesso veniva ripreso dai tennisti per una chiamata incerta. «Pappagallo», gli dicevano, o anche «pirata», sbraitavano scuotendo il trespolo, oppure gli ridevano in faccia. Allora Aurelio provava a concentrarsi meglio, a seguire quel discorso di rimbalzi bianchi sulla terra rossa, gli occhi saltavano a destra e a sinistra, a sinistra e a destra, e il sole gli batteva forte in testa, il sudore gli colava sulle guance. Quando i tennisti si fermavano per asciugarsi le braccia, Aurelio allontanava lo sguardo verso la piazza, di là dal fiume, sperando di scorgere noi in quella pozza di verde. Vedeva solo gli alberi dondolati dallo scirocco, ma ugualmente salutava, alzando un braccio. Un mezzogiorno, stremato dalla sete, s'era attaccato alla minerale di uno dei giocatori, e questo gli aveva dato uno schiaffo e poi aveva chiesto alla direzione del circolo di cacciarlo. Aurelio era stato giudicato dal consiglio degli anziani, giocatori di bridge, e, per quella volta, perdonato. Alla fine di ogni partita, Aurelio aiutava il vecchio a spazzare campo e righe. Tiravano il rullo come una coppia di buoi.

– L'altro giorno l'ho visto. Credo che sia lui. Deve essere lui, perché la gamba ha avuto paura, ha gridato dentro.

– Lui chi? – ha domandato Morella, che indovina sempre di meno.

– Ce l'avevo proprio di fronte, a un passo, mi faceva ombra. È alto, imponente, e anche bellissimo, con gli occhi chiari e fondi, era vestito di bianco per giocare. Mi ha detto solo: «Guarda bene, ragazzo, e non fare troppi errori».

– Era lui, ne sei certo? – ho detto.

– Gioca come un dio, serve e corre a rete, le prende tutte, anche le piú angolate. Ha un orologio piatto, d'oro bianco, e beve versandosi l'acqua in un bicchiere di vetro. Se l'avversario fa un bel punto, lui lo applaude. Quand'è finita la partita l'ho seguito nello spogliatoio, tra il vapore delle docce. Nudo è ancora piú forte, ha la schiena larga, striata dai muscoli, era come una montagna nella nebbia. Tra le gambe gli batte un pendolo enorme. Mi ha guardato fisso e mi ha detto: «Che cosa vuoi, ragazzo, adesso che ci fai qui?» «Le ho riportato una pallina che ha dimenticato in campo...» e lui mi ha dato una carezza sotto il mento, come a un cane.

Siamo rimasti in silenzio per un poco, lí sotto alla finestra scintillante de «La tana», poi Aurelio ha detto: – Fuori lo aspettava l'autista, appoggiato a una berlina blu notte. Lui è salito dietro, con un fascio di giornali sotto il braccio e il telefono in mano. Aveva ancora i capelli un po' bagnati, qualche goccia gli colava sul bavero grigio della giacca. Lo guardavo dal marciapiede: mentre l'autista faceva manovra lui parlava e sorrideva, non pensava che qualcuno gli potesse far del male.

– Attento a non fare sciocchezze, – ho detto, come un fratello maggiore.

– Mi dava dolore la gamba mozza, ci sentivo dentro lo schianto, il sangue, i denti della sega.

Siamo tornati zitti, Aurelio ha tirato una ciucciata dalla bottiglia, s'è acceso una sigaretta, l'ha affogata nell'ultimo centimetro di vino in fondo alla bottiglia. Morella gli ha dato un bacio sul ginocchio della gamba sbagliata.

– Io l'ammazzo, – ha detto Aurelio, con la voce che gli tremava come una fiamma. – Se è lui l'ammazzo, gli sparo in mezzo alla fronte.

– Non è lui, – ho detto, per smorzare.

– Sento che è lui, l'ha riconosciuto la parte che mi manca, lei lo sa, se la ricorda bene quella faccia.

– Roma è piena di gente cosí.

– Cosí come?

– Gente che sembra altra gente.

Aurelio e io abbiamo inclinato gli occhi su Morella, che si teneva abbracciata a tutti e due e sospirava dal profondo, come quelle grate che da sotto buttano aria calda. Forse poteva dirci qualcosa, forse per una volta poteva individuare nel labirinto quello sconosciuto, vedere cos'era prima, da quale curva del tempo era sbucato, cos'era adesso.

– Non lo so, – ha detto. – Non mi arriva niente, solo una strada buia.

– È la strada dove mi ha investito, sicuro, – ha detto Aurelio, e di nuovo ha raccontato l'incidente, parlava, si lamentava e sorrideva insieme, e il risultato era una smorfia, detriti di voce.

Ognuno dentro di sé ha un vuoto, è stato messo in noi per ricordarci che siamo involucri: ad alcuni per colmarlo è sufficiente un amore, un figlio sano, un lavoro come si deve; è appena un avvallamento malinconico, e presto la strada risale e dimentica. Altri per cancellare il buco sono costretti a gettarci dentro tutte le loro cose, la vita intera, perché la bestia va saziata ogni giorno, ha la bocca sempre aperta e chiede, chiede in continuazione, non vuole mai riposare. E poi c'è chi non arriva a sfamarla con ciò che possiede, neanche un regno basterebbe, e allora deve riempire quelle fauci con i sogni, eppure neanche i sogni bastano, servono illusioni ancora piú grandi, assolute.

Noi tre eravamo cosí, gettavamo nella voragine speranze infinite, come bambini che nel gelo della stanza inventano un fuoco e bruciando cataste di desideri lo tengono vivo.

Da ragazzino, durante un'estate accecante, ho patito una mosca che mi volava attorno senza requie. Sentivo le sue zampette sul braccio, sul collo, la sentivo bere il mio sudore, e se correvo lei mi veniva dietro: mi nascondevo sotto il tavolo e dopo un attimo ce l'avevo di nuovo addosso. Quel ronzio nell'orecchio mi perseguitava, non riuscivo piú a pensare, a dormire. Quando la mosca si posava, avvicinavo la mano sorniona, come artiglio di pantera, poi partivo di scatto. Piú di una volta m'è parso d'averla schiacciata, ero quasi certo di trovare a terra quel grumo nero d'ali e zampette. Ma a terra c'era solo la mia ombra, e dopo un attimo la mosca tornava a corteggiarmi, ed era piú ostinata, incattivita da quel tradimento. Sembrava che volesse entrarmi nella testa, bucarmi il timpano e volare nel cervello.

Con il palazzo de «La tana», con quell'abisso lassú in cima, mi sembra di fare altrettanto, d'essere la sua mosca perenne. Gli sto addosso, lo circondo di passi e intenzioni, m'allontano e ritorno piú forte, piú fastidioso, poggio la guancia sul fresco del citofono. Voglio penetrarlo, diventare il suo unico pensiero amoroso. La porta resta chiusa, ma so che non potrà essere sempre cosí.

Quando la mosca si posò sull'umido delle labbra, la lasciai scivolare nella bocca, la tenni per un attimo contro il palato e poi la inghiottii. Fummo entrambi contenti.

Morella invece curava la gramigna e le formiche. I primi mesi nei vasi del suo davanzale c'erano gerani rossi e pulizia in cucina. Poi i gerani si sono seccati, e al loro posto è cresciuta un'erbaccia resistente, seminata dal vento; nelle fessure tra le piastrelle sotto il lavandino scorreva una carovana di formiche.

– Erano belli i gerani, – le ho detto, e forse in quella affermazione nascondevo un rimprovero.

– Anche queste piante nuove sono belle, non fa differenza, – rispondeva Morella, e le innaffiava ogni giorno e ci parlava anche.

Sbriciolava pane secco sul pavimento della cucina e si metteva carponi ore e ore a osservare le formiche caricarsi di quel bendidio.

– Guarda che mollica immensa trascina quella lí, è come se da sola volesse procurare il cibo a tutta la tribú. Guarda quella, è mezza morta e continua a seguire le altre.

Secondo Morella le mille formiche erano un unico lunghissimo animale, che stava piú avanti e piú indietro nella fila, in giro e nella tana, da un lato spolpava ragni morti e dall'altro veniva pestato casualmente da una suola, e ogni formica sapeva sempre tutto di ciò che accadeva alle altre.

– Sono come i pensieri nella testa, vanno e vengono, litigano, ma sono un solo pensiero, – diceva.

– A me sembra che i pensieri tendano a sparpagliarsi, come quando si rompe una collana e le perline scappano e non le trovi piú. Io li vorrei rimettere sul filo, ma loro si sperdono nel mondo.

Erano discorsi piú grandi di noi.

Si faceva seria, Morella, si calava la frangia sul viso e, con una voce che neanche sembrava la sua, diceva: – Ciò che è nella mente non ha niente a che fare con il mondo, le cose non diventano mai pensieri e i pensieri non diventano cose. Però il loro ordine interno è identico, nei loro emisferi il bicchiere e l'idea di bicchiere funzionano allo stesso modo. Come gemelli il mondo e il pensiero escono dallo stesso utero rotto e vanno via veloci, si moltiplicano per occupare tutto lo spazio e il tempo attorno a loro. Ma il mondo è uno e il pensiero è uno: tra loro non c'è somma né rispetto, però se lo ricordano che sono partiti insieme.

– E le parole? le parole che diciamo, che scriviamo nelle poesie, quelle che stanno sui muri, sono del mondo o del pensiero?

– Sono la nostalgia che l'uno ha dell'altro, di quando erano fusi in un solo calore.

Sul pavimento e sul tavolo Morella rovesciava anche qualche cucchiaino di marmellata alle albicocche, per rallegrare quella formicolante striscia di vita. Avevo sempre scarpe e braccia appiccicose, e dopo l'amore io e Morella ci leccavamo a vicenda le dita, ci toglievamo le formiche dai capelli.

E poi c'è stata la grande festa al circolo: oggi la rivedo, è un'immensa vetrata di luce crollata per terra, schegge taglienti da raccogliere con attenzione. Di sicuro c'era Aurelio vestito di bianco, i capelli chiusi con l'elastico in una coda e impomatati, nappine dorate sulle spalle, passo rollante, non era piú un pirata ma un sottufficiale della regia marina dei sogni. Girava reggendo un vassoio stracolmo di lunghi calici, e con un sorrisetto nervoso avvicinandosi ai gruppi diceva: «Champagne, Negroni». Tutto era come nel salone d'un transatlantico, le luci, gli smoking e gli abiti lunghi, l'acqua nera oltre la vetrata, i discorsi sempre accennati, la vaga minaccia del naufragio.

Aurelio m'aveva detto: – I figli gemelli del boia compiono diciotto anni, servono camerieri per il ricevimento, vieni, Tito, ti prego.

Cosí avevo anch'io la giacca bianca e tra le mani un vassoio di tartine disposte artisticamente, e tanti volti si affacciavano, ma come se non volessero davvero mangiare, cosí, celando la fame dietro la noncuranza, quasi controvoglia sceglievano e subito riprendevano a parlare, a voce bassa, con le palline nere di caviale tra i denti.

– Quest'anno farà caldo anche in Normandia.

– Tra una settimana ho l'esame di diritto privato, poi forse vado in Uruguay, e poi non so.

– Sul sei pari mi ha rubato un punto.

– Elisabetta sta con Orlando adesso, si sposeranno a settembre, ma Orlando già non l'ama piú.

– Anche trenta sigarette al giorno, ma di quelle sottili.

Nel salone ruotava la musica, e probabilmente era la musica ragazza di quegli anni, però adesso che è passato tanto tempo me la ricordo diversa, un tango lento, trascinato, amaro, fisarmonica e violino di chi va verso un porto e il porto ancora non arriva.

I giovani e i padri si somigliavano. Avevano le spalle larghe, gli stessi profili da moneta, le stesse giacche eleganti, la salute nei denti. Nei padri la parola era corposa, di chi è abituato a dare ordini e a pretendere risultati, nei figli il tono era piú ripido, gradini fatti a due a due, ansia di avere in fretta ancora qualcosa di piú. A volte il padre teneva sottobraccio il figlio per dimostrare che la sua vita cresceva come un cantiere, e le voci si accostavano, piú fonda e piú acuta, palazzo e gru, e la soddisfazione sembrava completa. I padri offrivano le loro sigarette ai figli e i figli le loro ai padri, accostando guance ben rasate si scambiavano le fiammelle, si ringraziavano e soffiavano in alto il fumo, con gusto.

– Nulla è piú incerto della Borsa, piove e c'è il sole.

– Il mio era nettamente il piú veloce, si è azzoppato a cinquanta metri dall'arrivo. L'hanno abbattuto in pista.

– Dalle parti di Fregene, fai pure il mio nome.

Le madri sembravano coetanee delle figlie, biondo e oro, polpacci snelli e fianchi stretti. Volevano piacere, guardavano i loro uomini e mostravano la gola. Nelle ragazze c'era un residuo di goffaggine, una crudeltà non ancora messa a punto, il rischio dell'amore. Parlavano nelle orecchie delle amiche e si aggiustavano i capelli con le mani.

C'era quel tango triste nell'aria, quell'acqua nera che sciabordava sulla fiancata, ma nessuno sembrava farci caso. Dall'altra parte del mare, c'era la finestra accesa come un faro: da lí si poteva vedere tutto, la festa, la sciagura, le parole che si sformavano nell'aria calda, i camerieri che offrivano da bere, io che imparavo.

– È lui, è quello in piedi accanto ai gemelli, – mi ha detto Aurelio, e sul vassoio i bicchieri gli si sono inclinati cosí tanto che lo champagne è debordato in mille bollicine sopra le maniche della giacca.

Era un toro brizzolato, quell'uomo, ogni suo gesto era calmo e possente: le persone intorno gli si rivolgevano con deferenza e mentre lui parlava facevano di sí con la testa. I suoi vitelli, un maschio e una femmina, erano i piú belli della sala. Qualcosa di morbido s'era insinuato nella forza compatta dei corpi, i tratti del viso erano delicati, gli sguardi azzurri, sembravano figli della roccia e dell'acqua. La ragazza aveva un vestito bianco e una giacca corta ricamata a fiori d'oro, ed era emozionata d'essere lí, al centro della festa, di avere diciott'anni magnifici da mostrare al mondo: muoveva i piedi come se danzasse e sorrideva in continuazione. Il maschio stava fermo, zitto, guardava la sorella e poi per terra, si tirava i polsini della camicia fuori dallo smoking un po' largo, respirava a bocca aperta. Il padre gli ha scompigliato i capelli biondo cenere con una manata d'incoraggiamento, e lui ha fatto un passo indietro.

– Si chiamano Stella e Valerio, – mi ha informato al volo Aurelio. – Studiano in Svizzera, accanto ai soldi del padre. La madre non c'è piú. Studiano per diventare canaglie.

Nelle cucine Morella preparava i vassoi insieme ad altre cameriere, sistemava con cura rustici e tartine, come tessere di un mosaico.

– Svelta, non perdere tempo, – le ha detto una donna.

– Di che segno zodiacale sei?

– Svelta, svelta, che quelli hanno fame.

– Capricorno, vero? Sei del Capricorno, terza decade.

– Lavora, Cenerentola, e non rompere, il nostro compleanno è quando ci pagano.

– Prima a una signora ho letto le macchie di sugo che s'era fatta sulla camicetta e mi ha dato trentamila lire.

– Hanno soldi da buttare, questi.

Ho posato le mani sugli occhi di Morella, da dietro.

– Chi sono?

– Cuore, – mi ha risposto, e mi ha leccato una mano.

– Morella, che sera è questa?

– È una notte.

Giovani e genitori hanno mangiato per un'eternità, con i piatti in mano o sbiechi sulle ginocchia, con le salse che macchiavano i vestiti e rimanevano negli angoli della bocca, sulle parole, mentre sul pavimento vagavano in pozze di vino gamberi e tocchi di aragosta, spaghetti attorcigliati come lombrichi, orti di insalata sfatta. Solo i gemelli rifiutavano il cibo, lei era troppo felice per fare spazio a qualcos'altro, passava volando da un gruppo all'altro, sorrideva ai complimenti e tornava dal padre, a farsi abbracciare e baciare sulle tempie; il ragazzo stava seduto da solo vicino alla finestra, i palmi delle mani sulle ginocchia, diceva «no, grazie».

– Mangia, Valerio, che sono tutte prelibatezze.

– No, grazie.

– Alla tua età digerivo anche i sassi.

– Assaggia il filetto, è la fine del mondo, sa di sangue.

– No, grazie.

Ce l'ho sbriciolata in testa, quella notte. Ricordo le voci e le facce di tre ragazze nell'angolo accanto alla porta della cucina. Una con i capelli rossi e le lentiggini diceva: – Quando nuoto immagino che la piscina sia dentro il fiume, e poi nel mare, e di avere dietro di me uno squalo mostruoso, sento i denti nei piedi e nuoto piú veloce, perdendo una scia di sangue vado verso Valerio.

– Io sogno che Valerio mi strappa il costume con le forbici.

– Lo coprirei di baci e di morsi. Sua sorella l'affogherei nella tinozza, come un gatto di merda.

Aurelio si scolava i fondi dei bicchieri abbandonati, vino, gin, cognac. Piú beveva piú gli occhi gli brillavano, e le parole rotolavano per conto loro: – Ormai sono convinto, non voglio avere piú dubbi. È lui: solo uno fatto cosí, di cemento armato, può dimenticare d'aver troncato un innocente. Perché io ero un innocente, Tito, avevo la fidanzata, un lavoro in officina, la tuta pulita, avevo l'anima pulita. Ora mi sento sudicio, al posto della gamba ho il fuoco del diavolo e dentro la pancia mi sale un fumo nero, non sai che schifo.

Tra le mani brandiva un cucchiaio da minestra e parlando affondava colpi nel vuoto.

Nella sala accanto, la festeggiata ha aperto le danze insieme al padre: si affidava completamente alle sue forti braccia di avvocato, si faceva portare nel giro di una musica che forse allora era uno scintillante valzer viennese, ma adesso è solo tango, spigoloso e malinconico come il cappello d'un cantastorie.

Quando anche gli invitati hanno preso a ballare, la sala è diventata un gorgo di carne e sudore. Morella è uscita dalla cucina e pulendosi le mani sul grembiule mi ha detto: – Fammi ballare, cuore.

Abbiamo fatto un tentativo d'inoltrarci in quel vortice, ma un signore massiccio ci ha fermato: – Non ci provate nemmeno, voi siete qui per fare i camerieri, chiaro?

– Io sono un poeta, e la signora è una maga.

– Portatemi da bere e non dite idiozie.

Morella l'ha squadrato dalla testa ai piedi: – A lei verrà una brutta malattia, non spenda neanche una lira per curarsi, non ne vale la pena.

– Vaffanculo, strega, succhiami questo.

– Una malattia dolorosa.

Siamo rimasti un poco sul bordo delle danze, e ci ha raggiunto anche Aurelio: guardava il suo uomo, il perno di quella giostra, e la mascella gli si contraeva galvanizzata dall'odio. Mi ha detto qualcosa, ma il volume della musica era aumentato e ho capito solo: «morire».

E poi ero in giardino, inginocchiato accanto alla piscina mi rinfrescavo la faccia con quell'acqua ferma che sapeva di cloro. Un cagnolino con un fiocco rosso sulla testa cotonata mi è venuto vicino per annusare i miei odori; tra i peli del muso aveva una zecca enorme, di quelle che succhiano la vita. Dal prato una scala di legno portava al piccolo molo del circolo, da dove si calano a Tevere le imbarcazioni dei canottieri. Mi sono seduto sul primo gradino: da lí potevo osservare sia la gente che ballava dietro le grandi finestre del transatlantico sia le scialuppe pronte per la salvezza. Potevo vedere Stella che volteggiava da un cavaliere all'altro e pareva avesse il sorriso fissato nella faccia con due colpi di grappettatrice, e suo fratello in piedi sul moletto, incantato davanti al fiume che frusciava come una ninna nanna.

Si è sfilato dal polso l'orologio, forse il regalo per i diciott'anni, e l'ha buttato in acqua, lontano.

– Valerio, che fai, perché non balli con gli amici? – ho domandato, e nella voce ho messo un cucchiaino di zucchero.

– Chi sei, che cosa vuoi?

– Stanotte lavoro per la tua festa.

– Non è la mia festa –. Dalla tasca dello smoking ha estratto un accendino d'oro, lo ha acceso e se lo passava piano davanti agli occhi, la fiamma gli faceva brillare le lacrime. L'ha lanciato di piatto sulla superficie dell'acqua, per farlo rimbalzare come un sasso.

– E questa festa allora di chi è?

– Non lo so. Di mio padre, della mia gemella, non so. Le feste sono di chi ne ha voglia.

– Il fiume è piú bello, vero?

– Sí.

– Io sto quasi sempre nella piazzetta che sta lí davanti, dove ci sono quegli alberi. Sono lecci e palme, fanno fresco. Aspetto presto novità importanti.

– Non ci sono novità, Tito. Le cose sono come sono, accadono.

– Conosci il mio nome.

– Sí.

Il cagnolino con il fiocco e la zecca mi è tornato vicino, ha ficcato la testa sotto la mia mano e ha socchiuso gli occhi. Sul prato una coppia di ragazzi si baciava, lui le stringeva il seno, le pizzicava i capezzoli, lei lo sfiorava tra le gambe. Non badavano piú a nulla.

Valerio era salito su una barca e spingendo con il remo s'è separato dal moletto. A poco a poco la corrente l'ha portato in mezzo al Tevere, verso l'arco del ponte che pareva un grande occhio severo. La barca si nascondeva tra i riflessi e le ombre, ogni tanto c'era un colpo di remi, uno schiaffo sull'acqua. La barca e la festa s'allontanavano alla stessa velocità, perché anche la musica e le luci del circolo scivolavano via da me, indietro, su un'altra corrente, e quasi non le percepivo piú, solo qualche risata arrivava fino a me, come uno spruzzo. Insieme al cagnolino e ai due ragazzi che si toccavano mi sentivo al centro di una bilancia, e i piatti si facevano sempre piú leggeri e distanti.

Poi ho visto Valerio alzarsi in piedi sulla barca. S'era levato la giacca dello smoking e la camicia era bianchissima, una luna fuggita da una nuvola. M'è parso che con le mani Valerio mandasse baci verso le rive, di qua e di là, ovunque, mentre tutto gli oscillava sotto i piedi. Quando s'è lasciato cadere nel nero del fiume – è stato un attimo, c'era e non c'era piú –, subito sono tornate a fiotti le luci e le musiche, il caos della festa, le grida.

Di corsa sono risalito al circolo: avrei voluto dire, avvisare, ma tutti ridevano distratti, mezzi ubriachi, ballavano per finta, con mossette ridicole.

Ho preso un tipo per la giacca, gli ho detto: – Valerio s'è annegato.

– Evviva gli sposi! – m'ha risposto.

– Valerio è morto, – ho detto a un altro.

– È sempre cosí quello, fa sempre come gli pare.

Intanto cominciavano a girare su piatti di porcellana grosse fette di torta mimosa, passavano di mano in mano, alcune cadevano a terra e venivano pestate come cicche. Cercavo con gli occhi Morella e Aurelio, ma non riuscivo a trovarli, c'era molta piú gente di prima, una calca paurosa, ragazzi e ragazze entrati forse di straforo, amici di amici di amici, sconosciuti.

– Valerio s'è buttato nel fiume.

– E a me che me ne importa, chi è Valerio?

Da uno spiraglio tra i corpi e le stoffe ho visto il padre dei gemelli, l'avvocato. Stava su un divano abbracciato a una ventenne vestita di rosso, beveva dal suo bicchiere, le metteva in bocca cucchiaiate di torta. A spintoni e preghiere mi sono fatto largo nella bolgia, fino ad arrivare a un metro dal divano. Ho detto: – Suo figlio è finito nel Tevere, – ma l'avvocato non mi sentiva, sorrideva, annuiva: – Va tutto bene, non mi serve niente.

E in quel momento, dall'altra parte della sala, è cresciuto un urlo. La musica s'è zittita, come se i suonatori del disco avessero preso paura, ma la gente continuava a ballare, spostava per inerzia le braccia e le gambe.

– Che orrore! – Con la faccia deturpata da una smorfia, Stella indicava una fetta di torta e sputava per terra. – Che schifezza, che schifezza!

L'avvocato si è alzato di scatto e si è precipitato dalla figlia: davanti al suo passo da padrone la plebe arretrava intimorita.

– Guarda, papà, un capello nella mia torta, nella torta del mio compleanno, non è possibile, non si fa cosí, io sono buona! – gridava la ragazza e piagnucolava dalla rabbia, si torceva le mani.

Anch'io mi sono avvicinato per guardare. Nel giallo della fetta di mimosa s'avviticchiava un capello crespo, lungo, mobile, come un virus tremendo scoperto al microscopio. Aurelio stava lí, con la sua giacca da sottufficiale della marina dei sogni che ormai era tutta uno schizzo e un unto, e si grattava i riccioli della testa mentre in faccia gli guizzavano i nervi. L'avvocato l'ha afferrato per un orecchio: – Qui non ci metti piú piede, zozzone, zingaro. Vai via, prima che ti prenda a calci in culo.

– Suo figlio è affogato in fondo al fiume, – ho ripetuto.

– Non dite niente, io non vi ascolto. Andate via, sparite. E qualcuno rimetta la musica, e voi altri ballate, ballate per dio, che stanotte è la festa delle mie creature e tutto deve essere perfetto, felice.

Ogni tanto, la notte, andavo a portare una sigaretta all'uomo che teneva una biblioteca nel suo furgoncino sul lungotevere. Era sempre disponibile: si piazzava gli occhiali incerottati sul naso e insieme leggevamo una poesia dal grosso libro che m'aveva regalato. Mi sembrava che lui capisse i versi meglio di me, nessuna parola antica gli era sconosciuta, e aveva la pazienza di spiegarmele tutte.

– Questo passaggio mi piace tanto, – gli dicevo, rileggendolo ad alta voce. – «Ma ben veggio or sí come al popol tutto | favola fui gran tempo, onde sovente | di me medesmo meco mi vergogno».

– È vero, è una terzina bellissima.

– Prima mi sono addormentato sulla panchina e ho sognato che la piazzetta era invasa da un sole timido di primavera. Allora andavo dalle mamme imbacuccate nelle sciarpe e nei cappotti e dicevo: «Ormai è aprile, toglietevi la lana di dosso, spogliate i vostri bambini, fategli respirare questo venticello nuovo». Le donne tenevano gli occhi bassi nella ghiaia e non rispondevano. I bambini rimanevano fagotti senza volto. Eppure sentivo che il legno pesante del portone scricchiolava, come un ghiaccio che al primo caldo stia per spaccarsi e lasciar correre l'acqua, e sulla finestra in cima al palazzo s'arrossavano i gerani. «È primavera, – insistevo, – ovunque stanno sbocciando i fiori, l'aria è piena di insetti», e per convincere le madri scuotevo i rami bassi degli alberi: ogni scossa liberava uno sciame di farfalle azzurre, gialle, bianche. Sembravano colori fuggiti da un quadro, e infatti la piazzetta si faceva meno assolata, piú grigia, quasi perdesse le tinte a ogni scrollone che davo ai rami, e le farfalle che mi battevano addosso erano sempre di piú, ma io continuavo a sorridere e a parlare: «Coraggio, – dicevo alle donne, – anche stavolta la vita rinasce, è tempo di denudarsi e fare cose grandi». Io solo, però, ero nudo, e le donne intabarrate ora mi fissavano tra le gambe con fastidio. Le farfalle mi si posavano sulla faccia, entravano nella bocca, mi rubavano l'aria con le ali e mi pungevano con i loro becchi, sentivo il sudore che colava sulla pelle insieme al sangue.

«Non basta un desiderio a fare primavera, – ha detto una donna con un bambino in braccio. – La verità non è una stagione e non è una parola. È vero che il portone scricchiola. Ma non si apre. Rivestiti prima che le farfalle ti mangino vivo. Non vedi come sono arrabbiate? Vergognati...» Ho chinato il viso e ho visto che per terra strisciavano migliaia di bruchi pelosi, e in aria non volava piú nulla, c'era solo freddo.

– I sogni sono pericolosi, – ha detto l'uomo del furgoncino. – Nessuno può dire da dove vengano, chi ce li mandi.

– E le poesie?

– Spesso sono ancora piú pericolose, sono penne di pavone su culi da gallina.

– Però quando mi sono svegliato avevo quei versi dell'antologia nella mente. Era come se li avessi pensati io in quel momento. «Di me medesmo meco mi vergogno»: sembra che la vita si ripieghi su di sé cento volte, come un foglio dove c'è scritto qualcosa di terribile da nascondere, e piú si ripiega piú il foglio cresce, s'innalza, arriva quasi alla finestra dell'ultimo piano, sembra che manchi pochissimo per vederci dentro.

L'uomo del furgoncino ha spento la sigaretta contro la lamiera arrugginita dello sportello. – Forse per vedere bisogna lasciar perdere, – ha detto.

Anche i cani stavano buoni a sentire le poesie e quelle chiacchiere ventose.

Stavamo pomeriggi interi sul letto, mangiando e dormendo davanti alla televisione accesa. Aurelio girava di continuo i canali cercando di evitare le brutte notizie, insultava politici e cantanti come fossero vicini di casa, stappava birre; Morella si smaltava le unghie, poi si leccava i polpastrelli per tirare su dalle lenzuola spiegazzate le briciole del pane. A volte in quelle briciole intravedeva il nostro futuro.

– Andrà tutto bene, lo so. Se restiamo insieme continuerà tutto per il meglio. Siamo sulla nostra strada.

In un telegiornale regionale mostrarono la polizia che cercava il corpo del giovane affogato. I sommozzatori sparivano sotto il pelo dell'acqua, e dietro i gabbiani volavano bassi, gridavano; sulla riva l'avvocato con i capelli piú bianchi diceva è il piú grande dolore della mia vita, non voglio piú vedere questo fiume.

Aurelio ha sputato sul televisore, ma l'immagine era già un'altra.

In un video musicale un gruppo di ragazzi americani cantava e ballava in una specie di teatro, davanti a un fondale che scorreva come un nastro. Passavano casette, alberi, girasoli, vele, spiagge, pupazzi: un album a tinte smaglianti, un rotolo di gioia per dare paesaggio a quella folla spensierata. E poi, nell'ombra dietro il fondale, si vedeva un uomo vecchissimo curvo su una bicicletta fissa: era lui che, spingendo penosamente sui pedali, faceva girare quel mondo colorato, tutto agganciato a un rocchetto della catena. Una ragazza portava al vecchio un bicchiere d'acqua e lui, senza smettere di pedalare, come un criceto nella ruota, beveva a piccoli sorsi.

Un altro canale: immagini prese da un aereo, laghetti incastrati come pupille sul fondo di crateri immensi, singhiozzi d'acqua giú dalle rocce, e poi laghi solo di pietre, torrenti asciutti, rughe nella terra dove un giorno s'erano bagnati uomini e cani.

Morella mi baciava, la saliva nutriva le speranze. Ogni tanto dava un bacio anche ad Aurelio, lo consolava, e per un po' Aurelio non tremava.

– Stiamo sempre vicini, noi, – diceva Morella, ma a volte era lei a cadere indietro, in un luogo irraggiungibile. Si avvolgeva nella coperta e non s'alzava piú, neanche per mangiare o lavarsi. Dormiva ininterrottamente, nascosta nel suo buco come un piccolo animale del bosco, e quando si svegliava le lacrime le cadevano dagli occhi per ore, nere di rimmel le finivano in bocca. Dopo qualche giorno iniziava a puzzare forte, i capelli sudati s'appiccicavano sulle guance e il profilo diventava cattivo per la paura, come se si fosse affilato ancora un poco contro i brutti pensieri.

Le preparavo grandi tazze di caffè per tenerla sveglia, ma era inutile, lo rovesciava sulle lenzuola con un gesto intorpidito e tornava nel sonno.

Aurelio, le spalle contro il muro, ascoltava la cassetta di un registratore rubato in un bar a un turista: finiva e ricominciava, finiva e ricominciava. Era una musica acida, ossessiva, e lui l'accompagnava battendosi con un cucchiaio la gamba di ferro, dan dan dan. Ogni tanto alzava il volume del televisore, se passava una canzone che gli piaceva, alzava anche il registratore per non perdersi nulla, e le musiche si azzuffavano cercando di sovrastarsi. Morella non si svegliava, nel sonno tirava calci e biascicava pezzi di parole.

– Sai chi ho incontrato in sogno? – mi ha domandato quando ha riaperto gli occhi pesti.

– Come faccio a saperlo?

– Tua madre.

– Io non l'ho mai conosciuta.

– Mi ha detto: «Sono la madre di Tito il poeta», però non mi sembrava una donna: anzi, era proprio un uomo, era tanto anziano, stava in vestaglia davanti a un tavolino carico di carte, e a destra e a sinistra aveva colonne di marmo.

– E poi?

– Mi guardava in mezzo alla fronte e io mi sentivo agitata per quello sguardo cosí fermo. Le ho detto: «Signora, mi creda: amo suo figlio piú della mia vita». Volevo che tua madre sapesse che finché stai con me, cuore, starai bene, perché io ti aiuterò. Al di là delle colonne mi sembra ci fossero alberi intrecciati, cespugli spinosi, animali che correvano a zigzag nel buio.

Ha vomitato, Morella, sul pavimento dall'altra parte del letto. Quando ha voltato la faccia aveva un'espressione luminosa e io mi fidavo di quanto mi stava raccontando, non so perché. Siamo cosí smarriti che per forza dobbiamo fidarci di chi trova la strada per arrivare fino a noi e parlarci. D'altronde, se ridessimo delle voci del mondo, come potremmo sopportare le nostre parole?

– E poi che altro ha detto?

Morella si è ripulita la bocca con il dorso della mano: l'argento degli anelli ha trattenuto rimasugli di cibo. – Quell'uomo, tua madre insomma, ha detto che devi ridipingere le pareti di questa casa tutte di bianco, con calma e perfettamente.

– Tutte di bianco le sporcheremo, – ha gridato Aurelio, sopra la musica.

– Tua madre ha detto: «Dipingetele di un bianco ridicolo».

Credevo di non saper fare niente, invece non è vero, per ora posso dipingere una parete di bianco. Prima, ogni compito che riuscivo a eseguire, anche discretamente, anche bene, come il mio antico lavoro alle Poste, mi sembrava m'allontanasse ancora di piú da ciò che veramente andava fatto. Piú diventavo padrone di un gesto, piú lo sentivo estraneo, chiuso, e mi prendeva la nostalgia. Non so cos'è che veramente va fatto, però immagino sia qualcosa che si perde dentro l'infinito. L'infinito: mette i brividi questa parola, è una casa abbandonata, spaventosa, senza piú stanze dove ripararsi, senza un tetto sopra i pensieri. Ma un essere umano, un cane che ogni giorno invecchia un poco e stirerà le zampe in qualche angolo, può compiere nella vita un gesto fuori dalla sua natura mortale? Può raccogliere nella sua ciotola l'oceano, o tutte le lacrime del mondo? Forse scrivere una poesia perfetta, mettere esattamente le parole una dietro l'altra come piccole pietre rotonde, traccia un sentiero che punta all'infinito. Le parole non possono essere sassi gettati alla cieca, a far mucchi in fondo a una cava.

Mi piaceva il colore della vernice, la consistenza di quel liquido nel secchio. Mi ricordava il latte che i contadini mungevano la sera, fuori dalla stalla, gli sguardi pazienti delle grandi mucche, io seduto accanto al secchio che si riempiva di un bianco sempre piú scuro via via che calava il sole. Ero un ragazzino, nessuno mi chiedeva niente, guardavo il latte rabbuiarsi, ne bevevo una tazza calda e poi correvo via. Non chiedevo niente, non c'era una cosa meno importante di un'altra, il mondo era un dolore perfetto e generoso, e io ci correvo dentro insieme ai cani.

Credo che tutto ciò che una mucca mangia e pensa divenga il suo latte: nella casa di Morella ciò che pensavo diventava vernice bianca da stendere sulla parete. Mi sembrava che quella vernice uscisse da me, dai miei capezzoli, dalla testa. Affondavo il pennello nel secchio e lo tiravo su grondante come un pensiero ancora confuso, l'appoggiavo al lercio del muro e a poco a poco il lercio spariva nel bianco. Il gesto era sempre identico, dall'alto in basso e ritorno, senza fretta, un metronomo verticale. Sull'intonaco, qua e là, segnati a matita, il pennello incontrava vecchi numeri telefonici, indirizzi sbilenchi, nomi, date affondate nel tempo, ricette, conti, scarabocchi, e un attimo dopo c'era solo il bianco. Ho ricoperto anche alcuni versi che avevo copiato dall'antologia: «Cosa il mondo non ha che non si muti | né che del suo mutarsi non si dogli». Tutta la sala ho dipinto, due, tre, quattro mani, e la settimana seguente anche il bagno. E poi ho ricominciato con la sala, perché dipingere mi faceva stare bene. La coscienza si ritirava nel braccio, in quell'indolenzimento. Attorno rimbombava sempre la musica di Aurelio, radio e televisione, ma il volume calava a ogni pennellata, lo smorzavo con la vernice, lo cancellavo. Certe sere, perso in quel ritmo candido, quasi dimenticavo di andare in piazza del Fante.

– Basta dipingere, ora basta, Tito, è proprio ridicolo tutto questo bianco a casa nostra, – mi diceva Morella, e Aurelio scuoteva la sedia sulla quale m'ero issato in punta di piedi per arrivare a verniciare gli angoli piú alti.

– Che ore sono? – domandavo.

– Le tre di notte.

– L'ora dei briganti, – sghignazzava Aurelio, con la camicia annodata come un turbante attorno ai riccioli, il torace magro e incassato, la pancia di birra.

– Non è vero, – dicevo, e guardavo intontito fuori dalla finestra. Mi sembrava impossibile che in un momento tutto fosse stato dipinto di nero.

– Bisognerebbe dormire, dormire stretti, – diceva Morella.

In pochi minuti, correndo come un matto, inseguito dai cani, arrivavo alla piazza. La finestra all'ultimo piano era sempre accesa: ecco, lui non dormiva. Forse stava leggendo le nuove pagine della rivista, forse con la proboscide dipingeva di bianco per la millesima volta le pareti della sua tana.

Ogni sera, in qualche punto della città, i poeti recitano le loro poesie. Bisogna scendere gradini, oltrepassare cortili piovigginosi, calare su ascensori cigolanti, e poi c'è un teatrino, una saletta, una stanza, venti sedie in circolo, dieci sedie sparse, uno strano brusio da tribunale.

A volte una riga sul giornale annuncia l'incontro. A volte le righe sono tre, perché appaiono anche i nomi dei poeti.

Se non aveva la luna sbieca, se Saturno non s'era conficcato come un chiodo arrugginito nel suo cielo, Morella mi accompagnava, altrimenti partivo con qualche cane dietro, rigirandomi lo stradario tra le mani, domandando a ogni angolo informazioni ai passanti.

– Scusi, sa dov'è il *Tamburo di Carta*?

– Non ho soldi, mi lasci in pace.

– Senta...

– Vado di fretta, mi scusi.

– E lei, signore, mi può aiutare?

– Dice a me?

– Sí.

– E cosa vuole?

– Vorrei sapere se sa dove rimane il *Tamburo di Carta*. Dovrebbe stare da queste parti. Penso che sia un teatrino, un circolo, stasera ci leggono le poesie.

– E lei ci va, serenamente?

– Sí, se trovo il posto.

– Io non ci andrei neanche se mi pagassero un milione. Quelle parole mi mettono tristezza, solo i morti scrivono poesie. Arrivederci.

Infine, quasi per caso, trovavo l'ingresso della catacomba. Da come i presenti si voltavano sospettosi a guardarmi, da come stringevano gli occhi per definire la mia immagine nella penombra, ricavavo l'impressione che lí tutti si conoscessero da anni: dalla scuola, dalla guerra, da chissà quando. Forse un incantesimo li teneva prigionieri di quella umidità. Mi sedevo in pizzo a una panca di legno e ascoltavo.

C'erano poeti molto timidi che parlavano a voce bassissima: una parola, un silenzio tirato, un sospiro a ciglia basse e ancora una piccola parola che frusciava via dalle labbra. La gente si sporgeva per catturare i fremiti di quelle lepri impaurite. Avevano quasi sempre giacchette scure, scarpe nere, lucide, le mani pulite intrecciate attorno a un ginocchio, sigarette sottili che diventavano archi di cenere, si chiamavano Ermanno, o Walter. Ogni parola sembrava l'ultima e non lo era mai: e anche quella che davvero era l'ultima, sembrava una parola abbandonata prima di essere giunta a casa. Capivo poco o niente di ciò che dicevano, però percepivo il suono – non so, era come una tenda d'ospedale mossa dallo scirocco.

– Anima, anima! – diceva un altro, che si chiamava Fabio, o Bruno, entrando di forza in quel languore. Aveva il torace largo, la bocca larga. – Vi pisciate addosso la vostra anima, sentite calduccio e credete sia il cielo infinito, ma è solo una pisciatina azzurra nelle mutande, debolezza di vescica, nient'altro. Abbiate coraggio, sbottonatevi la patta e tirate fuori il vostro ciondolino prezioso, pisciate finalmente sul mondo, bevete l'acqua del rubinetto in cucina, al lavoro, al bar e fatela in mezzo alla strada la vostra pisciata azzurra, che si possa vedere bene, che scorra tra le scarpe della gente e della Storia. Voglio vedere la schiuma, lo schifo di chi passa, voglio vedere i peli, sentirmeli sulla lingua, avanti, forza.

– La Storia non esiste, il mondo non esiste, – mormorava Ermanno, o forse Ludovico.

– Tu non esisti, sei un nulla rachitico e superbo.

– Meglio nulla nel nulla che fango contento nel porcile.

– Il fango è vivo, s'attacca alle suole, va in giro, si struscia, parla.

– Tutto parla nell'universo, non solo la tua ciabatta.

– Tutto, nulla: questo ti piace dire. Ma in mezzo lo sai cosa c'è? C'è la gente che campa, che suda, che crepa.

– Gente che si mortifica seguendo la stupida crudeltà della Storia, invece di affidarsi alla bellezza della propria anima.

– Però non tieni conto...

– Mi fai sorridere.

– Sei un viziato…

– Ti conosco, mascherina…

Ogni volta la gente intorno seguiva con attenzione quella fuga a due voci, seguiva e assentiva anche quando le due voci avevano il mal di milza e s'attorcigliavano in un modo tale che le ragioni dell'uno sfiatavano in quelle dell'altro. Ermanno ripeteva «io io», Bruno ripeteva «mondo mondo», e le parole contrastanti si confondevano in un rumore unico, come il cricrí che fanno le cicale nascoste nel campo strofinando le zampe una contro l'altra.

Ogni tanto un signore di una certa età – cravattina, capelli tinti di nero corvino, occhi lucidi d'arteriosclerosi – s'inseriva dicendo: – È tutta una truffa. Prima era diverso, ora è un brutto imbroglio, lo so io che ho fatto il preside per trent'anni.

– E allora?

– Prima era diverso, la serietà, i bei discorsi con i congiuntivi, il latino fatto come si deve. Ora sono tutti raccomandati, tutti con l'automobile. Mia moglie invece era cosí bella, non immaginate nemmeno che angelo era. Aveva una parola buona per tutti, anche per i pesci nella boccia in cucina, quelli che stanno muti e girano. Li chiamava «uccellini miei». Mi manca tanto, mia moglie. Oggi hanno tutti la televisione a colori, fanno vacanza.

Poi su un leggio si accendeva un faretto e cominciava la lettura dei versi.

Uno via l'altro sfilavano i poeti: leggevano da minuscoli libricini, da quadernetti rilegati in pelle, da fogli giallastri che poi con noncuranza lasciavano cadere a terra; qualcuno recitava a memoria, con gli occhi semichiusi e pause da sonnambulo; qualcuno faceva lunghe premesse, diceva questa l'ho scritta una domenica in treno, ero vicino a Venezia, la pioggia rigava i finestrini e inzuppava i campi, e io andavo a trovare un vecchio amico che aveva avuto un incidente, per fortuna niente di grave, e pensavo quante valigie quanti viaggiatori, e allora… Un poeta che aveva subíto la tracheotomia leggeva poggiandosi una specie di rasoio elettrico sulla gola: ne veniva fuori un suono di metallo, ed erano poesie sui fiori. C'era anche chi cadenzava tabelline pitagoriche, intercalandole con nomi di donne e di città antiche. C'era chi leggeva poesie in dialetti sconosciuti.

Era come stare davanti a un ventilatore che soffiava in faccia tante parole, piú piano, piú forte.

Quand'ero un giovane cane, un signore mi fece salire a tradimento sulla sua macchina, credo volesse regalarmi alla figlia, una bambina scontenta, forse malata, perché le tenessi compagnia. Feci tanti chilometri con il muso sempre fuori dal finestrino: non sapevo resistere a quel vento freddo sparato nelle orecchie e sugli occhi, mi sembrava che la strada, gli alberi, le case, i moscerini cantassero tutti insieme la loro storia comune proprio a me. Era una storia di pazzia e di speranza. Quando l'uomo fermò la macchina e scese davanti a un bar, scesi anch'io e tornai di corsa al paese, un giorno intero di cammino. Mi sanguinavano le zampe, ma di piú le orecchie, come se avessero dentro mille forasacchi, come se il vento ricominciasse a scomporsi nelle sue mille sillabe aguzze.

Seduto sulla panca di legno, ogni tanto pensavo a Morella.

La immaginavo distesa sul letto, con gli occhi al soffitto e lo sconforto. I campanelli delle cavigliere restavano muti, tra i capelli neri crescevano i capelli bianchi. Forse Morella soffiava in aria le bolle di sapone e le guardava mentre calavano e le si rompevano sulla faccia. Mi avrebbe voluto lí, accanto alle sue paure, avrebbe voluto che le tenessi eternamente la mano carica d'anelli, che non mi servisse nulla di diverso mai.

– Stiamo chiusi come una profezia, – mi aveva proposto una notte.

Qualche volta i poeti mi invitavano a leggere qualcosa di mio, ma non era il caso, io ero solo un lustrascarpe della poesia.

– Devo ascoltare ancora molto, – mi scusavo.

– Ma avrai scritto qualcosa, due righe in rima, un inizio.

– Pochi versi, insignificanti.

– Facci sentire, allora.

– Credete, non è il caso, meglio attendere.

Avevo l'impressione che la mia ritrosia suonasse come una critica alla smania di leggio che li prendeva tutti. Forse a loro sembrava che volessi dire: io non ho la vostra fretta, la vostra piccola vanità, non mi accontento di quel faretto sulle parole. Notavo che quelli che si apprestavano a leggere, mentre ripassavano stropicciando foglietti tra le mani, mi guardavano male.

Una donna con guanti di pizzo nero e scarpe d'argento, le sue poesie scritte su un ventaglio, mi disse: – Ragazzo, i vizi vanno condivisi.

– Ma io sono qui, la ascolto.

– Non è la stessa cosa.

Con l'andare del tempo, adesso che conoscevo le strade per ogni lirico anfratto della città e in quegli ambienti non ero piú uno sconosciuto, le richieste dei poeti diventavano sempre piú incalzanti. Io mi negavo gentilmente, ma con fermezza; elogiavo i loro versi e mi sottraevo, li irritavo. Cosí una sera capitò che mi tirassero in due per le braccia, e che da dietro uno mi spingesse con la testa, costringendomi a salire sul palco. Mi sono ritrovato davanti a una trentina di persone e a un applauso insensato.

Una voce pretese: – E ora una bella poesia, Tito.

– Sí, la migliore che hai scritto.

– Ma anche la peggiore, fa uguale.

Era tutto talmente stupido, e anche meschino, mi sentivo come un bambino costretto a Natale dai parenti, che già hanno cantato e raccontato barzellette, a camminare sulle mani o a muovere le orecchie, o a dire una preghiera al dio dei giocattoli e del carbone.

– Lasciamo perdere, vi prego.

– E allora che ci vieni a fare qui, a giudicare? a disprezzarci? a ridere dei nostri balbettamenti?

– Ma no, perché dite cosí, cosa vi salta in mente? Io seguo le vostre discussioni con tantissimo interesse, capisco e non capisco, ma capirò, e poi non perdo una virgola né una pausa delle vostre poesie, alcuni versi già me li ripeto a memoria, sinceramente non so se valgono tanto o di piú ancora, giudicarli non spetta a un principiante come me, però io li ascolto con attenzione, cosí, per avvicinarmi un poco a «La tana», la rivista...

Subito mi sono pentito d'aver pronunciato quel nome, avrei voluto rimettermelo in bocca ma ormai era nel piatto, e allora ho tentato di coprirlo.

Ho raccontato una storia che forse poteva interessarli: – Anche gli animali piú belli sono crudeli. In uno dei miei primi pomeriggi romani, al laghetto di Villa Borghese ho visto un cigno malandato buttato sulla sponda, aveva le penne arruffate, sporche, come fosse passato in mezzo a una tempesta: si alzava a stento, barcollava, era una femmina credo, anzi era una femmina di sicuro, perché un cigno piú grande e piú forte, bianchissimo, aprendo le ali le è montato sulla schiena, la schiacciava e intanto le dava delle beccate tremende in testa, e dopo di lui un altro, e un altro, e tutti la ferivano a beccate, la possedevano e la ammazzavano. Ho raccolto i sassi e li ho tirati ai cigni, quelli s'allontanavano di qualche metro e poi tornavano dalla femmina, le bucavano il corpo, le strizzavano il capo come una noce, e la femmina non s'alzava piú, pigolava con una voce da niente.

– Che cos'è «La tana»?

– Che rivista è, chi ci scrive di famoso?

– Allora sono andato vicino al cigno ferito per proteggerlo. Gli altri stavano intorno, a distanza di sicurezza dalle mie sassate e pronti a riavventarsi come avvoltoi. Io gridavo: «Volate via, uccelli», e intanto faceva sera e freddo. Loro si impennavano sulle zampe battendo minacciosamente le ali, e speravo che anche il mio le battesse, per volarsene via da lí, salvarsi su un cornicione lontano, ma i cigni del lago sono cosí maestosi che non volano piú. Forse la bellezza è un peso che tiene fermi. Me lo sono preso in braccio, quel cigno ripiegato, il collo gli pendeva come un tubo sgocciolante, e poi era buio, chiudevano i cancelli del parco, iniziava anche a piovere. Non potevo piú rimanere tra i cigni del parco. Ho rimesso il mio cigno sull'acqua e sono andato via, verso la città e tutto il resto. Gli altri gli sono tornati subito addosso per finirlo a beccate. Chissà perché, chissà cosa aveva fatto di sbagliato.

– Quella rivista che hai citato, non l'ho mai sentita nominare.

– Nemmeno io, e ne conosco mille, pure quelle stampate all'inferno. A ognuna spedisco le mie poesie e aspetto.

– Mia moglie, lei la leggeva di sicuro, mi faceva gli orli dei pantaloni con le sue manine d'oro. Oggi no, oggi ci sono antifurti che suonano tutta la notte.

– Ma li avete mai visti i cigni del lago?

– Ho cinque, forse sei ottimi sonetti da pubblicare su «La tana» anche subito.

– È una rivista immaginaria, non è vero, Tito?

Quella sera non ho piú parlato e poi non ho piú scritto un verso, neanche per cancellarlo. Ma a modo mio, come ogni essere vivente, continuavo a studiare da poeta.

Fino a un certo momento della vita ho portato dentro di me il peso dolce del pianto. Mi accadeva di trovarmi gli occhi bagnati senza sapere perché: lavavo le quattro posate che avevamo in casa, guardavo quelle forchette spaiate, il cucchiaino storto, la schiuma del detersivo che gorgogliava nello scarico del lavello e piangevo. Guardavo Morella che si pettinava per farsi carina, che si ripassava le sopracciglia con la matita nera per piacermi, e mi veniva l'umido in gola.

Soprattutto a piazza del Fante la pena mi strisciava dentro verme a verme. Era come se mi vedessi da lassú, da quella finestra sempre illuminata, e in un attimo mi sentivo minuscolo – trascurabile gonfiore tra i tanti, pieno di speranze e pretese. Una pancia di vento, un rospo sotto la luna, con la cicca in bocca.

Che cosa aspetto ancora?, mi domandavo. Che motivo c'è per cui io debba vivere questa vita da mendicante?

Eppure quasi godevo di tanta miseria: mi sentivo patetico, lí sulla panchina della mezzanotte, un incrocio tra un vecchio studente fuoricorso e un fantasma, percepivo che nessun passante avrebbe mai potuto perdonare la mia ostinazione, che non avrei saputo giustificarla in alcun modo – io sempre lí, piantato davanti a un portone chiuso, a fare cosa? –, e le lacrime per un poco mi regalavano uno strano benessere, una compagnia.

Tramite il pianto mi sembrava di toccare il mondo, di mescolarmi alle cose nel loro punto piú molle. Entravo nella zona indistinta in cui tutto cede, nella spugna della malinconia.

Ma io volevo che la mia attesa divenisse un'azione, che il mio sguardo si facesse attento, asciutto, laborioso. Cosí da un certo momento non ho piú voluto piangere. È stato un prosciugamento progressivo, come una pozza che si ritira un metro alla volta e infine è una conca pulita.

Perché volevo essere piú forte, il soldato di guardia alle ombre e alla luce di piazza del Fante. Adesso a volte mi immagino come stoppa incastrata nella crepa di una diga, non posso togliermi da lí, tutto precipiterebbe.

Sul libro di letteratura avevo letto questa frase di santa Caterina: «Ogni cosa la si cognosce per lo suo contrario». Nessuno come la diga conosce la forza corrente delle acque.

– Ho visto passare tante generazioni di studenti, – mi diceva l'uomo del furgoncino sul lungotevere. – Vengono con la lista stretta in mano, sembra che i libri che cercano siano la cosa piú importante della loro vita, se non li trovano subito si disperano. L'anno dopo tornano per venderseli.

Certe notti mi allontanavo dalla piazzetta – ma non era diserzione, era la ronda della responsabilità – per raggiungere Aurelio a Valle Giulia: lui zoppicava davanti alla gradinata che sale a Villa Borghese, o nei vialetti scuri che girano dietro, verso il silenzio delle ambasciate, fumava una sigaretta dopo l'altra, cantava da solo seguendo la musica delle cuffiette. Si era fatto tagliare i capelli da Morella e li aveva tinti di celeste; portava pantaloni a vita bassa, magliette aderenti di squadre di calcio, stivaletti a punta, l'orecchino pendente.

– È la divisa, – diceva Aurelio, lucidandosi lo stivale con un fazzoletto giallo.

Quello era il suo nuovo lavoro, e io mi mettevo seduto su un gradino a osservare. C'erano parecchi ragazzi come Aurelio, sembravano tutti capitati lí per caso, come abbandonati lungo la via da un tram guasto, si chiamavano per nome – come ti va, bene, si sta bene stasera, hai dei bei pantaloni, dove li hai comprati, al Corso, vai ancora in palestra, ancora, hai saputo di Chicco, cosa, è malato – e tutti camminavano sparsi avanti e indietro nel nulla, fumavano.

E poi nella notte arrivavano le macchine, una ogni tanto, anch'esse come per distrazione, quasi che il guidatore avesse perso la strada a un incrocio e invece di ritrovarsi davanti alla sua bella casa fosse lí, in quella valletta buia, a cercare un'uscita con i fari. Le macchine si accostavano ai ragazzi con il motore al minimo, si apriva il finestrino e il signore che mostrava la faccia aveva l'aria di chi chiede un'indicazione, di chi dice: mi scusi giovane, mia moglie m'aspetta, i miei figli m'aspettano, che devo fare?

Aurelio si chinava sul finestrino, una mano aperta sul tetto della macchina, l'altra ad agitare la sigaretta: la brace brillava come una lucciola.

Da lontano li vedevo parlare, tacere – la lucciola finiva sotto una suola e subito se ne accendeva un'altra, piú inquieta. La macchina s'allontanava e Aurelio tornava vicino a me, la faccia arata dai tic, gli occhi cerchiati da una linea sbaffata di matita nera.

– C'è una bella aria fresca, c'è molto verde qui, si respira che è un piacere, – dicevo.

– Sí.

– Una mattina dobbiamo visitare la Galleria d'arte moderna, è quella lí davanti. Ci portiamo anche Morella, cosí esce da casa.

– Per favore, Tito: ora stai zitto, lasciami lavorare, lasciami guadagnare i miei soldi.

Dopo un poco la macchina riappariva, silenziosamente: sembrava quasi non avesse il motore, che la portasse il desiderio.

– Quello s'è proprio innamorato, – gridava ad Aurelio uno degli altri ragazzi, in piedi accanto a un cespuglio d'oleandro.

– L'ingegnere ha un cuore grande cosí, un cuore sfondato, – diceva ridendo un biondo con i pantaloni di pelle e gli occhiali da sole portati come cerchietto.

I fari chiamavano due tre volte, e Aurelio si riavvicinava al finestrino, lentamente, quasi controvoglia. Qualcuno dei ragazzi mandava per l'aria un fischio impertinente e Aurelio, senza girarsi, rispondeva con un brutto gesto.

Quasi sempre, se le cose erano andate cosí, Aurelio saliva in macchina e la macchina partiva: poteva curvare immediatamente verso il buio di Villa Borghese oppure abbandonare la zona, portare Aurelio lontano.

Ogni volta temevo di non rivederlo piú e allora il respiro s'affannava, e sforzandomi di placarlo mi rimproveravo per le mie infinite paure. Mi sdraiavo su uno scalino e aspettavo, senza piú badare al viavai delle macchine e dei ragazzi. L'aria non era piú buona da respirare, anzi, grattava in gola, gelava mani e piedi, ondeggiava le cime degli alberi come prima di un temporale. Mi dicevo: tra poco Aurelio torna, conto fino a cento ed è qui. Conto fino a mille, altri mille.

La notte era profonda come un pozzo, ma poi a poco a poco la valle si liberava delle tenebre, i granelli di luce si appiccicavano uno all'altro, prima a fatica e poi con leggerezza, era come se da qualche parte del cielo lentamente tirassero su le serrande, e la grande stanza mostrava le pareti piú lontane, una carta da parati con rami verdi e voli d'uccelli, tetti e omini che andavano al lavoro – e d'improvviso nell'alba c'era anche Aurelio, appariva addormentato sul sedile posteriore di un taxi, oppure sbucava a piedi da un angolo, come un reduce trascinava la gamba di ferro, mi salutava sventolando le banconote strette nella mano, gridava buongiorno Tito, siamo sempre vivi!

Non dovevo chinare la testa o nascondermi nel sonno, ma resistere e capire. Mille volte in questi lunghi anni ho pensato: questo per me è troppo – e non era neanche un pensiero, era un tumulto che m'agitava le cellule dai piedi alla fronte, un sisma pauroso che sbriciolava ogni sicurezza e mi spingeva a correre via, come chi sente la casa crollare e si precipita giú in strada e fugge senza direzione, con il cuore nelle scarpe. Ma io volevo guardare, rimanere impassibile a osservare il terremoto, le crepe dell'emozione, i miei calcinacci.

Una notte che Aurelio era appena salito su una berlina argentata con la targa diplomatica e le tendine sul vetro posteriore, ho aperto lo sportello e sono montato anch'io.

– Andiamo, – ho detto.

M'è parso che l'uomo al volante, un cinquantenne mingherlino con mani da scimmia e un orologio d'oro sul polso pelosissimo, cominciasse a tremare. Anche il rosario di madreperla che pendeva dallo specchietto retrovisore sembrava tremare.

– Avanti, Tito, scendi, – m'ha ingiunto Aurelio, secco.

– Devo venire con voi.

– Perché?

– Non lo so, ma adesso vengo anch'io.

L'uomo al volante ha poggiato la testa sul volante e s'è messo a supplicare con una voce da processione: – Scendete, vi prego, tutti e due, fatemi il favore, fatemi la grazia, scendete, io passavo di qua per combinazione, non è che cercassi qualcosa o qualcuno, dio mio, adesso voi scendete e io me ne vado a casa mia e tutto è come prima, come se non fosse accaduto niente, del resto cos'è accaduto, niente, vi prego, lasciatemi andare...

– Stia calmo, – ha detto Aurelio grattandosi quella testa celeste.

– Non ce la faccio.

– Però deve stare calmo. Va tutto bene, è tutto come prima. Il mio amico non è un assassino.

Dal sedile di dietro ho allungato la mano e l'ho posata sulla schiena curva di quell'uomo. – Tutto va come deve andare, – ho detto.

– E allora? – ha domandato il tipo, rialzando la testa dal volante.

– Allora si muova. Non vorremo passare la notte in chiacchiere.

– Mi batte forte il cuore.

– È questo che le piace, no?

L'uomo è rimasto incerto: sentivo che dentro gli cozzavano come montoni pensieri opposti: prendere, lasciare. Poi ha tolto il freno e la macchina s'è mossa, e via per le strade vuote della città, quasi fosse tutta una discesa fino a dove bisognava arrestarsi. Per un attimo, incrociando una pattuglia della polizia, l'uomo s'è rattrappito sul sedile, ma subito ha ripreso fiducia, ha dato uno schiaffo al rosario pendente e ci ha caricato sopra una bestemmia.

Gli spazi si sono fatti piú larghi, i viali piú anonimi. Su colline cresciute con terra di riporto s'alzavano villette disposte a semicerchio attorno a campi da tennis, e supermercati, autoconcessionarie, scivoli e altalene di plastica, alberetti piantati da poco e già scheletriti.

– Volete un po' di musica, Celentano, Madonna? – ha domandato l'uomo smuovendo un mucchio di cassette.

– No, la musica mi fa schifo, – ha risposto Aurelio.

– Tanto manca poco, – ha detto l'uomo, e per l'agitazione sobbalzava sul sedile di pelle nera. Ha messo la mano da scimmia sulla coscia di Aurelio. – Sei piú bello cosí, con una gamba di meno.

– Quanto manca a casa tua? – ha domandato Aurelio.

– Te l'ho detto, manca poco.

– Accelera, porco.

Abbiamo imboccato un vialetto, e poi a destra l'ingresso di un garage sotterraneo, di quelli con il cancello che s'apre a distanza e dentro macchine lunghe e lucide.

E poi cosa ricordo? Che cosa non voglio ricordare?

C'era un ascensore con uno specchio in cui nessuno di noi s'è ammirato, e poi l'uomo ci versava da bere in un salotto con i quadri e i tappeti sulla moquette, Aurelio rullava i canali della televisione, c'erano piante negli angoli e una collezione di piccole gondole impolverate dietro una vetrinetta e anche un acquario, con un pesce esotico che galleggiava, riviste pornografiche sul divano.

– Da un anno vivo da solo, – ha detto l'uomo.

– Noi abitiamo insieme a Morella, – ho detto, perché volevo pronunciare quel nome.

– È triste cenare da solo davanti alla televisione, la sera, vengono i pensieri peggiori, la roba è amara.

E poi Aurelio e l'uomo sono spariti in una stanza in fondo al corridoio, forse dalla porta Aurelio m'ha detto: aspettami se vuoi, se vuoi vattene; l'uomo gli teneva un braccio attorno alla vita.

Io mi sono seduto. Sentivo arrivare la scossa e dal petto la sentivo correre alle ginocchia e ai gomiti, entrare nella polpa dei denti e nelle radici dei capelli. Su un tavolino, incorniciata d'argento, c'era una foto dell'uomo con una donna e una bambina, ridevano sullo sfondo del mare: mi sembrava che dietro di loro le onde si sollevassero enormi, che mi bagnassero le mani. Lungo le gambe il sudore mi scivolava fino ai piedi. Ho aperto qualche cassetto, ma non c'era niente su cui riposare l'attenzione.

Dalla stanza chiusa m'arrivavano rumori come di mobili spostati, gemiti, colpi, ma a momenti avevo l'impressione che uscissero tutti dal mio mal di testa.

In cucina ho bevuto un bicchiere di un vino tirato fuori dal frigorifero. Era macchiato di muffa quel frigo, e oltre alla bottiglia di Pinot raffreddava solo tre mele e una scatoletta di tonno; nello scomparto dell'insalata c'era una pistola nera come un topo e io me la sono messa in tasca. Ho scolato le ultime tre dita di vino attaccandomi direttamente alla bottiglia.

Sono tornato in salone, ora mi sentivo un po' piú calmo, la stanza era piú ferma e la città era sempre lí, tutta intera fuori dalla finestra, e ho anche pensato che avrei potuto dipingere le pareti di quella casa, d'un bianco ridicolo, ma poi senza volere ho urtato un portacenere pieno, le cicche erano ovunque, sporche come insetti, e la scossa è ripartita.

Sono arrivato in fondo al corridoio e ho aperto la porta. L'uomo e Aurelio stavano nudi seduti accanto sul bordo del letto sfatto, fumavano, l'uomo teneva la guancia poggiata sulla spalla di Aurelio, come una fidanzata. Con la pelle cosí bianca, i capelli celesti e la gamba di metallo, Aurelio pareva di un altro pianeta. L'uomo aveva sulla schiena e sul petto un prato fitto di peli neri e in testa qualcosa di giallo che non riuscivo a definire. Cos'era, un cappelluccio, un nido di paglia, uno scherzo?

– Che vuoi? – m'ha detto l'uomo, buttando la cenere sul marmo del pavimento.

– Niente. Volevo vedere.

– Guarda pure, fatti una risata, idiota.

Ecco cos'era, era una parrucca bionda con due grosse trecce che gli pendevano sulle spallucce da scimmia. Ho cominciato a ridere come un idiota, e anche Aurelio rideva, rovesciato sul letto, e dopo un poco anche a quell'uomo, che pure cercava di mantenere la faccia seria, gli è venuta giú una risatina, il primo sassolino d'una frana di sghignazzi, e non ci saremmo fermati piú.

– Vi dico una cosa, ragazzi. Piú l'infelicità ti scava, piú spazio crea per la felicità.

Prima di andare via, senza farsi vedere, Aurelio gli

ha preso sul comodino l'orologio d'oro. Segnava i secondi, i minuti, le ore, e anche gli anni.

I soldi che Aurelio si guadagnava con gli uomini, il venerdí li giocavamo al lotto, puntando i numeri che Morella sognava.

– Stanotte mi è apparsa Lulú con tre numeri in mano. Tito, cuore mio, ti ho mai parlato di Lulú?

– Credo di no.

– Era la mia compagna di scuola piú brava, una zazzera di capelli rossi, gambe toste, traduceva dal greco in inglese, voleva le cose fatte sempre bene e ogni mese s'innamorava di un cialtrone diverso. Aveva la patente da poco e guidava la macchina del padre sull'Olimpica, verso una festa al centro. Era allegra perché aveva un bel vestito e le scarpe con il tacco alto, sulla radio cercava la stazione adatta al suo vestito nuovo. Le piacevano le canzoni d'amore, gli andava appresso parola per parola muovendo un po' la testa come fanno i cantanti.

– Come fanno, mostrami.

– Cosí.

Era buffa, Morella, una bambina invecchiata da proteggere. – E poi?

– Arrivata al ponte sul Tevere, Lulú ha incrociato la sua canzone preferita, l'ha presa proprio dall'inizio e ci cantava forte sopra, come se pestasse l'uva. «Questa sarà una serata speciale, – pensava Lulú, – incontrerò chi fa per me, l'angelo, lo dice anche la canzone». Un attimo prima del punto piú bello, ha infilato il tunnel dell'Olimpica. La musica s'è affievolita e poi è scomparsa, non si sentiva piú niente, solo brusii. Sulle pareti i fari illuminavano le scritte dei tifosi, porcherie, insulti, l'aria imprigionata puzzava. Allora Lulú ha spinto la macchina al massimo per uscire in fretta dal tunnel e ritrovare la sua canzone d'amore. Cantava da sola per tenere viva la musica, per combaciarla all'uscita. Ha perso il controllo, la macchina ha sbattuto di qua e di là, s'è cappottata e Lulú è finita con il volante in pancia e la faccia piena di vetri.

– Come fai a sapere che è andata cosí?

– Me l'ha detto lei.

– E come?

– In un sogno, in tanti sogni. Torna spesso a salutarmi, a chiedermi come sto, indossa sempre il vestito elegante di quella sera e lo tiene in ordine, dice che lo lava e lo rammenda in continuazione.

Chi non crede, non crede a nulla; chi crede, crede smisuratamente, perché è difficile fermarsi e dire: credo solo fino a qui, credo agli asini che portano la fatica ma non agli asini volanti. Chi crede spera che il mondo si completi, lavora giorno e notte in un invisibile cantiere abusivo.

– Aveva i numeri tra le mani, li teneva come gattini appena nati, ancora ciechi. Mi ha detto: «Guarda quanto sono deboli, Morella, ma quando cresceranno saranno meravigliosi». Li ho visti bene, erano il tre, il sette e l'ottanta.

– Tre, sette e ottanta. Sei sicura? – domandava Aurelio.

– Erano davanti ai miei occhi, miagolavano, il tre era nero, il sette arancione e l'ottanta tutto bianco, – e con il rossetto Morella annotava quei numeri sulle pareti candide.

Cosí andavamo alla ricevitoria piú vicina a casa, un ritrovo di puri spiriti, puntavamo i numeri su tutte le ruote del lotto, tanti bollettini diversi, tanti soldi, gente che faceva calcoli, che ripeteva sogni e ritardi.

Il sabato all'una e mezza accendevamo la televisione per seguire quella che era la nostra trasmissione. Ascoltavamo la litania di numeri in silenzio, senza nemmeno masticare i biscotti o stappare una bottiglia di birra, temendo che ogni gesto potesse mutare il percorso celeste delle cifre. Anche i cani attorno a noi rallentavano il respiro, e guai se qualcuno mugolava. Con la voce da cieco l'annunciatore diceva Bologna, Cagliari, Firenze, ma era come dicesse Andromeda, Ni-

nive, Urano. Noi ci tenevamo per mano, da un palmo all'altro ci passavamo minime strette di rassicurazione, certi di riconoscere i nostri numeri da un momento all'altro, come una famiglia che aspetta i propri bambini alla stazione e scruta nella folla degli inutili, e nel cuore trepida e si prepara all'abbraccio, ai doni. Ma i numeri che via via cadevano dal cielo chiudevano come coperchi caselle e speranze.

– Però eccoli, ora arrivano, li sento miagolare, eccoli, – diceva Morella.

Venezia era l'ultima speranza, ci stringevamo le mani piú forte, ma Venezia affondava.

Allora Aurelio si levava gli stivali di serpente e li tirava contro la televisione, anche la gamba le voleva tirare, Morella si nascondeva il viso dietro il sipario nero dei capelli, i cani abbaiavano e vagavano nella sala come pazzi e io mi alzavo in piedi, mi lavavo la faccia per non pensarci piú e muovermi in fretta verso piazza del Fante.

Le pareti bianche si sono coperte di numeri, settimana dopo settimana, come in un carcere.

Ogni tanto, quasi per beffa, perché la ruota gira, capitavano sulla stessa riga un paio di numeri dei nostri. Con la vincita non coprivamo neppure un quinto della puntata, ma eravamo felici, ci baciavamo sulla bocca e subito uscivamo per andare a festeggiare al ristorante all'angolo. Lí brindavamo ai sogni di Morella, cantavamo dieci volte la canzone della povera Lulú, credevamo a tutto.

E una notte, quell'autunno o forse tre anni dopo, ho trovato socchiuso il portone del palazzo di piazza del Fante, ne usciva appena un filo di luce.

Ricordo che quella notte, o una notte appena precedente, il polacco con le grucce che chiedeva l'elemosina al semaforo sul lungotevere si era ripresentato al giardino. Era ubriaco come sempre a quell'ora, ma forse stava male anche da prima, teneva in mano un cartone di vino e se lo svuotava dall'alto nella bocca e sulla faccia, ci affogava dentro. Però aveva indosso un abito da sera, un completo scuro, e il papillon sulla camicia bianca.

Ha aperto un altro cartone, ne aveva una busta di plastica piena, e tutt'insieme caracollava verso di me tenendosi sulle grucce, beveva dal cartone, reggeva la busta di plastica, parlava da solo in polacco.

Quando mi è arrivato a un passo, ha teso la mano bagnata. – Buonanotte, signor poeta, – ha detto. Gli è scappato un rutto e ha alzato gli occhi come se vedesse volare via una colomba.

– Buonanotte...

– Zibí.

– Buonanotte, Zibí.

– Buonanotte, signor poeta.

– Chi ti ha detto, Zibí, che sono un poeta?

– Buonanotte alla poesia di tutto il mondo, da qui fino alla mia addolorata Polonia.

– Il signore che vende i libri sul furgoncino, lui te l'ha detto, vero?

– Oh, quella tartaruga sta sempre a dormire dentro al suo guscio. Buonanotte tartaruga, buonanotte Zibí.

– Hai un bel vestito da ricco, Zibí.

L'aveva trovato in un pacco di abiti usati, roba che regalavano in parrocchia, maglioncini infeltriti, scarpe spaccate, pantaloni con certi strappi che ci passava dentro l'inverno, cinte per impiccarsi. E in mezzo al pacco stavolta c'era quel vestito, con due fori di sigaretta in una manica e sangue sulla camicia.

– I ricchi buttano gli avanzi sotto la tavola e i cani s'azzuffano: per questo vestito io ho picchiato un marocchino e un turco. Lei li conosce bene i cani, eh, signor poeta, ce li ha sempre intorno, la rispettano...

– Anch'io sono stato cane, qualche volta, – gli ho confessato, non so perché, forse perché era così ubriaco che potevamo ballare insieme sul bordo della sincerità.

– Eri cane e adesso cerchi le parole. Chi si ricorda

di essere stato animale in mezzo ha meno superbia e meno tempo da perdere in menzogne.

– In mezzo a cosa?

– Tra sé e la morte, è da lí che vengono le parole, non è cosí, Tito? Tutto viene da lí...

– Ma tu che ne sai? E di me, che ne sai?

Con le dita ha spaccato l'angolo di un altro cartone di vino e ha bevuto cosí forte che girava la testa anche a me. – Sono anni che chiedo soldi al semaforo, ho visto scorrere milioni di persone. Sono una vacca sul marciapiede del Gange, – e ha riso e ha bevuto ancora.

– E io?

– Tu sei cane e poeta, vero Tito?

– Ero un po' cane, sarò poeta, forse.

– Bravo, Tito. Continua ad aspettare, nel tempo tutte le parole ci passano davanti.

I cani accanto a me hanno ringhiato al vento che smuoveva le foglie, Zibí li ha minacciati con la stampella e sono tornati zitti.

– Scendono chiare dalla sorgente, e ci passano agitate davanti, vanno a fare il mare. Vedi, anch'io sono passato.

Se n'è andato abbandonando nel prato tre o quattro cartoni vuoti e una pozzanghera di vomito.

Al semaforo non l'ho mai piú ritrovato, alcuni suoi compatrioti mi hanno detto d'averlo visto salire su uno di quei pulmini che la domenica si radunano davanti alla chiesa di via delle Botteghe Oscure e vanno e vengono dalla Polonia portando roba da mangiare e ragazze. Altri hanno detto che Zibí era proprio fuori dalla grazia di dio, non ne volevano sapere piú nulla di quell'avvinazzato: – Parlava sempre di morte e forse adesso se la beve nel fiume.

Un filo di luce appena sfuggiva da quello spiraglio, io l'ho afferrato e mi sono tirato dentro il palazzo. Forse nella piazzetta c'erano anche Aurelio e Morella, i cani, il polacco, adesso non ricordo, so che quando ho visto quel minimo passaggio non ho piú visto altro. Sono entrato con il cuore che rimbalzava come una palla dalle ginocchia alla gola, spaccando vetri. In testa avevo cento inizi di discorsi, parole e gesti ammassati, e la paura che mi colassero come sangue nero dalle orecchie e dal naso. Avrei detto: sono Tito, sono qui – e poi non so, con il fazzoletto sporco in mano.

Nell'androne, al primo sguardo, non c'era nulla di cui allarmarsi, tutto era disposto nel modo piú tranquillo e discreto: le funi dell'ascensore pendevano nella gabbia di ferro battuto, la guardiola era abbandonata, le scale salivano curvando, l'ombra e il silenzio si tenevano compagnia. Eppure avevo la strana impressione di trovarmi all'interno di un organismo vivente, morente, e di avere la consistenza d'un boccone appena inghiottito, d'un respiro che cala in un polmone. Le cose e gli spazi mi stavano attorno in un modo che pareva studiato per non intimorirmi, come i petali d'una pianta carnivora. Il portone alle mie spalle era di nuovo chiuso e le scale, coperte da una guida amaranto fissata con listelle d'ottone, invitavano a salire. Su un lato erano allineate le cassette della posta, nessuna portava un nome. Per un attimo ho pensato: me ne vado via, torno da Morella, chissà che numeri belli ha sognato, e se non lo faccio io, chi darà da mangiare ai cani, chi accompagnerà Aurelio a Valle Giulia: ma ero già con il piede sul primo gradino, sul secondo, e ho proseguito la salita.

Con le dita mi tenevo aggrappato al corrimano e intanto allungavo il collo, lo torcevo cercando di vedere cosa c'era piú su, cosa m'aspettava al primo piano. Nel corpo rimaneva un resto di paura, una timidezza che appesantiva le gambe, ma la testa era vuota di pensieri, leggera come l'aria di montagna. Piú il corpo rallentava piú la testa saliva verso «La tana».

Sul pianerottolo del primo piano – stampe antiche appese ai muri, una panca e una pianta –, uscendo da un appartamento mi sono venuti incontro tre uomini vestiti di grigio, le facce severe, squadrate, le mani grandi. Io mi sono schiacciato contro la parete, pronto a scusarmi, a difendermi.

– Tu, come ti chiami?

– Tito.

– Devi darci un aiuto, Tito.

– Posso provarci, che cosa devo fare?

– Sarai pagato il giusto, non preoccuparti.

– Sí, ma di che si tratta?

– È mancato il quarto, lo devi sostituire.

Dentro l'appartamento del primo piano c'erano parecchie persone, sedute e in piedi, immobili, sembravano fatte della stessa materia scura delle tende, dei tappeti, delle poltrone: una materia silenziosa, imbottita di malinconia. Alcuni mosconi ronzavano carnosi nell'aria dolciastra, si posavano sulle fronti e ripartivano. Un signore anziano con il cappello tra le mani scuoteva leggermente la testa, accompagnando chissà quale ragionamento; una donna piangeva senza muovere un muscolo del viso e senza rumore, un rubinetto lasciato sgocciolare; da un portacenere s'alzava un ricciolo di fumo.

– Vieni di qua, seguici, Tito.

Chiedendo permesso, sono passato in un corridoio e poi in una stanza vuota.

– Mettiti questi vestiti.

Evitando di fare domande, ho indossato un abito grigio molto simile a quello dei tre uomini. Era di una taglia o due piú grande, i pantaloni si ammosciavano sulle scarpe e dalle maniche le dita sbucavano come una frangetta rosa. Uno degli uomini mi ha offerto una cravatta nera.

– Cosí vai bene, – mi hanno detto.

– Però...

– Tito, una raccomandazione: non sorridere.

– Io sarei qui per la rivista letteraria, la sede è all'ultimo piano, se frequentate questo palazzo forse la conoscete...

– Tito, ora si lavora.

– La rivista si chiama «La tana», per me è molto importante.

Uno degli uomini, il piú alto, mi ha stretto il braccio con forza, mi ha guardato serio negli occhi e, per aprire e chiudere quella faccenda, ha detto: – E di cosa si occupa questa rivista? Poesie, racconti, coriandoli?

– E voi di cosa vi occupate, allora?

– Dei morti.

Poteva sembrare pronta per uscire, quella signora, pronta per andarsene a giocare a carte con le amiche e far cadere tra una mano e l'altra qualche cattiveria sulle assenti. Poi forse aveva gettato lo sguardo sull'orologio e s'era accorta che sarebbe arrivata troppo presto, è sempre imbarazzante essere la prima, e allora s'era sdraiata sul letto e aveva chiuso gli occhi, non per dormire, no, solo per lasciar passare il tempo, tutto il tempo che le avanzava. Cosí sembrava, la signora, con il suo bel vestito azzurro e il filo doppio di perle, il rossetto leggero sulle labbra, i capelli di parrucchiere. Aveva le unghie delle mani dipinte d'oro.

La bara è stata chiusa e imbullonata, poi uno dei tre dipendenti delle pompe funebri mi ha fatto un cenno e all'unisono l'abbiamo sollevata. Nel corridoio e lungo le scale i conoscenti della signora ci hanno fatto largo disegnandosi sul viso croci d'aria.

Da quella sera ho sollevato migliaia di casse, ricche o povere alla fine sono tutte uguali, fanno tutte paura, ma alcune pesavano sulla spalla come armadi, ficcavano gli spigoli nella carne, sembrava che chi era dentro non volesse farsi portare via, che resistesse aggrappato ancora agli ultimi quattro sconosciuti. A volte avevo l'impressione di sentire nella cassa un movimento, uno scricchiolio, e il peso raddoppiava. Altre casse erano leggere come barche sull'acqua, noi eravamo le onde silenziose su cui scivolavano.

Abbiamo caricato su un furgone la bara con la signora e tutte le corone di fiori. Facevo come facevano loro: in fretta, quasi di nascosto.

– Se abbiamo finito io me ne andrei a casa.

– Non te ne puoi andare, adesso bisogna seppellirla.

– Ho da fare, devo tornare a casa.

– Questo hai da fare, Tito: aiutarci a seppellire la signora.

– Ma è notte, a quest'ora il cimitero è chiuso.

– Noi non la portiamo al cimitero.

– E dove, allora?

– Vieni con noi e lo vedrai.

Cosí mi sono sistemato sul ripiano posteriore del furgone, di fianco alla bara, tra i fiori che stordivano, mentre i miei tre colleghi si sono stretti sul sedile davanti. Il motore s'è acceso con un sobbalzo e siamo partiti. Da dov'ero non vedevo quasi nulla, le spalle larghe dei becchini facevano muro e dietro non c'erano finestrini. Ho appena indovinato il profilo del palazzo che svaniva, poi qualche lampione, le fronde piú alte dei platani, uno spicchio di cielo. Ancora una volta ho domandato: – Dove andiamo? – ma non mi hanno risposto. Mi sono messo una corona di fiori al collo, ho posato la testa sulla bara e ho dormito.

Da lí in poi – ma anche prima, e adesso – è stato come sognare. Ho sentito una mano gelata sul collo e una voce che diceva: – Sveglia, Tito, siamo arrivati, si scende.

Eravamo al centro di una piccola radura tra gli alberi, il freddo tagliava gli occhi, l'aria usciva fumante dalle bocche e le persone che avevo visto nell'appartamento ora si stringevano nei cappotti battendo i piedi in silenzio. Sotto le suole s'attaccava un'erba fangosa. Il cielo, eccitato dalla tramontana, mostrava stelle a sciami: mentre scendevo dal furgone ho pensato alla parola firmamento e m'è parsa ampia come nessun'altra, brillante come la pala che qualcuno mi ha messo tra le mani. Ho pensato alle mie corse nei boschi attorno al lago, alle ossa cacciate sottoterra di nascosto dagli altri cani.

– Qui bisogna andare giú parecchio, – ha detto uno degli uomini togliendosi la giacca.

– Speriamo che la terra non sia dura come un sasso, – ha detto un altro.

Il terzo sbuffando ha attaccato a scavare.

Ci davamo i turni, e la buca era sempre piú profonda. Le braccia mi facevano male, le mani si coprivano di terra umida e piccole piaghe. Quando uscivo dalla buca sentivo il vento gelido accanirsi come una frusta sulla schiena sudata, e dal bosco uscire le voci tremule degli animali notturni. Gli amici della signora passeggiavano per la radura a piccoli gruppi, o si richiudevano nel tepore delle macchine accese.

Un signore con una lunga sciarpa rossa e nera e la barba bianca si è avvicinato e gentilmente mi ha domandato: – Mi scusi, piú o meno quanto vi manca?

– Non lo so, mi dispiace. Finché non mi fermano io scavo.

– Ma piú o meno?

– Abbiamo finito, – ha risposto il piú anziano degli scavatori.

Ci siamo lavati le mani e la faccia con l'acqua di una tanica, ci siamo spazzolati scarpe e giacche, e poi con le funi abbiamo calato la bara nella fossa, cercando di dare a quell'azione assurda una certa naturalezza. Ora gli amici della signora erano tutti intorno, qualcuno singhiozzava, qualcuno ripeteva il suo nome: Rosa, e gli uccelli notturni cantavano con le loro voci sgraziate.

Il signore con la sciarpa e la barba bianca ha fatto un passo avanti e ha parlato, la commozione gli spezzava le frasi e il decoro le teneva unite.

– Cari compagni, non ha alcun senso magnificarvi la vita di Rosa, l'avete conosciuta bene quanto me. Sapete che lei non amava la retorica, le belle spiegazioni. Non amava le parole che fermano il corso delle cose. Aveva a cuore solamente la sua libertà. Per questo non ha voluto rimanere chiusa in un ordine comune, nei regolati recinti del consorzio umano, né da viva né ora che è morta. Poche sere fa mi disse: «Quando sarà finita non mi abbandonare alla tristezza d'un cimitero, voglio marcire liberamente in mezzo a un bosco, voglio puzzare ancora». Odiava il marmo, le date, le fotografie, l'eternità. Adesso noi la salutiamo nella terra, come una radice pronta a essere ricoperta, sgretolata, ma che forse saprà abbeverarsi della pioggia e rifiorire. Ciao, Rosa.

Ha lasciato cadere nella buca la sciarpa rossa e nera, poi una manciata di terra. E poi tutti hanno gettato terra a manciate, a pedate, rapidamente, per chiudere in fretta quel buco.

Matti, anarchici, avventurieri, ne ho sepolti a decine. Verso sera gli uomini delle onoranze funebri mi venivano a cercare a piazza del Fante e mi portavano con loro a scavare buche nei posti piú solitari. Ormai non mi toglievo piú il vestito grigio, avevo le mani piene di calli.

Qualche volta ho domandato: – Siamo sicuri che tutto è come deve essere?

Quegli uomini giravano la testa, oppure mi dicevano: – Non ne parlare mai in giro, Tito.

Insieme a loro, ho cremato corpi e disperso le ceneri sulle montagne dell'Appennino, ho affondato al largo di Ventotene e di Sabaudia bare ricolme di pietre e di gigli, altre invece le ho cementate in fondo a cantine buie e ci ho trascinato sopra un armadio, una lampada, un dondolo. In nessun caso sono state tradite le precise volontà dei morti. Non so chi falsificasse i documenti, in che modo fosse organizzato quel servizio clandestino: io scavavo e basta, sudavo, talvolta mi lasciavo abbracciare da una vedova, da un ragazzino, e pronunciavo frasi tipo la vita è fatta cosí.

Sull'antologia, tra le mille poesie antiche, mi aveva colpito un verso del Petrarca che diceva: «Quand'era in parte altr'uom da quel ch'i' sono». Mi piaceva ripetermelo, ammiravo il tono semplice di chi riconosce che, forse senza alcun merito particolare, la propria vita si è trasformata: perché le cose accadono, i giorni trascorrono e prendono colori nuovi. Anche a non far nulla qualcosa cambia, e io pure mi sentivo un uomo in parte differente da quello che ero stato. Eppure percepivo che segretamente quel verso voleva dire l'esatto contrario: che nel tempo la vita cambia davvero cosí poco che quasi non cambia.

Mentre reggevo bare sulle spalle, pensavo che forse imparare significa dimenticare, levarsi di dosso le idee, sgombrarsi. Piú si comprende, meno convinzioni servono, e il poco che rimane forse somiglia alla sincerità. Cosí, assistendo a quei funerali furtivi, rimanevo stordito di fronte a tanta tenacia: anche da morti quegli individui volevano sventolare contro il mondo le loro bandiere. Anche chi si faceva bruciare e rovesciare nel vento dell'autostrada Roma-Milano, chi esigeva che il proprio cadavere fosse buttato in fondo a un pozzo asciutto, sembrava ripetere ostinatamente: le mie idee resisteranno, me ne vado ma lascio al mondo le mie maledizioni, io avevo pensieri speciali, io non dovevo morire. Ogni funerale sembrava un rimprovero che i vivi subivano a capo chino.

Una notte, sotto un acquazzone esagerato, abbiamo imboccato un viottolo di campagna che non finiva mai, fango, sassi, sobbalzi, mi tenevo aggrappato alla bara per non sbattere la testa. Dietro di noi c'erano solo due o tre macchine.

Quella volta avevo portato con me anche Morella e il becchino piú anziano mi ha detto: – Lei che c'entra?

– Non capiterà piú, promesso.

– Non doveva capitare neanche stanotte.

– Voglio vedere cosa fa Tito, – ha detto Morella, sempre piú roca, sempre piú nera.

– Stai zitta, – ha detto l'uomo.

– Non le parlare cosí.

– Perché, chi è questa strega?

– È la mia donna –. Ma mi sembrava che non bastasse, allora ho aggiunto: – È mia moglie, portale rispetto.

Morella mi ha sorriso, felice come se avessimo cento barattoli festanti attaccati al parafango di quel carro funebre, e io l'ho stretta a me.

– Che sia la prima e ultima volta.

A destra e a sinistra avevamo alberi di nocciole, filari di vigne, campi arati e pioggia a secchiate. Ci siamo fermati nell'aia di un casale, accanto a un trattore arancione con i cingoli affondati nella melma: era grande come un altare. Dentro un canile recintato da una rete metallica tre o quattro maremmani abbaiavano come ossessi. Dalle macchine la gente è scesa nascondendosi subito sotto gli ombrelli lucidi, e io ho preso la solita pala.

– Dove bisogna scavare? – ho domandato.

– Non bisogna scavare.

– C'è un pozzo da riempire?

– No, e non fare altre domande.

– Ma voi lo sapete cos'è «La tana», se esiste davvero?

– Muoviamoci.

Abbiamo preso la bara sulle spalle e ci siamo avviati verso il retro del casale. Era una cassa di legno scadente, opaco, senza maniglie d'ottone, da appestato. Morella mi camminava accanto, mi carezzava e provava a coprirmi con il suo ombrellino, e cosí ci bagnavamo tutti e due. La pioggia mi entrava in bocca, mi incollava le ciglia e nel buio non riuscivo piú a vedere dove stavamo andando. Quello davanti a me è scivolato e per un attimo la bara si è inclinata verso il fango, ma io ho irrigidito i muscoli, uno ha gridato «forza!», l'altro ha allargato a compasso le gambe e ci siamo ripresi in tempo. Tra di noi parlavamo poco o nulla, ma ormai eravamo accordati come le quattro zampe d'una bestia terribile.

– Ecco, qui.

Abbiamo posato la cassa sul bordo di cemento che girava attorno a una casetta senza finestre. Adiacente aveva una specie di piccolo cortile chiuso da un muro alto poco piú di un metro e coperto da una tettoia. L'uomo piú anziano ha aperto la porta ed è entrato con la pila in una mano e un bastone nell'altra: dentro si è sentito uno scalpicciare pesante, le grida dell'uomo, poi il grugnire spaventato dei porci.

– Ho paura, ho freddo, – mi ha detto Morella.

– Ci sono io, stai tranquilla.

Sospinti dalle bastonate, i porci sono passati dalla casetta nel recinto: erano sette o otto, grossi e gonfi come botti di carne, strillavano. La gente si è affacciata sul muretto a guardare.

Gli altri due becchini hanno schiodato la cassa facendo leva con una barra di ferro. Per un attimo un lampo ha illuminato i campi, le creste dei monti, i porci e tutti noi, la vena sulla fronte di quell'uomo, quel bottone penzolante, quel colpo di tosse che piega, l'aratro laggiú: e poi il tuono è esploso, quasi il cielo si fosse spaccato come un coccio nero.

– Sento delle voci piccole, cattive, – ha detto Morella stringendo gli occhi.

Nella cassa c'erano quattro sacchi di iuta, da uno sporgeva il piede di un uomo.

– Forza, Tito.

Abbiamo afferrato quei sacchi scomposti, sciolto i legacci che li chiudevano e poi li abbiamo rovesciati oltre il muretto. Slittando sull'impiantito coperto di escrementi, i porci si sono ammassati in un angolo, si urtavano per conquistare il punto piú arretrato, forse già immaginavano il coltello del macellaio nella giugulare. Poi il primo porco è avanzato curioso ad annusare quei quattro pezzi di uomo, e dietro di lui si sono mossi grugnendo gli altri. In pochi minuti del cadavere non è rimasto nulla.

– Sento piangere quattro bambini, – ha mormorato Morella, seduta sul cemento, abbracciata alle mie gambe.

Soltanto noi del servizio funebre abbiamo guardato tutto fino in fondo, quasi fosse il nostro dovere, gli altri si sono staccati subito dal muretto, una donna vomitava, un ragazzo bestemmiava.

– Pietro, fratello mio, hai voluto che fosse cosí e cosí è stato, – ha detto un uomo senza piú ombrello, dritto sotto la pioggia che non mollava un attimo. – Hai detto: «Spero che cosí le mie carni saranno migliori, spero che il mio prosciutto vi soffochi».

Il vestito da sposa di Morella era bellissimo, con lo strascico di tre metri e le maniche gonfie come panna e meringhe. L'aveva avuto da una sua cliente, anni prima, in pagamento di mille letture di mani, e l'aveva conservato in una valigia, con la naftalina e la lavanda. Affondata in mezzo a tutta quella roba bianca, Morella sembrava ancora piú piccola e scura.

– Ti piaccio cosí, cuore?

– Molto.

– Veramente?

– Certo.

– Ho messo queste scarpe, – ha detto Morella sollevando la gonna immensa. Aveva le calze smagliate e anfibi neri con i lacci di spago. – Mi alzano un poco.

Io avevo il vestito grigio del mio lavoro, poteva andare.

Erano le sei di mattina, era inverno, l'aria era di ghiaccio. Morella mi ha poggiato il palmo della mano sulla fronte. – Sei contento, lo so, sento le tue rondini che girano.

– Andiamo, è ora.

A piedi ci siamo mossi verso Sant'Angela Merici, dieci minuti a prendersela comoda, ma Morella temeva che il vestito le si sciupasse, si teneva lo strascico tra le mani, per l'agitazione ogni poco lo pestava e allora con un fazzoletto cercava di ripulirlo dall'impronta dell'anfibio. Quel tragitto non finiva mai, e intanto dalle macchine, veloci nella strada deserta, ci gridavano parole che non capivo, ma che suonavano brutte. Solo uno ha urlato: – Viva gli sposi, – ma non mi ha messo allegria.

Sulle scale davanti alla chiesa ci aspettavano Aurelio, di ritorno dalla sua nottata a Valle Giulia, e il signore del furgoncino e dei libri, che gentilmente s'era prestato a farci da testimone.

– Amor, ch'a nullo amato amar perdona, – mi ha detto sorridendo, con gli occhiali rotti che gli vacillavano sul naso.

– Io non l'ho mai capito bene questo verso.

– Neanch'io, ma fa un bel rumore.

In cielo il buio iniziava a slentarsi, a intenerirsi: il chiaro gli soffiava dentro come una vaghezza, come un non so che d'indeciso, e tutto ha preso a tremare – muri, alberi, prospettive –, tutto esitava come un ubriaco tra la notte e l'alba.

– Queste sono per te, le ho strappate a un vaso, – ha detto Aurelio, offrendo a Morella un mazzetto di margherite avvolte nella carta stagnola delle sigarette. Lei le ha respirate avidamente, poi ha abbracciato Aurelio, lo ha baciato forte sulle labbra livide.

Sulla porta della chiesa è apparso un prete lungo lungo. – Entrate, figlioli, avanti, – ha detto con un accento sudamericano, e con le mani ripeteva l'invito.

Solo da cane ero entrato in una chiesa: d'estate, quando il sole bruciava, mi dava refrigerio il pavimento di pietra, mi sdraiavo sotto l'acquasantiera o in una cappella laterale, oppure trotterellavo nell'ombra e guardavo i santi dipinti, quei ceri accesi che si sgranavano negli occhi. Quasi sempre le donne mi lasciavano stare, si inginocchiavano, si incolonnavano, e non badavano a me. A volte invece qualche vecchia mi sbatteva fuori a calci. «Via dalla casa di Dio padre onnipotente, vattene a pisciare fuori, cagnaccio», diceva.

Sant'Angela Merici era gelida e vuota; dietro l'altare, arrampicato sulla croce, c'era un Cristo di ferro contorto; qua e là brillavano ciuffi di candele elettriche; sulle pareti stavano appoggiati alcuni confessionali grandi come armadi: oltre le ante di uno era seduto un vecchio prete che ha fatto segno d'avvicinarsi.

– Volete fare il bucato? – ha domandato con un sorrisetto scivoloso, e io non sapevo cosa dovevo rispondergli. – Dico: volete lavarvi l'anima dalle macchie dei vostri peccati?

Aurelio s'è chinato sul vecchio, gli ha detto: – Io voglio ammazzare un verme che striscia schifoso. Sono anni che lo voglio mangiare.

– Figliolo, non bisogna togliere la vita a nessuno, la vita non è nostra.

Aurelio ha spalancato le braccia, le ha mosse appena. – Scherzavo, padre. Io sono buono come un uccellino.

– Avanti, avanti, – insisteva il prete lungo lungo che già aveva indossato i paramenti per la cerimonia. – Avanti gli innamorati e i testimoni, sbrighiamoci per favore, adelante.

Ho detto a Morella: – Andiamo tesoro, – ma d'improvviso sembrava come intontita, aveva in faccia la serenità immobile delle bambole, le fossette e il vestito a ventaglio delle bambole posate per sempre sui letti. Volevo starle accanto e sostenerla, ma senza volere le ho bloccato con un piede lo strascico, s'è sentito nell'aria lo strappo della stoffa. Morella non ha detto nulla, neanche ha cambiato faccia.

Ci siamo seduti davanti all'altare su due panchette foderate di raso azzurro e il prete ha iniziato a recitare velocemente la sua messa, gli uscivano di bocca pronunce latine e spagnole, girava svelto le pagine delle letture, saltava le righe. Ogni tanto ci ordinava di alzarci o di inginocchiarci, e io eseguivo, ma Morella è rimasta sempre seduta con le margherite tra le mani. Dietro di noi sentivo zoppicare Aurelio, avanti e indietro sul marmo, sentivo con la schiena il fermento dei suoi tic, poi finalmente si è messo buono accanto a Morella; il signore dei libri, preso dal suo ruolo di testimone, restava in piedi vicino a me, serio e puntuale nelle risposte che la messa pretende: amen, sono rivolti al signore, è cosa buona e giusta, abbi pietà di noi. Ma il prete lungo lungo accelerava, era difficile stargli dietro.

Come una corrente gelata, nell'aria della chiesa si è espansa la musica di un organo, accordi che intirizzivano. Suonava il vecchio confessore.

Il prete ci ha detto: – Avete gli anelli?

Nel mucchio della sua bigiotteria, Morella ne aveva scelti due quasi uguali, i piú semplici, due serpentelli che con la bocca si mordevano la coda. Uno era dorato, l'altro era laccato di rosso, li tenevo io nella tasca della giacca. Il prete li ha benedetti con un certo disgusto, quindi è passato alle formule di rito, masticando le parole.

– Vuoi, Toto...

– Tito.

– Vuoi, Tito, prendere come moglie... nel bene e nel male... nella salute e nella malattia... la tua Sorella?

– Lei si chiama Morella.

– Morella, è chiaro.

– Sí, lo voglio.

Prima ancora che il prete formulasse la domanda per lei, Morella ha detto sí, piú con la testa che con la voce. Poi ci siamo scambiati gli anelli: il mio serpentello rosso non passava sull'anulare, cosí Morella l'ha spinto attorno al mignolo, mentre l'organo rafforzava i suoi accordi, pura tramontana. Le ho dato un piccolo bacio, m'è parso di poggiare le labbra su un vetro.

– Caro Toto, cara Morella, ho poche cose da raccomandarvi, il tempo corre e mi sembra che voi siate già abbastanza vecchi, – ha detto il prete nella sua strettissima predica. – E qua e là, e su e giú, ormai sapete come scivola la vita e quante parole si sprecano per spiegarla. Vi posso dire solo questo, poveri amici che non vedrò mai piú: compatitevi l'un l'altro.

Poi ha trafficato sull'altare intorno al calice, con due mugugni e due genuflessioni ha consacrato il pane e il vino ed è tornato davanti a noi.

– Volete comunicarvi? – ha domandato.

– No, grazie, – ho detto.

– Ho già fatto colazione, – ha risposto Aurelio, che si era acceso una sigaretta beffarda, e anche il mio testimone ha rifiutato, con un cenno discreto del capo.

Morella invece ha chiuso gli occhi e ha aperto la bocca, a corpo morto s'è piegata verso l'ostia. – Corpo di Cristo, – ha mormorato il prete, e lei ha risposto: – Sono qui.

Appena inghiottito quel cerchietto di pane, Morella ha preso a vibrare, sembrava che nel vestito le si fosse infilato un piccolo vento che non trovava piú l'uscita. Continuava a tenere gli occhi chiusi, batteva gli scarponcini sul marmo e nella gola le brontolava il respiro.

– Morella, che ti succede, che hai? – e tutti le eravamo intorno, anche il prete, le asciugava la fronte con un panno preso sull'altare.

– È l'emozione, forse, – ha detto il signore dei libri.

Aurelio, chissà perché, le reggeva lo strascico come un paggetto grande e triste, mentre dall'organo arrivava a folate la marcia nuziale.

– Sento la voce dell'ostia, – gemeva Morella, le mani calcate sulle tempie. – Mi sgrida, mi fa male. Sento la voce del vestito, le voci delle margherite, parlano tutte insieme...

Poi ha riaperto gli occhi e mi ha guardato di traverso, con gli occhi lunghi e disperati, nello stesso modo in cui mi guardavano nel bosco le cagne morse dalle volpi rabbiose, poi ha mormorato: – Scusami cuore se non potrò piú starti vicino, scusami... Lo vedi, lo capisci che sto impazzendo?

Dalla panchina di piazza del Fante, tra le madri e i pensionati, guardavo Aurelio che veniva verso di me su un motorino rubato o a piedi, con i capelli rosa o verdi, i pantaloni strappati come si deve, gli occhi affamati, i nervi in fiamme. Si sedeva e mi dava una pacca sulla coscia, cominciava subito a fumare, a spazientirsi.

Erano tanti anni che vivevamo insieme, eppure ogni attimo ci faceva diversi, come la stessa goccia di pioggia che può smorzare un fuoco o ingrossare un torrente.

– Che strano, Aurelio, io mi sento stanco, sento i pensieri invecchiare, sotto il mento la pelle si affloscia, mi manca il fiato a stare accanto alle cose, e tu invece sei piú giovane, ogni giorno che passa sempre piú giovane. Com'è possibile?

– Stiamo andando in direzioni opposte. È cosí, Tito. Stiamo vicini, seduti sulla panchina, ma andiamo in direzioni opposte del tempo. È cosí, una parte, l'altra parte, come sul raccordo anulare...

– Ma cosí come?

– Tu vuoi vedere da poeta, cammini in avanti, incontro alla chiarezza o come la chiami, a quella storia lí, che un giorno sarà una piuma ma oggi è pesante, non è vero che è un carico pesante?

– E tu?

– Io vado indietro, Tito, con la mia zampa di ferro corro incontro alla rabbia.

Siamo saliti sul suo motorino, suo per modo di dire, e siamo partiti per far visita a Morella. C'era un bel sole, la città sembrava abitata dai colori: il giallo s'era scelto quelle case, l'azzurro quei pezzi di cielo oltre i terrazzi, il verde girava nei parchi e ogni persona sembrava portare a spasso una tinta.

A poco a poco la città s'è fatta piú larga, tra una casa e l'altra c'erano orti, e poi anche pecore e anche niente. La strada è salita su per un colle, sulle sue curve larghe Aurelio piegava il motorino fin quasi per terra, mi gridava: – Attento alle orecchie, poeta! – e altre cose che il vento portava via.

– Lasciami guidare, Aurelio, – e dopo un momento ero io che lanciavo il motorino, che spostavo il paesaggio attorno. Sentivo dentro di me la tristezza e l'allegria che si mescolavano e diventavano una cosa che non ha nome, sentivo Aurelio che diceva non mi far cadere.

All'ingresso dell'ospedale un infermiere con le spalle larghe ci ha detto: – Veloci, che tra dieci minuti scade il tempo delle visite.

– E se voglio restare di piú? – ha domandato Aurelio, cosí, per dare fastidio.

– Io non te lo consiglio. Dieci minuti sono pure troppi.

Ho visto Morella da lontano, vestita con un grembiule nero da scuola: camminava per un vialetto del giardino, aveva i capelli corti un dito e neanche un orecchino, parlava da sola. Poco piú avanti una vecchia strillava appoggiata a un albero, ce l'aveva con il traffico che non la faceva attraversare: – Son tutte macchine, è tutto ferro, io devo andare di là, lo capisci zuccone che casa mia è di là?

– Morella.

– Cuore.

Ci siamo abbracciati tanto, lei rideva e strofinava la testa rasata contro il mio petto, si arrampicava su di me come su un ramo.

Dalla tasca del grembiule ha tirato fuori una cosa che mi sembrava una pietra, e invece muoveva le zampe ed era una tartaruga. – L'ho trovata qui in giardino, dietro quella siepe.

– È simpatica.

– L'ho chiamata Tito.

– Pensavo che le tartarughe fossero tutte femmine.

– Questa no, perché si chiama Tito.

Siamo rimasti un poco in silenzio, a carezzare quel guscio duro, mentre la vecchia continuava a inveire contro le macchine: – È tutto ferro, è una colata di ferro, e io devo andare di là, a casa mia, – ma con piú rassegnazione. Aurelio voleva farle attraversare il vialetto vuoto, ma lei si teneva ancorata all'albero.

– Ho parlato con tua madre, cuore.

– Mia madre non esiste.

– Ha detto che devi coprirti bene, la sera fa freddo lí ai giardini della piazzetta, c'è sempre umidità. Devi metterti un maglione e le calze di lana.

– Va bene.

– Ha detto che è orgogliosa di te.

– E perché?

– «Ne ha di pazienza, mio figlio, sono orgogliosa di lui». Ha detto esattamente cosí tua madre, testuali parole. Aveva un bel tailleur da signora abbronzata e le scarpe diverse. Guarda la tartaruga, ha messo fuori la testa.

Era un pollice rugoso che tastava l'aria e mi studiava con gli occhietti preistorici, s'allungava verso di me.

– Ti ha riconosciuto, ogni giorno le parlo di te.

Con la lingua le ho toccato il muso e lei, remigando nel vuoto con le zampe, si è sporta un altro poco, come fossi una lattuga rugiadosa o la primavera. Ho pensato che forse era piú antica di quell'ospedale, antica come i sassi, che nel suo metro di giardino aveva strisciato piú mondo di quanto ne avessi incontrato io, e se non sapeva nulla dei poeti e delle mille civiltà, gli egizi, gli assiri, gli americani, sapeva però cos'è la paura della fine, aver fame, una casa. Anche dell'amore ne sapeva piú di me.

– Quando vai a casa, ricordati di dare un po' di zucchero alle formiche, – ha detto Morella. – Falle stare bene, e innaffia le piante, anche quelle bruttine.

– È tutto ferro, un fiume di ferro, non si passa, – gridava da capo la vecchia.

Abbiamo passeggiato tra le siepi di quei vialetti tenendoci per mano, mentre Aurelio ci precedeva di qualche metro e ogni poco si voltava a sorriderci. Avrei voluto tirare Morella dentro di me, farla diventare un mio pensiero, un osso, una cartilagine; dire: comunque lei è qui dentro, mangia quando io mangio, dorme in me, e intanto continuare a vivere, ad aspettare. Ma l'amore non è cosí, è stare uno davanti all'altro, come la sabbia sta davanti al mare.

– Qui non è male, – ha detto Aurelio. – C'è tanto verde, gli infermieri hanno i camici e gli zoccoli tutti uguali.

Le nuvole hanno coperto il sole e il giardino s'è fatto d'ombra. Ho sentito che qualcosa di penoso mi stringeva a sé, come un gigante.

– Devo andare via.

– Resta un altro poco, – mi ha pregato Morella.

– Non posso, devo andare.

– Ma torni presto, vero? Torni domani.

– Sí.

Dalla tasca del grembiule Morella ha tirato fuori di nuovo la tartaruga, le ha detto: – Domani papà torna.

Un giorno di colpo mi sono detto: abbandono tutto, torno al paese sul lago, mi faccio vecchio lí, la sera vicino al camino e la mattina seduto al sole, contro un muro tiepido della piazza. Non appena starà meglio, Morella mi raggiungerà, e anche Aurelio verrà, al paese la vita costa poco, in qualche modo ce la caveremo. Mi sono alzato in piedi come un sognatore svegliato da un tuono, mi sono lavato la faccia alla fontanella e l'acqua fresca mi ricordava quella del lago, immaginavo che attraversando canali e tubature avesse viaggiato fino alla piazza per dirmi: torna indietro, tu non sei un poeta, sei uno qualunque.

Uno qualunque può essere un poeta, ho replicato, tutti moriremo e allora tutti possiamo essere poeti. Sarà, ma tu non lo sei, che peccato, mi diceva l'acqua del lago schizzando dispettosa dalla fontanella sulle mie scarpe.

Forse aveva ragione l'acqua, forse dovevo rinunciare, a cosa non so, ma rinunciare. Ho sprofondato le mani nelle tasche, ho piegato un poco la testa da un lato e ogni passante avrebbe potuto dire con una punta di soddisfazione: ecco un altro che ha rinunciato, un altro che abbaiava alla luna e se ne torna a cuccia. Anche la mente ha preso a sciogliersi, i pensieri se ne andavano ognuno per conto proprio, come uno stormo di uccelli che non ha trovato nulla di buono da beccare e strepitando si disperde. Ogni pensiero confessava: ho rinunciato, avevo un'intenzione ma non la ricordo piú, davvero, adesso non servo piú, mi arrangerò.

Chiunque è poeta, se lo vuole, ogni uomo ha il dovere di benedire la sua vita, insistevo per radunare i miei pensieri – ma già uno stava su un platano, un altro contava le macchine che scivolavano sul lungotevere, un altro volava sopra la strada che porta al paese.

Ho tossito per darmi un tono agli occhi di chi, eventualmente, mi stesse a guardare, poi mi sono sgranchito le gambe con quattro zompi avviliti.

L'inerzia mi ha condotto davanti al portone del palazzo, e la mano ha spinto, e il portone non era chiuso:

era aperto. Ho esitato, come chi vince un biglietto per un luogo lontanissimo, inverosimile, e non sa darsi un motivo per intraprendere il viaggio né per restare fermo. Pesava poco il portone, è stato come spostare il sipario di un teatro. L'atrio era quello che già avevo visto, le funi pencolanti dell'ascensore che sembravano mosse da un soffio, la guardiola dai vetri polverosi, le cassette della posta senza nomi: ma le ombre erano meno invadenti, un chiarore incerto le rannicchiava negli angoli.

Sono salito per le scale signorili, sentivo il marmo sotto le suole bucate. Al primo piano, là dove ero stato reclutato per caricare le bare, non c'era piú nessuno. Mi sono pulito rispettosamente le scarpe sullo zerbino della signora morta, ho suonato il campanello e sono rimasto ad ascoltare quel trillo diffondersi nel vuoto. Un gatto rosso mi è schizzato tra i piedi ed è scomparso su per le scale.

Al secondo piano una donna grassottella stava sulla soglia di un appartamento e mi sorrideva. Il gatto rosso era seduto sotto la cappa della gonna, nervoso tra le pantofole di spugna nera, sembrava un fuoco in un camino.

– Cerca qualcuno, signore? – mi ha domandato la donna con una vocetta a punta.

– Conosce la rivista «La tana»? Ha la sede in questo palazzo, mi aspettano...

– Vuole un buon caffè, con la cremina?

Sono entrato nell'appartamento della donna, che subito mi ha indicato due pattine per scivolare verso una sala dove c'era una macchina per cucire e un tronco di manichino.

– Io sono una sarta, – ha detto la donna e poi mi fissava in silenzio, forse sperando che anch'io le dichiarassi un mestiere, ma non mi veniva in bocca nessuna parola credibile.

– Io sono Tito, – ho detto alla fine.

– Il suo vestito è rovinato.

– È che lo metto tutti i giorni.

– È un vestito triste, da funerale.

Mentre preparava il caffè in una minuscola cucina a fianco della sala, ho sbirciato in un pacco di riviste di moda. Erano vecchie di anni, tante pagine erano incollate da macchie di sugo, altre erano state sforbiciate. Le ragazze avevano i denti bianchi e forti, le gambe sottili, vestitini da farfalle. Chissà com'erano adesso, se erano felici, grasse, madri, finite, se conservavano quelle fotografie e quei sorrisi.

– Non è il caso di essere troppo tristi né troppo allegri, – ha detto la donna mescolandomi il caffè. – Le ho messo tre cucchiaini di zucchero.

– Grazie. Guardavo le sue riviste...

– Prima ero aggiornata su ogni novità, stoffe, fodere, bottoni, risvolti, perché ogni stagione tutto sembra ricominciare da zero, le foglie sono tenere e nuove. È stato un bel periodo, quando si è giovani è piacevole perdersi dentro qualche gioco stupido e lieto. Ogni stagione ritagliavo la mia collezione dal lenzuolo del tempo, m'illudevo che quel lenzuolo non si sarebbe consumato mai. Ora faccio rammendi su giacche e pantaloni, ma cosí precisi che il buco poi non si riconosce piú, mi deve credere. Ago filo e occhi, nient'altro.

– C'è da bruciarsi la vista.

– No, anzi. Piú ci sto sopra, meglio vedo.

– Io sarei un poeta, un poetino, – ho detto, m'è parso il momento giusto. – Ho anche lavorato in un'agenzia di pompe funebri, ma è parecchio che non mi cercano piú. Ora non faccio niente. Forse torno al mio paese e dimentico tutto.

La signora ha frugato in una scatola di vimini e ne ha cavato un metro. Ha cominciato a danzarmi intorno e a misurarmi in lungo e in largo, stia fermo, mi diceva, fermissimo, non pieghi mai le ginocchia, non curvi le spalle cosí, e m'è presa anche un po' di paura, il dubbio che lei pure lavorasse per le pompe funebri, in prospettiva.

– Il busto ritto, le gambe ben distese, perfetto.

– Ma lei signora non sa nulla de «La tana»? Non ha incontrato mai il direttore per le scale, che so, a una riunione di condominio?

– Voglio vedere la circonferenza del torace. Dilati i polmoni con un grosso respiro, ecco, adesso butti fuori l'aria come se soffiasse in una vela, – e intanto annotava i numeretti sui margini di una di quelle sbrindellate riviste di moda.

Aveva una faccia rotondetta appena segnata dalle rughe, come la frutta un po' passata che per un giorno è ancora piú buona, le mani cicciotte che si muovevano svelte come due bambine brutte ma brave.

– Io non voglio soffrire, – ho detto.

La signora mi ha rivolto un sorriso tranquillo, e con le sopracciglia pensierose s'è messa a studiare tutte le misure che m'aveva preso addosso. Ogni tanto alzava la testa per controllarmi.

– Non può andare in giro cosí, le serve un altro vestito.

– Me lo cucirà lei?

La donna ha aperto l'anta d'un piccolo armadio. Dentro era appeso un solo abito, verde smeraldo.

– È pronto, – ha detto la donna.

– Com'è possibile?

– È l'ultimo vestito che ho fatto, l'ultimo sogno di una sarta giovane. Dovrebbe andarle quasi bene, è da tanto tempo che quel vestito aspetta qualcuno che se lo porti via.

Il giardino dell'ospedale era come una piccola pace tra due guerre. Se ci ripenso, lo vedo simile a una fotografia di quelle con gli orli dentellati, che si scollano dagli album e cadono: da un lato un tiglio, un po' di vento tra i rami, dall'altro lato uno spicchio del muro di cinta, e in basso, in mezzo, una panchina, e sulla panchina Morella – a volte giovane, a volte vecchia –, con la domenica pomeriggio negli occhi e la tartaruga sulle ginocchia, e accanto a Morella ci sono io, un'inspiegabile pennellata di verde, e dietro di me Aurelio, in piedi, con un camice bianco da infermiere.

Aurelio se l'era comprato per conto suo, quel camice, e lo indossava con la naturalezza di chi ha alle spalle anni di studi e di concorsi. In nome di quel camice, Aurelio offriva il braccio ai malati anziani, rassicurava i parenti, parcheggiava le macchine dei medici, mangiava alla mensa. Tutti gli volevano bene, lo chiamavano da lontano per fare qualcosa: – Aurelio! – e lui andava, senza porre domande. Dopo un poco nessuno piú sospettava niente, la vita non pretende perfezione, non sa che farsene.

– Questo giardino è migliore del tuo, in mezzo a quella strana piazzetta dove passi le notti, questo ha gli alberi piú giovani, la ghiaia piú pulita. Tito, qui tutti possono essere utili, basta un camice bianco e sei parte di un mondo. Pensa, mi hanno insegnato a fare le iniezioni, ovatta e zac! E poi gli armadietti sono pieni di tranquillanti, gocce, fialette, pasticche colorate come caramelle, basta aprire quegli sportelli e c'è ogni bendidio. Secondo me anche l'aria del giardino quando ci passa in mezzo torna indietro piú calma. A pranzo servo i malati a tavola, stanno buoni...

– Io tengo la mano a Morella.

– Non gliela lasciare mai, Tito.

– Ci provo.

Una fotografia dentellata, denti di una sega che per un poco taglia via il resto: sulla panchina una chiazza tiepida di sole, io con il mio vestito verde già un po' sporco e Morella con una piccola piramide di cartone sopra i capelli rasati a zero.

– L'energia dell'universo è attratta dalla piramide, si moltiplica sulla punta e cala giú giú nei pensieri, – mi diceva, ed era sempre piú magra, la voce come una grattugia. – Tieni, cuore, ne ho preparata una anche per te, ci ho aggiunto un elastico, te lo passi sotto il mento, cosí il vento non ti porta via la piramide.

Attraverso i giorni che ho vissuto sono arrivato fin qui, pensavo. Vorrei già essere un poco piú avanti, ma sono qui. Ho un vestito verde smeraldo, una piramide di cartone argentato sulla testa, la mano di mia moglie nella mia; i nostri anelli a serpente si toccano e c'è un sole e un tempo da assorbire pazientemente, raggio a raggio, anche la nostra tartaruga ha il muso di fuori. Tutto questo sembra strano, ma non è molto diverso dall'avere una cravatta al collo, un lavoro in una stanza, delle vacanze e dei bambini che fanno domande alle quali non si sa rispondere. Finché non si arriva alla fine, siamo tutti a metà strada, in posti che non hanno giustificazioni.

Un ragazzino con una magliettona bianca e nera che imitava lo sparato d'uno smoking s'è fermato davanti a noi. Aveva l'aria annoiata di chi è stato costretto dai parenti a una visita e cerca un risarcimento, gli basterebbe un gatto e qualche sasso, o la pagina di un giornale sportivo abbandonata per terra. Ha finto di annodarsi i lacci delle scarpe da tennis per poterci osservare meglio, poi si è rialzato e, ormai senza piú scuse, ha continuato a fissarci.

– Avete una gomma?

– No.

Si grattava dietro l'orecchio cercando un'altra domanda, ha sputato per prendere tempo.

– Il derby si gioca domenica prossima o quella dopo ancora?

– Non lo so, mi dispiace.

Allora ha fatto per andar via, a passi svogliati, ma poi camminava all'indietro, di tacco, ed era di nuovo davanti a noi. – Voi siete scemi? – ha domandato guardandosi le scarpe.

– In che senso?

– Mio padre dice che tengono lo zio qui perché questo è il posto degli scemi. A casa lo zio parlava solo con i pesci rossi.

– E tuo padre com'è?

– Mio padre non lo porta quel cappello che avete in testa.

– Non è un cappello, è una piramide, – ha detto Morella.

– Mio padre non si tiene le piramidi in testa, e neanch'io. Noi abbiamo il cappello da baseball degli americani e quest'estate viaggiamo a New York. Lí hanno tutti il cappello da baseball come il nostro e si divertono sempre.

Siamo rimasti cosí, in silenzio, il discorso era finito, ma il ragazzino non se ne andava.

– Allora non siete come lo zio. Lo zio non ce l'ha una tartaruga.

Sulla faccia a mezzaluna di Morella come una crepa s'è schiuso un sorriso; lei mi ha indicato, ha detto: – Mio marito sarà un grande poeta. Il direttore della piú illustre rivista di poesia. Lí ci saranno scritte solo parole bellissime.

– A me non piacciono le poesie, sono noiose, – ha commentato il ragazzino. – A che servono le poesie?

«A mantenere alla vita ciò che la vita ci promise invano». L'avevo letta sull'antologia, questa frase, e mi commuoveva, anche se facevo fatica a spiegarmela. Cosí l'ho semplificata, per il ragazzino e per me: – A mantenere le promesse, – ho detto.

Il ragazzino s'è avvicinato, è entrato tutto nella foto ricordo, in quella bacinella di sole. Aveva dei begli occhi, chiari come l'acqua, ci guardava senza piú sospetti. Ha anche carezzato la tartaruga, che per un attimo s'è ritirata nel guscio e poi ha esposto di nuovo alla luce le sue rughe.

– Ha piú di mille anni, – ha detto Morella. – È il nostro primo figlio.

Non sembrava sorpreso piú di nulla, il ragazzino: sentivo che cercava tra i suoi pensieri, ne scartava alcuni e ne accostava altri, come in quei giochi che si ha fretta di montare, e le istruzioni sono lunghe, difficili, scritte in una lingua sconosciuta.

Mi fissava in modo insistente, antipatico, e pensava. Poi mi ha mostrato un accendino di plastica nera: – All'inizio la fiamma era esagerata, bruciava le ciglia, poi è calata, s'è rimpicciolita e adesso è quasi niente: però c'è. Ogni volta pare morta, e invece io riesco ancora a tirarla su, anche se è sempre piú difficile. Forse a scuotere e a sfregare come si deve s'accenderà sempre, almeno il poco che serve, e potrò dare fuoco a tutto ciò che voglio. Ma ho paura che presto non ci sarà piú niente da fare, io sarò diventato bravissimo, ma la fiamma non verrà piú fuori. Sarà un momento, prima sí, poi no, mai piú. Questo sarà solo un pezzo di plastica nera.

– Qui si sta bene, – ha detto Morella. – È come una camera con gli alberi. La gente è buona.

– Sí, qui si può stare bene, – ho ripetuto io dopo un poco, perché nessuno parlava.

Allora il ragazzino si è curvato veloce su di me e mi ha mormorato qualcosa all'orecchio, sillabe, non so, io ho capito: ti tocca andare, ti attendono altrove, Tito; ed è scappato via.

– Ho sognato che la gamba mi ricresceva, – m'ha detto Aurelio una mattina.

Ora teneva i capelli corti e neri, si lavava ed era persino ingrassato un po', aveva piú carne sugli spigoli e meno scosse nel viso. Anche se era un abusivo, all'ospedale metteva insieme quasi uno stipendio in mance, regaletti, panettoni, pasticche da rivendere ai ragazzi di Valle Giulia. Se qualcuno dei pazienti iniziava a urlare e a prendere a calci i muri, gli altri infermieri chiamavano Aurelio. Lui sapeva come agire, anni di risse e di postacci l'avevano reso duro ed elastico come una frusta. Era capace di fare male senza fare troppo male, e poi di sorridere.

Trattava Morella come una regina, non le faceva mancare niente, lei neanche doveva immaginare la pena di certe stanze. Per Morella quel posto doveva rimanere un giardino fiorito. Verso sera insieme ad Aurelio innaffiava gli alberi con una brocca, poggiava sui rami pezzi di pane secco. A volte qualche giovane medico si faceva raccontare sul palmo della mano un futuro felice, o trascriveva sul ricettario qualche numero da giocare al lotto.

– All'inizio era un germoglio di carne sotto il ginocchio, e cresceva.

– Non so perché, ma io quasi non sogno piú.

– E poi che è successo, Aurelio? – domandava Morella.

– Facevo piccole foglie, m'allungavo verso terra con un tralcio di carne morbida. Ero contento, vi chiamavo, dicevo: «Tito, Morella, guardate cosa mi sta succedendo». Poi le foglie sono ingiallite e sono cadute, quel tralcio s'è raddrizzato e come una radice s'è appuntato nel suolo. Era una gamba vera, io ero pazzo di gioia, dicevo: «Guardate, amici, finalmente ho la gamba nuova, si riempie di peli come quando ero adolescente, non voltare la testa, Tito, guardami», e intanto quella si piantava sempre piú in fondo, il piede era già sparito. Ha cominciato a tirarmi giú, sottoterra.

– La tua gamba, Aurelio?

– Forse non posso piú sognare, non posso allontanarmi tanto da «La tana».

– Ma non era la mia gamba. Era la gamba di quell'uomo che me l'ha strappata. Cresceva da me solo per risucchiarmi. Allora ho preso il coltello che Tito mi ha messo in mano e l'ho tagliata prima che mi portasse all'inferno. È venuta via facile, tipo il grasso della carne, e dopo un attimo s'è infilata nel buco, come un animale di quelli brutti e lunghi.

– Un serpente, – ha proposto Morella.

– Non proprio, quasi.

– Allora un'iguana?

– Non lo so, non ho mai visto un'iguana.

– Nemmeno io, – ha confessato Morella ridendo. – Stasera portiamo l'acqua al cipresso vicino al muro e ci racconti di nuovo il tuo sogno, Aurelio. Gli portiamo anche un cioccolatino che mi ha regalato una signora. Verrà anche Tito, presto pure lui abiterà qui, nel mio giardino.

– È stato solo un brutto sogno, – ha detto Aurelio.

– Ma il mio giardino è bello, non è vero, cuore?

– Sí, Morella.

– Da quando sono qui non c'è stato mai un giorno di pioggia e freddo.

Verso le sette chiudevano il cancello dell'ospedale e io, con la mente confusa, riprendevo posizione sotto la luce della finestra a piazza del Fante, come una parola che, dopo essere stata balbettata dal mondo, torna precisa dentro il suo libro. Passavo le ore della notte da solo e in silenzio, senza cedere al sonno e ai sogni, la schiena dritta, le mani sulle ginocchia. Ero al mio posto, come in fondo a una rima. L'acqua della fontanella gorgogliava, piú in là scorreva la strada e oltre la spalletta il fiume, la notte tirava il suo carro di buio e di stelle e io ero al mio posto. Quando da ragazzino mi mutavo in cane potevo rimanere sdraiato in un angolo per un giorno intero, dormivo con gli occhi aperti e guardavo la gente vivere con gli occhi chiusi, respiravo piano. Ora stare fermo mi costava tanto piú dolore; i pensieri, la paura, la nostalgia, l'ansia, l'immaginazione mi tiravano da ogni lato, e spesso si riunivano per rimproverarmi – dicevano: la tua vita cosí non ha senso, muoviti, Tito, inventa, vai, vieni.

Ma io resto qui, nel centro dell'attesa, dove si avvitano le lancette. Qualcuno deve pur indossare questo vestito verde smeraldo e attendere senza piú domandare, qualcuno deve rimanere fermo e inutile, o il tempo finirà per sgretolarsi come un castello di sabbia asciutta. Dovrò essere come quei vecchi che conoscono tutti gli orari dei treni, le motrici, coincidenze e ritardi, e stanno lí a sorridere alla gente con le valigie.

«Andar via? Con queste due parole il mondo si sfascia» – era scritto sull'antologia dei veri poeti.

E una notte mi sono trovato davanti Aurelio che piangeva e batteva forte le mani per farsi uscire le parole dalla bocca.

– Che c'è, Aurelio, parla!

Mi ha afferrato per un braccio e a strattoni mi ha trascinato sul lungotevere. In quel corridoio aperto il vento ci accompagnava con la sua musica, liberando suoni metallici dai cartelloni pubblicitari, agitando come maracas le chiome scure degli alberi.

– Non correre, Aurelio, non c'è fretta.

E poi eravamo di fronte a un muro e sul muro era incollata una galleria di manifesti elettorali, grandi facce sorridenti e già mezze strappate, giacche cravatte riccioli di carta simboli e slogan. Uno diceva: *Un amico sincero per la città del futuro*, un altro: *Sognami, votami*, e ancora: *Contro i sorci scegli Gatto*.

– Ecco, – ha detto Aurelio tra i denti.

– Cosa?

– Guardalo bene, guardalo negli occhi.

– Chi dovrei guardare?

Aurelio ha sputato su uno di quei faccioni colorati, la saliva colava sul manifesto come una lacrima zozza. – È lui, non lo riconosci, com'è possibile? È quello che m'ha tranciato la vita, l'avvocato che stava al circolo e poi è sparito...

– Il padre dell'affogato...

– È lui, non mi sbaglio.

Quel manifesto non portava nome né simbolo, stracciati via da una mano annoiata o dal vento: il viso era spento, i capelli radi, la bocca come un taglio mal rimarginato. Mi sembrava troppo piú vecchio rispetto all'avvocato del circolo. Mi sembrava semplicemente un altro, ma quanto tempo era passato? Quant'è che sorveglio il portone de «La tana»?

– È lui, sono sicuro, credimi, – ha detto Aurelio, e dalla tasca dei pantaloni ha cacciato fuori una pistola, se la passava da una mano all'altra quasi fosse carbone rovente. – L'ho trovata nel tuo cassetto, Tito, mi fa sperare.

Era la pistola che avevo rubato nell'appartamento di quel suo cliente con le trecce bionde.

– A che ti serve, Aurelio?

– Devo placarmi una volta per tutte, mi fa star male questo mondo che mi zoppica attorno.

Cosí per giorni e giorni, forse qualche mese, ho controllato i grandi palazzi delle decisioni, facciate curve, colonne, bandiere all'aria, mille finestre e un viavai di macchine e di persone che entravano e uscivano come formiche nella pancia della terra.

Dico: per giorni e giorni, forse qualche mese – ma nella mente è un attimo. Dico: palazzi, piazze, bandiere – ma nella memoria ora è un punto. In quel punto, in quell'attimo, sotto il sole e la pioggia, con la luce e il buio, agitati e impassibili ci siamo io e Aurelio a cercare con gli occhi una faccia che somigli a quella del manifesto.

Non conoscevamo il nome, il partito, non sapevamo nemmeno se era stato eletto e dove, ma ogni giorno eravamo lí, davanti a quei palazzi potenti che si indoravano ai raggi del mattino e si incupivano contro le ombre della sera. Per non farci notare dai poliziotti ci spostavamo spesso dal Parlamento al Senato, dal Campidoglio al Quirinale, sperando nel caso, nell'incrocio giusto.

Aurelio non parlava quasi mai, la mente intabarrata nel suo rancore e la mano sempre in tasca, attaccata come calamita al ferro della pistola. Era imbottito di tranquillanti e a volte si addormentava addosso a un muro, riapriva gli occhi dopo un momento, mi diceva tremando: – Ho sognato, ma non so cosa.

Una sera una donna si è avvicinata, fingeva di guardare nella borsetta e furtivamente alzava gli occhi verso di noi, sgrullava un mazzo di chiavi e ci sbirciava. Poi ha preso la decisione, dieci passi veloci e c'era davanti.

– Aurelio, – ha detto.

Lui l'ha guardata come si guarda una nuvola che non ha forma.

– Non ti ricordi piú di me?

– Non so.

– Sono Lorena.

– Lorena.

– Eravamo fidanzati, eri bello in divisa, – ed è scoppiata a ridere.

– Sí.

– Andavamo sempre a ballare, saltavi come un grillo, – e s'è bloccata un momento su quella frase fuori luogo. – Tu come stai?

– Sí.

– Anch'io. Lavoro qui al Parlamento, sono stenodattilografa, questi pagano bene, quindici mensilità e un sacco di regali. Tu che fai?

– Tante cose.

– Adesso abito a Montesacro, verso la Dear, sai, è un quartiere tranquillo, senza troppi delinquenti. Con i mezzi arrivo in centro in venti minuti. Ho anche due bei bambini, tu hai figli?

– No.

– Peccato, fanno gioia i bambini.

– Sí.

– Il maschio l'ho chiamato Aurelio.

– Aurelio.

– È un bel nome, vero?

– Sí.

Mi sono scansato per lasciarli continuare senza imbarazzi: lei sorrideva e si toccava i capelli tinti d'un biondo cenere, dondolava la borsetta e non sorrideva piú; lui teneva gli occhi sulle scarpe sporche, annuiva anche se non c'erano piú domande. Poi Lorena gli ha lasciato due baci a una certa distanza dalle guance, – Trattati bene, – gli ha detto ed è andata verso la fermata dell'autobus, senza voltarsi.

Da quel giorno Aurelio è diventato ancora piú cupo, quasi che l'ansia avesse messo zampe da talpa e lo scavasse nel buio. Era magro e aguzzo e storto come un chiodo piantato male.

Abbiamo comprato alcuni giornali per guardare le foto dei politici e leggere i loro discorsi infiniti. Io non capivo niente, ma mi aveva colpito, in un angolo, la notizia che dallo spazio ogni anno si depositano sul nostro pianeta invisibili tonnellate di polvere, che siamo sempre piú pesanti. Pensavo: forse è la polvere delle parole, le volontà che si sollevano e una contro l'altra si frantumano in milioni di sillabe. Ogni uomo che spiega agli altri cosa fare ci carica di polvere.

Sul vetro ce n'è sempre di piú, la luce passa a fatica, si smorza.

Nascosto dal giornale, nella penombra, Aurelio mi mostrava la pistola.

– È pulita, – diceva, e tornava muto.

Ogni tanto qualche cagnetto si fermava accanto a noi, mi annusava tra le gambe, guaiva di contentezza. Io gli dicevo: – Non puoi stare qui, è pericoloso, – e il cane ripartiva, solo tra le ruote e il fumo delle macchine.

E ogni tanto seguivamo qualche deputato che usciva dai palazzi. Erano fermacarte umani, la molla del braccio serrata attorno a mazzi di giornali e fogli, a cumuli di parole e polvere fina pronti a spandersi – il passo sicuro, lo sportello della berlina già aperto dall'autista, e in un attimo erano un rumore e due fari nel traffico della sera.

– Andiamo, – diceva Aurelio.

– Ma è lui?

– Non lo so, ma non lo perdiamo, ti prego.

Anche in due su quel motorino riuscivamo a tener dietro alla macchina: lungo i viali perdevamo contatto ma nelle code tornavamo sotto, sempre a una certa distanza però, per non farci individuare, per consentire ad Aurelio di coltivare il dubbio e l'odio. L'uomo girava le pagine del giornale, indifferente a ciò che aveva intorno. La città si sfoltiva, le strade s'assottigliavano tra muri di cinta e vecchi platani. Poi si schiudeva un cancello di ferro e su una colonna una luce intermittente ingialliva la fiancata della berlina che spariva nel buio di un cortile.

– Dove siamo?

– Lontano da casa, – diceva Aurelio.

Oltre il cancello abbaiavano i mastini, schiacciavano il muso tra le sbarre e ringhiavano come demoni, colavano bave. Sull'altra colonna del cancello una telecamera spiava la strada, forse portava le nostre immagini di uomini incerti e lontani da casa in qualche posto, dentro la villa, dove qualcuno, magari un negro o un filippino, le stava osservando, e poi il negro e il filippino erano lí, di fronte a noi, sbucati da una porticina laterale mezza coperta dall'edera.

– Che cercate? – ha detto il filippino, giacca rossa da cameriere, bottoni d'oro.

– Niente, – ha risposto Aurelio.

– E allora andate via.

– Perché, la strada è vostra?

– Vai via e basta.

– Vattene via te, schifoso, torna al paese tuo.

I mastini hanno rinfocolato le voci, sembrava urlassero, sbattevano i corpaccioni contro le sbarre.

– State buoni, – ho detto, ma non si sono calmati affatto, anzi, saltavano come tonni tentando di scavalcare le punte del cancello.

Dalla villa, quasi per spregio, arrivava il suono di un'orchestra, il disco dei valzer di Capodanno con gli austriaci in abito da sera che battono le mani a tempo.

Aveva una tuta da ginnastica, il negro, strascinava ciabatte di gomma. Ha messo una mano intorno al collo di Aurelio e ha stretto, appena appena. – Qui non ci puoi stare, capito?

Allora Aurelio gli ha poggiato la pistola sulla fronte, di piatto. – Senti quant'è calda, – ha detto. – È cosí perché la tengo sempre in mano.

Chissà se dall'ultimo piano del palazzo di piazza del Fante, da quella finestra alta, si riuscivano a sentire i latrati furibondi dei mastini, e i violini viennesi cosí allegri e tristi, la voce secca di Aurelio che pretendeva: – Adesso inginocchiatevi e chiedetemi scusa per tutto ciò che mi è stato fatto –; chissà se si vedevano le sagome del filippino e del negro ripiegate sull'asfalto, e la pistola nera tremolante, Aurelio che soddisfatto faceva di sí con la testa, e poi il motorino che fuggiva veloce, e sul motorino noi due, io abbracciato ad Aurelio per non cadere, e le curve, i platani, il mio vestito verde e il serbatoio rosso che brillava di lampione in lampione.

Chissà se si sentiva, se si vedeva, se si capiva.

Il furgoncino dei libri bruciava come una torcia, i gabbiani del Tevere gli ruotavano bassi intorno, parevano impazziti, traversavano il fumo stridendo e ci tornavano in mezzo.

Era l'alba, la luce sembrava crescere da quel fuoco, uscire dai finestrini che esplodevano uno dopo l'altro.

Sul marciapiede s'erano sistemati alcuni curiosi, un pensionato, un netturbino, una donna con le calze a rete. Le rare macchine passavano accelerando, oppure si fermavano a cinquanta metri per godersi lo spettacolo delle fiamme.

Le ceneri dei libri danzavano nell'aria: fiocchi di neve nera, ma anche frammenti larghi come le foglie d'una foresta carbonizzata mi planavano sulla giacca e tra i capelli. Avrei dovuto provare pena, sgomento, qualcosa, e invece ero quieto come davanti alla brace d'un camino.

– Tutto finisce, – ha sospirato il signore del furgoncino, che d'improvviso era al mio fianco. – Persino la biblioteca d'Alessandria è finita come la capocchia di un cerino, figuriamoci il mio Transit vecchio di trent'anni.

– Ma cos'è accaduto?

– Il fuoco arriva, attraversa le cose e va oltre. Gli serve una strada.

– Ma perché il furgone brucia?

– C'è la carta.

– Sí, ma chi l'ha accesa?

– Dei ragazzi, credo, due o tre scimmie con le motociclette, qualche canaglietta.

Sul naso non aveva piú i suoi occhiali appiccicati con il nastro adesivo, pareva nudo, un pesce. Apriva la bocca e la chiudeva, stava fermo a farsi toccare la spalla da chi gli veniva accanto per dire che peccato, il suo bel furgone non ci sarà piú, era lí da tanti anni, ci ho comprato i miei libri di scuola e quelli per mia figlia...

– Brucia bene, però, – ha detto con un certo orgoglio, e con la mano aperta davanti al viso, muovendo le dita verso l'alto, imitava i guizzi delle fiamme. – Tito, guarda quanto fuoco c'era dentro tutti quei libri, senti come crepitano le parole prima di morire, quante cose hanno da dire ora che se ne vanno...

Un tipo ha tirato una secchiata d'acqua.

– Lasci stare! – ha gridato l'uomo del furgone. – Lasci perdere il mio fuoco!

Il pensionato che osservava dal marciapiede scandiva: – Acqua, focherello, fuochino, incendio, – come in quel gioco in cui ci si avvicina poco a poco a una cosa nascosta.

Senza togliere gli occhi dal rogo, l'uomo dei libri mi ha detto: – È tanto che non ti facevi vivo.

– Mia moglie non sta bene.

– Mi dispiace.

Una favola indiana racconta di un principe che aveva palazzi, terre, biblioteche, gioielli, e una mattina svegliandosi non li trovò piú. «Dove sono finite tutte le mie proprietà? – pensava attonito. – Com'è possibile che intorno non ci sia piú nulla di mio?» Incontrò un cavallo sfinito e gli domandò: «Dove sono i miei palazzi, le terre, i gioielli?» e con un tono beffardo il cavallo gli rispose: «Forse nella notte sono stati rubati». Poi incontrò un albero in fiamme e anche a lui domandò: «Dov'è la roba che mi ha tenuto compagnia?» «Forse è partita per un viaggio», gli rispose sornione l'albero. E il principe camminò ancora per le strade larghe della povertà e incontrò un morto seduto su un masso e di nuovo pose la sua domanda: «Perché ora sono cosí solo?» e sorridendo il morto gli rispose: «Eppure le cose sono sempre lí, fratello mio».

Mentre l'aria si apriva al giorno nuovo mi era tornata in mente questa storia che non avevo mai capito fino in fondo.

– Ho ricevuto una lettera, qualche tempo fa, – ha detto l'uomo del furgone; ma sotto il tendone fragoroso delle fiamme il furgone non si vedeva piú.

– Che lettera?

– Veniva dal direttore di quella rivista che cercavi tanto...

– «La tana».

– Sí, quella, ecco, sta per essere stampato un numero nuovo, è quasi pronto.

– E poi, cos'altro c'era scritto?

– Niente. Un numero nuovo, diverso ma uguale.

– Fuochino, focherello, tizzone, brace... – seguitava il pensionato: aveva il naso rosso rotondo come una cipolla, gli occhi umidi dei vecchi, le scarpe slacciate.

– E poi?

Da lontano avanzava il suono aguzzo di una sirena, aveva ficcato la punta nelle nostre orecchie e ci si infilava dentro sempre di piú, uno spillo, un palo, un serpente.

– Guarda il mio fuoco quant'è forte e robusto, s'è mangiato tutti i libri, in un attimo s'è mangiato tutto il passato.

– Ascoltami, cosa c'era scritto ancora?

La sirena si tirava dietro il camion dei pompieri, e dietro al camion, laggiú, nuvole di pioggia grandi come casermoni di periferia.

– Tre o quattro ragazzi con le motociclette, scimmie cattive con le taniche di benzina, cosí racconterò.

– Cosa c'era scritto, avanti.

– Ma l'ho bruciato io, tu lo sai, Tito, che il furgone l'ho bruciato io.

– Sí che lo so, ma adesso dimmi della lettera.

Ora c'erano molte persone affacciate alle finestre della mattina: erano da poco uscite dai sogni e guardavano l'incendio, il fumo arricciato nel cielo e i gabbiani strepitanti, i cani che ciondolavano qua e là e i pompieri che srotolavano le pompe, ma per un momento m'è parso che tutti guardassero soltanto il mio vestito verde.

– Avrà un altro direttore, la rivista piú importante del mondo, chi lo sa, forse potresti essere tu, Tito...

– Fuoco, cenere, onda, tevere, foce, oceano pacifico, fuoco che brucia il fuoco, – canticchiava il vecchio, e muovendo appena fianchi e piedi ballava sul marciapiede, tra i mulinelli delle stringhe sciolte.

Come i bambini sugli alberi, a salire le storie impiegano tempo rumore e fatica, e vengono giú in un baleno, silenziosamente.

Gli ultimi rami sono stati i piú freschi, i piú verdi, ci siamo montati appoggiandoci uno sulla spalla dell'altro, offrendo e prendendo una mano, una voce, convinti che di rami forti su cui sederci insieme ce ne sarebbero stati altri ancora. Ma si sale in molti e si salta da soli, ognuno come sa.

L'ultima giornata insieme, Aurelio, Morella e io l'abbiamo iniziata in un ristorante vicino alla piazza del Parlamento, uno di quelli con le tovaglie ricamate e la lista dei vini lunga e francese. Morella non voleva venire, le dispiaceva abbandonare il suo giardino incantato, l'innaffiatoio, il perimetro d'erba e di luce dove si muoveva come una regina.

– Solo qualche ora, poi ti riportiamo.

– E ti fermi a dormire con me, vero, Tito?

– Vestiti carina e andiamo.

– E dove andiamo?

– Vedrai.

A tavola Morella batteva le mani dalla contentezza, gonne e sottogonne di pizzo e trine debordavano festose dalla sedia e gli stivaletti neri sembrava seguissero una danza, non si fermavano un attimo di pesticciare il pavimento. Ogni tanto di nascosto mi dava un calcetto, mi ripeteva cuore, che posto meraviglioso, che bei quadri, che lusso di posate.

Aurelio approvava mostrando i suoi denti gialli e accavallati, perché il ristorante l'aveva scelto lui, e intanto lanciava occhiate taglienti agli altri tavoli, alle bocche piene, alla soddisfazione di chi ordinava caro e beveva bene. C'era molta gente ma poco rumore, le labbra si muovevano piano, sillabe e gesti rimanevano dentro ai cerchi dei tavoli, come le briciole dei grissini.

Io accoglievo le immagini, le trattenevo, non mi sfuggiva uno spillo. Da tempo non riuscivo piú a pensare, a separare: come una discarica abusiva accumulavo un volto accanto a un colore, una tenda e un brusio, le bollicine dell'acqua nel bicchiere e l'orlo lucido del piatto, un broncio e un saluto fuggevole, gli strani nomi delle cose, uno strato sull'altro, immensamente.

Facevo fatica a parlare, le parole rimanevano sepolte sotto la mole spiovente del mondo.

– Cuore, sei felice? – mi ha domandato Morella prendendomi la mano e baciandomi l'anello.

– Sí, – ho detto.

Sulla tovaglia Morella ha posato la tartaruga, divideva con lei le fogliette d'insalata che guarnivano le pietanze e il resto lo lasciava lí.

– Non ho mai fame, a che serve mangiare? – diceva Morella.

Alla tartaruga aveva dipinto d'argento alcuni tasselli della corazza.

– Anche questo, e questo, per tre, – ordinava Aurelio al cameriere sull'attenti accanto alla sedia, indicandogli piatti sul menu. – E voglio anche questo, e altre due bottiglie di vino rosso.

– Quale? – domandava il cameriere, senza simpatia.

– Questo e questo, da un litro.

– Il Traminer è un vino bianco, signore.

– E noi ce lo beviamo lo stesso.

La gente ha preso a guardare verso di noi con la cautela di chi non vuole rischiare d'essere coinvolto in nulla di spiacevole – di chi rallenta davanti alle lamiere d'un incidente stradale e poi, se qualcuno fa cenno di fermarsi, accelera. Aurelio mangiava con le mani, lo faceva apposta a far cadere sulla tovaglia ricamata tocchi di carne e sugo. La tartaruga, muovendosi tra i piatti e le posate, ha incrociato una bottiglia mezza piena: ho visto la bottiglia piegarsi con la lentezza di chi la spingeva, e anche mentre precipitava sul pavimento e si rompeva in cento pezzi e il rosso si spandeva, nei miei occhi sembrava conservare una flemma serena – le schegge volavano via come farfalle.

Rideva Morella, rideva squillante con la testa rovesciata indietro dalla gioia, e le signore degli altri tavoli premevano le mani curate sulle braccia nervose dei loro uomini, lasciala perdere volevano dire, lascia stare, senti quanto sono buoni questi gamberi, la maionese.

Non perdevo un dettaglio, nella conca degli occhi tutto s'accomodava come una lacrima perfetta. E mi chiedevo: perché sono dentro questo momento e non in un altro, cos'è che m'ha allontanato dal mio paese, da una vita qualsiasi, e m'ha spinto giorno dopo giorno sempre piú dentro questa notte? E cosa ci sarà ancora, chi è che dovrà morire e chi sopravviverà, da quale parte troverò l'uscita? Forse nel labirinto la porta è un angelo che viene incontro a chi rimane fermo senza paura...

Il cameriere è venuto a raccogliere i cocci: – Un po' di silenzio, per favore, questo è un posto di gente seria, – ha detto inginocchiato.

– Tagliati le vene, servo, – gli ha risposto Aurelio, e l'uomo si è rialzato di scatto, un vetro acuminato tra le mani.

– Sei un capricorno, vero? – ha domandato Morella, voce di terra bagnata.

– Che significa?

– Prima decade.

– Terza, – ha precisato il cameriere, stordito.

– Avrai fortuna ai cavalli e nell'amore, un'annata d'oro, credimi. Ma non devi mai cedere all'infelicità.

– Io non gioco ai cavalli, io lavoro, io mi spacco la schiena.

– Portaci un'altra bottiglia, bianco, rosso, come viene viene, e bevi con noi, riposati, povero servo.

E invece è venuto il padrone, il conto su un piattino di metallo. L'ha sbattuto davanti ad Aurelio come un foglio di via.

– Il suo ristorante è bellissimo, si mangia da pazzi, – gli ha detto Morella, che aveva estratto dalla borsa di cuoio un ventaglio nero e si sventolava. – Non è che può portare al mio bambino un pezzetto di torta alla crema? A lui piace tanto la crema... – ha aggiunto indicando la tartaruga.

– Se vuole posso dire in cucina di preparare con il suo bambino un buon brodo, – ha detto il padrone.

– Perché dice cosí?

– Basta, pagate e toglietevi di torno. Nel mio locale gli spostati non ce li voglio.

Aurelio ha guardato il conto, poi l'ho guardato anch'io: era una cifra altissima, irraggiungibile.

E allora Aurelio si è alzato ed è salito in piedi sulla sedia, con la forchetta in mano quasi fosse un tridente e lui un dio irato, minaccioso: i clienti lo osservavano intimiditi, qualche signora aveva gli occhi luccicanti per l'emozione, una piangeva nel tovagliolo, i cuochi erano fuori dalla cucina. Sentivo che dentro il petto di Aurelio i discorsi cercavano un ordine, una direzione, ma si spaccavano per il calore, si perdevano in sbuffi roventi.

– Deputati, senatori... – ha finalmente esordito, teso come un grande tribuno della plebe.

– Io ho un negozio di scarpe al Corso, – ha precisato un tipo con il mento unto d'olio.

– Deputati, senatori... – ed è salito piú su, sopra il tavolo, tra i piatti sporchi. Era completamente ubriaco, il vino si faceva sudore, gli gocciolava giú dalle tempie sulla tovaglia e anche nei bicchieri.

– Scendi e vattene, zingaro, – ingiungeva il padrone, ma non osava toccarlo.

– Aurelio, non sei mai stato cosí bello, – diceva Morella. – Parla...

Aurelio ha buttato via la forchetta, s'è asciugato la fronte con le mani e ha fatto il suo discorso, senza una pausa, quasi ce l'avesse scritto nel respiro accelerato.

– Uomini potenti, ricordatevi: giustizia è tutto. Non si può sopportare che qualcuno sia felice e molti siano infelici, non potete dormire tranquilli sapendo che ogni secondo un essere umano s'ammala, che un ragazzo perde l'amore, che una donna impazzisce senza un motivo, non potete far finta di niente, voltarvi per non vedere le chiazze di schifo sui muri, quelle finestre chiuse da anni, quei motorini abbandonati lungo i viali ad arrugginirsi sotto la pioggia. Non potete dimenticare neanche per un istante che io dovevo correre, dovevo raggiungere le cose, aggiustarle completamente, lo capite?, e invece ho una gamba sola. Giustizia è tutto, e chi odia la vita lo sa.

I cani scavavano buche sulla spiaggia e la tramontana scompigliava la sabbia piú leggera, ci faceva una festa sua. Il cielo era lustro, azzurro e verso l'orizzonte rosso – minuto dopo minuto sempre piú rosso – il mare metteva freddo solo a guardarlo, pareva acciaio lavato dalla schiuma. Aurelio s'era tolto gli stivali e stava con i suoi due piedi diversi nell'acqua della riva, i pantaloni arrotolati al ginocchio e le spalle un po' curve, da uccelletto. Fissava una vela lontana, o forse niente.

Fuori dal ristorante, aveva rubato una macchina lasciata in seconda fila e da lí eravamo volati al mare.

Morella si teneva abbracciata a me come se il vento potesse strapparla via, aveva le labbra e le mani gelate.

– Mi ami, cuore?

– È tanto che stiamo bene assieme.

– Non mi rispondere cosí, dimmi solo che mi ami, fammi felice.

Aveva i capelli quasi rasati e mezzi grigi, il viso smagrito, gli occhi in fondo a due feritoie, le gambe che uscivano come stecchi da quel rovo di gonne, eppure mi sembrava bellissima e le ho detto: – Ti amo, – perché se nella vita avessi potuto amare tanto qualcuno, avrei amato solo lei. A lei avrei consacrato tutta la mia esistenza e sarei stato un uomo sereno, nulla mi sarebbe mancato. Avremmo avuto un letto bianco, una tavola apparecchiata intorno alla quale sederci ogni sera e una terrazza fresca su cui sdraiarci le notti d'estate, uno accanto all'altro, fumando nel buio e parlando piano e bene. Avremmo avuto figli ai quali insegnare le parole e i giochi, bambini buoni come il pane.

Avremmo avuto una macchina rossa per andare in giro, la domenica, e il lunedí io avrei ripreso il lavoro, come tutti gli uomini del mondo.

Ma la mia vita è costretta a essere un'altra, somiglia a una risposta, anche se non so ancora qual è la domanda.

– Anch'io ti amo tanto, cuore.

– Quest'estate verremo qui a prendere il sole e a nuotare.

– Non credo, – ha detto Morella infilando i piedi sotto la sabbia fredda. – Tu sarai altrove, e io anche.

– Ma che sciocchezza... Vedrai, affitteremo una barchetta e andremo in mezzo alle onde, lontano, dove non arriva nessuno.

– No, cuore mio, noi non ci saremo piú.

– E tu che ne sai?

– Me lo sento, sarà cosí.

Quando la spiaggia s'è fatta buia, siamo tornati alla macchina. Aurelio ora guidava piano sul lungomare, tra esili palme piegate verso sud dalla tramontana, e intanto pigiava sui tasti della radio cercando di tenere vive le canzoni d'amore, le seguiva muovendo le labbra, ma ogni chilometro la stazione saltava e le canzoni si perdevano in uno sfrigolio dispettoso. Una bella voce di ragazza cantava: «Il mondo è qui, a sciogliere il dolore», poi s'è dissolta in un sibilo.

Aurelio ha detto: – Andiamo a ballare.

– E dove?

– Ci sarà pure un locale da queste parti.

E in effetti di locali su quel lungomare ne abbiamo incontrati parecchi, capannoni grandi come fabbriche, dancing e pizzerie con l'orchestra, club privati e sale di liscio, ma erano tutti chiusi dall'inverno, rintanati nell'oscurità. Le insegne cigolavano al vento, porte e ringhiere erano corrose dal salmastro, sotto i lampioni dei parcheggi danzavano le ombre.

– Io voglio ballare, – insisteva Aurelio.

Cosí ci siamo fermati in una piazzola di cemento accanto al mare, in quel punto la radio teneva le canzoni; Aurelio ha alzato il volume al massimo e ha acceso gli abbaglianti verso la spiaggia: laggiú il buio spumeggiava bianco.

Siamo scesi dalla macchina e abbiamo iniziato a ballare, un brano dopo l'altro, senza smettere mai, neanche nei momenti di vuoto tra una musica e l'altra. Morella girava lenta su se stessa, con gli occhi socchiusi e le braccia larghe; Aurelio pestava forte con gli stivali sul cemento, i pugni stretti a battere il tempo nell'aria, e come un presentatore sovreccitato ogni tanto gridava il nome di chi cantava. Ballavo e guardavo scivolare altissime nel cielo le luci intermittenti degli aerei che andavano via da noi, verso l'America, l'Asia, Vienna, Edimburgo, Cipro, posti sconosciuti dove la gente muore esattamente come qui, ballavo e sentivo scorrere sulla schiena rivoli di sudore, la camicia li succhiava e il vento li gelava. Un paio di volte Aurelio è caduto imprecando, abbiamo provato a rialzarlo, ci ha tirato giú e poi l'abbiamo ritirato su e abbiamo ripreso a ballare, tutti e tre abbracciati, quasi fosse il nostro compleanno e ogni cosa fosse un dono, anche il freddo e le luci degli aerei. Intorno avevamo decine di cani e la piccola tartaruga, chiusa nella sua noce.

Avrei voluto essere piú felice o piú infelice.

A poco a poco i fari della macchina hanno perso vigore, si sono fatti scialbi e poi si sono spenti. Anche la musica s'è spenta, ma ormai era mattina, era un altro giorno.

Sembra che non accada nulla – ma continuamente tutto accade, e ciò che è andato è perso. Sembra che il tempo sia eterno, che a quella striscia potresti sempre aggiungere un metro, un'ora o almeno un minuto, e poi annodarci ancora un colore, un altro mezzo metro, cucirci appresso un piccolo secondo, e poi ancora un centimetro, che potresti persino fermarti e tornare indietro a correggere gli errori, ritrovare un inizio diverso – ma di colpo la vita non c'è piú.

Sembra che di bacio in bacio qualunque amore potrebbe salvarsi – ma arriva un bacio oltre il quale non c'è piú nulla.

I cani scavavano rabbiosamente la terra dura del giardino di piazza del Fante e Morella era abbracciata a me, magra come un osso, di nuovo con tutti i suoi orecchini e tanti anelli sulle dita.

– Sulle dita della destra, sulla sinistra ho solo la nostra fede, – ha detto alzando la mano con il serpentello.

Io l'anello non l'avevo piú, m'era scivolato via chissà quando. Dovrebbero fare rumore le cose nostre che si perdono, emettere un gemito, agitare un campanellino, non lasciarsi inghiottire dal mondo come foglie secche. Dovrebbero poter dire: raccoglimi, amico, ti prego, non mi abbandonare cosí. Invece scompaiono silenziosamente, ci sono e non ci sono piú, e io resto a pensare: piú tardi, piú avanti di sicuro le ritroverò. Immagino una stanza dove sono tutte raccolte, una vicina all'altra come compagne, la penna, l'anello, la sciarpa, la chiave, e che lí ci siano anche i pensieri e i nomi dimenticati, le parole che per anni ho avuto in testa e poi sono scomparse.

Questo mi dicevo, mentre il vento spostava i capelli di Morella, corti e leggeri come piume.

Ma forse non è vero che ho perso le cose inavvertitamente, per pura distrazione, forse le ho dovute posare una a una, e non è nostalgia ciò che provo, non è rimpianto, ma un fragile senso di colpa per le storie che non ho potuto portare con me fino in fondo. Ora che sono passati gli anni lo so, per capire bisogna saper perdere tutto, anche i portafortuna e i ricordi, l'infanzia e i pensieri piú cari, e i desideri che non hanno pace, e l'amore che non dà pace, lasciarli liberi – e forse è il mondo il posto dove tutte le cose smarrite fanno famiglia e aspettano una salvezza.

– Tienimi forte le mani, – ha detto Morella.

– Sí.

– Piú forte.

Si è distesa sulla panchina con la testa sulle mie ginocchia e la tartaruga sulla pancia, come una piccola pietra.

– Cuore, non fermarti a pensare a me, però stringimi le mani.

– Non dire cosí, io ti penso piú che posso.

– Vorrei vedere un futuro grande come un premio, vedere una casa per noi, ma grande, costruita in mezzo alla tranquillità, e sopra il tetto i pianeti che nel buio si congiungono per darci la felicità, e anche dei bambini veri che crescono e fanno chiasso intorno a un tavolo di legno, io che dormo, stanca, e Aurelio che salta su due gambe, e tu sei lí che ci proteggi, cuore. Invece non vedo piú nulla.

– Morella, il futuro è troppo lontano da qui.

– Ma qui tutto è troppo vicino, il mondo preme nella testa, fa male.

– Forse un giorno ci sarà anche quella casa.

– Ma io non vedo nulla, nulla.

– Non essere triste, Morella.

– Non sono triste, sono innamorata.

Il freddo pungeva con mille aghi, induriva l'erba delle aiuole e nettava i cristalli dell'aria, e intanto i cani seguitavano a scavare, lí in un angolo del giardino, venivano ad annusarci e tornavano a scavare, abbaiavano ai fratelli lontani.

Lassú la finestra era un gioiello d'ambra luminosa, e il palazzo, incastonato nel buio, mi sembrava tanto piú tremendo di quelli delle povere decisioni. Da lassú qualcuno mi guardava e mi temeva, contava le ore e i minuti che ci separavano.

Morella respirava profondo sulle mie ginocchia, io le stringevo le mani piú che potevo, quasi a farle male, e lei mi ha sorriso con i suoi denti piccoli.

– Che farai, Tito?

– Quando?

– Domani, che farai?

– Ancora non lo so, c'è tempo. Ora sono qui.

Morella si è sollevata e mi ha dato un bacio, un altro attimo della sua vita, ed è ricaduta indietro. Si è infilata gli occhiali scuri, ha sciolto le sue mani dalle mie, ha posato la tartaruga sulla ghiaia e ha detto: – Adesso dormo, cuore.

Anch'io mi sono addormentato, cercando di rimanere dritto per non disturbare Morella e perché non devo cedere mai. Ho sognato di camminare in un viottolo di campagna, dovevo raggiungere un paese, lo vedevo in cima a una collina, ma piú camminavo piú il paese si faceva azzurro nella lontananza, e mi prendeva l'inquietudine, perché io ero il sindaco e avevo una notizia importante da dare alla mia gente. Camminavo camminavo, e poi capivo che il paese mi fuggiva perché la notizia non era buona, era una brutta notizia e nessuno la voleva sapere, nemmeno io. Allora mi sono arrestato, ma il viottolo mi portava avanti lo stesso, mi scorreva sotto i piedi come un tappeto, e io ero triste perché ora il paese era piú vicino, già vedevo le case, i cipressi, gli uccelli, vedevo la gente alle finestre che si tappava le orecchie con le mani e piangeva, e anch'io mi tappavo le orecchie, ma non piangevo.

Quando mi sono svegliato era già mattina fatta, nel giardino c'erano due filippine sedute e due bambine bionde che giocavano con i sassi, dei cani sdraiati. Morella mi pesava sulle gambe, avevo i piedi formicolanti e un dolore freddo alla schiena, ma sono rimasto immobile. Sentivo il mio cuore battere lentamente, come un soldato in marcia.

Una bambina è venuta a giocare con il secchiello e la paletta proprio davanti a noi: aveva un completino di velluto nero e il colletto di pizzo bianco, i boccoli le scendevano sulle spalle come oro. La sua filippina la controllava da lontano, badava che non si avvicinasse troppo a noi e ai cani, ogni tanto gridava: «Margherita!», nient'altro.

– Margherita sono solo io, – ha detto la bambina. – E tu chi sei?

– Tito.

– Tu sei Tito. E lei chi è?

– Lei è Morella.

– Margherita!

– Zitta, Filippa!

La bambina dondolava il secchiello, si sentivano sbattere i sassolini contro la plastica, sembrava il rumore dei pensieri.

– Lei è Morella, – ha detto. – Tu sei Tito e io sono Margherita.

– Esatto.

– E quella è la vostra tartaruga.

– È di Morella.

– La tartaruga dorme perché è stanca morta, vero?

– Sí, è tanto stanca.

– Però poi si sveglia e cammina piano piano fino alla sua insalata, vero?

– Proprio cosí.

– Margherita!

– Lasciami in pace, stupida, non vedi che sto parlando con questo signore?

Ha scrollato i capelli d'oro come una minuscola attrice americana, e intanto si rimbalzava il secchiello sul ginocchio, scuoteva i sassolini, cercava altre domande da fare.

– Adesso vai, – le ho detto.

Ha allungato la mano grassoccia, un dito, ha toccato Morella su un braccio.

– Anche Morella sta dormendo?

– Sí, adesso basta, bambina.

– Lei ha lavorato moltissimo, è stanca e dorme, poverina.

– Non ti rispondo piú.

– Dorme anche se c'è il sole, anche se gli altri sono tutti svegli.

– Vattene.

– Non le importa di noi che parliamo, non ci sente, lei dorme.

– Sí.

– Non è vero, sei bugiardo, Morella è morta.

Un sorriso ha stirato il volto della bambina, quattro denti bianchi e gli occhi sottili, poi lei ha preso la tartaruga e l'ha gettata nel suo secchiello: – Ora è mia.

È passata la mattina, e poi è passato il pomeriggio, la gente veniva e andava, i pensionati leggevano il giornale e poi il giornale volava via, i ragazzini correvano a bere alla fontanella, la luce s'impastava d'ombre, ma io sono rimasto sempre fermo, con la testa di Morella sulle ginocchia. Mi sembrava che dalla nuca lentamente scivolassero in me i suoi pensieri, come da una vasca crepata l'acqua sgocciola in terra, e ciò che rimaneva era una forma vuota, una malinconia, e nella mia carne la sua voce roca che diceva: perché non mi hai amato di piú? Perché sono morta cosí? Cuore mio, perché non mi hai salvato?

Diceva anche: ora lo so perché, io lo so.

Ho sorretto il suo corpo tutta la notte, ogni minuto mi faceva piú male, ogni minuto ero costretto a diventare piú forte.

Prima che arrivasse il giorno nuovo, ho caricato sulla schiena Morella, pesava come un sacco di paglia, e l'ho portata fino alla buca scavata dai cani, e con la paletta di plastica che la bambina aveva dimenticato ho scavato ancora, in ginocchio, con la paletta e con le mani, senza preoccuparmi se qualcuno mi vedeva: ma nessuno mi ha visto, né uomini né stelle, le strade erano deserte come le quinte d'un teatro abbandonato ai cani e il cielo s'era murato di nuvole pesanti. Solo la finestra dell'ultimo piano era illuminata, occhio senza palpebra, senza sonno.

Ho calato Morella nella fossa e l'ho ricoperta.

Poi ho camminato piú che ho potuto su quei pochi metri di terra smossa, avanti e indietro, avanti e indietro, come una bestia in gabbia senza piú compagna.

Camminavo pestando i passi, quasi fossi sulla salita che porta via dal dolore, sulla discesa che torna, ed ero sempre lí, vicino e lontano, e continuavo a pestare.

All'alba la terra era ritornata dura, io ero ritornato solo.

Quello stesso giorno la fiamma pazza di Aurelio ha incontrato il suo legno e la sua cenere.

– Tito, Tito! – sentivo gridare dentro il mio sogno, una voce che tra le onde lunghe appariva e svaniva come un delfino. – Tito, Tito!

Qualcosa mi ha urtato e mi ha tolto al sonno, ma sono rimasto con gli occhi chiusi, in quel mare che lentamente si ritirava lasciando riaffiorare un paese sommerso. Morella è morta è stato il primo pensiero che ho ritrovato, mi cresceva dalle mani piagate su per le braccia, fino alle spalle, alla coscienza, ai capelli. Era come se tutto fosse accaduto mille anni prima e dovesse ancora accadere, come se quella cosa fosse vera in ogni momento del tempo, volava come un uccello tra quegli stretti vicoli intrecciati sotto il cielo, tra il prima e il poi, e sembrava volesse dirmi: che ci possiamo fare, cuore mio, il tempo è il nostro piccolo paese, il nostro piccolo maestro.

– Tito, guardami.

– Morella è morta.

– Tito, sono io, guardami!

Aurelio era a un palmo dal mio viso, sentivo il suo fiato veloce sulla pelle. Ho aperto gli occhi con la stanchezza con cui si chiudono gli occhi: davanti a me Aurelio era un terremoto di nervi e parole, tremava e parlava, parlava, e io non capivo nulla, gli fissavo lo zigomo tumefatto, il sangue secco sotto il naso.

Parlava divorando le frasi, solo qualche parola restava viva.

– La baracca, il fiume, la corda, eccolo...

– Che dici?

– Le botte, ancora lui, la pistola, la giustizia, ancora, capisci?

– Ma cosa?

– Vieni con me, vieni, Tito.

– Mi sento debole...

– Vieni, vieni, devi vedere.

Ci siamo mossi a piedi sul lungotevere, Aurelio mi zoppicava davanti e con la mano mi incitava ad accelerare il passo. Alcuni cani mi venivano dietro, ogni tanto si strofinavano contro le mie gambe.

Era domenica pomeriggio, attorno a noi uomini e donne in tuta correvano o pedalavano sulle loro belle biciclette, speravano di rimanere per sempre sani e vivi. Una ragazzetta con i capelli rossi è sfrecciata veloce sui pattini, gridava: – Largo, largo! – e tutto s'apriva per farla passare, tutto si richiudeva alle sue spalle.

– Di qua, Tito, di qua.

Abbiamo preso una stradina che accompagnava la riva del fiume, collegando minimi orti e barconi abbandonati. Sopra di noi l'aria sbandava per i boati di paura e d'entusiasmo che uscivano dallo stadio, sotto di noi c'era il silenzio ondulato dell'acqua. Siamo passati accanto a una casupola che un tempo, cosí garantiva l'insegna, era stata una trattoria. Contro i muri stavano addossate casse di bottiglie già bevute e ora mezze piene di pioggia. Piú avanti s'alzavano tre pini romani, i tronchi incisi dalle promesse degli innamorati, date talmente remote da stringere il cuore. Anche sui muraglioni si leggevano parole di passione e d'odio per calciatori e politici dimenticati da anni, persino le bestemmie sbiadivano.

– Stanotte ho seppellito Morella nei giardini della piazza.

– Non rallentare, vieni, Tito, seguimi.

Avevo le gambe molli e la stradina non finiva mai, s'infangava, si appiccicava alle suole: siamo passati sotto gli archi di tre ponti, ho visto mucchi di stracci, reti di letto, lattine, cartoni, un comodino, un libro. Camminavamo nella direzione opposta alla corrente del fiume e questo mi faceva sentire i passi ancora piú faticosi, avrei voluto lamentarmi, domandare cento volte quanto manca? E adesso quanto manca? Manca poco o molto, quanto ancora? – ma capivo che dovevo stare zitto e andare.

Lungo il sentiero ho visto altri oggetti buttati via: una scopa con il manico spezzato, una scarpa da uomo, una ruota squarciata, sembravano soffrire.

Aurelio ogni tanto mi prendeva per la mano e mi tirava avanti, rideva a scosse. Nell'altra mano teneva la pistola, la puntava avanti, la seguiva.

– Cento metri, – ha detto, e poi: – Solo cento metri, – ma non si arrivava mai, la strada s'affrettava come una serpe tra le canne e la sporcizia. Sulla sinistra, oltre una rete metallica, ho intravisto la radura di un campo da calcio; in cielo volavano corvi e gabbiani; a destra il Tevere inghiottiva l'acqua gialla dell'Aniene.

– Ecco, – ha detto Aurelio, e in uno slargo è apparsa una roulotte. Stava poggiata sui mattoni e aveva tutte le finestre tappate con il cartone.

Dentro c'era buio fitto, e in fondo al buio strisciava un lamento.

– Devi vedere, Tito. Devi vedere.

Aurelio ha acceso una torcia elettrica, la luce è schizzata contro il soffitto, poi su un lettuccio, e poi ha cavato dal buio il viso di un uomo quasi vecchio: aveva gli occhi da animale disperato e nastro adesivo sulla bocca, i capelli grigi, fradici di sudore.

– È lui, – ha mormorato Aurelio con la voce cattiva. – Mi ha caricato in macchina ieri notte a Valle Giulia, e io l'ho fatto venire qui. Voleva godere di me, e mi voleva picchiare, umiliare ancora una volta.

Gli ha piazzato di nuovo la luce in faccia. Io ho visto un disgraziato, uno che aveva paura di morire, che con gli occhi sconvolti diceva lasciatemi stare, vi pagherò, vi darò tutto ciò che possiedo, vi leccherò i piedi, farò qualunque cosa, però permettetemi di andare via, vi supplico.

– È lui, l'ho riconosciuto appena m'è venuto vicino. Ma lo sentivo già da prima che stava per arrivare, mi faceva male il mozzicone della gamba, l'aria era amara. È lui, sono sicuro, – e gli ha puntato addosso la pistola, gli diceva: – Ora ti sparo, ora ti sparo, – e con la bocca faceva bam!, e poi rideva.

L'uomo ha ripreso a gemere, si contorceva. Aveva le mani e i piedi legati – aveva scarpe eleganti, la cravatta a righe azzurre, un vestito da signore, e si rannicchiava per farsi piú piccolo d'un proiettile.

Ho chiuso gli occhi e sono andato via, la mente correva indietro a perdifiato per il sentiero di polvere, fuggiva verso il tempo in cui nulla di definitivo era avvenuto, prima di Aurelio e di Morella, prima della piazza e della chiamata, quando io ero un bambino e un cucciolo di cane, niente di deciso, e a ritroso il mondo si cancellava di figlio in padre, di casa in mattone, la città era solo un'idea, le cose erano pure intenzioni, e piú indietro ancora c'era solo una spianata di vento e il tempo stava quasi fermo, tutto era neve innocente ancora non pestata dalla vita.

– Sei qui e devi vedere, Tito, – ha gridato Aurelio.

Allora la mente, traversando le infinite parole del mondo, è rientrata nella roulotte.

– Sí, sono qui.

– Sei con me, Tito.

– Sí, ma non fargli del male.

– Farò quello che devo, giustizia è tutto.

Siamo usciti da quell'antro oscuro e ci siamo seduti su due pietre. Aspettavo che anche quel momento passasse, come tutti i momenti. Aurelio si mangiava le unghie fino alla radice, scricchiolava come un albero nel fuoco.

– È l'uomo che mi ha tranciato la gamba, l'avvocato del circolo sul Tevere, quello del manifesto, il senatore della Repubblica, il padrone della villa, e stanotte voleva comprarmi, mi ha detto: «Sali in macchina e fammi godere, zoppetto». È lui da sempre, sono sicuro.

– A me non sembra. Davvero, Aurelio. Come può essere sempre lui?

– Lui è il male.

In una ventata il pomeriggio s'è fatto sera.

– Morella è morta, – ho detto, ma forse l'ho solamente pensato, perché Aurelio neppure m'ha risposto, e siamo rimasti seduti in silenzio sui massi. Il fiume ci scorreva davanti gonfio d'acqua e livido come un annegato.

In cielo s'è aperto il cerchio della luna, e le stelle – solo a guardarle – le si moltiplicavano attorno. Aurelio ha tenuto a lungo la pistola stretta tra le due mani, poi d'improvviso l'ha lanciata in mezzo alla corrente del fiume, s'è riseduto, ha detto: – Non so.

Nella memoria ciò che poi è avvenuto sta in un attimo, come un racconto scritto su un chicco di riso.

Il prigioniero di Aurelio era lí, tra noi e il Tevere. In qualche modo s'era tolto le corde di dosso ed era lí, sembrava un'ombra nera, una macchia della notte.

Ora parlava, diceva calmo: – Ti strapperò le altre zampette una a una, come a un ragno schifoso, ti manderò in prigione, ti farò piangere per la poca vita che ti resta.

L'uomo si asciugava il sudore della fronte con la manica della giacca, diceva: – Ti voglio vedere in ginocchio, ma senza piú le ginocchia, che mi implori a mani giunte, ma senza piú le mani.

– Io ti odio, – ha bisbigliato Aurelio a occhi bassi.

– Piú mi cerchi, piú diventerai pazzo. Sarai un cencio sporco, e io ti sputerò addosso. E se non mi cerchi, ti troverò io.

Mentre andava via, Aurelio s'è alzato, mi sembrava piú magro e fremente di sempre, un filo al vento. Con un balzo ha sospinto quell'uomo verso la riva, un'altra spinta e l'ha fatto cadere in acqua, e poi gli è andato dietro con un tonfo, erano due teste e quattro tentacoli tra i vortici neri, un groppo di maledizioni, e il fiume li trascinava avanti, momento dopo momento li nascondeva e li scopriva.

– Aurelio! – gridavo correndo sul sentiero, con dieci randagi che mi saltavano attorno. – Salvati, Aurelio! – e pensavo al ferro della gamba, a quel peso che tirava giú come un'ancora. Sentivo la melma fredda del fondale dentro di me, e dentro di me anche le stelle della notte, sentivo che ero responsabile di tutto perché tutto era nella mia vita.

Ho visto affiorare tra i flutti una testa sola, per un attimo solo. Poi un braccio, piú niente. Sono rimasto a guardare il fiume, era una cosa mia, un pensiero tumultuoso. I cani gli abbaiavano contro.

Immaginavo i corpi che cozzando e scalciando navigavano verso il mare: laggiú, lontano da me, si sarebbero sciolti uno nell'altro, nella maestà salata dell'aperto, indifferenti al prima e al male.

E invece una figurina, nel buio allentato dalla luna, è emersa sull'altra sponda. Non riuscivo a capire chi fosse, perché subito s'è abbandonata a terra, esausta.

– Aurelio! – ho gridato a squarciagola, da riva a riva, e piccolissimo Aurelio s'è alzato.

– Tito.

Aveva la gamba di ferro tra le mani, la ruotava sopra la testa come un saluto. – Giustizia è tutto, – ha gridato, e saltellava sull'unico piede.

È ricaduto a terra, s'è rialzato.

– Morella è morta, – ho detto, ma non troppo forte, perché non fosse troppo vero.

– Addio, Tito!

– Addio, Aurelio.

– È fatta, Tito, è quasi fatta!

– Sí.

Da allora non ci siamo piú visti. Chissà dov'è finito, come vive, come cammina, chissà se qualcuno gli ha offerto un lavoro e una divisa di cui essere orgoglioso, se finalmente è contento o ancora lotta con quell'uomo che, mentre lui se ne andava cantando, molto piú avanti, quasi invisibile, quasi sognato, risaliva dal fiume all'argine.

L'autunno ha buttato giú le foglie del giardino e la primavera le ha riappese ai rami; l'inverno ha ghiacciato la pozza sotto la fontanella e l'estate ha chinato mille bocche assetate su quel filo d'acqua – e questo è accaduto cosí tante volte che ormai la giovinezza è un ricordo.

Cerco di tenere ordinata la casa in fondo alla rampa: ho di nuovo dipinto le pareti e ogni giorno spazzo il pavimento, ogni settimana lo lavo, semino negli angoli lo zucchero per le formiche e innaffio quei quattro zeppi che spuntano dai vasi. Una volta al mese provo a restituire bellezza al mio vestito verde smeraldo, lo spazzolo e sostituisco i bottoni perduti con altri bottoni: ormai sono tutti diversi, ma che importa.

Per quanto posso, tengo pulito anche il giardino di piazza del Fante: raccolgo le carte e con i piedi sistemo la ghiaia, soprattutto là dov'è sepolta Morella. Le mamme e i vecchi protestano perché attorno a me ci sono troppi cani, hanno paura che mordano, dicono ai bambini: state lontani da quelle bestie. Hanno chiamato il canile municipale e un giorno è venuto un camion e m'ha portato via un po' di compagni.

I pensieri e le fantasie vengono come i clienti d'una pensione senza molti conforti: sempre di meno, e stanno poco.

Ma io guardo le cose, e le cose sono uguali ai pensieri.

Guardo un albero che l'edera ha scalato, prima il tronco e poi i rami, uno a uno, anche i piú alti, fino a prendergli tutta l'aria e la luce. Sembrava cosí forte quell'albero, aveva una chioma che faceva tanta ombra, aveva uccelli, e adesso è uno scheletro di legno secco, le spire morbide dell'edera l'hanno soffocato.

Guardo una coppia di ragazzi abbracciati su una panchina: lui parla delle cose che saranno, muove la testa, lei lo copre di mille piccoli baci.

Guardo le mie mani.

Qualche notte Morella è venuta a trovarmi in sogno. L'ultima volta soffiava sulle candeline di una torta alla crema, centinaia di candeline, bianche, gialle, rosse, celesti, ma erano tutte già spente, gli stoppini erano bruciati. – Soffia anche tu, cuore, soffia piú forte che puoi, aiutami, ti prego, – mi diceva. – Che soffio a fare, Morella, non vedi che sono spente, – le rispondevo, e lei sorrideva, diceva: – Lo so, io sono morta –. E io soffiavo, l'aria dei miei polmoni scorreva sopra la morte, e tanta gente sconosciuta batteva le mani. Morella poi mi diceva: – Di' una poesia per me e per te, cuore, per tutti quanti noi. Pensa una bella poesia.

Quando certe mattine avanzano cariche di luce, mi capita di sentirmi felice e vorrei ringraziare ogni cosa, gli alberi, i sassi, quel pezzo di bambola per terra, quella macchina rossa che va. Mi sembra una felicità senza motivi e senza merito, un brivido gratuito, ma questo fa la felicità ancora piú grande: sono nel posto che mi spetta, respiro, e il giorno è come fosse la mia casa con le finestre tutte spalancate e il tetto azzurro. Allora sento che l'infelicità è una presunzione, il residuo d'un orgoglio che vuole imporre le sue ragioni a ciò che non ha ragione. So che sarebbe difficile spiegare tutto questo a qualcuno, davanti a qualsiasi domanda mi troverei senza parole, potrei dire soltanto: – È cosí, è mostruoso, e non desidero che sia diverso –. Se qualcuno mi domandasse: – Ma dov'è la tua dignità di uomo? Capisci che se ognuno facesse come te il mondo marcirebbe nell'umiliazione? Lo vedi quanto sei solo? – io non avrei risposta, forse abbaierei.

Ma tanto nessuno domanda niente.

Nell'antologia leggo versi belli e incomprensibili. Una poesia comincia cosí: «Ben seimila anni in tutto il mondo io vissi».

Qualche notte dormo sul greto del mio fiume, devotamente ascolto l'acqua nera che passa, mi sento bene.

Ecco, il momento è adesso.

Come un messaggero impolverato quest'attimo ha percorso tutta la mia vita, è stato un niente, è stato una viltà, una ferita, una menzogna, è stato una nostalgia e una speranza, e ora finalmente è arrivato qui ed è forte, chiaro quanto basta per dirmi: alzati dalla panchina e vai, Tito.

Traverso il giardino: mai questo luogo m'era parso cosí intimo e doloroso, come se facesse parte di me e io di lui, e ora ogni passo è una forbice che ci separa. Sotto le scarpe la ghiaia stride, sopra la testa il vento agita convulsamente le foglie: un paio mi planano precipitose sulle spalle, mormorano: dove vai, Tito, resta, attento, attento... I cani si sono fermati, mi fissano muti la schiena.

Adesso tutto mi appare semplice e inevitabile.

Il portone del palazzo sembra chiuso, ma io lo spingo e s'apre, leggero come un velo. Il marmo e la penombra dell'atrio mi fanno sentire freddo alle mani e ai piedi, anche nella testa sento freddo, i pensieri pendono fermi e gelati come stalattiti. Stringo forte la mascella per impedire ai denti di battere e respiro con il naso, ma mi disturba il rumore dell'aria che fruscia.

Mentre salgo le scale mi sembra di non respirare piú, di prendere l'aria solo con gli occhi. Anche i gradini li prendo con gli occhi, sono loro che mi tirano su di piano in piano, sono una volontà, un cavo d'acciaio.

Ci fosse uno zerbino davanti a qualche porta, mi pulirei le scarpe, per rallentarmi, ma i pianerottoli sono vuoti, né zerbini né piante a cui carezzare le foglie stendendo il braccio, e le porte sembrano dipinte sui muri. Però mi fermo lo stesso e con un chiodo che ho in tasca graffio sull'intonaco il mio nome, lo lascio lí e salgo senza nome.

Credevo di trovare piú rampe, gradini sempre piú ripidi, che tutto mi durasse di piú, che ci fosse ancora tempo per dubitare, invece sono già davanti all'ultimo appartamento. Accanto al campanello c'è una targhetta d'ottone che dice: *«La tana», rivista di poesia*.

Ancora mi domando: com'è che sono arrivato fino a qui, e per quale motivo? – e intanto già premo il campanello, un trillo breve, e dopo qualche secondo un altro, piú deciso. Anche se tento di restare vuoto, di non anticipare nel pensiero nulla di ciò che sarà oltre la porta, mi agita l'immagine di un pavimento di sabbia, un cielo assolato, pareti di stoffa e scirocco, un candelabro, parole straniere, un coltello – ma ormai devo entrare, devo, per me la porta è aperta. Cigola appena, mentre la richiudo alle mie spalle.

Questa casa è una casa qualunque.

È una casa umile.

Ho davanti un corridoio con le piastrelle di graniglia, un portaombrelli con un ombrello e un appendiabiti con un cappotto scuro, un vago odore di varechina: in cornicette nere sono appese alle pareti le copertine della rivista – tutte uguali, cambiano solo le date sotto la testata. Alcune sono di un tempo cosí remoto che non mi sembra possibile ci sia stato veramente.

– Sono qui, – dico, ma nessuno risponde.

Avanzo poggiando i piedi con cautela, quasi che tutto possa sprofondare, quasi fossi l'ultima carta che tremando si poggia in cima al castello.

– Sono arrivato, sono dentro casa.

Il corridoio termina contro una porta di legno color crema e vetro smerigliato, credo sia il bagno. Sulla destra c'è una piccola cucina con le pareti coperte fino a metà da piastrelline azzurre: accanto al lavello vedo un piatto, una forchetta, un cucchiaino e una tazzina; su una mensola scatolette di tonno e cibo per gatti; sull'unico fornello una caffettiera minuscola. La tocco, è ancora tiepida.

Apro il rubinetto, penso: quest'acqua viene dal mio lago, ha fatto prima di me. La guardo scorrere, sparire nello scolo.

Da sotto la porta alla sinistra, nella fessura da cui passerebbe appena un biglietto d'amore o di minacce, scivola una luce gialla, s'allarga, e in quella chiazza di luce mi inginocchio – per mettere la pupilla sulla toppa della serratura, mi dico – in realtà perché sento che prima di entrare debbo inginocchiarmi. La casa è cosí silenziosa, è una casa modesta ma è una mantella immensa.

Mi alzo senza aver visto nulla, busso tre volte, respiro profondamente, entro.

– Buongiorno, direttore, – dico.

Al di là di una scrivania è seduto un uomo – un uomo, penso, guardando il suo vestito grigio, la camicia bianca, le mani posate sul ripiano, ma non ne sono certo, perché sul viso ha un fazzoletto nero che si anima al ritmo lento del respiro. Per un momento ho paura che sotto quella stoffa ci sia un viso mostruoso, deforme, un buco di carne e denti.

Alle sue spalle c'è la tenda, poi la finestra da dove si vede il giardino della piazza e la panchina sulla quale stavo fino a poco fa. Immagino che dalla finestra potrei persino vedermi, se tornassi giú velocemente.

Ma io non posso piú tornare indietro.

– Sono qui, – ripeto, cercando di tenere la voce ferma.

La sua mano scosta dal viso il fazzoletto nero, come si solleva un sipario: dietro c'è un vecchio con i capelli bianchi pettinati accuratamente, i baffi sottili sulla bocca curvata in un lieve sorriso, gli occhi che s'allungano mongoli verso le tempie, cento macchie sulla pelle floscia.

– Non riesco piú a dormire, – dice, la voce è bassa e lenta.

Gira una matita spuntata tra le mani, la posa su una risma di fogli bianchi bloccati da una pietra.

– Da oggi collaborerai alla rivista, vero?

E io dico una frase che mi sorprende: – Da oggi sono il nuovo direttore de «La tana».

Ha lo sguardo rassegnato e impaurito dei padri che muoiono.

– Mi dispiace, – dico.

Con la punta delle dita si stira le rughe della fronte, si chiude gli occhi.

– Conosci il nome nascosto della rivista?

È come se insieme alla domanda mi arrivasse la risposta, come se tutto quello che ho traversato mi servisse per dire: – I fiori.

– I fiori, – ripete il vecchio, poi congiunge le mani davanti alla bocca, ora non sorride piú, soffia piano, quasi per sentire il fiato caldo della vita sui palmi.

– Io la ringrazio, – dico. – Arrivare fin qui è stato il mio viaggio, non so perché, ma è il viaggio che dovevo fare...

– Non ringraziarmi.

Vorrei parlargli di Morella, di Aurelio, dei nostri giorni e delle nostre notti, raccontargli quello che è stato, invece dico solo: – Io non ho odiato e forse neanche amato quanto un uomo deve, di questo mi vergogno.

– L'amore e l'odio spingono lontano, – sussurra il vecchio. – Ma almeno una creatura deve rimanere qui a sognare esattamente la vita che c'è. Bisognerà accontentarsi di questa vita smisurata, scrivere con pazienza sulla rivista le parole che bastano a proteggerla. Nulla manca al presente.

Ha gli occhi fondi di malinconia e le mani stese sul tavolo gli tremano leggermente, come due fogli di carta ingiallita.

– Nulla manca, ma dover morire è terribile, – sospira, e la guancia gli si bagna d'una lacrima penosa.

Una sinuosa coda nera batte sulla scrivania e in un baleno, sotto i miei occhi attenti, il vecchio si muta in un grosso gatto nero dagli occhi gialli e disperati: e in un baleno ce l'ho addosso con le unghie che mi strappano il vestito verde e i denti aguzzi che m'azzannano, miagolate che sono grida lancinanti.

Per l'ultima volta mi faccio cane, dentro di me le ossa ruotano in un ordine animale e sopra la pelle il pelo cresce ispido, il muso sfonda il viso, braccia e gambe sono zampe robuste, la bocca si fa larga e feroce e l'istinto comanda. Sento la pelliccia del gatto tra i denti, il chiasso del suo collo che si spezza, e il sangue mi scende in gola, incontro al mio sangue, e poi sento i tonfi di quel corpo sbattuto di qua e di là contro i muri.

Tutto dura niente, l'attimo d'un regno che trapassa.

Il cuore rallenta la sua foga mentre mi siedo alla scrivania e sento le dita che ricrescono, la carne che riprende forma umana, e vedo i fogli bianchi, le penne e le matite disposte ordinatamente.

Getto la giacca sul corpo immobile del gatto, scosto la tenda e guardo il mondo.

Vola altissima questa finestra, la città laggiú è un campo di mille colori che si tengono insieme come fili di un tappeto, a comporre – e chi nel mondo può immaginarlo? – una distesa di fiori. Ogni vita che trascorre intrecciandosi alle altre vite, ogni inizio e ogni fine, ogni dolore e ogni speranza, anche la piú povera e vana, disegnano rose perfette e margherite, gigli e ardenti papaveri, narcisi e morbide viole e un'erba verdissima che non si secca mai, sebbene qualcosa muoia ogni momento. Guardo e tanta terrena bellezza mi invade come una pena, acuta quanto la mia vista e larga sino all'orizzonte. E allora prometto che veglierò questa fragile perfezione con gli occhi e le parole, come chi dalla spalletta di un ponte, con un cappello di paglia in testa, conta i treni e segna gli orari, e i treni viaggiano e le cose vanno dove devono andare. È una promessa che faccio alla vita e alla solitudine.

Perché io sarò per sempre solo in questa casa in cima al mondo.

A perpendicolo sotto il mio sguardo c'è ancora la piazzetta, cani non ne vedo piú, ma mille uccelli, e seduto sulla panchina c'è già un ragazzo nuovo, un biondino dal naso affilato, i suoi passeri lo circondano come fratelli. Scrive e cancella versi su un quaderno azzurro, si fa attento e aspetta – lui ancora non sa che cosa, ma io lo so –, si fa forte e aspetta il giorno in cui aprirà il portone e salirà queste scale, affinché tutto continui, tramonto dopo tramonto, parola dopo parola.

Indice

Stampato per conto della Casa editrice Einaudi
presso Mondadori Printing S.p.A., Stabilimento N.S.M., Cles (Trento)
nel mese di agosto 2003

C.L. 16723

Edizione — Anno

1 2 3 4 5 6 7 8 — 2003 2004 2005 2006